# SOMBRA DO PARAÍSO

# SOMBRA DO PARAÍSO

DAVID S. GOYER
& MICHAEL CASSUTT

Tradução
Patrícia Arnaud

ALEPH

# SOMBRA DO PARAÍSO

**TÍTULO ORIGINAL:**
Heaven's Shadow

**COPIDESQUE:**
Opus Editorial

**REVISÃO:**
Isabela Talarico
Ana Cláudia de Mauro

**CAPA:**
Rico Bacellar

**ILUSTRAÇÃO DE CAPA:**
James Paick

**ILUSTRAÇÃO DE MIOLO:**
Steve Karp

**PROJETO GRÁFICO:**
Neide Siqueira

**EDITORAÇÃO:**
Join Bureau



EDITORA ALEPH

Rua Lisboa, 314
05413-000 – São Paulo – SP – Brasil
Tel.: [55 11] 3743-3202
**www.editoraaleph.com.br**

**DADOS INTERNACIONAIS DE CATALOGAÇÃO NA PUBLICAÇÃO (CIP)**
**(CÂMARA BRASILEIRA DO LIVRO, SP, BRASIL)**

Goyer, David S.
Sombra do paraíso / David S. Goyer & Michael Cassutt ;
tradução Patrícia Arnaud. – São Paulo : Aleph, 2015.

Título original: Heaven's shadow.
ISBN 978-85-7657-178-0

1. Ficção norte-americana I. Cassutt, Michael. II. Título.

15-01087 CDD-813

ÍNDICES PARA CATÁLOGO SISTEMÁTICO:
1. Ficção : Literatura norte-americana 813

Para Michael Engelberg

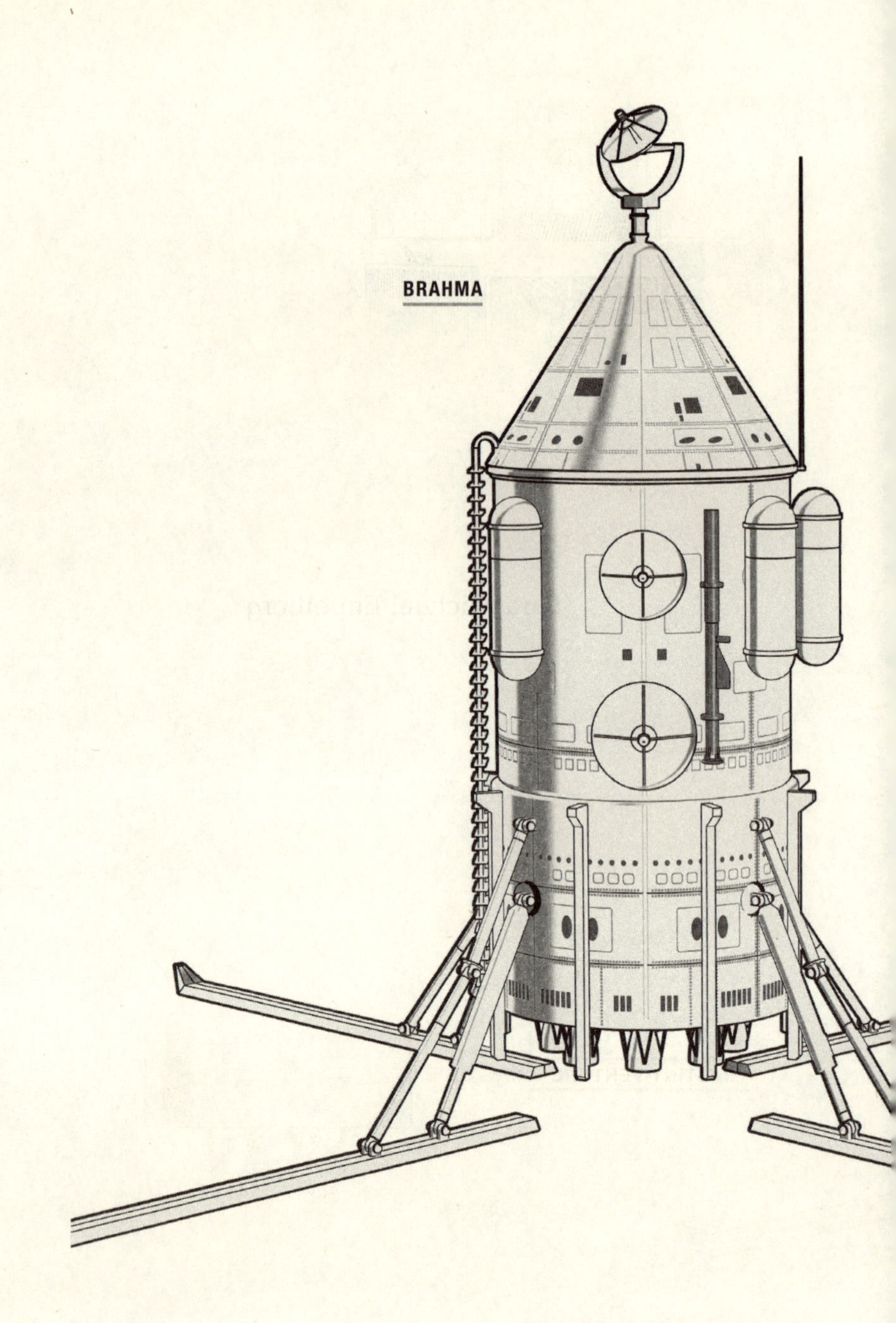
BRAHMA

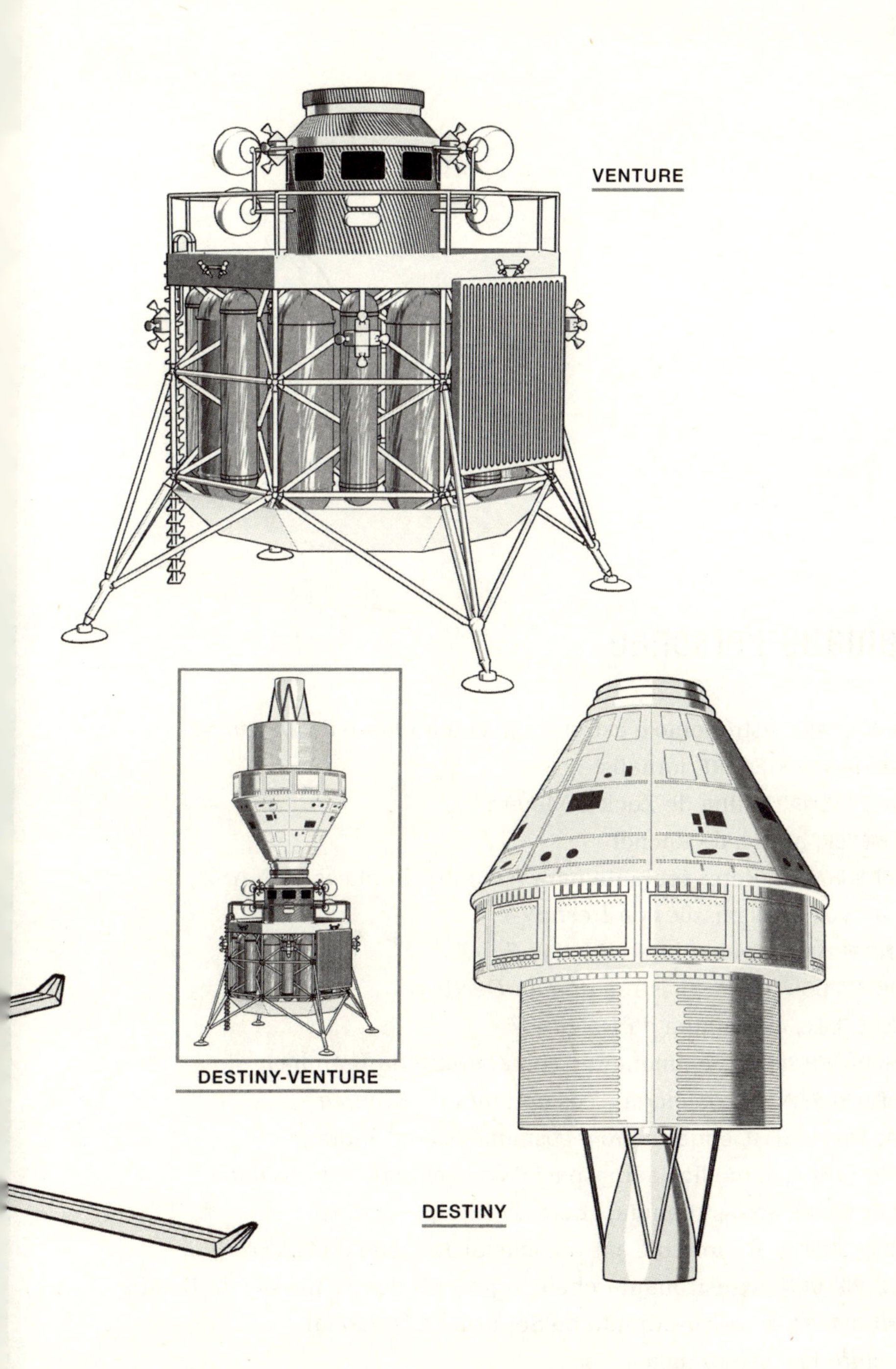
VENTURE
DESTINY-VENTURE
DESTINY

## Dramatis Personae

**ZACK STEWART**, astrônomo e astronauta, comandante da *Destiny-7*
**MEGAN DOYLE STEWART**, jornalista
**RACHEL STEWART**, filha de Zack e Megan
**AMY MEYER**, amiga de Rachel
**SCOTT SHAWLER**, Representante para Assuntos Públicos da NASA, a "voz" das missões da *Destiny-7*.
**TEA NOWINSKI**, astronauta da *Destiny-7*
**PATRICK "POGO" DOWNEY**, astronauta da *Destiny-7*
**YVONNE HALL**, astronauta da *Destiny-7*
**TAJ RADHAKRISHNAN**, vyomanauta, comandante da *Brahma*
**NATALIA YORKINA**, exobióloga e cosmonauta da *Brahma*
**LUCAS MUNARETTO**, engenheiro e cosmonauta da *Brahma*
**DENNIS CHERTOK**, médico aeroespacial e cosmonauta da *Brahma*
**HARLEY DRAKE**, ex-astronauta, chefe da Equipe da Casa
**GABRIEL JONES**, diretor do Centro Espacial Johnson da NASA
**SHANE WELDON**, ex-astronauta-chefe, agora diretor de missão da *Destiny-7*
**BRENT BYNUM**, assessor-adjunto de Segurança Nacional, *staff* da Casa Branca

**JOSH KENNEDY**, diretor de voo da *Destiny-7*
**LINDA DOWNEY**, esposa de Patrick Downey
**JILLIANNE DWIGHT**, secretária de tripulação, Centro Espacial Johnson
**KONSTANTIN ALEXANDROVICH FEDOSEYEV**, russo, agora *Revenant*
**CAMILLA**, uma criança brasileira, agora *Revenant*
**VIKRAN NAYAR**, diretor-líder de voo em Bangalore
**A "HOME TEAM"**
- **SASHA BLAINE**, astrônoma de Yale
- **WADE WILLIAMS**, autor popular de ciências e ficção científica
- **GLENN CREEL**, criador do programa *Escape Velocity* do canal Cartoon Network
- **LILY VALDEZ**, professora da Universidade da Califórnia, Irvine
- **STEVEN MATULKA**, presidente da Sociedade Planetária

**JASMINE TRIEU**, astronauta, *capcom*
**TRAVIS BUELL**, astronauta, comandante da *Destiny-5*, *capcom*
**JAMES** e **DIANE DOYLE**, pais de Megan Doyle Stewart
**TOBY BURNETT**, agente de segurança da Wackenhut para o Centro Espacial Johnson
**LEE SHIMORA**, diretor de voo da *Destiny-7* por três vezes

Parte Um

# “PARA ENCONTRAR O MAR”

*Objetos Próximos à Terra são cometas ou asteroides deslocados, pela atração gravitacional de planetas próximos, para dentro de órbitas que permitem que eles entrem nas cercanias da Terra.*

*LABORATÓRIO DE PROPULSÃO A JATO DA NASA,*
*PROGRAMA DE OBJETOS PRÓXIMOS À TERRA*
*(FAQ - Perguntas frequentes)*

*E se eles vierem de mais longe?*

*POSTADO POR ALMAZ, 7 de julho de 2016*

# Abordando Keanu

A Terra, o planeta azul, com seus sete bilhões de seres humanos, estava situada a 440 mil quilômetros abaixo ou, considerando a terminologia arbitrária de orientação no espaço, para um dos lados. Se a própria magnitude da distância não conseguisse promover uma sensação espantosa, Zack Stewart poderia, ao olhar pela janela, cobrir seu planeta natal com o polegar.

Aquele pequeno gesto deixou claro que ele e seus três colegas astronautas estavam mais distantes da Terra do que qualquer ser humano na história.

Mais distantes do que a Lua.

Ainda assim... estavam lidando com as questões políticas, arrastados para baixo como se estivessem puxando uma corrente de 440 mil quilômetros com uma âncora na outra ponta.

Isso o irritava. Claro, para quem estava há 30 horas sem dormir, *qualquer coisa* poderia irritar. Ele era um homem musculoso e compacto de 43 anos, com uma experiência considerável em voo espacial, que incluía duas viagens a bordo da Estação Espacial Internacional. E agora ele era comandante da *Destiny-7*, responsável por quatro vidas e uma nave espacial de bilhões de dólares, em uma missão nunca antes sonhada.

Ele sabia que deveria estar mais calmo. Porém, o estresse causado pela preparação das manobras de hoje, até então sem precedentes – a 440 mil quilômetros da Terra! –, havia lhe tirado o sono. O controle de missão, em Houston, tinha feito o upload dos scripts para os propulsores que iriam ajustar a rota de voo da *Destiny*, mas o código de computador estava travando. A NASA chamava esses comandos de *e-procedimentos*. Para Zack, o *e* significava *erro*.

O processo o fizera lembrar-se de quando tentou carregar o Windows em um laptop na Antártica... através de acesso discado. Assim como naquela ocasião, a única escolha era ter paciência.

Ele se afastou da janela dianteira direita da nave espacial *Destiny* e virou-se em direção ao compartimento inferior, a dez passos de distância, onde Pogo Downey mantinha seus aguçados olhos pressionados contra as lentes do telescópio.

– Vê alguma coisa? – perguntou Zack.

Pogo, nascido Patrick, mas rebatizado na escola de aviação, era um piloto de teste da Força Aérea, ruivo e de grande estatura, que usava uma roupa de baixo branca com nervuras que fazia com que ele parecesse um macaco das neves do Himalaia. – Nada.

– Deve haver alguma coisa. – "Alguma coisa", neste caso, poderia ser um fraco ponto de luz contra um campo de luzes mais brilhantes... *Brahma*, uma espaçonave tripulada lançada em direção a Keanu pela Coalizão Rússia-Índia-Brasil... concorrente da *Destiny*. – Temos duas redes de rastreamento em busca dos filhos da puta – Zack disse, tanto para seu próprio moral como para o de Pogo Downey. – Não tem como eles se *esconderem*.

– Talvez a *Brahma* esteja se movimentando com a mesma manobra, usando aquela coisa de gravidade.

– Vantagem gravitacional. – A *Destiny* estava para fazer uma propulsão não programada e sem ter sido anunciada, que colocaria a espaçonave americana mais próxima de Keanu do que a coalizão adversária. – O vento está a seu favor, seu oponente está na sua frente. Para que ataque, ele tem que ir contra o vento. – Pogo parecia não estar convencido ainda. – Você nunca leu Horatio Hornblower? Onde eles mencionam medição da velocidade e direção do vento?

– Não sou um grande fã náutico, caso você não tenha notado. – Pogo gostava de se referir aos astronautas com formação na Marinha como "babacas".

– Ok, então... É como se estivéssemos a 6h00 em relação a eles. – Este era um termo de piloto de caça para ficar atrás do oponente, na posição 6h00.

– Isso quer dizer que podemos dar um tiro neles? – Pogo perguntou, sorrindo.

– Não venha com ideias – Zack respondeu, para não prolongar o assunto naquele momento. – Além disso, eles não podem fazer a mesma manobra. A *Brahma* é muito limitada em propulsão e eles são muito nervosos na direção. – O veículo da Coalizão contava com sistemas indianos e russos de rastreamento no espaço que tinham muito menos capacidade do que a Rede de Espaço Profundo da NASA disponível para a *Destiny*. – Continue procurando – disse a Pogo e, em seguida, flutuou de volta para o painel de controle principal.

A cabine da *Destiny* tinha o dobro do volume interior da espaçonave *Apollo*, o que ainda não era muito, especialmente com o emaranhado de cabos e os dois volumosos trajes para AEVs.

– Captei! – Pogo usou um painel táctil para deslizar um cursor sobre a imagem, e clicou para enviar a imagem para a tela de Zack. Foi só então que o piloto virou sua cabeça e abriu um sorriso. – Nuvens de RCS. Cretinos imbecis. – O desprezo do astronauta da Força Aérea pelo veículo concorrente, por sua tripulação e por sua política era bem conhecido. E isso tinha quase lhe custado um lugar nesta missão.

– Todo mundo tem de ajustar sua trajetória – Zack disse. Ele, na verdade, simpatizava com o comandante da *Brahma*, Taj Radhakrishnan, e sua tripulação. Uma equipe de controle de voo experiente não precisaria acionar os jatos do RCS nesse estágio. Mas a Coalizão tinha realizado apenas três missões tripuladas no total e essa era a primeira além da órbita terrestre baixa. Sua equipe de controle, baseada em Bangalore, havia sido cautelosa, sem dúvida.

Agora, a imagem fora de foco da *Brahma* apareceu na tela de Zack, com dados do trajeto preenchendo uma janela. – Houston, *Destiny*, pelo Canal B – Zack disse, pressionando o botão de envio no seu fone de ouvido. Sem esperar pela confirmação, acrescentou: – Temos a *Brahma* no telescópio. – A distância de 440 mil quilômetros da *Destiny* causava uma defasagem de quatro segundos a cada término de conversa. O que iria ser cada vez mais irritante.

E, como era de se esperar, a resposta do diretor da missão, Shane Weldon, estava fora de sincronia.

– Vá em frente, *Destiny*. – Levou vários segundos para chegar a Houston a informação de que a *Brahma* tinha sido detectada, e para que Houston confirmasse a propulsão.

Zack abandonou o assento esquerdo de piloto e então flutuou até o telescópio. Que *Brahma* fosse para o inferno... ele queria era olhar para o Objeto Próximo à Terra Keanu.

✧ ✧ ✧

Três anos antes, dois astrônomos amadores – um na Austrália e outro na África do Sul – tinham detectado um Objeto Próximo à Terra brilhante no céu do sul... literalmente sobre o Polo Sul.

O Objeto Próximo à Terra – NEO (*Near-Earth Object*) – fora designado como X2016 K1, um corpo desconhecido ("X") avistado na primeira metade de julho de 2016; porém, para horror dos astrônomos profissionais, ficou rapidamente conhecido por seu nome mais popular, Keanu, em homenagem ao ator que representara o icônico personagem Neo no filme *Matrix*.

Em poucos dias, à medida que a dimensão de Keanu (mais de um quilômetro de diâmetro) e a trajetória (originária na constelação Octans e dirigida em direção ao Sol, passando perto da Terra em outubro de 2019) ficaram mais evidentes, os membros mais criativos da comunidade espacial começaram a falar a respeito de uma missão tripulada para o NEO. Já existia uma nave espacial: a *Destiny* da NASA, projetada para voos além da órbita terrestre, para a Lua e Marte – e para Objetos Próximos à Terra.

Porém, com orçamentos apertados e incerteza em relação aos benefícios – o que uma missão tripulada poderia obter que uma frota de sondas não tripuladas não pudesse descobrir por um décimo do custo? –, o entusiasmo pela ideia foi desaparecendo conforme Keanu crescia em luminosidade no céu do sul.

Até que a Coalizão Rússia-Índia-Brasil anunciou que iria desviar sua missão de pouso lunar, inicialmente planejada, para Keanu. A primeira bandeira a ser cravada em sua superfície nevada e rochosa não seria a dos Estados Unidos.

Aquele anúncio desencadeou um movimento frenético da NASA para providenciar um replanejamento, comparável à decisão lendária de 1968 para o envio do *Apollo 8* ao redor da Lua à frente dos soviéticos.

– Vai ser igualzinho à NASCAR – Pogo Downey gostava de dizer. – E desta vez pode ser que tenhamos que arrancar tinta da nave deles.

Em busca de vantagem, as grandes mentes da NASA tinham forjado vários estratagemas de contrainformação. Nesse momento, as outras duas astronautas da tripulação de Zack, Tea Nowinski e Yvonne Hall, conversavam no circuito aberto, visual e áudio de seus preparativos a partir da *Venture*, sonda que faria a aterrissagem, controlada pela Rede de Espaço Profundo da NASA. Enquanto isso, Zack e Pogo faziam o trabalho sujo em um circuito criptografado transmitido via satélites militares.

O truque de última hora da vantagem gravitacional tinha sido imposto à tripulação da *Destiny* quando o mau tempo no Cabo Canaveral fez com que o lançamento da *Brahma* acontecesse um dia à frente deles.

Apesar de ter curtido o desafio de enganar os brahmanes, Zack odiou ter de correr atrás da outra espaçonave em vez do extenso corpo de Keanu, que agora estava a menos de dois mil quilômetros de distância.

E invisível! Tanto a *Destiny* como a *Brahma* estavam se aproximando do lado escuro de Keanu, exatamente como várias das missões da *Apollo* esgueirando-se sobre a Lua – em que a tripulação não tinha visto a superfície repleta de crateras até momentos antes da propulsão que os colocou na órbita lunar.

A manobra da vantagem gravitacional pode ter soado como algo dos tempos das Grandes Navegações, assim como esta aproximação pelo lado noturno... Era como velejar em direção a uma costa rochosa em uma noite sem lua e com nevoeiro: inegavelmente perigoso.

E dez vezes mais complicado. Zack não era um especialista em dinâmica orbital, mas sabia o suficiente sobre as complexidades estarrecedoras da intercepção a ponto de provocar dor de cabeça.

A *Destiny* e a *Brahma* estavam caindo na direção de Keanu com um lapso de mil quilômetros e importantes 24 horas. Sem essa propulsão adicional, a *Destiny* chegaria um dia depois.

Chegar onde? Keanu estava de fato se aproximando da Terra por baixo, quase em ângulo reto com o plano da eclíptica, onde orbita a maioria dos planetas do sistema solar. Tanto a *Destiny-Venture* como a *Brahma* tiveram que gastar com combustível extra para subir a partir do equador da Terra em direção a um ponto onde Keanu estivesse a quatro dias e meio.

Para complicar ainda mais as coisas, a *Destiny-Venture* agora diminuía a marcha após ter sido arremessada para fora da órbita da Terra pelo potente estágio superior de seu foguete lançador *Saturn VII*.

E o próprio Keanu acelerou, enquanto seguia em direção à sua maior aproximação da Terra, passando do lado de fora da órbita da Lua – a coisa mais brilhante que os seres humanos já tinham visto à noite.

Para ultrapassar a *Brahma*, a *Destiny* tinha que, praticamente, pisar no freio... para acionar os motores da *Venture* diretamente em sua trajetória de voo. A propulsão faria com que o veículo ocupasse uma órbita mais baixa em torno da Terra, onde este poderia então ir muito mais rápido do que a *Brahma*.

O custo, em termos de combustível, era imenso, vindo a consumir seis mil dos nove mil kg de gás do veículo. A *Destiny-Venture* teria uma margem de erro igual a zero, tanto para aterrissagem como para uma eventual decolagem. Porém, se tudo ocorresse conforme planejado, em 24 horas a tripulação de Zack estaria sobre a superfície de Keanu a tempo de dar as boas-vindas para a tripulação da *Brahma* quando pousassem.

Zack esperava, sinceramente, que depois disso a atenção de todos fosse voltada para a exploração deste corpo único e que as discussões girassem em torno de sua natureza e não de questões inúteis como sobre quem chegara lá primeiro.

– Trinta minutos – Pogo anunciou, surpreendendo Zack, que se encontrava momentaneamente absorto ou cochilando. Mais uma dessas e ele teria de lançar mão do kit médico em busca de uma dextroanfetamina.

Ele pestanejou e deu uma outra olhada no telescópio. O ponto branco distorcido, que representava a *Brahma,* parecia dilatar-se e então desvanecia em brilho. Como o veículo da Coalizão era cilíndrico, mesmo em movimento de rotação ele não deveria aumentar e diminuir.

– Pogo, você consegue enxergar um halo em volta da *Brahma*?

– Desculpe, estou em uma tela diferente no momento.

– Nosso truque está funcionando? – Yvonne Hall surgiu do túnel de acoplamento, situado entre a *Venture* e a *Destiny,* em seu pesado traje branco para AEVs, sem o capacete.

– Cuidado! – Zack disse. – Temos meia dúzia de microfones diferentes em operação. – Ele agitou ambas as mãos com os dedos indicadores estendidos. – Nunca se sabe o que vai ser transmitido e para onde.

Os olhos de Yvonne se arregalaram. Ela era uma engenheira afro-americana, que havia trabalhado com a equipe de lançamento do *Saturn* no Cabo Canaveral e que claramente não estava acostumada a ser corrigida. Ficava aqui um outro lembrete para Zack: Yvonne, Patrick e mesmo Tea não faziam parte de sua tripulação original.

– Olá, fãs do esporte! – Tea juntou-se a eles, com uma barra de chocolate e um saco frutas secas na mão. Loira, atlética, a típica garota americana, ela era um daqueles tipos encontrados – e, segundo Zack suspeitava, selecionados intencionalmente pela NASA – em todo grupo de astronautas, ou seja, a irmã mais velha que quer que todos se deem bem. – Alguém quer aperitivos antes da propulsão?

Yvonne pegou o saco de frutas secas, foi em direção ao traje flutuante para atividades extraveiculares de Pogo e disse:

– Quando estiver pronto para vestir sua armadura, coronel Downey...

– Pegue! – Tea exclamou, arremessando uma barra de chocolate para Zack. – Dê uma mordida e se vista.

Zack permitiu que Tea rebocasse a ele e a seu traje, literalmente, através do túnel de acesso. Ele se encolheu e desceu, orientando-se de forma apropriada dentro da cabine da *Venture*, um cilindro com um painel de controle e janelas na extremidade dianteira e uma escotilha de câmara de compressão na parte traseira.

– Qual é a nossa condição de comunicação? – Zack perguntou.

– Você vai amar isso. – Tea sorriu e pressionou um botão no painel, permitindo que ele ouvisse o comentarista de assuntos públicos da NASA: "*Devido às limitações de rastreamento na base australiana, a comunicação direta com a* Destiny-7 *estará indisponível pelos próximos 15 minutos. A tripulação não está em perigo e executará a propulsão conforme programado*".

– Aqueles caras são bons – Zack comentou.

– Todos somos bons, querido. E você vai ficar melhor se descansar um pouco. – Tea sabia que ele estava sem dormir.

– Então agora você é minha enfermeira?

– Apenas notei que você está ficando com seu raio de ação um pouco travado. – Este era um termo usado pelo controle da missão em Houston, quando algum engenheiro trabalhava ininterruptamente até cair, ignorando comida, sono e senso comum.

Mas Tea sabia que não valia a pena discutir com ele. Ela também tinha de se concentrar na tarefa complicada que era ajudar Zack com seu traje para AEVs, um processo que exigia ginástica de flexibilidade e força bruta e que quase nunca podia ser realizado em menos de dez minutos.

– Prontinho! Todo abotoado.

– T-menos-quinze – Pogo gritou do outro lado do túnel. – Vamos fazer essa coisa gravitacional ou não?

Foi apenas depois de amarrar-se ao seu assento – na segunda fileira ao lado de Yvonne, atrás dos dois ocupados por Pogo, o atual piloto, e Tea, a engenheira de voo – que Zack se permitiu relaxar.

Tea estendeu a mão para trás, pegou a dele e apertou-a. Um gesto simples que fez com que ele vertesse lágrimas... em parte devido ao cansaço e em parte pela tensão, mas principalmente pela lembrança dos estranhos acontecimentos que o haviam colocado naquele lugar, naquele momento. Os acontecimentos dos dois últimos anos.

Onde estaria Rachel agora? Estaria sua filha assistindo ao voo da *Destiny* do controle de missão? O que ela estaria pensando a respeito de seu pai? Zack podia imaginar a expressão do rosto dela, uma combinação única de amor e desespero. Mais deste último do que do primeiro. Ele quase conseguia ouvir a maneira como ela esticaria a palavra "papai" ao longo das duas sílabas.

– Cinco minutos – Pogo anunciou.

– Estamos a que distância? – Tea perguntou. – Sou a navegadora e tenho o direito de saber.

– A 1.400 cliques de Keanu, mais ou menos.

As quatro telas que dominavam a cabine do piloto da *Destiny* estavam ativas com os dados dos sistemas da espaçonave, tais como escala e frequência, cronogramas, números, imagens.

Eles poderiam realizar esta propulsão no escuro, sem falar com Houston, fosse através da rede aberta ou da criptografada. O controle de missão não estava preocupado em ser ouvido... mas a Coalizão tinha sistemas capazes de detectar tráfego de comunicações em estado natural e, mesmo que o outro lado não pudesse descriptografar uma mensagem, a carga pesada de tráfego por si só poderia entregar o jogo.

– Um minuto – Pogo informou.

A cabine do piloto agora estava completamente em silêncio, exceto pelo chiado e pelas pancadas das bombas de oxigênio.

Os valores no painel caíram a zero.

Zack e os outros ouviram um estrondo e sentiram-se pressionados para frente em suas amarras, a única experiência de gravidade desde o lançamento a partir da órbita terrestre baixa.

– Trinta segundos – Pogo disse. – Parece bom.

Só neste momento Zack se dava ao luxo de olhar à frente. Os seres humanos tinham estado na Lua oito vezes agora, sendo meia dúzia na época das *Apollo* e mais duas desde então.

Ele e sua tripulação seriam os primeiros a pousar em um corpo inteiramente diferente... um corpo que nem havia sido descoberto até três anos atrás. Teria uma gravidade menor, mas água na forma de neve e gelo antigos...

– Dezenove segundos. Ainda está bom.

E o que mais? Considerando anos de estudo a respeito de Keanu, Zack sabia que ele era infestado de crateras profundas e orifícios do tipo respiradouros que, ocasionalmente, jorravam gêiseres de vapor. O local previsto para o pouso seria próximo a uma determinada formação conhecida como Respiradouro Vesuvius.

Seria a aventura de uma vida inteira, de várias vidas... se o equipamento funcionasse.

E se não houvesse intervenções políticas.

– Corte do motor! – Pogo anunciou. – Bem na hora: três minutos, dezesseis segundos!

Era tarefa de Zack fazer a ligação.

– Houston, comandante pelo Canal B – chamou Zack. – Propulsão completada, na hora exata.

– Entendido, *Destiny* – respondeu Weldon, no controle de missão, com os cinco segundos de atraso. – Prossiga. Enviaremos dados atualizados a vocês o mais rápido possível.

A tripulação, rindo de excitação, começou a soltar as cintas.

Imediatamente Tea exclamou:

– Oh, meu Deus! Olhe aquilo.

Mesmo o durão Pogo Downey ficou boquiaberto. Do lado de fora das três janelas dianteiras da *Destiny*, surgiu o lado com a luz do dia de Keanu, com sua superfície rochosa e coberta por neve, flutuando abaixo deles. Zack pensou: *É como voar de asa-delta sobre a Islândia...*

– Zack – Pogo murmurou, retornando sua atenção aos controles. – Houston está nos dando uma atualização sobre a *Brahma*.

Zack sentiu uma torrente de inquietação.

– Eles também aceleraram?

– Não. Lindas imagens.

Zack olhou para a imagem no painel de controle.

Ela mostrava a *Brahma* em seu formato cilíndrico – com altura de um prédio de seis andares – metade na sombra. E transportando o que parecia ser um míssil fixado em um dos lados.

– Que diabos é aquilo? – Yvonne perguntou.

– Vamos direto ao ponto – Tea disse. – Como não vimos isso antes?

– Eles não podem ter armado aquilo antes de deixar a órbita da Terra – Zack afirmou.

– Deus me livre! Devíamos de fato ter olhado para eles quando estavam perto – Pogo vociferou. Ele estava convicto de que os Estados Unidos subestimavam seus rivais de modo constante.

Quando Zack tentava entender a assustadora, porém real possibilidade de que ele estivesse em uma guerra espacial, ouviu a voz de Weldon em seu fone de ouvido: – Shane para Zack, Canal B. Você notou algo engraçado em relação a sua propulsão?

Aquele estilo linguístico era extremamente incomum, especialmente para Weldon, que era o comunicador mais preciso e formal da história do espaço. *Engraçado* não era uma palavra que ele usaria normalmente. Tea e Patrick trocaram olhares de preocupação.

– O que você quer dizer com *engraçado*, Houston? – Zack perguntou, olhando para Yvonne como que a pedir apoio.

Ela apontou para o que estava exibido nas telas, balançando a cabeça vigorosamente.

– Foi na hora certa e com a orientação adequada. Se tivéssemos um champanhe, estouraríamos para comemorar.

Houve um momento de relativo silêncio... o chiado da onda condutora. Weldon finalmente disse:

– A DSN observou uma anomalia.

Anomalia? Que diabos as grandes antenas em Goldstone ou na Austrália poderiam ver que a própria *Destiny* não pudesse ver?

– Poupe-nos de tentar adivinhar, Houston.

– Houve uma erupção de grandes proporções em Keanu.

Ao ouvir isso, e sabendo que a tripulação estava ouvindo também, Zack disse:

– Keanu tem entrado em erupção periodicamente, desde que passamos a prestar atenção. – Ele estava orgulhoso de si por não ter acrescentado: *É por isso que quisemos pousar aqui, babacas.*

– Esta erupção foi muito maior. Observe a comparação de tempo.

– Que diabos de comparação de tempo? – explodiu Pogo, claramente agitado. Não que precisasse de muito para ele se irritar.

– Keanu começou a entrar em erupção às 74:15.28 MET – Zack explicou, enquanto olhava para os dados que Houston havia enviado. Sentindo-se um pouco como um médico trazendo más notícias aos entes queridos do paciente, ele esperou pela reação.

– Esta foi a hora da nossa propulsão – Tea comentou, com os olhos arregalados como uma criança de seis anos.

– Então algum vulcão em Keanu peidou no mesmo momento, e daí? – Pogo disse. – O universo é repleto de coincidências.

– No mesmo segundo? – Yvonne retrucou.

O piloto corpulento da Força Aérea sobressaía atrás dela. – O que vocês estão dizendo?

– Alguma coisa em Keanu reagiu à nossa aceleração.

O rosto de Pogo ficou vermelho.

– Como o quê? Algum sistema antiaéreo alienígena? O que você consegue atingir com vapor? – Ele se deslocou com um impulso o mais longe que conseguiu de Yvonne sem deixar de fato a *Destiny*.

Yvonne virou-se para Zack e Tea:

– Isto é significativo, não é? Não estou louca.

– Você não está louca – Zack disse. Se ela estava louca, então ele também estava. Ele resistia à conexão entre a aceleração deles e o início da erupção em Keanu, mas apenas do mesmo modo que um paciente com câncer reluta em aceitar o diagnóstico fatal: ele teve um arrepio nauseante quando ouviu a hora do acontecimento, como se seu corpo e seu subconsciente estivessem simplesmente mais bem informados do que seu intelecto.

Agora seu intelecto, perspicaz em termos astronômicos, científico, frio e racional, tinha tido tempo para fazer os cálculos: a *Destiny* estava a algumas horas à frente da *Brahma* na corrida para pousar em um NEO.

E eles não tinham ideia do que iriam encontrar lá.

A perspectiva era tão assustadora quanto emocionante.

*Muito abaixo das órbitas planetárias, a uma distância de 1,4 milhão de quilômetros - mais perto do que o planeta Saturno -, Keanu agora é visível até para os telescópios com a mais baixa potência situados na Terra, primeiro como um ponto de luz e, depois, com uma potência maior, como um disco resolúvel. O que quer dizer, um corpo definível.*

*Um ano após sua descoberta, a natureza de Keanu ainda é objeto de grandes discussões na comunidade astronômica... Ele seria um cometa? Um planetesimal? Um visitante da Nuvem de Oort ou do Cinturão de Kuiper? A maioria dos astrônomos concorda que Keanu tenha sido originado muito além do nosso sistema solar...*

*NEOMISSION.COM, 20 de junho de 2017*

# Dois anos atrás

Deus, como está quente.

Não eram nem dez horas de uma manhã de junho e a temperatura na Costa Espacial, no litoral da Flórida, já passava de 32° C, continuando a subir. O cabelo de Megan Stewart – normalmente liso – estava frisado como o penteado da noiva do Frankenstein. Ela suava debaixo do braço, atrás do joelho e onde mais pudesse suar. Até mesmo a parte de trás das coxas que estavam nuas tinham, de alguma forma, colado no tecido do assento do carro.

*É como estar em uma grelha.* A metáfora estava desgastada – ela precisava de algo mais encorpado para usar em seu documentário.

Ela ajustou seu *webset* Sennheiser. A câmera digital e os microfones com cinco anos de uso, apesar de obsoletos, eram fáceis de usar e ainda produziam imagens de qualidade para *webcast*. Ela olhou diretamente para sua filha de doze anos no banco de trás.

– Rachel, como você descreveria as condições do tempo aqui hoje?

A menina piscou os olhos castanhos, para fazer o ajuste já familiar de retorno de sua viagem pelo tablet para o tempo real.

– Melhor do que em Houston – respondeu Rachel.

– Sério? Como?

– Na Flórida está tão quente quanto no Texas, mas não fede tanto. – A vida inteira de Rachel fora postada em blogs por Megan por meio de um site ou outro, do *New Baby* para o *Terrible2s* e então para o *TweenLife*, e agora no documentário de meia hora de Megan para o *GoogleSpace*. Ela tinha crescido com a habilidade de sempre proferir respostas adequadas.

Sentado ao volante, Harley Drake deu risada e sugeriu:

– Por que você não chama a isso "O Sexto Círculo do Inferno"?

– Suponho que seja aquele com fogo.

– Sim, em vez de sangue ou lama ou ser atacado com objetos pesados. – Ele sorriu. – É para hereges.

– É um bocado de referência literária para um cara que se diz caubói do espaço. – Megan fez questão de empregar uma versão exagerada do sotaque de Houston que ela absorvera nos últimos nove anos. E também era uma brincadeira: Drake era um astronauta, mas tinha mestrado em literatura para acompanhar quatro diplomas de engenharia e ciências. Ao contrário de Megan, ele possivelmente havia lido *A Divina Comédia* de Dante. Provavelmente no original.

– "Eu sou grande, eu contenho multidões."

– Que é uma citação de Whitman. Obrigada, astronauta Drake. Meu Deus, como isso é desconfortável. – Megan desligou o aparelho e removeu o *webset* para secar o rosto com uma toalha de papel.

– Por que todas essas pessoas estão aqui tão cedo? O lançamento não vai acontecer antes da próxima semana – Rachel disse.

Megan olhou para fora da janela do lado do passageiro do Tesla. O tráfego no sentido sul da Highway 95, a partir de sua casa em Nova Villas, pelos trechos mais tortuosos de Titusville em direção ao entroncamento 407, que nunca era fácil, estava terrível hoje, graças ao acréscimo de milhares de carros, picapes e caminhonetes indo no mesmo sentido ou estacionados no acostamento.

– Eles querem uma boa vista – Harley explicou. – E um lançamento é motivo de festa. Está batendo a quantidade de carros em dia de jogo de futebol.

– Bem, na verdade a vista daqui não é muito boa, é? – Rachel retrucou. Como ela não gostava nem um pouco de Harley, aproveitava toda e qualquer oportunidade para contradizê-lo.

Com certeza era fato que, naquela manhã de junho, a vista para os pórticos de guindaste duplo que escondia o foguete gigante de três estágios *Saturn VII* era obscura e indistinta. Ainda assim, proporcionou um pano de fundo útil para o documentário de Megan – que ainda não tinha título. *Meu*

*Marido está indo para a Lua* soaria antiquado, como uma película dos tempos da *Apollo*. Outro desafio.

Megan olhou para Rachel no banco de trás. Ela era uma garota miúda, parecida com o pai, inteligente, um pouco verbal demais algumas vezes, normalmente amigável e de fácil convivência, mas não nesta viagem em específico. Megan estava aliviada em que a filha tinha se transportado, momentaneamente, de volta para o e-space comunitário em seu tablet.

– Ah, a adolescência... – ela murmurou, apenas alto o suficiente para os ouvidos de Harley.

Pelo menos era o que ela achava. Rachel arregalou os olhos e pronunciou: – Oooh, a adolescência... –, em uma imitação desdenhosa e perfeita de Megan.

Normalmente esse tipo de desafio teria desencadeado uma resposta corretiva por parte de Megan, mas hoje ela deixou passar. As cortadas de Rachel e o fato de ela não gostar de Harley eram causados por medo de seu pai, marido de Megan, Zachary Stewart, ser morto na *Destiny-5*, o primeiro voo tripulado para a Lua do século 21.

Há cinco anos, quando Zack entrou na órbita da Terra, em um *Soyuz* russo, Rachel era muito pequena para avaliar de fato os perigos. Mas não desta vez. Embora a adolescente inserida na comunidade exclusiva de astronautas em Houston não fosse munida de lembranças – como no caso do vizinho adulto cujo pai foi morto no acidente da *Challenger* –, com esta viagem certamente seria diferente. Eles estavam, no momento, dirigindo em um trecho da State Road 405, conhecida como Columbia Boulevard, nome proveniente de outra tragédia fatal da NASA. E Rachel tinha notado o desvio para a Roger Chaffee Street? Ele tinha sido um dos astronautas da *Apollo* que morreram em um incêndio em 1967.

Exatamente à direita deles, após passarem vagarosamente pelo aeroporto e lentamente se aproximarem da ponte que atravessa o Rio Banana, estava o Hall da Fama dos Astronautas e o Memorial do Espelho do Espaço – uma placa preta e delgada com nomes de todos os astronautas que tinham morrido em missões ou em treinamento. Segundo a última contagem, havia trinta nomes.

Megan até considerou uma foto em frente ao espelho, com as duas plataformas de lançamento à distância, mas não nesta viagem. Não com Rachel apavorada como estava.

Além disso, ela tinha de encarar sua própria noite de suores e tremores. Ela sonharia que Zack estava caindo 16 quilômetros até se arrebentar na superfície lisa do Atlântico. Ou tropeçando em alguma rocha aflorada na Cratera de Shackleton, e fazendo com que seu oxigênio e sua vida escoassem por um rasgo em seu traje. Ou incinerando na reentrada (o interior da *Destiny* de repente ficando amarelo e, em seguida, vermelho, e depois desintegrando em agonia). Ou qualquer uma das maneiras aparentemente intermináveis de alguém morrer em um voo espacial.

O verdadeiro pavor viria ao confrontar aqueles últimos minutos e ao se perguntar: *É isso? Essa é a minha vida? Passou tão rápido! O que eu fiz?*

– Você está ficando com aquele olhar de novo – Harley comentou.

– Que olhar?

– Você de repente fica em silêncio. Seus olhos ficam arregalados. – Ele acenou para as mãos dela. – E você começa a fincar as unhas nas palmas de suas mãos.

– Tenho o direito de demonstrar um pouco de estresse.

– Concordo. Minha função é distraí-la quando você precisa.

– Mesmo assim isso não vai alterar as circunstâncias.

– Apenas contribui para aliviar um pouco. E evita que você conceda aos seus concorrentes alguns momentos no YouTube.

A boca de Megan formou as palavras *vai se ferrar*. Ela gostava mais de Harley do que da maioria dos colegas astronautas de Zack, que geralmente eram insuportáveis. Mas não hoje, não esta semana. Harley estava a serviço como CACO – um astronauta designado por Zack e Megan para ajudar com questões mundanas como viagens e acomodações durante a semana que antecederia o lançamento da *Destiny*. Era uma norma da NASA que cada membro da tripulação selecionasse uma pessoa para exercer essa função.

E, até agora, Harley tinha se revelado um excelente agente de viagens, ao encontrar um condomínio de um amigo de família em Titusville para Megan e Rachel.

Mas também, se algo viesse a dar errado, Harley cuidaria dos preparativos para o funeral e das questões ligadas ao seguro. Ele seria a pessoa que iria segurar a mão de Megan em... bom, não seria no cemitério militar de Arlington, uma vez que Zack era um civil.

O enterro seria em um cemitério em Marquette, cidade natal de Zack, no norte de Michigan. Na semana anterior, Megan conseguira arrancar de Zack essas informações sobre o que seria feito caso as coisas dessem errado.

Portanto, agora, toda vez em que olhava para Harley, ela se via de preto, com a maquiagem borrada, e sentia moleza nos joelhos. Pena que ela não precisava montar um perfil de Harley para um documentário, porque título ela já tinha para ele: ele era seu *Agente de Escolta para a Viuvez*.

– Você acredita em Deus, Harley?

– Isso é algum tipo de indireta sobre como eu dirijo?

Eles tinham atravessado a Lagoa do Rio Indian e cruzaram o portão de Orsino para o terreno onde ficava o KSC, e onde o tráfego havia diminuído um pouco. É claro que o fato de passar pelo portão principal não significava que a viagem tinha acabado. O Centro Espacial Kennedy ficava espalhado por centenas de quilômetros quadrados na costa da Flórida, com o próprio Rio Indian a oeste e o Atlântico a leste. Harley Drake, sem sombra de dúvida, queria fazer o percurso em dez minutos.

– Bem, você poderia ir um pouco mais devagar – ela disse. – Mas a pergunta está valendo. – Megan tinha costume de insistir em suas perguntas. Ela estava passando bastante tempo com Harley e não havia nada de errado em querer saber mais a respeito dele. Ele era mais novo que Zack, apesar de ser astronauta há mais tempo e ter formação militar. Ele tinha sido piloto de testes da Força Aérea; provavelmente era conservador e, apesar de Megan nunca ter tido nenhuma evidência, era possível que fosse evangélico.

– Meg, eu com certeza não acredito que exista um cara que diz aos anjos o que eles devem fazer, mas sou um aviador supersticioso, e posso dizer, dos tempos da escola de aviação, que havia uns caras que carregavam... como diabos se diz? A marca de Caim? Uma nuvem negra sobre eles. Sabe-se que em algum lugar, de alguma forma, o universo vai encontrá-los. E não será por culpa deles, é só... bem, a vontade de Deus. Seja quem for Deus...

... Zack, a propósito, não é um desses caras. De acordo como o velho Harley Drake interpreta o universo, seu marido está destinado a andar sobre outro planeta e voltar para casa para te dar um beijão bem molhado. O que acha disso?

Ele estava com sorriso tão pateta no rosto debaixo dos óculos de aviador que Megan não pôde deixar de dar risada.

– Considere-me tranquilizada.

Ainda assim Megan ficou a se questionar. Considerando o que ela havia aprendido com outros cônjuges de astronautas – homens e mulheres –, Zack tinha uma pontuação alta na escala em relação à abertura pessoal. Não que a escala permitisse que ele fosse o que um ser humano normal consideraria emocionalmente aberto.

Ela se lembrou de como tinha sido penoso obter as informações dele para o enterro – revelações teológicas, nem pensar! Questões sobre Deus e vida após a morte nem haviam entrado no casamento deles... Celebração *pro forma* em alguma igreja, ótimo, ambos concordaram com isso. Os dois eram católicos não praticantes, mas voltar a frequentar a missa não era algo tão difícil – além de ser bom para Rachel. "Pelo menos ela vai ter noção do que está rejeitando", Zack gostava de dizer.

Porém, fazer com que seu marido dissesse a ela qual era sua expectativa em relação à vida após a morte, ou do que ele esperava da vida após a morte? Nada feito.

Não que ela, de outro modo, tivesse ideias ou convicções.

– Deus – Rachel exclamou, emergindo do sono ou de momentos de distração –, quanto tempo falta ainda para chegar lá?

Harley desacelerou com o engarrafamento no entorno deles.

– Aqui é a última parada para inspeção. Identidade de todo mundo!

– Não acho a minha – Rachel disse. Então Megan entregou o crachá para ela, tentando não sorrir. Ponto para a mamãe. Ela iria pagar por isso.

E Megan nem teve de esperar muito pela retaliação. Rachel sentou-se e anunciou:

– Tenho que fazer xixi. – Megan quis dar risada. Era absolutamente impossível ganhar de uma garota que vivia mudando o jogo.

– Você pode ir quando chegarmos ao local reservado para a imprensa.

– Não posso esperar.

– Você reparou onde estamos? – Naquele momento eles estavam em uma fila de carros e ônibus congestionando o portão de entrada para o complexo onde o bloco branco gigante do Prédio de Montagem de Veículos Espaciais se agigantava sobre o centro de controle de lançamento.

– A pista da esquerda está vazia! – Rachel disse. Certamente até Megan podia ver que a pista de entrada estava vazia e que parecia estar interditada no portão à frente.

– Bem pensado – Harley concordou. Com seu famoso sorriso e aceno com a cabeça, deu marcha à ré e, em seguida, entrou devagar na pista da esquerda.

– Depressa – disse Rachel, visivelmente se contorcendo no assento.

– Pelo amor de Deus – Megan retrucou, incapaz de se conter. – Você tem cinco anos de idade?

– Você me trata como se eu tivesse.

– Só quando você age dessa forma.

– Que é nunca.

– Vamos parar na guarita – Harley interrompeu, virando-se para a esquerda, apenas por tempo suficiente para deixar de ver um caminhão oficial da NASA se aproximando em ângulo reto.

Mas a grade do motor e a cabine do caminhão preencheram a visão de Megan por uma fração de segundo antes de todas as sensações cessarem em um estrondo de metal, luz, violência e morte.

*CABO CANAVERAL – Os quatro astronautas da tripulação da Destiny-5, a primeira missão pilotada de pouso lunar programada do século 21, farão uma última coletiva de imprensa do pré-lançamento às dez e meia, na manhã de quinta-feira, 6 de junho de 2017.*

*Repórteres americanos podem fazer perguntas pessoalmente no Centro Espacial Kennedy da NASA.*

*Repórteres que não sejam americanos não estão credenciados para este evento.*

*ASSUNTOS PÚBLICOS DA NASA*

Na maior parte do tempo, Zack Stewart pensava que ser astronauta era o melhor trabalho do mundo.

Por um lado, ele vivia um sonho de criança. Havia crescido no entorno de Marquette, na Península Superior do Michigan, onde frequentemente via as auroras boreais e queria tocá-las ou – caso isso fosse impossível – voar para além delas. E, nos anos em que ainda caía bastante neve e as temperaturas ficavam abaixo de zero em janeiro, ele se munia de botas e trajes para *snowmobile* e fingia ser um astronauta dando os primeiros passos em um planeta distante. Era uma fantasia tão atraente e agradável que, na idade adulta, ele ainda sentia emoção sempre que ouvia o farfalhar das botas na neve.

Zack tinha estudado astronomia planetária e feito pesquisa em Berkeley com a equipe de Geoff Marcy, buscando planetas extrassolares e aprimorando modelos existentes de como os mundos habitáveis poderiam ser. A partir daí, era meio caminho andado para a NASA – ele se candidatou a um emprego no momento em que ficou sabendo que a agência estava planejando um retorno à Lua. Levou uma década e duas rejeições para que ele alcançasse a posição de astronauta. "Simplesmente venci pelo cansaço", ele diria, acreditando em parte nessas palavras.

Ele gostava de massagear o ego de modo descarado ao responder a alguma pergunta casual, como "E o que é que você faz, dr. Stewart?", com "Oh, sou astronauta".

Também tinha experimentado a admiração e o estresse do voo orbital da Terra, permanecendo por duas vezes vários meses a bordo da Estação Espacial Internacional. A primeira viagem começou com o lançamento da *Soyuz* a partir da Rússia e a segunda em uma *Destiny* bem semelhante àquela que estava na plataforma de lançamento 39-A naquele momento. Houve pouco destaque para as missões, sem dúvida. Durante a primeira estadia de Zack, ele havia sido forçado a demitir um membro da tripulação. Mas as más recordações desapareceram na euforia de sua primeira caminhada espacial, quando, durante um passeio do lado noturno, ele flutuou no limite de suas forças sem comunicação e sem tarefas a serem realizadas. Era como estar em um tanque de privação sensorial, mas com dez vezes mais perigo e intensidade.

E muito mais espiritual do que qualquer celebração religiosa.

As visões e sensações eram únicas, mas, por outro lado, Zack também sentia prazer nos aspectos do dia a dia do trabalho, mesmo quando isso significava dirigir para o Centro Espacial Johnson toda manhã cedo para ficar sentado em reuniões ou simulações intermináveis. E daí? Ele estava treinando para voar até a Lua!

É claro que havia alguns inconvenientes em ser um astronauta. Ter de se manter em forma, por exemplo. Zack havia sido um atleta muito bom quando criança, ganhando classificação em trilha e *cross-country*, mas sua atração por corrida se extinguira na época da faculdade. Depois de se apresentar à NASA, voltou a correr, e passou a se arrastar de 3 a 5 quilômetros três vezes por semana, aprendendo a apreciar os efeitos dos altos níveis de endorfina e o fato de os quilos acumulados na cintura se derreterem. Mas ele nunca tinha de fato gostado disso. Como se não bastasse, também havia as muitas horas de trabalho e as viagens, que eram penosas para o seu casamento com Megan e seu relacionamento com Rachel. Quando não eram semanas no Arizona, simulando AEVs lunares, era tempo a mais em Nevada, trabalhando com o rover e tendo de ir várias vezes ao Cabo Canaveral. Mesmo em dias normais de trabalho no Centro Espacial Johnson, ele chegava cedo e ficava até tarde.

Outro inconveniente era ter de lidar com os e-mails, as ligações telefônicas, os caçadores de autógrafos e os assédios sempre que Zack fazia algo trivial, como ir a um *drive-thru* do McDonald's ou alugar um carro.

Afora as coletivas de imprensa.

– Todos prontos? – Scott Shawler, um jovem rechonchudo que passara a ser o PAO do Centro Espacial Kennedy para a *Destiny*-5, tinha acabado de reorganizar microfones e executar testes na tela de vídeo enorme atrás da tribuna.

– Vai fazer diferença se dissermos não? – Zack sorriu enquanto seus companheiros de tripulação caíram na risada. Shawler, no entanto, estava tenso demais para achar graça. Zack teve que lhe fazer um aceno tranquilizador com a cabeça.

As mãos de Shawler tremiam, mas sua voz era forte ao falar:

– Ok, bom dia a todos! Bem-vindos ao Centro Espacial Kennedy da NASA e ao evento L-menos-seis.

Apesar dos preparativos, as primeiras palavras do PAO desapareceram em meio à microfonia. Os repórteres em camisas polo esporte grudadas à pele devido ao calor e à umidade se encolheram.

– Cristo! – Tea Nowinski gritou, sem se preocupar em esconder sua irritação, um surto incomum para a bela astronauta. – Vocês não sabem lidar com equipamentos básicos de comunicação?

– Desculpe-me! – Shawler corou e, instintivamente, colocou a mão sobre o microfone. – Vamos tentar novamente. – Enquanto Shawler e outro membro de sua equipe sintonizavam o áudio, Zack olhou para o homem sentado entre ele e Shawler, um afro-americano perto dos 60 anos de idade, vestido com um terno escuro, camisa branca e gravata... tudo muito quente e pesado para as circunstâncias. Gabe Jones supercompensando mais uma vez. Ele era o oficial mais abertamente emotivo que Zack já tinha conhecido, capaz de romper em lágrimas em manifestações de tragédia das mais simples ou, sua especialidade, pelas maravilhas da exploração espacial. E era por isso que ele costumava se blindar com trajes formais.

Quando finalmente Shawler terminou os preparativos, recomeçou:

– Eu gostaria de apresentar o doutor Gabriel Jones, diretor do Centro Espacial Johnson... o astronauta-chefe Shane Weldon, e os astronautas Zack Stewart, Tea Nowinski, Mark Koskinen e Geoff Lyle. Senhoras e senhores, a tripulação da *Destiny-5*, a primeira missão de pouso lunar pilotada do século 21!

Houve um número surpreendente de aplausos, que se transformou em um verdadeiro alvoroço, e assim prosseguiu até que Weldon, sentado à esquerda de Zack, inclinou sua lisa cabeça redonda e disse:

– Talvez vocês todos devessem parar enquanto estão ganhando. – Zack sempre ficava perplexo com Weldon, que, embora fosse três anos mais novo do que ele, tinha a postura de um homem uma década mais velho.

– Ah, como todos vocês podem ver – Shawler continuou, balbuciante –, o *Saturn VII*, carregando o módulo para atividade de superfície lunar *Venture*, está programado para ser lançado na próxima segunda-feira, no período da tarde, às 12 horas e 42 minutos. Uma vez completada uma órbita, a *Destiny-5* dará prosseguimento ao segundo lançamento. A previsão é de que o tempo esteja bom...

Enquanto Shawler dava continuidade ao seu roteiro previamente escrito e totalmente monótono, Zack lançou um olhar para os três astronautas à sua direita, todos eles usando as mesmas camisas polo azul-celeste com o logotipo da *Destiny-5*. Os três tinham muito em comum; diabos, a diferença de idade entre eles era de apenas quatro anos! Além disso, haviam passado milhares de horas trabalhando em equipe desde que foram designados, em dezembro de 2015. Por um momento, no entanto, olharam para Zack como se fossem estranhos.

Ele virou-se para as pessoas à sua frente... A composição de costume de jornalistas veteranos e blogueiros ambiciosos, oficiais da NASA e do Cabo Canaveral e, na fileira de trás, as famílias e amigos.

Mas Megan e Rachel não estavam lá!

A divagação de Zack foi interrompida pela primeira pergunta da plateia.

– Para o comandante Stewart: por que a *Destiny* é importante? Qual é o motivo para retornar à Lua?

Em meio ao burburinho costumeiro dos repórteres, Zack teve tempo de virar-se para Shawler.

– Scott, você pode acessar o website do Goddard? – Shawler ficou feliz em poder mostrar que, de fato, ele era competente, e clicou de maneira resoluta em seu laptop para mudar a imagem na tela grande atrás do tablado.

Um borrão branco apareceu sobre um fundo preto.

– Este é Keanu, nosso mais novo Objeto Próximo à Terra – Zack declarou. – Ao olhar para a imagem, pode-se ver que Keanu está a quase um bilhão e meio de quilômetros do Sol, e se dirige a ele rapidamente. Ele entrará em nosso campo de visão em 27 meses, contados a partir de agora. – Nossos melhores cálculos mostram que Keanu *não* vai atingir a Terra, o que é bom, porque ele tem cerca de cem quilômetros de diâmetro; a devastação causada por seu impacto destruiria tudo o que fosse maior do que uma bactéria.

Voltou-se para Jones, que estava, como era de se esperar, piscando para conter as lágrimas de espanto só de pensar no horror e na tragédia que isso poderia provocar.

– Vamos escapar de Keanu, mas um dia desses identificaremos um objeto do qual não poderemos nos esquivar. E, quando isso acontecer, precisaremos estar preparados de duas formas: inicialmente, teremos de saber como operar no entorno e sobre os NEOs, em caso de podermos fazer alguma coisa para mudar a trajetória deles. Em segundo lugar, e ligeiramente mais importante, a raça humana deve ter uma presença permanente em um outro mundo, ou seja, uma porção da humanidade que possa dar continuidade à espécie. Se um NEO como Keanu atingir a Terra algum dia, sete ponto alguma coisa bilhões de pessoas já eram! Não ficaríamos mais felizes se soubéssemos que a raça humana não irá desaparecer do universo como aconteceu com os dinossauros?

A coletiva de imprensa girava em torno de questões previstas sobre o rover pressurizado da *Venture* e a probabilidade de se descobrir gelo na Cratera de Shackleton, quando um homem indiano, por volta dos quarenta anos, levantou-se e perguntou:

– O que você tem a dizer para seus amigos indianos e russos, que temem que os Estados Unidos reivindiquem Shackleton como o primeiro passo em direção ao *destino manifesto* interplanetário?

Era Taj! Taj Radhakrishnan, um "vyomanaut" (o programa espacial indiano insistia na sua terminologia nativa) indiano, que havia feito parte da equipe da estação espacial de Zack. Zack enviara convites *pro forma* para os três astronautas internacionais, mas, dado o aumento das tensões entre os Estados Unidos e a nova coalizão de Rússia e Índia, ele não esperava que nenhum realmente comparecesse, muito menos Taj.

E agora ali estava ele, com seu filho Pav de 14 anos sentado ao seu lado e obviamente infeliz, fazendo as perguntas que meio mundo gostaria de fazer.

– A placa na *Venture* diz: "Nós viemos em paz por toda a humanidade" – Zack respondeu.

– Que assim seja. Mas o que vai acontecer quando nossa *Brahma* pousar em Shackleton?

– Se estivermos em casa, entrem para tomar um cafezinho.

Taj sorriu e fez uma reverência impecável.

– Desde que vocês não nos façam passar pela verificação de imigração. Acabei de passar por esta experiência em Orlando. Foi humilhante ao extremo.

Houve vaias espalhadas pelo recinto por parte da imprensa e de curiosos – aqueles que não reconheceram Taj. Shawler se adiantou:

– Se isso encerra as, uh, perguntas, eu gostaria de ter algumas palavras de Gabriel Jones.

O chefe do JSC começou com uma de suas declarações padrão, quando um membro da equipe de segurança do KSC pulou sobre o tablado e começou a falar com Scott Shawler.

– O que foi, agora? – Tea perguntou, sussurrando.

Zack viu a expressão no rosto de Scott Shawler quando o guarda da segurança entregou uma mensagem. Mark Koskinen também havia reparado e disse:

– Alguém vai receber uma má notícia.

Então Shawler virou-se, olhando diretamente para Zack.

*Meu pai está aterrissando em um planetoide esquecido por Deus. Estou presa no controle de missão. ENTEDIADA!*

*RACHEL STEWART EM SEU TABLET*

# Aproximando-se de Keanu: estágio final

– Houston, estamos a 15 mil... prosseguindo com a iniciação de aterrissagem propulsada em cinco.

Ao lado de Pogo, Zack esperava pela resposta de Shane Weldon no painel de controle – ainda amarrado, já que a *Venture* estava em microgravidade. Ele ainda usava seu capacete e suas luvas, e sentia-se como uma criança agasalhada para um dia de neve.

Houston e Weldon pareciam mais distantes do que nunca, uma vez que o sinal estava chiando e falhando.

– Entendido, *Venture*... ainda vamos... aterrissar em 78:15:13 MET. – Fazia realmente 78 horas que *Saturn VII* tinha inflamado, fazendo com que Zack e sua tripulação entrassem na órbita da Terra?

Tea e Yvonne estavam amarradas logo atrás, completamente invisíveis e, por enquanto, em silêncio.

A última frase vinda do controle de missão sobre o assunto havia sido:

– A Home Team está trabalhando nisso.

A Home Team era o grupo de especialistas em Keanu liderado por Harley Drake, que estava, sem dúvida, ao telefone e trocando e-mails por todo o mundo, contatando uma ampla gama de especialistas em NEOs e erupção de respiradouros.

E em que Rachel estaria pensando? O que ela teria ouvido? Zack não falara com sua filha desde o lançamento. Eles haviam trocado mensagens de texto – o meio de comunicação predileto dela – durante as primeiras seis horas. Desde então, nada. Ela enviara mensagens, pois Zack viu uma fila delas em seu arquivo de mensagens pessoais. Porém, faltava-lhe tempo para compor até mesmo uma resposta de duas palavras.

Bem, ele enviaria a ela a primeira mensagem da superfície de Keanu, que agora se encontrava mais perto do que nunca. Eles se encontravam a 15 mil metros de altitude, aproximadamente o mesmo que um avião ao cruzar os Estados Unidos. Três minutos até o motor duplo RL-10 da *Venture* acender, desacelerando o veículo o suficiente para abandonar a órbita e dar prosseguimento ao pouso.

– Houston, aqui é a *Venture*. Nenhuma palavra sobre nossos vizinhos da Coalizão?

– *Venture* – Weldon respondeu, após mais do que a demora normal –, a *Brahma* está em uma órbita mais baixa e mais circular... O plano diverge do de vocês... 20°. Os dados estão chegando para vocês.

A propulsão da vantagem gravitacional havia colocado o veículo combinado *Destiny-Venture* em uma órbita extensa em espiral ao redor do NEO. Depois de 20 minutos, seguindo as ordens de Houston (encorajados, sem dúvida, pelo relatório de Tea), aplicaram uma injeção de sedativo em Zack, acondicionaram-no em um saco de dormir e colocaram-no na câmara de compressão da *Venture*. Enquanto ele repousava, Patrick, Yvonne e Tea completaram o trabalho tedioso de realizar a configuração da *Destiny* para uma semana – ou um mês – de voo autônomo não tripulado, assim como a transferência de equipamentos, alimento, água e outros suprimentos para o módulo de pouso.

Zack foi acordado para a manobra de separação, realizada por Tea e Yvonne, meia hora após a propulsão final. A *Destiny* foi deixada para trás, e agora a *Venture*, um conjunto de tanques de quatro pernas, voava por conta própria.

Enquanto isso, a tripulação da *Brahma* completava sua propulsão, envolvida em uma órbita relativamente circular, que oferecia como vantagem maiores oportunidades de aterrissagem. A tripulação da *Destiny* apostara tudo na vantagem gravitacional e nesta órbita um pouco mais excêntrica, na expectativa de ter a primeira chance de tocar o solo... Porém, se não conseguisse sair deste carrossel, teria que esperar um outro dia.

*E a* Brahma *aterrissaria na frente deles.* E seria o velho companheiro da estação espacial de Zack, o agitado, porém competente Taj quem iria dar os primeiros passos em Keanu.

– Três minutos – Zack disse. – Crianças, tudo bem no banco de trás?

– Sim.

– Tudo bem.

Ambas as vozes estavam tão contidas e tensas que Zack não pôde diferenciá-las.

– Ok, aqui estão os dados da *Brahma* – Pogo disse, apontando um dedo grosso e enluvado para a tela, que mostrava uma imagem da grande bola, Keanu, e dois planos em rotação que representavam as órbitas das duas espaçonaves, junto com dados em constante mutação.

– Houston, pelo Canal B – Zack disse, clicando no link criptografado. – Por acaso você ou a Equipe da Casa notaram aqueles episódios de erupção, quando a *Brahma* acelerou?

– Essa é uma boa pergunta – Pogo disse.

O atraso se estendeu para além dos seis segundos habituais. Finalmente uma nova voz apareceu na linha.

– Zack, Harley. A resposta é *não*... e *sim*...

– Mas que mer...! – Yvonne deixou escapar, claramente irritada. Zack quis sorrir. Pogo Downey tinha a clássica mentalidade militar: "Deixe-a terminar e me dê uma resposta". Yvonne, engenheira por formação, dispunha de muito menos apetite para nuances.

Até mesmo Tea Nowinski, normalmente a mediadora, a meio de campo em qualquer grupo, juntou-se ao coro:

– O que isso quer dizer?

– Pessoal, chega! – Zack usou a voz de comando. – Ei, Harley... notícia interessante. – Ele se perguntou se o sarcasmo viajaria pela distância de 440 mil quilômetros. – Você se importa em dar mais detalhes?

– O que podemos dizer é o seguinte, meu amigo: houve uma segunda erupção em Keanu, mas isso aconteceu cerca de meia hora após a propulsão da *Brahma*. Aparentemente não houve uma correlação. Na verdade, houve um terceiro evento desde então.

Zack achou aquela notícia fascinante, e tranquilizadora também.

– Então é possível que a primeira erupção tenha sido uma coincidência? Que estávamos lidando com uma espécie de atividade vulcânica?

– Keanu vinha entrando em erupção desde que fora observado pela primeira vez. De fato, a *Venture* e a *Brahma* foram ambas direcionadas para o mesmo local sobre a superfície de Keanu, uma cratera circular apelidada de Vesuvius que tinha jorrado muitas nuvens de vapor durante os últimos dois anos.

– Até agora, essa é a teoria mais lógica – Harley confirmou o raciocínio de Zack.

– É, bem – Yvonne disse –, as outras teorias são bizarras...

– Bom saber – Zack comunicou pelo rádio. – Vamos manter os olhos abertos. – Ele deixou de lado a questão sobre o que era estranho (se é que havia alguma coisa que não o fosse) a respeito de Keanu para, em vez disso, preocupar-se com o que a *Brahma* faria quando chegasse. O que seria aquela coisa parecida com um míssil que ela carregava? Aquilo não tinha aparecido nos diagramas esquemáticos da *Brahma* disponíveis na internet.

– *Venture*, indicamos um minuto para PDI – Weldon informou, proveniente de Houston. – Tudo parece bem daqui.

– Tudo bem se eu disser que eu não acredito que ainda vamos aterrissar nessa merda? – explodiu Tea.

Apesar da aparente irritação, toda essa alteração era *pro forma*; a sensação de familiaridade fazia a tripulação sentir como se estivesse de volta ao simulador em Houston, e não se aventurando no primeiro pouso pilotado em um Objeto Próximo à Terra.

Esse desafio era dez vezes maior do que o enfrentado por Armstrong e Aldrin na primeira aterrissagem na Lua. É verdade que a *Venture* tinha sistemas de navegação muito melhores, mas a tripulação da *Apollo* havia almejado um mundo que sempre estivera na mente humana... Que havia sido estudado por séculos, e que, anos anteriores ao lançamento deles, havia sido examinado uma dúzia de vezes.

Keanu era desconhecido até três anos atrás. Desde então, fora estudado por apenas duas sondas, que sobrevoaram sua órbita a distância. (Não havia um governo ou corporação na face da Terra que fosse capaz de conceber, financiar, construir e realizar o lançamento de uma sonda a Keanu em menos de cinco anos. Então já seria tarde demais; o NEO já teria realizado sua maior aproximação e estaria voltando para a escuridão interestelar de onde viera.)

A tripulação da *Destiny-7* e da *Venture*, comandadas por Zack Stewart, fariam de fato o primeiro contato humano com esse mundo.

– Trinta segundos – disse Pogo.

Não pareceu levar todo aquele tempo para os números chegarem à zero. Com um estrondo que sobressaltou Zack – ele nunca tinha experimentado uma propulsão estando na cabine da *Venture* –, o motor duplo RL-10 acendeu, e o impulso subiu de 20% a 100%.

Zack era, tecnicamente, o comandante da missão da *Destiny-7*, algo que ele achava particularmente absurdo no momento. O impetuoso Pogo Downey estava pilotando essa aterrissagem.

É claro, Pogo ainda não estava pilotando realmente. Era verdade que, com centenas de horas de simulações, ele estava preparado para conduzir manualmente a *Venture* até um local plano na superfície da Lua... e várias dúzias de SIMs de pós-decisões velozes tinham se concentrado nos desafios para realizar a mesma manobra na gravidade inferior de Keanu.

Todavia, era o sistema de guiamento inacreditavelmente robusto e sofisticado da *Venture* quem de fato estava tomando as decisões, seu radar cobrindo a superfície de Keanu, registrando o alcance e a velocidade de descida. Em seguida, fazendo os ajustes delicados na inclinação dos motores, cujos eixos combinados de propulsão – otimizados pelos RCS menores espaçados em torno do lado de fora da *Venture* – determinavam aonde o veículo estava indo.

Dois estrondos sacudiram a cabine.

– RCS – Zack disse rapidamente. Ele podia ouvir os sussurros de espanto de Tea e Yvonne pelo circuito de comunicação.

Ele sorriu para si mesmo. Zack não tinha sido selecionado para ser comandante por sua habilidade com um manche. Apesar de brincar sobre a mentalidade de "irmã mais velha" de Tea, ele tinha um instinto muito maior de querer que todos se sentissem bem. Essa peculiaridade de seu caráter orientou sua vida profissional – ele perdera a conta do número de pessoas com as quais havia tido graves desavenças, mas que acabaram considerando seus discretos pareceres favoráveis e seus argumentos moderados como sinais de amizade genuína. Se tivesse de trabalhar até tarde, tudo bem. Se precisasse pedir desculpas, pediria. Se a situação exigisse que fosse encantador, ele poderia ser muito encantador.

E, se o bem maior pudesse ser servido por uma explosão temperamental, ele poderia estourar melhor do que ninguém.

Após sua segunda viagem à estação espacial, um dos doutores da NASA disse a Zack que ele obtivera a classificação mais alta dentre todos os astronautas estudados, em função de um fator interpessoal importantíssimo, que não era nem habilidade técnica (mesmo sendo considerada ótima) e nem seu controle emocional (embora ele sempre mantivesse o sangue frio).

Ele simplesmente *sabia lidar bem com as outras pessoas*. Ajudava a manter a ordem. Fazia mais do que a sua porção de trabalhos sujos.

Realizar a primeira aterrissagem em Keanu era, em muitos aspectos, um trabalho sujo. O tempo de treinamento fora curto, o perigo era grande, a tripulação tinha sido escalada de última hora. E havia uma grande chance de atrito com a tripulação da *Brahma*.

A NASA queria que as pessoas da Terra convivessem bem. E quem melhor para mantê-las assim do que Zachary Stewart? Ele não apenas dedicara dois anos treinando na *Destiny-Venture*, mas também era um especialista entre os astronautas em todos os assuntos relacionados a Keanu. E o melhor de tudo era que ele, na verdade, conhecia (e apreciava!) o comandante rival da *Brahma*.

– Entrando em *pitchover* – Pogo disse, proferindo suas primeiras palavras desde o início do PDI.

Embora não houvesse nenhuma sensação de movimento – nada que se assemelhasse à inclinação lateral de um avião –, a vista da janela dianteira mudara, e o céu negro dava lugar ao horizonte branco e cinza de Keanu.

Era como se a *Venture* estivesse se levantado – e estava, em termos técnicos. Em pouco tempo, eles estavam sendo direcionados para cima, *mais Z*, segundo a terminologia empregada pela NASA.

– O que é isso? – Pogo perguntou.

Desde que entrara na órbita de Keanu, a *Destiny-Venture* havia realizado duas passagens baixas, mas ambas no lado noturno, onde a visibilidade era quase inexistente. Agora, para a aterrissagem, a *Venture* se dirigia para o lado iluminado pelo Sol, como um avião transatlântico voando em direção ao alvorecer europeu.

Mas essa aurora descortinou um *gêiser gigante chamejando centenas de metros* contra um céu negro. Sem ser afetado pelos ventos, uma vez que Keanu não tinha atmosfera, parecia um funil de furacão perfeito dos pesadelos de infância de Zack. Ele teve de se esforçar para dizer:

– Houston, vocês estão vendo o que estamos vendo?

Certamente Houston recebia a mesma imagem das câmeras da *Venture*, mas os controladores não passariam pela mesma experiência admirável e majestosa... ou simplesmente apavorante.

– Espero que não seja do Vesuvius – Zack disse, visualizando de imediato a resposta para sua própria pergunta, quando a nuvem de vapor deslizou para a esquerda; claramente expelida por outro orifício, o que foi confirmado calmamente por Weldon.

Assim como Buzz Aldrin fizera enquanto Neil Armstrong executava o primeiro pouso lunar, Zack concentrava-se em sua tarefa como comentarista.

– Ok, Pogo. A 300, para baixo a 20. – 300 metros de altitude, para baixo a 20 metros por segundo, ambos os dados decrescendo a taxas diferentes. – O campo abaixo parece regular. – Eles podiam ver a área de aterrissagem a partir das janelas dianteiras, cujas metades inferiores eram inclinadas para dentro, mas o brilho da neve e do gelo de Keanu ofuscava a visão. Informações melhores estavam chegando de uma imagem de radar no HUD, que mostrava rochas espalhadas, embora até agora nenhuma grande o suficiente para derrubar a *Venture*.

– Entendido – Pogo disse, emitindo um som que se assemelhava a um grunhido. Zack havia voado uma vez num jato T-38 da NASA que Pogo tivera de pousar sob péssimas condições meteorológicas. Durante toda a aproximação, o piloto descera em silêncio quase absoluto, com os olhos grudados nos displays e as mãos no manche.

*Raio de ação bloqueado.*

A aterrissagem da *Venture* em Keanu era diferente da aproximação tenebrosa e arriscada ao Cabo Canaveral em um jato T-38 – o computador ainda estava pilotando o veículo, algo de que os pilotos nunca gostavam.

– A 200, para baixo a 15. O horizonte parece perto. – E, a uma altura de menos de 200 metros, o NEO ainda parecia redondo! Por um instante, Zack teve a impressão de que a *Venture* estava se deslocando lateralmente até uma gigantesca esfera branca. Ele teve de, literalmente, sacudir a cabeça.

Suas contorções certamente ficaram visíveis mesmo dentro do traje grosso para AEVs. Ele sentiu um tapinha tranquilizador no ombro. Tea. Não tinha como demonstrar que ele reconhecera quem era, o que ela provavelmente já sabia.

– Chegando a cem, para baixo a dez – Zack informou. – Optando pela manual.

De acordo com o plano de voo, a aterrissagem manual era o modo de reserva, mas Zack e Pogo tinham decidido, particularmente, que a visão e os reflexos humanos eram muito mais adequados para a delicada tarefa de uma aterrissagem segura do que um computador. As palavras de Zack deram o sinal verde a Pogo para clicar no botão de conversão, fazendo com que suas mãos ganhassem vida no controle, ao mesmo tempo em que avisavam Houston que esta era uma decisão e não uma falha do sistema.

– *Venture*, indo para o modo manual. – Zack sabia que Shane Weldon concordaria com a decisão. Além disso, se eles estivessem errados estariam mortos.

– Flutuando – Pogo disse, exatamente quando Zack se preparava para comentar que a *Venture* se encontrava a 40 metros, com velocidade de descida igual a zero.

Em vez disso, Zack falou:

– Olhe aquilo!

Com duas vezes a largura de um campo de futebol, a abertura de Vesuvius estava na frente deles, um grande buraco negro no solo, seu fundo perdido nas sombras.

– Posso ligar o limpador de para-brisas? – Pogo perguntou, estarrecendo Zack (e, sem dúvida, milhares de pessoas que estavam ouvindo, e as que ainda viriam a ouvir em anos vindouros) com sua calma usual.

– Apenas coloque-a no chão – Zack retrucou, o que era totalmente desnecessário. – Combustível a 11%. – Eles tinham queimado quase 90% do oxigênio e do hidrogênio líquido da *Venture*, mas havia o suficiente para uma aterrissagem segura. (O combustível para decolagem estava em tanques separados e alimentava um motor de subida em separado.)

O campo branco de neve subiu vagarosamente para cumprimentá-los. Agora, Zack era capaz de distinguir cada uma das rochas – porém, mais uma vez, nenhuma tão alta que chegasse a ser preocupante.

– Dez metros. – Ele não estava preocupado com a velocidade de descida naquele momento. – Estamos fazendo um pouco de fumaça! – Os jatos dos motores da *Venture* que, apesar de invisíveis, eram quentes e tinham quatro lóbulos, vaporizavam a superfície de Keanu agora. Pequenas nuvens de vapor subiam, fazendo Zack lembrar-se do Lago Superior em dia de inverno.

– Corte do motor – Patrick anunciou, no momento em que os motores RL-10s pararam abruptamente, e o tremor e a vibração dentro da *Venture* cessaram.

– Contato! – O tradicional indicador azul acendeu...

... e apagou novamente.

– Merda! – explodiu Patrick.

– Estamos quicando! – Zack pôde sentir no estômago aquela sensação de como se estivesse em uma montanha-russa.

De repente eles foram sacudidos por três explosões rápidas: Pogo disparou manualmente os foguetes pequenos de controle de reação espaçados ao redor da cabine da *Venture*.

– Mantenha-a de pé! – Zack gritou.

– Descendo novamente.

Zack observou a sombra das quatro pernas agachadas da *Venture* avançando de encontro a eles. Lá estava a luz de contato...

– Maldição! – Elas saltaram de novo.

– Desta vez foi mais baixo – Zack disse, quase certo do que dizia.

Então, finalmente a *Venture* estabilizou-se e deslizou.

E parou, com segurança na posição vertical, na superfície de Keanu, a 15 metros da borda bem definida da abertura do Vesuvius.

– Houston, daqui da Base Vesuvius. A *Venture* está na superfície e, hmm, seguramente imobilizada.

Deu um tapinha no braço de Pogo. Pôde ver seu piloto sorrindo e fazendo um rápido sinal da cruz. Somente agora Tea e Yvonne abriram a boca, soltando gritos de alívio.

Então Weldon respondeu finalmente:

– *Venture*, Houston. Como eles disseram da primeira vez, vocês fizeram quase todo mundo ficar azul por aqui*. Da próxima vez, soltem a âncora.

Zack apontou para Pogo, que disse:

– Entendido, Houston. Diga ao pessoal de operações que eu quero crédito por três aterrissagens.

Nos minutos seguintes, eles fizeram o *checklist* de pós-aterrissagem, certificando-se não apenas de que os dois motores principais estavam desligados, mas também os RCSs, além de checar se a *Venture* estava em uma área plana e não sobre uma poça de água que pudesse se transformar em gelo.

– Acho que temos pedras sob as bases das pernas – Yvonne comentou. – Isso é bom.

Removeram também os capacetes e as luvas, embora dois deles tivessem tido de ser vestidos novamente para os primeiros passos em Keanu.

Zack afastou-se da posição dianteira e deslizou para trás de Tea e Yvonne. A cabine da *Venture* era apertada – tratava-se de acomodações próximas demais para uma missão de uma semana –, mas fora projetada para ser dividida em dois.

Puxou a cortina de privacidade, criando uma espécie de "quarto". Livre das luvas, pegou o teclado para digitar uma mensagem particular para Rachel: CONSEGUIMOS – CINEMA DE BORDO TERRÍVEL, MAS FIQUEI NA JANELINHA. BEIJOS, PAPAI.

Apertou "enviar". E, então, a tensão das últimas muitas horas, os últimos quatro dias sem dormir, os dois últimos anos, bateram nele como uma tempestade súbita. Enterrou o queixo no peito e estremeceu, aflorando um sentimento de dor e tristeza pelo milagre do que tinha acabado de vivenciar... pelos difíceis desafios pela frente... e pelo fato de que sua esposa nunca saberia de nada disso.

---

* Referência ao diálogo estabelecido entre Houston e a *Apollo 11* logo após seu célebre pouso na Lua, em 20 de julho 1969: "Entendido, *Tranquility*. Ouvimos vocês aqui do solo. Vocês fizeram quase todo mundo ficar azul por aqui. Agora, estamos respirando de novo". [N. de T.].

O pior de tudo é que fora o acidente dela que deu a Zack essa oportunidade. Ela tivera de morrer para que ele pudesse arriscar a vida.

*Megan... nós conseguimos.*

Quando pensou no que aconteceu dois anos atrás, ainda sentiu raiva – de Deus, do universo, de quem ou do que quer que pudesse ser o responsável. Ele estava chorando de tristeza, mas também de raiva.

– Zack, como você está? – Era Tea, que escorregara para trás da cortina e falara tão baixinho que Patrick e Yvonne não poderiam ouvir.

A típica reação masculina seria fingir que não havia nada de errado com uma resposta evasiva. Mas ele e Tea se conheciam bem demais.

– Já estive melhor.

– Tem sido um caminho árduo. – Ela deu um tapinha no braço de Zack e, em seguida, afastou-se, deixando-o nessa bolha temporária de privacidade.

Ele respirou fundo e enxugou os olhos. Eles fizeram a aterrissagem e agora precisavam explorar um mundo totalmente novo.

Ah, sim, e esperar pelo que aconteceria depois da chegada da *Brahma*.

Bem, ele tinha sido capaz de determinar um importante princípio científico: lágrimas não caem no campo de gravidade de um NEO.

Parte Dois

# "LONGO E BRANDO TROVEJAR"

*Com o suor do seu rosto você comerá o pão, até que volte à terra, pois dela foi tirado. Você é pó, e ao pó voltará.*

GÊNESIS 3:19

# Dois anos atrás

A Tempestade Tropical Gregory se aproximava da área de Houston no dia em que Megan Stewart foi enterrada. Uma tépida torrente de chuva caía, varrendo as águas agitadas do Lago Clear, tornando escuro o prédio da sede do JSC, e as ruas pareciam rios extremamente escorregadios.

Transformou também o cortejo, da igreja St. Bernadette até o cemitério de uma cerimônia majestosa, em uma debandada desordenada. Zack simpatizara com as pessoas menos próximas à família – como os pais dos colegas de escola da Rachel que se sentiram obrigados a participar da cerimônia, mas cuja empatia era testada pela chuva caindo diretamente em seus rostos.

Entretanto isso não significava que poucas pessoas tinham estado presentes na cerimônia. Zack não fazia ideia de quantas pessoas compareceriam, mas, no final das contas, a igreja St. Bernadette ficara lotada. Não apenas com amigos locais, mas também com funcionários do JSC e pessoas com as quais Megan havia trabalhado no decorrer dos anos: editores, produtores e até mesmo algumas personalidades que tinham sido retratadas em vários documentários e entrevistas. Zack não era do tipo que costumava julgar o sucesso ou fracasso de um funeral pelo número de participantes, porém... aí estava.

Certamente a natureza chocante e pública de sua morte havia contribuído. Tinha virado manchete em todo o tipo de mídia. *Esposa de astronauta prestes a pisar na Lua morre em acidente de carro na Flórida.* O acontecimento teve um peso jornalístico equivalente ao de uma morte por overdose de alguma atriz de Hollywood, modelo ou celebridade. A própria Megan teria aprovado o furacão de tragédia e notoriedade que envolveu sua morte.

Nada disso foi muito confortável para Zack, para Rachel ou para os pais de Megan.

James Doyle, o pai de Megan, era um homem de 70 anos, grandalhão, de pele avermelhada, que parecia um policial de carreira com um histórico de alcoolismo, mas que era, na verdade, um vendedor de seguros aposentado com um histórico de alcoolismo.

– Não importa o quanto as coisas estejam ruins, elas sempre podem piorar – foi como ele resumiu o ocorrido para Zack.

Os pais de Zack não estiveram presentes, uma vez que a situação deles – a fragilidade crescente do pai e a falta de compreensão da mãe – também não era das melhores.

Agora James Doyle estava sentado na frente de Zack na limusine atenciosamente fornecida pela agência funerária. Ele tentava, em vão, confortar a mãe de Megan, Diane, uma mulher esbelta e cheia de energia, de origem escocesa, na casa dos 65 anos, a quem claramente Megan havia puxado.

No assento adiante estava o irmão de Megan, Scott, com sua esposa e o filho de sete anos. A tristeza deles era ou assustadoramente entorpecente ou estava sob controle. Mas, graças a Deus, eles estavam ali. O desafio de ter de encará-los, confortá-los e de ser confortado tinha feito com que Zack isolasse sua própria dor e a deixasse de lado.

Pelo menos por enquanto. Ele teria de lidar num outro momento com o pesar de perder sua amada esposa. *Ou com a perda de sua Lua.* Ele teria trocado as aventuras e os momentos gloriosos que a viagem proporcionaria para ter Megan de volta.

Enquanto o carro estava na Gulf Freeway em direção ao Cemitério Forest Park, Zack pensou sobre o caixão dentro do carro fúnebre à sua frente.

Megan estava nele. Megan, com seus profundos olhos castanhos e aquele sorriso maroto. O corpo atlético, mas definitivamente feminino. As pernas delgadas que ainda, após dezoito anos de intimidade, tinham a magia de mexer com ele. O andar que o atraíra em Berkeley.

A risada profunda e o tom de voz perfeito que, como percebeu muitos anos depois, ele considerava as características mais marcantes e atrativas dela.

Tudo quieto e em silêncio. *Embalado para transporte.*

No hospital, ele havia se forçado a olhar para o corpo machucado dela. Não estava tão horrível quanto ele temia – o único estrago visível era um hematoma no lado direito de sua face. Mas Zack não podia acreditar que fosse Megan... O conjunto de ossos, músculos e sangue na maca estava imóvel demais para ser de sua esposa, geralmente agitada e em movimento constante.

*Chega! É hora de agir como um astronauta – não olhe para trás, veja o problema diretamente à sua frente.*

Que, neste caso, era Rachel. Ela tinha escapado de ferimentos físicos sérios, mas o choque e o trauma ficariam com ela pelo resto da vida.

Nas primeiras horas após o incidente, ela agira irracionalmente, falando apenas que queria seu tablet e, quando Zack não pôde realizar essa sua vontade (o equipamento ainda estava no carro acidentado, onde quer que estivesse), entrou em um estado de torpor que se estendeu por três dias. Rachel prosseguiu com sua rotina exatamente como fazia antes do acidente – comia, vestia-se, continuava a fazer suas experiências com maquiagem. Não havia nada de robótico nisso, nada evidente o suficiente para levantar a suspeita de um diagnóstico de depressão. Ela estava apenas... quieta. Quando lhe dirigiam a palavra, ela respondia, mas normalmente com uma única palavra.

Pelo menos essa era a visão de Zack. Quão confiável seria seu discernimento?

Zack não conseguia fazer com que as palavras saíssem de sua boca. *Respire fundo.* Ele tinha de ser forte não apenas por Rachel, mas pelos pais de Megan, que estavam sentados à frente deles com expressão de desolamento. Ele tocou na mão de sua filha e tentou ficar calmo e objetivo.

– Você trouxe o seu poema?

– Oh, meu Deus! – Os olhos de Rachel se arregalaram em horror aparente. Emoção! Zack quis aplaudir. – Acho que deixei em casa!

Antes que Zack pudesse reagir, o rosto de Rachel se restabeleceu frio e impassível. Sua voz, no entanto, mostrou-se repleta daquela condescendência própria dos adolescentes.

– Você realmente achou que eu iria estragar tudo?

Quando o cortejo chegou ao local do túmulo, o vento e a chuva tinham parado. O cemitério estava envolto em uma névoa sob a luz do sol, o que fez com que Zack sentisse uma paz incomum. Quando o caixão estava sendo colocado no túmulo, outro carro chegou vindo de uma direção diferente.

Por um instante, Zack teve a esperança de que fosse Harley Drake. Harley sobrevivera, mas ainda estava inconsciente; fora ferido gravemente no acidente e provavelmente ficaria paralítico. Zack desejava que Harley acordasse e ficasse bem, porque era seu amigo – e porque ele queria saber o que havia acontecido.

Entretanto, do carro saíram o astronauta-chefe Shane Weldon e os recém--ex-colegas de tripulação de Zack da *Destiny-5*: Tea Nowinski, Geoff Lyle e Mark Koskinen.

E o substituto de Zack, Travis Buell. O novo comandante da *Destiny-5* – o reserva de Zack nos últimos dois anos – era um homem franzino com cerca de 40 anos e aparência de acadêmico. Os instrutores da tripulação costumavam brincar dizendo que Zack parecia um piloto de helicóptero do Exército, enquanto que Buell tinha mais um aspecto de professor. E Zack dispôs-se a aceitar essa observação. Buell parecia viver mais no reino das ideias do que no mundo real da ação. Podia-se perceber em seus olhos a luz da verdadeira crença, fosse em relação ao Jeová bíblico, à perfeição dos Estados Unidos da América ou a decidir-se se a aterrissagem em Shackleton deveria ser controlada manualmente ou por computador. Essas haviam sido as questões discutidas entre ele e Zack por dois anos. Mesmo à distância, nessas circunstâncias Zack pôde perceber o zelo fanático inerente àquele homem.

Um pouco mais atrás da tripulação da *Destiny* vinha Taj Radhakrishnan, elegante em um casaco da *London Fog* enquanto os astronautas usavam medonhas capas de chuva de plástico amarelo sobre os trajes de voo da NASA. Tea se adiantou aos outros e dirigiu-se diretamente até Zack.

– Desculpe-nos pelo atraso – ela disse. – Eles quase nos impediram.

Era natural... a tempestade que havia atrapalhado o funeral de Megan teria afetado as viagens aéreas na área, especialmente para jatos pequenos da NASA que chegavam nas proximidades do Campo Ellington.

Eles não se viam desde a coletiva de imprensa. Tea envolveu seus braços incrivelmente musculosos em volta dele.

– Deus, Zack. Sinto muito.

Em seus melhores dias, Tea Nowinski era uma astronauta que parecia estrela de cinema – loira, olhos azuis e físico escultural –, a típica garota americana. Metade dos astronautas no escritório achava que ela e Zack tinham um caso. Não que a ideia não tivesse passado pela cabeça de Zack. Eles, de fato, sentiam-se atraídos um pelo outro. Mas havia uma série de razões para que o relacionamento permanecesse profissional e platônico. Uma delas era que a intimidade exigida das tripulações da *Destiny* acabava com qualquer possibilidade de romance. Como Harley Drake costumava dizer: "Depois de ver alguém usar o vaso sanitário no teto, você nunca mais consegue olhar para a cara dessa pessoa como antes". Pior ainda para um astronauta do sexo masculino que pudesse vir a cobiçar uma colega do sexo feminino.

Além disso, Tea possuía um histórico de relacionamentos amorosos problemáticos, incluindo um recente caso com um meteorologista da Força Aérea que ela tinha conhecido no Cabo Canaveral. Presenciar suas mudanças de humor de um extremo a outro – de pura alegria à fúria histérica – graças a alguma falha do major Apressadinho fora outro grande motivo para reconsiderar.

E, sinceramente, sair atrás de outra mulher simplesmente não condizia com a personalidade de Zack, que tinha uma vida completa com o afeto genuíno de sua família, além da responsabilidade desgastante, e que o consumia por completo, de sua primeira aterrissagem lunar pilotada do século 21.

Mas, naquele momento, Tea estava toda bagunçada... nariz escorrendo, manchas na pele, lágrimas rolando.

– Ei – Zack exclamou, sabendo que soaria forçado –, isso não vai violar a quarentena de vocês? – A tripulação *Destiny-5* deveria estar impedida de contato, isolada de micróbios parasitas.

Em vez de devolver uma resposta mal-educada – reação que ela costumava ter diante de qualquer pergunta faceira –, Tea apenas verteu mais lágrimas e ajoelhou-se para abraçar Rachel, que estava vários passos atrás de Zack, entre James e Diane. Zack observou que, embora a expressão de Rachel permanecesse impassível, sua postura tomou uma atitude inflexível. Teria sido causada pelo incômodo de ser abraçada por uma pessoa relativamente estranha?

Ou incômodo de ser abraçada por Tea Nowinski? Zack não teve nem tempo e nem energia para ponderar sobre o assunto. Weldon e Koskinen chegaram para escoltar Tea pela multidão, enquanto Taj tocava silenciosamente o ombro de Zack.

Eles tinham compartilhado uma experiência bastante intensa – dois anos de treinamento em Houston, na Rússia e no Japão, seguidos de seis meses na estação espacial. Sempre cordiais, sempre dispostos a trabalhar em conjunto, mas nunca próximos. Eles não conversavam sobre assuntos pessoais, raramente socializavam... até que a missão terminou. Agora, quando eles se encontravam, havia sorrisos, piadas, troca de fotos de família. Poderia-se dizer que, quanto pior era a relação entre seus países, melhor tornava-se a convivência entre eles.

Zack e Rachel sentaram-se nos locais designados a eles.

Aqueles que acompanhavam a cerimônia permaneceram em completo silêncio durante a breve oração fúnebre do padre Tony, um jovem sacerdote de origem irlandesa que viera para a igreja St. Bernadette, próxima do centro espacial, por ser um fanático por voos espaciais. O pobre homem certamente nunca imaginara que fosse presidir uma cerimônia como aquela. Ele foi comovente e misericordiosamente breve.

Em seguida, Rachel, finalmente demonstrando alguma emoção, piscando para conter as lágrimas e engolindo em seco, deu um passo à frente.

– Este era o poema favorito da minha mãe – ela anunciou. – É de Sara Teasdale.

O simples som de sua voz desencadeou o soluçar audível de algumas das pessoas presentes. Rachel desdobrou o texto e, de forma clara e mais adulta, como Zack nunca tinha ouvido vindo dela – meu Deus! Ela soava exatamente como Megan –, proclamou:

*Talvez se a morte for gentil, e se houver retorno,*
*voltamos à Terra em uma noite perfumada,*
*e trilharemos estas vias para encontrar o mar, e, nos curvando,*
*sorveremos esta mesma madressilva, rasteira e branca...*

Rachel parou e abaixou a cabeça – ou assim pareceu a Zack, que mal podia ver através de suas próprias lágrimas.

*Chegaremos à noite a estas praias ressonantes*
*e ao longo e brando trovejar do mar.*
*Aqui por uma única hora sob a vastidão estrelada*
*seremos felizes, pois os mortos são livres.*

A família de Megan tomou carros separados para a casa dos Meyer, onde ajudariam a servir como anfitriões para a recepção.

Weldon juntou-se a Zack e Rachel na limusine. Para alívio de Zack – sobre o que, em nome de Deus, ele e Rachel conversariam? –, Rachel submergiu em seu tablet, deixando Zack fazer a primeira tentativa para retomar sua vida.

– Obrigado por deixá-los vir – ele disse, referindo-se aos astronautas da *Destiny-5*.

– Eu não os poderia ter impedido.

Na verdade, ele poderia, sim. Zack apreciou o gesto.

– Quais são as últimas notícias sobre Harley?

– Ele está melhor do que antes.

Mesmo em sua tristeza, Zack ainda conseguia distinguir o tom de voz da NASA, uma mistura homogênea de condescendência e negação.

– Ele vai voltar a andar?

– Dificilmente.

Zack sentiu-se mal. Para alguém tão ativo fisicamente como Harley, enfrentar quarenta, cinquenta anos preso a uma cadeira de rodas? Muletas? Dependente? Impotente? A morte parecia uma saída mais misericordiosa.

Weldon tinha se limitado a responder o mínimo. Zack sabia que o astronauta-chefe ainda se sentia culpado sobre o *timing* e o teor da conversa que haviam travado na noite da morte de Megan, quando Zack – tendo de supervisionar a remoção do corpo da esposa para ser enviado de volta para Houston – encontrara Weldon na sala de espera do hospital.

– Bem – Zack dissera –, não estou em boa forma para voar até a Lua, estou?

Naturalmente, ambos sabiam que Zack estava fora da *Destiny-5* no momento em que Scott Shawler transmitiu a notícia.

– Deus, Zack! Se estivéssemos falando em cerca de 60 dias de atraso, seria outra história. Mas você e eu sabíamos que não seria só isso. – Um telefonema interrompera a conversa naquele ponto. Zack e Weldon não tiveram contato desde então.

Agora Zack sabia quem era o seu substituto; não que houvesse muita dúvida.

– Então você optou por Buell.

– Ele era o reserva.

– Bem – disse Zack, forçando um sorriso –, isso vai silenciar alguns de seus críticos. – Uma minoria barulhenta dentro da comunidade blogueira ligada em assuntos espaciais ficara indignada com a seleção de um comandante que não era piloto de teste para a primeira missão de pouso na Lua do século 21; esquecendo-se do fato de que a *Venture* não era nada parecida com nenhum tipo de avião, nem mesmo helicóptero. E que essa aterrissagem seria, se não totalmente, em grande parte automática.

– Você terá outra chance, Zack. As regras de Deke ainda se aplicam. – Deke Slayton tinha sido o responsável pela seleção das tripulações de astronautas durante as missões da *Gemini* e da *Apollo*, 50 anos antes, e seu estilo ainda moldava a forma como o escritório era gerenciado: "Se você é designado para uma missão e, por motivos de força maior, é impossibilitado de ir, você tem o direito de participar da próxima". Slayton tinha criado essa norma por razões particulares; ele fora escalado para fazer um segundo voo orbital a bordo da *Mercury*, aquele após o voo de John Glenn, quando um problema de saúde o obrigou a ficar na Terra por uma década.

– É só me avisar quando você estiver pronto – continuou Weldon.

– Se um dia eu estiver.

Felizmente, como funcionário civil da NASA, Zack não teria de encontrar uma linha diferente de trabalho. Havia 60 astronautas na agência, mas apenas doze realmente designados para missões de voo. Os outros preenchiam cargos administrativos ou faziam trabalho de apoio em algum outro lugar no governo. Mesmo que Zack nunca mais viesse a entrar em um simulador novamente, ele teria com o que se ocupar. Na verdade, antes da última semana, ele vinha pensando sobre sua carreira após a missão lunar – e imaginara que pudesse ser proveitoso juntar-se à equipe responsável pelo estudo de novas amostras lunares para industrialização futura.

Após o acidente, essa ainda parecia ser uma boa opção, especialmente à medida em que Zack começava a se confrontar com os desafios práticos da vida sem Megan. Ele agora era pai solteiro de uma filha adolescente. Ele seria o único responsável por sua educação, refeições, conselhos sobre garotos, roupas, menstruação, e tudo o mais.

– Você não pensa assim hoje. Daqui a seis meses, talvez você se sinta diferente. A oportunidade estará lá.

*O primeiro nome que propus foi "Jurdu". É proveniente de uma das línguas indígenas e significa "Irmã mais velha". Mas alguns idiotas extremamente sensíveis argumentaram que esse nome era (a) sexista, (b) impreciso e (c) apenas pela razão de eu ter descoberto a droga da coisa, quem era eu para dar nome a ela?*

*Essa disputa imbecil consumiu semanas. Até então, as pessoas estavam chamando X2016 K1 de "Keanu" e, por mim, estava tudo bem. Parece indígena e, bem, começa com K, como seu código de catalogação.*

*COLIN EDGELY, DESCOBRIDOR DE KEANU, COMENTÁRIO POSTADO NO NEOMISSION.COM*

# Estadia em Keanu

Mesmo antes da alteração de curso da Lua para Keanu, o plano de voo da *Destiny*-7 indicava Yvonne como astronauta líder de AEVs, o que significava que os primeiros passos no NEO seriam dados por uma mulher afro-americana. Para uma instituição como a NASA, que não possuía um aparato de relações públicas de boa qualidade, essa era uma grande chance de melhorar seus índices de aprovação. Zack não acreditava nisso – ele duvidava de que um em mil americanos soubesse o nome de um único membro da tripulação da *Destiny*-7, e ainda mais que daria importância a qual membro de qual grupo étnico daria os primeiros passos farfalhantes. Mas o cronograma tinha sido alterado e reorganizado de tantas outras formas que ele estava feliz por essa decisão permanecer inalterada.

Além disso, Zack seria a segunda pessoa a pisar em Keanu. Mesmo cansado e completamente consciente do estresse que enfrentaria, ele queria sair e caminhar sobre a superfície. Era um sonho antigo – e ele jamais deixaria que um problema sem importância como falta de sono atrapalhasse.

O mesmo cronograma exigia que a tripulação descansasse por seis horas. De olho nas declarações públicas e na órbita da *Brahma*, Houston avisou que a tripulação deveria acordar cedo, mas que de qualquer forma eles teriam quatro horas para trocar suas vestimentas, comer, fazer uso do minúsculo banheiro e dormir um pouco, deitados no chão da cabine (Tea e Pogo) ou balançando em redes (Yvonne e Zack).

A gravidade microscópica fazia com que as redes fossem praticamente supérfluas. Com uma máscara de dormir e protetores auriculares (Pogo e Tea estariam de vigia), Zack tinha a sensação de estar flutuando na Estação Espacial ou na cabine da *Destiny* em uma subida íngreme.

Ele foi acordado pela voz de Tea.

– Houston obteve imagens da *Brahma*. Tome – ela disse, dando-lhe uma xícara de café.

Pogo já estava de pé, no rádio da estação dianteira, quando Zack juntou-se a ele:

– Estamos vendo. E nosso austero comandante também está aqui.

A imagem não estava muito melhor do que aquela que Zack e Pogo tinham visto a partir da *Destiny*; ainda mostrava metade da *Brahma* em formato cilíndrico no sol ofuscante e a outra metade na sombra. Mas a resolução estava melhor.

– Eles fizeram um bom trabalho nesse processamento – Zack comentou.

– Seus impostos em ação.

O que estava nítido era um tubo montado na lateral da espaçonave da Coalizão.

– Quanto você acha que mede de comprimento? Cinco metros? – Tea perguntou por cima do ombro dele. A *Brahma* tinha 20 metros de comprimento; esse objeto parecia ter um quarto de seu comprimento.

– Não é o comprimento que me preocupa. É a finalidade – Zack respondeu.

Tea sorriu.

– Então você está querendo me dizer que o tamanho não importa?

– Parece um lança-mísseis Stinger – Pogo interrompeu, sem esconder sua irritação com a brincadeira de Tea.

– Houston, *Destiny* no Canal B – Zack chamou, usando o link criptografado. – Estamos analisando e nos perguntando se esta é uma espécie de bazuca espacial. – Num primeiro momento, a ideia parecia ridícula, até que ele lembrou de que uma primeira estação espacial soviética tinha carregado um verdadeiro canhão em caso de ataque de satélites assassinos dos Estados Unidos.

– Eles poderiam realmente atirar contra nós? – Yvonne perguntou, enquanto eles esperavam pela resposta de Houston.

– Claro que sim! – Pogo exclamou. Foi uma resposta automática, mas, a bem da verdade, *ele* já *havia sido* alvo das armas da Coalizão em outro momento de sua vida.

– Com o mundo inteiro assistindo? – Yvonne pareceu não se importar com essa resposta.

– Buell reivindicou os louros de chegar à Lua com o mundo todo assistindo – Pogo insistiu. – Além do mais, eles alegarão que nós atiramos primeiro, ou farão com que pareça um acidente.

O rádio chiou. Zack ergueu a mão pedindo silêncio, agradecido pela interrupção da argumentação.

– *Destiny*, Houston no Canal B. A equipe aqui verificou o dispositivo da *Brahma* e parece ser uma modificação de um Z25 MPAD russo, um dispositivo antiaéreo portátil.

– Ah, Houston, alguma ideia do que vai acontecer aqui? – Zack questionou.

A tripulação permaneceu em silêncio durante o atraso de oito segundos.

– *Destiny*, aguarde.

– Aguarde? É o melhor que eles podem sugerir? – explodiu Tea.

– Não há muita coisa que possamos fazer, há? – comentou Yvonne.

– Seria interessante saber o que eles esperam – disse Zack. – Tem alguém em contato direto com o controle de missão deles? Não é como se o número não estivesse na lista. – Tea riu disso. – A Coalizão fala sobre ter um "sistema defensivo" na *Brahma*? O que eles disseram em relação aos objetivos das AEVs em espaço profundo?

– Para fixar instrumentos de análise – Yvonne disse.

– *Destiny*, Houston no Canal B. Ainda estamos... lidando com a situação. – Zack podia ouvir a frustração na voz do capcom. "Lidando com a situação" queria dizer que a discussão estava passando pela sede da NASA em Washington e, certamente, pelo Pentágono e pela Casa Branca.

O que significava que poderia nunca haver uma resposta. E, se houvesse, ou ela estaria errada, ou seria tarde demais.

Zack decidiu-se. Ele apertou a tecla "mudo" do rádio e disse a Yvonne:

– Você pode me fazer uma conexão direta com a *Brahma*?

Ela sorriu.

– Você quer dizer: "abrir frequências de saudação, Tenente Uhura"?

Zack deu uma gargalhada. Ele poderia ter feito um juízo errado de Yvonne.

– Exatamente.

Ela começou imediatamente a tocar nos indicadores no display da esquerda, buscando opções de meios de comunicação.

– Linha de visada seria a melhor, mas eu posso resolver isso através do sistema deles, eu acho. – As frequências da *Brahma* eram tão acessíveis quanto o centro de controle deles baseado em Bangalore, se você se desse ao trabalho de pesquisar.

– Por que estamos fazendo isso? – perguntou Pogo, virando-se para Zack.

– *Timing* é essencial, coronel. Não posso esperar por Houston. De modo que vou "lidar com a situação" daqui mesmo.

– Consegui – exclamou Yvonne, antes que o piloto pudesse protestar. Zack pegou o fone de ouvido.

– *Destiny*-7 para *Brahma*... Zack Stewart para Taj.

Pogo não podia olhar para ele. Irritado, queria sair batendo o pé, mas não tinha para onde ir. Tea percebeu e colocou sua mão no braço dele.

– Alô, *Venture*! – A voz de Taj explodiu em seus fones de ouvidos. – Parabéns pelo pouso de vocês!

– Cuidado com o último degrau... ele é bizarro!

– Pois é, nós vimos. – Claro! A *Brahma* tinha capacidade para monitorar o pouso saltitante da *Venture*.

– É sério, independentemente do treinamento que vocês tiveram para aterrissagem em baixa gravidade, não é suficiente.

– Ficaremos atentos.

– Quando você vai fazer uma visita? – Ele quis morrer por fazer o estilo "pai suburbano combinando uma tarde para as crianças brincarem", mas ele precisava deixar a conversa descontraída. Taj, sem dúvida, estava sob a mesma pressão.

– Pretendemos aterrissar na próxima. Vocês poderão nos ver.

– Estamos a postos para qualquer assistência de que necessitem. – Provavelmente foi o mais próximo que ele conseguiu de dizer: *Não estamos armados!* – Ainda oferecendo aquele cafezinho.

– Esperamos poder cumprimentar vocês pessoalmente em poucas horas.

Zack sabia que precisava prolongar o contato.

– Vai ser bom ver você de novo. A última vez foi... há dois anos.

Taj hesitou, fazendo com que Zack se perguntasse se seus colegas de tripulação da *Brahma* estariam ouvindo e reagindo.

– Poderia ser um novo começo para todos. Cuide-se, meu bom amigo – concluiu e encerrou a conexão.

– Você não perguntou a ele sobre o Stinger! – Pogo exclamou.

– É uma conexão em circuito aberto, pelo amor de Deus! Ele não me falaria e, se eu perguntasse, iríamos mostrar que nós podemos ver aquilo... o que quer que aquilo seja.

– Entendi – resmungou Pogo.

– Keanu é apenas um NEO, mas pode ser grande o bastante para todos nós – Zack comunicou.

– Além disso – Yvonne acrescentou –, ele está se movendo e vai ficar fora de alcance em poucas semanas. Por que lutar por algo que nem mesmo irá permanecer aqui?

Zack afastou-se do console em direção à câmara pressurizada, onde Tea estava montando as partes do traje de superfície dele.

– Agora eu sei por que Weldon lhe deu minha missão – ela disse.

*Sim*, Zack pensou consigo mesmo, *porque eu sou o tipo de astronauta que fará qualquer coisa pela missão, até mesmo expor meu próprio sofrimento.*

*Todos os astronautas são criados como iguais. Alguns mais iguais do que os outros.*

*DEKE SLAYTON*

# Setenta e três dias antes

Havia prédios históricos no campus do Centro Espacial Johnson da NASA, como o Prédio 30, que abrigava o controle de missão, e o Prédio 9, com os simuladores da *Destiny* e da *Venture*. Também havia o de número 2, um prédio alto que abrigava o QG, e o Prédio 4-Sul, onde os astronautas mantinham seus escritórios, no último andar – e onde Zack havia trabalhado por uma década.

Porém, ao aceitar uma transferência para a área de gestão e a atribuição para o grupo de ciências planetárias, Zack achou mais fácil mudar-se fisicamente, de um lado do quarteirão para o outro, em direção ao nada excepcional Prédio 24.

Ele conservou sua atuação a bordo de aeronaves, registrando suas 40 horas obrigatórias por ano – muitas delas adquiridas enquanto estava amarrado a um WB-57 antigo que voava em círculos em alta altitude para obter imagens de Keanu.

Ele se prontificou a participar toda semana, às segundas-feiras pela manhã, do "encontro de pilotos" no Prédio 4-Sul, para ouvir as apresentações sobre desenvolvimentos técnicos na *Destiny* e na *Venture*, frequentemente barulhentas, às vezes sérias, ocasionalmente tediosas, sobre a turbulência política causada pela popular e controversa "reinvindicação" da Lua por Travis Buell, ficando ainda mais interessante pela presença física deste.

E para ouvir as designações das novas missões, incluindo a indicação de Tea Nowinski para comandante da *Destiny-7*.

Porém, seus dias eram despendidos em um escritório comum, no segundo andar do Prédio 24. Era cedo na manhã do dia 9 de junho; como Rachel tinha ficado para dormir na casa dos Meyer, Zack estava em seu escritório às 7h, quando Harley Drake – também do tipo que trabalhava cedo – entrou e fechou a porta.

– Viu as notícias?

– Seja um pouco mais específico. Estamos falando de orçamentos, política, mulheres ou Keanu? – Harley tinha aceitado a perda de sua mobilidade e de sua carreira, tanto de astronauta quanto de piloto, melhor do que a que Zack teria se estivesse em seu lugar, lançando-se na nova profissão de cientista espacial. Ele se matriculara em um programa de mestrado na Universidade de Rice e começara a trabalhar no Grupo de Keanu, o mais entusiasta da equipe... Tudo isso sem perder nada de sua irreverência despudorada, por vezes chocando os tipos mais refinados e acadêmicos do Prédio 24.

– A *Brahma* está indo para Keanu.

A Coalizão havia programado sua primeira missão para além da órbita da Terra – para a Lua – dali a três meses. Visto que a *Brahma* aterrissaria na Cratera de Shackleton, haveria alguma chance – e preocupação absoluta – de a estadia da *Brahma* coincidir com a tripulação de Tea na *Destiny-7*.

– Shackleton *e* Keanu?

– Não, seu retardado. Eles não são feitos de suprimentos e combustível. Eles vão esquecer a Lua e pousar em Keanu durante a maior aproximação.

– Faltam só dois meses. Como diabos eles vão conseguir se preparar para um projeto desses?

– Parece que eles estiveram se preparando durante todo o último ano; mas, realmente, cara, a espaçonave não tem de ser mudada; basta estabelecer orientação e trajetória.

Zack começou imediatamente a considerar os desafios operacionais para a aterrissagem em Keanu: gravidade baixa, a possibilidade de os jatos de atitude transformarem gelo e neve em vapor...

– Não estou entendendo – Harley comentou. – A informação de que a *Brahma* voará para Keanu é uma notícia bombástica... e sou *eu* quem tem de vir contar para você? Esse não é o Zack Stewart que eu conheci.

Apesar de ter passado dois anos confuso – diabos, chame de depressão –, Zack era honesto o suficiente para reconhecer a verdade na declaração de Harley. Além disso, seu próprio corpo confirmara isso, fazendo Zack corar.

– Está bem – ele concedeu. – O que você faria se fosse Zack Stewart?

– Você quer dizer, além de perguntar a mim mesmo por que eu ainda não estou na cama com Nowinski a esta hora? – Ponto para Harley Drake... Nos últimos seis meses, o relacionamento de Zack com Tea havia passado por uma mudança brusca, de amiga solidária da família e companheira astronauta, para... bem, namorada.

Com a nomeação de Tea para comandante da próxima missão da *Destiny-7*, a terceira visita dos Estados Unidos para a Estação em Shackleton, eles tentaram manter o relacionamento em segredo. É óbvio que eles fracassaram.

– Sim. Além disso... – Zack disse, decidido a nem negar e nem confirmar.

– Eu estaria batendo na porta de Shane Weldon.

Zack estava de pé antes que Harley terminasse a sentença.

A estadia de Shane Weldon como chefe do departamento de astronautas havia terminado um ano após ele ter tomado a dolorosa, porém inevitável decisão de substituir Zack por Travis Buell. O comportamento de Buell no primeiro pouso contribuiu para que Weldon mudasse de função – o corpo de gestão da NASA ficara dividido igualmente entre aqueles que criticaram Weldon por ter colocado um cabeça-quente como Buell em uma posição tão visível como aquela e aqueles que o consideraram um gênio de gerenciamento e um patriota.

A mudança dele para o departamento de gerenciamento de missões deixou ambas as facções satisfeitas. Essa promoção colocara Weldon no caminho para, um dia, tornar-se diretor do JSC, e também o livrou da obrigação de tomar decisões sobre questões cotidianas a respeito do *staff*.

Pelo menos era isso o que dizia a descrição do cargo. Na verdade, Weldon, como o verdadeiro mestre burocrático em que estava se transformando, nunca abandonaria o poder que já havia dominado. Era dito no Prédio 4-Sul que nenhuma das seleções de tripulação do novo astronauta-chefe era finalizada até que Shane Weldon as assinasse.

Poderoso ou não, o escritório de Weldon era estritamente voltado a questões governamentais, parte de um conjunto situado em volta de uma área de recepção central ocupada por três assistentes, uma das quais, Kerrie Kyle, já idosa, acenou com a cabeça para Zack em direção ao sofá.

– Shane costuma estar aqui a esta hora.

O expediente no JSC era das 8h às 16h, e às vezes começava até mais cedo. Como Weldon não costumava se ausentar, quando apareceu, 15 minutos mais tarde, Zack teve de fazer uma brincadeira.

– Tem dormido bem ultimamente?

– Bom ver você também – Weldon retrucou. – Vamos entrar.

Zack seguiu-o para dentro do seu escritório, dominado por fotos e modelos de espaçonaves nas quais Weldon tinha voado – e uma imagem astronômica enorme de Keanu, tão recente que estava descansando sobre uma cadeira.

– Você pode tirar isso daí – Weldon disse, percebendo que aquele era o lugar onde um visitante deveria sentar-se.

– Ela está bem aí onde está – Zack observou.

Weldon preparou-se para se sentar, mas, em vez disso, permaneceu de pé enquanto abria seu laptop.

– Desembucha.

Zack sentiu-se como um menino de dez anos vendendo barras de chocolate para um projeto da escola.

– Bem, pode ser que isso esteja fora da minha alçada, mas, se é verdade que a *Brahma* está sendo direcionada para um pouso em Keanu, acho que deveríamos desviar a *Destiny-7* para lá também. – Ele lembrou-se uma velha expressão do Michigan. – É hora da Operação Comitê de Boas-Vindas.

– Por que você se importa em vencê-los? Tenho uma vaga lembrança de que você teria desaprovado o pequeno discurso de Buell sobre Shackleton.

– Não me importo com quem vai chegar lá primeiro. Mas acho que iremos nos arrepender profundamente por anos a fio se deixarmos passar a chance de ir até lá de qualquer forma. Quantos NEOs colossais estarão ao nosso alcance?

Só então Weldon sentou-se; seus dedos tamborilando na mesa.

– Nunca simulamos uma aterrissagem em um NEO.

– Veja, estamos em um programa espacial ou não? A *Destiny* é o veículo previsto para tornar o sistema solar acessível. Já esteve na Lua duas vezes. Foi projetada para missões a Marte e, se bem me lembro, a Objetos Próximos à Terra também. As equipes de orientação terão o desafio de lidar com um prazo curto, mas esse é o tipo de coisa que eles se matariam para abraçar.

– Há alguma coisa que podemos descobrir indo até Keanu? Alguma inovação científica?

– Pelo amor de Deus, Shane! Esta não terá bandeiras e pegadas! Estamos nos gabando porque encontramos algumas toneladas de gelo na Lua; Keanu é *coberto* de gelo. Será como fazer uma viagem para o nascimento do sistema solar! – Ele notou que Weldon estava, na realidade, digitando em seu laptop. – Você está escrevendo isso?

– Boa fraseologia. Não que eu esperasse menos de você.

– Então você está considerando a ideia.

– Estou muito à frente de você. Kerrie falou por que eu estava atrasado? – Weldon perguntou e Zack sacudiu a cabeça. – Eu estava em um encontro duplamente secreto com Gabe Jones e com o oitavo andar inteiro: o QG e a Casa Branca querem que enviemos a *Destiny*-7 para Keanu e que derrotemos a Coalizão lá.

Ele virou seu computador para que Zack pudesse ver o primeiro slide da apresentação em PowerPoint.

– Seu desgraçado! – ele exclamou, sem demonstrar raiva, no entanto. – Por que você não me mandou calar a boca?

– Vou ter de vender esta coisa para um bando muito cético de chefes de divisão. Para cada um ávido para abraçar o desafio, haverá dois que acham que é muito perigoso ou simplesmente muito trabalhoso. Preciso mostrar o mesmo entusiasmo que você acabou de mostrar.

– Então deixe-me participar.

– Pode ser que eu faça isso. Preciso dobrar a equipe...

– Que se danem seus *briefings*, Shane. – Zack inclinou-se sobre a mesa. – Mande-me para Keanu. Coloque-me na tripulação. Sou o especialista do centro sobre o assunto. Sou qualificado na *Destiny* e na *Venture*.

Weldon arregalou os olhos com o rosto neutro e inexpressivo.

– A tripulação da 7 já foi definida.

– Para uma missão lunar. É necessário ter um especialista em Keanu.

– Que por um acaso vem a ser Zack Stewart.

– Dê uma olhada no departamento de astronautas e me diga quem mais possui o conhecimento necessário. – Zack não esperou por uma retificação. – Além disso, estou em dia em termos de horas e aulas.

– Não há dúvidas.

– Mas você ainda está relutante.

– Verdade. – Agora Weldon olhava diretamente para ele. – Zack... você perdeu Megan dois anos atrás, e esteve vagando um pouco no deserto. Você está pronto... mentalmente?

– Eu não estaria aqui se não me sentisse pronto. – Naquele momento, Zack percebeu que precisava daquela missão, daquela nova meta, mais do que precisara de qualquer coisa nos últimos dois anos. Se Weldon dissesse não, ele iria sair da sala e da NASA.

– Eu aprecio seu entusiasmo, Zack, mas...

Zack pôs-se de pé.

– Nem comece, Shane. Você me deve essa posição. Regras de Deke.

– Sem dúvida. – Weldon piscou. – É claro que as Regras de Deke não podem ter muito peso no nono andar ou no QG...

– Ok; então, dê uma olhada na tripulação escalada. Você tem Tea, Yvonne Hall, Oliver McCabe e Pogo Downey. Hall é competente, forte, excelente nas AEVs, mas ela tem problemas de relacionamento com o pai. Classifique-a como "possível"...

... Downey é o melhor cara de operações do departamento. E para ir para um ambiente estranho de última hora, ninguém melhor...

... McCabe é esperto, porém inexperiente e tão completamente focado em rególito lunar que chega a ser chato. Você já está planejando descartá-lo.

O rosto de Weldon nada revelava.

– Tea... quem a conhece melhor do que o namorado? – continuou Zack. – Ela seria uma grande comandante para uma missão lunar. Você e eu sabemos como ela é: como comandante de uma missão a Keanu (lembrando, sem tempo suficiente para preparação), ela vai enlouquecer as equipes de treinamento com perguntas e mais perguntas e vocês não têm tempo para isso. Ela está na equipe, mas não como comandante...

... Eu sou o cara para essa missão. Conheço ambas as espaçonaves bem o bastante para ser o reserva de Tea para a *Destiny* e de Pogo para a *Venture*. Tenho tanto tempo de AEVs quanto Yvonne. E não há ninguém no centro, muito menos no departamento, tão familiarizado com Keanu quanto eu. Seu antecessor, o nono andar e o QG acreditavam que eu fosse competente o suficiente para ser o responsável pela primeira aterrissagem lunar do século 21. Você vai sentar-se aqui e me dizer que eu não consigo lidar com isso?

– Há ainda uma pergunta importante – Weldon disse, aparentemente concordando com os pontos colocados de modo exaltado por Zack. – Sua situação familiar. O que Rachel achará disso?

Desde a conversa com Harley, Zack não tinha pensado muito em Rachel... Ele não precisava de nenhum conhecimento especial para adivinhar o que ela poderia pensar ou dizer.

– Ela vai gostar da ideia por uma semana e, depois, irá detestar. Qual a diferença para qualquer outra família de astronautas? Ela vai entender. É a minha decisão. Meu objetivo. Minha missão.

Weldon olhou fixamente para Zack por cinco segundos. Depois, estendeu a mão.

– Parabéns, Comandante Stewart. A *Destiny-7* é sua.

Zack conseguiu apenas acenar com a cabeça. Ele vivera momentos mágicos... dizendo a Megan que estava apaixonado por ela, sem saber se ela sentia o mesmo... o nascimento de Rachel... o telefonema da NASA para lhe perguntar se ele ainda estaria interessado em se tornar um astronauta...

– Sabe qual será seu verdadeiro desafio?

Zack podia imaginar muitos desafios terríveis e inesperados. O treinamento. Rachel.

– Qual?

– Dizer para sua namorada que você roubou o comando dela.

**Vai, *Destiny-7*! Vai, EUA!!!!**

*TÍPICA POSTAGEM NO TÓPICO "ANIMAÇÃO DE TORCIDA" NA NEOMISSION.COM*

*Vejam se crescem. Vocês nem teriam ido a Keanu se não fosse pela Coalizão.*

*BrahmaFan, POSTADO NO MESMO TÓPICO*

# Estadia em Keanu

– Graças a Deus, temos a câmara de compressão – Pogo exclamou, com o rosto vermelho da tarefa tortuosa de aprontar os trajes de Zack e Yvonne para a AEV, um procedimento que envolvia trocar torsos, luvas e botas. A única surpresa no comentário devia-se ao fato de a presença da câmara ter sido obra do coronel Patrick Downey, da USAF, de um estoicismo de dar nos nervos em questões de espaço e condições de habitação. Zack, Yvonne e Tea tinham passado duas horas resmungando e xingando, ao mesmo tempo em que executavam as manobras necessárias para comer, colocar as coisas em ordem, usar o vaso sanitário e preparar Zack e Yvonne com os trajes adequados para os primeiros passos sobre a superfície de Keanu. Itens tinham de ser retirados de armários, usados e, em seguida, devolvidos – e os detritos, depositados num armário diferente.

– Isso é como um carro de palhaço – Pogo vociferou, deixando claro que estava no limite. – E o que diabos é isto, Yvonne?

Ele exibia uma caixa prateada nas mãos, que trazia a inscrição *HALL-PPK*. Tratava-se do Kit de Preferência Pessoal, uma coleção de flâmulas, fotos da família, selos comemorativos e outras recordações que os astronautas tinham permissão para carregar nos voos – desde que não passassem de um ou dois quilos.

– Espero que não esteja cheio de amuletos da sorte e tranqueiras – Tea disse, provocando-o. Os primeiros astronautas haviam entrado em apuros por esconder quinquilharias a bordo de seus veículos.

– Está tudo dentro das normas – Yvonne respondeu, claramente ofendida.

– O problema é que está no armário errado – Zack disse, pegando o kit das mãos de Patrick e estendendo-o para Yvonne. – É no 20-B que os PPKs devem ficar.

Ele deslizou entre Patrick e Yvonne e entrou na câmara de compressão. A câmara era quase tão grande quanto a própria cabine. Quando Zack e sua tripulação subissem para a *Venture* a fim de realizar o lançamento a partir da superfície de Keanu – o que, esperava-se, ocorreria dali a uma semana –, a câmara seria deixada para trás, junto com o resto do estágio de descida do veículo. Mas, naquele exato momento, ela fazia às vezes de vestiário onde Tea esperava, segurando o capacete de Zack, para completar o estágio final de seu traje.

– Ah! Comandante Stewart – ela sussurrou em uma imitação razoavelmente boa de alguma gata sexy de cinema –, eu preferiria estar despindo-o...

– Ainda temos tempo para acrescentar a "primeira rapidinha em Keanu" ao currículo.

– Otimista – Tea disse, reassumindo sua voz normal –, mas obrigada por oferecer. – Ela estava prestes a abaixar o capacete, passando pelas orelhas dele, quando hesitou.

– O que foi? – Zack normalmente não era detalhista ou uma pessoa preocupada, mas aquela não era uma situação normal.

Ela inclinou-se para frente e beijou-o carinhosamente.

– Para dar sorte. – E então o capacete foi abaixado, abafando o zumbido do barulho ambiente da *Venture*. Tea travou a base do capacete no anel do pescoço, e Zack, agora com o traje completo, passou a respirar a partir dos tanques.

– Zack, veja isso! – Ele ouviu Pogo dizer pelo *headset*.

– O que foi?

– A *Brahma* está chegando.

Sem que Zack precisasse pedir, Tea desconectou seu capacete e o ajudou a tirar a peça.

– Lembre-me... – Zack começou, sendo logo interrompido por Tea.

– De que você já usou uns poucos minutos de ar, sim, sim.

No console de comando, Pogo tinha virado uma das câmeras externas em direção ao norte e dado *zoom*.

A imagem mostrou o céu negro com a borda branca difusa do Respiradouro Vesuvius... e uma estrela brilhante.

– Parece um avião em aproximação – o piloto comentou.

– Eles estão transmitindo ao vivo – Tea disse, fazendo a captação da transmissão mundial a partir da cabine de comando da nave da Coalizão, que mostrava a superfície coberta por neve vista de uma altitude de 1,5 mil metros, de acordo com os dados de medição atualizados.

– Estamos em posições de batalha ou algo do tipo? – Pogo perguntou. Ele não havia esquecido o lança-mísseis.

– Sim. Fiquem a postos para repelir os atacantes. – Zack estava confiante de que não haveria "ação" e, mesmo que houvesse, ele não tinha muitas opções para contra-ataque. – Houston, estamos aguardando a *Brahma* descer com segurança para iniciarmos a AEV.

– Entendido, *Venture* – Houston confirmou cinco segundos depois. – Espere até que os detritos assentem.

A estrela brilhante se transformou em algo que se assemelhava a uma lata de cerveja com pernas, com uma barbatana em um dos lados. A *Brahma* estava efetivamente parada no espaço, flutuando.

– Taj não está com pressa – Tea observou, prestando atenção ao comentário da TV sobre a Coalizão.

– Ele não está pilotando, está? – Pogo perguntou.

– Não se preocupe, coronel; as pessoas ainda vão se lembrar de que você fez isso primeiro – disse Yvonne. Pogo disparou um olhar que poderia ter aberto buracos na testa dela.

– Descendo! – Tea relatou.

Assim como a *Venture*, a queima dos motores da *Brahma* era limpa; não havia labaredas, apenas uma claridade na base do veículo e um pouco de vapor soprado em direção à superfície coberta de neve. – Parece o *2001* – Yvonne murmurou.

– Parece o quê? – Patrick perguntou, praticamente rosnando.

– O filme – Tea explicou. Zack podia ver a semelhança... De fato, fazia lembrar o ônibus lunar comercial, grande e redondo, que tocava a superfície da Base Clavius, no filme de Kubrick-Clarke.

– Cinquenta metros agora, eu acho – Pogo reportou.

Então a *Brahma* desapareceu em uma nuvem branca.

– Que diabos era aquilo? – perguntou Yvonne.

Zack deu um tapa no braço do traje dela.

– Fique quieta e assista!

Através do nevoeiro – como neblina levantando de manhã na costa litorânea –, Zack pôde ver a *Brahma* sacudindo exatamente como ele imaginou que a *Venture* havia feito... mas apenas uns poucos metros.

Na verdade, a maldita espaçonave acabou girando, permitindo que os astronautas da *Destiny* vissem uma linha que ia do tubo de mísseis na lateral da *Brahma* até o chão. O veículo gigante de seis andares tremeu como uma baleia emergindo das profundezas do mar... Em seguida, suavemente ficou estável.

Zack deu uma gargalhada.

– Não acredito! Eles arpoaram! – Ao ver que ninguém de sua tripulação tinha entendido, explicou: – Eles dispararam uma âncora daquele tubo. Não era um lança-míssil. Era uma ferramenta para evitar que eles continuassem quicando.

– Você quer dizer que eles içaram a si próprios? – Tea perguntou, obviamente espantada. Dos quatro, ela era a única com experiência em navegação.

– Bingo! – Zack exclamou. – Exatamente como um navio a vela.

– Bem – Pogo comentou, virando-se para Zack –, acredito que você não seja o único leitor de Horatio Hornblower por aqui.

*A tripulação do veículo espacial* Brahma *se prepara para sua exploração histórica do Objeto Próximo à Terra Keanu. Dados continuam a ser recebidos através da DSN em Byalalu, próximo a Bangalore.*

*Rememorando que a nave espacial* Brahma *foi lançada a partir do Centro Espacial Kourou, da Agência Espacial Europeia, em 18 de agosto de 2019.*

*RELEASE PARA IMPRENSA PELA ORGANIZAÇÃO INDIANA DE PESQUISAS ESPACIAIS, 22 de agosto de 2019*

– Sim, estou aguardando.

Lucas Munaretto estava ficando cansado de usar essa frase. Nos quatro dias desde que a *Brahma* fora lançada de Kourou, ela havia sido praticamente a única coisa que ele havia pronunciado através da conexão ar-terra.

O problema era o controle de missão em Bangalore, onde a mais simples das perguntas desencadeava uma série de prolongadas consultas. Lucas observara essa hesitação durante os meses de simulações da missão, mas acreditara que se tratava de algo inerente ao processo de aprendizagem (Bangalore nunca havia controlado uma missão dessa complexidade). Além disso, a tripulação internacional de Taj era frequentemente muito vagarosa para agir.

Mas agora, enquanto lutava com o regulador de pressão no traje de AEV de Natalia Yorkina, Lucas começava a perceber que ninguém na equipe de terra, nem mesmo o diretor-líder de voo, Vikram Nayar, parecia disposto a exercer qualquer autoridade. Com os olhos do mundo inteiro sobre eles, além de uma tripulação de quatro astronautas recém-desembarcados em Keanu, o comando em Bangalore era como uma trupe de atores que congelavam no momento em que as luzes se acendiam.

Graças à experiência adquirida em sua estadia na Estação Espacial Internacional, Lucas sabia que a NASA não operava dessa maneira. Seus comunicadores eram astronautas ou membros da equipe de treinamento que trabalhavam em conjunto com uma escala de diretores de voo. As decisões de rotina eram tomadas imediatamente. As emergências, obviamente, exigiam algumas consultas, mas mesmo assim a voz na linha seria entusiasmada, profissional e esclarecida.

No entanto, isso refletia a diferença na abordagem de problemas: Bangalore tinha fundamentado seu estilo no método russo, segundo o qual as ações dos cosmonautas deveriam ser estritamente controladas a partir da Terra. A NASA era mais flexível, adotando a postura de que um astronauta apropriadamente treinado seria capaz de responder a qualquer situação.

Bangalore, aparentemente, tinha pouca confiança em sua tripulação. Uma vergonha, uma vez que eles contavam com o Maior Astronauta do Mundo.

Lucas Munaretto amava o título com o qual havia sido agraciado muitos anos antes, durante sua primeira e única missão espacial, a primeira de um astronauta brasileiro à Estação Espacial Internacional.

Durante uma AEV, o parceiro de Lucas, um astronauta japonês, desconectara-se brevemente da parte externa da estação. Os astronautas em AEVs ficavam presos por pelo menos dois cabos diferentes, mas, por azar do destino, uma trava falhou ao mesmo tempo em que o engenheiro japonês realocava seu cabo de reserva para uma nova posição na estrutura S6, sem conseguir fixá-lo na primeira tentativa. Esse movimento simples – normalmente amortecido pela ligação com a enorme estação – fez com que o homem continuasse rodando e começasse a flutuar para longe da estrutura.

Sem transparecer preocupação, e à vista plena de telespectadores na Terra, Lucas simplesmente lançou-se em direção ao seu companheiro, que tinha flutuado e estava quase fora de alcance, agarrou os pés do astronauta errante e, lentamente, mas com firmeza, puxou-o de volta para porto seguro.

O socorro durara poucos segundos. Na realidade, análises posteriores descontaram o real perigo, com a observação de que não tinha havido "taxas" – nem queda e nem mesmo muito deslocamento – incidindo sobre o astronauta desconectado, que também estava no raio de alcance do braço controlado remotamente da estação.

Entretanto, a lenda já tinha alçado voo sem interferências, fosse por conta da boa aparência de Lucas, com seus cabelos escuros, seu sorriso e sua fluência em quatro idiomas, fosse por sua reputação como ousado piloto de helicóptero de resgate, ou ainda por ser irmão de Isobel, ex-modelo da Victoria's Secret.

A notoriedade havia, certamente, ajudado Lucas a ganhar um lugar cobiçado na tripulação da *Brahma*. As contribuições financeiras do Brasil para os esforços espaciais da Coalizão garantiam ao país, teoricamente, o direito de ter um representante na primeira grande missão, mas a Agência Espacial Brasileira não dispunha de corpo de astronautas; apenas de dois pilotos que haviam sido contratados na última década e enviados para programas de treinamento em Houston, Moscou, Colônia e Tsukuba. Em 2017, Lucas Munaretto era o único ainda qualificado e enfrentou a concorrência dos membros da equipe de cosmonautas da Rússia e dos vyomanautas da Índia, sem mencionar os candidatos da Agência Espacial Europeia e do Japão, e mesmo um impertinente ex-astronauta da NASA.

Obviamente, ele foi selecionado, e entrou para treinar com um comandante vyomanauta e dois russos com níveis bem díspares de experiência. Dennis Chertok tinha 50 anos e havia ido ao espaço cinco vezes em missões para a Estação Espacial Internacional, uma delas como especialista da missão na longínqua era dos ônibus espaciais dos Estados Unidos. Ele sabia tudo sobre hardware, operações e, especialmente, sobre AEVs, tendo registrado 80 horas em caminhadas espaciais. Até mesmo Taj, notoriamente sensível a regalias e favorecimentos, tinha recorrido a Dennis muitas vezes durante o treinamento, até o momento em que a compulsividade obsessiva do russo tornou-se extrema.

Natalia Yorkina nunca havia voado em nenhum tipo de missão. Segundo as suspeitas de Lucas, ela fora selecionada para que houvesse uma mulher na tripulação. Com seus olhos escuros, risonha e geralmente apreensiva, Natalia não o tinha impressionado a princípio. Entretanto, mostrou-se bastante competente, interessada em aprender e uma trabalhadora incansável, como um autômato.

Finamente, havia o próprio Taj, o ser humano mais impassível e sereno que Lucas já havia encontrado, que mais parecia um contador aposentado ou um banqueiro suíço com expressão austera do que um piloto de teste. Sua maior virtude era a paciência – o que, na presente situação, era uma ótima qualidade, dada a lentidão de Bangalore.

Taj só demonstrava algo semelhante a uma emoção diante de algum ultraje da parte dos americanos. Um sorriso começaria a se formar, uma de suas sobrancelhas se levantaria e ele esfregaria as mãos em antecipação.

Lucas estava grato por saber que seu comandante vyomanauta tinha sentimentos, mas ele próprio odiava a rivalidade exacerbada entre a Coalizão e os Estados Unidos. Era verdade que o relacionamento dos Estados Unidos com a Rússia havia tido altos e baixos nos últimos 20 anos e, sim, os Estados Unidos tinham pressionado a Índia em uma série de questões.

Entretanto as disputas do Brasil com o Grande Irmão do Norte restrigiam--se exclusivamente a assuntos de energia. E, ainda assim, não passavam de encenações políticas.

Tudo isso – a falta de reação por parte de Bangalore, os jogos mesquinhos e o fato de a tripulação dos Estados Unidos, muito competente, já estar preparada para caminhar na superfície – fez com que Lucas quisesse gritar de raiva e impaciência:

*Vamos! A glória nos aguarda!*

*Grande Objeto Misterioso (BDO): ficção científica; termo cunhado pelo crítico Roz Kaveney em uma matéria, publicada na revista de ficção científica britânica* Foundation *(1981), para descrever enormes planetoides, naves ou estruturas extraterrestres. Ver o conceito de Esfera de Dyson, o romance* Ringworld *etc.*

*SCIFIPEDIA*, acessado em agosto de 2019

Com a *Brahma* seguramente aterrada, Zack sentiu-se realmente impaciente, ansioso para ir lá para fora. Em uma hora, ele e Yvonne estavam vestidos com os trajes espaciais, com oxigênio e esperando que a pressão na câmara de compressão da *Venture* baixasse até zero. Embora estivesse em contato com Yvonne, Pogo e Tea, além de Houston e do mundo inteiro que o assistia, Zack sentia-se isolado como num casulo. Isso era natural, uma vez que o traje, que pesava quase 100 quilogramas na Terra – mais do que ele mesmo pesava pelado – era como uma nave espacial do tamanho de um homem.

Mas aquela sensação devia-se também ao momento. Apesar do cansaço embebido em adrenalina, ele se sentia "sem amarras" mentalmente. E por que não? Ele não estava mais na Terra, tinha perdido a esposa, estava tão desconectado de sua filha que tinha dificuldade para imaginar a face e a voz dela...

Ele estava como aquele monstro aquático antigo que se percebeu estar gastando mais tempo nos bancos de areia do que na água. Estava embarcando em uma aventura, deixando seu velho mundo confortável completamente para trás, explorando o Maior e Mais Misterioso Grande Objeto na história humana...

– Vá para a saída – Tea disse.

Yvonne abriu a escotilha. A luz da manhã em Keanu estava brilhante, não apenas por causa do Sol não filtrado, mas também pela paisagem coberta de neve. Se o céu não fosse completamente negro, Zack poderia se convencer de que estava em casa na Península Superior, fazendo uma caminhada de inverno.

Yvonne foi a primeira a pisar sobre a plataforma que se estendia para fora da escotilha da câmara de compressão. Ela virou-se, agarrando os corrimãos da escada.

– Como estou me saindo?

Zack estava um passo atrás dela, olhando para baixo na direção dos pés da *Venture* sobre a superfície. Parecia com neve e gelo derretidos, arrefecendo sobre as rochas. Mais complicado do que o desagradável terreno lunar em Shackleton, talvez, mas não perigoso. Ele fez sinal de positivo com um desajeitado polegar para cima.

– Que dia agradável – comentou. – Vamos dar um passeio.

Yvonne cuidadosamente administrou os seis passos para baixo até a superfície. A escada chegava apenas até faltar cerca de um metro até o chão – um passo fácil na Lua, muitas vezes mais fácil na gravidade de Keanu.

– Vá devagar, garota – Zack advertiu, imaginando Yvonne em iminente queda livre. – É mais como nadar do que andar.

– Consegui. – Ela já estava respirando com dificuldade. E quando é que ele começara a usar a palavra *garota*?

Com as mãos firmes apoiadas sobre o corrimão, Yvonne tomou impulso e deslizou lentamente até o chão.

– Ok! – ela exclamou, claramente satisfeita. – Olá, Keanu! Espero que você esteja tão feliz em nos ver quanto nós estamos em ver você!

*Nada mal*, Zack pensou. Yvonne deslocou-se para fora do módulo de pouso.

– Como é a tração? – ele perguntou.

– Não é grande... – ela respondeu, corrigindo-se em seguida: – Mas manejável. Deslizar funciona melhor do que como andar.

– Como *cross-country* – disse Zack, fazendo sua própria descida à plataforma. Eles tinham dois conjuntos de bastões de esqui disponíveis no compartimento de equipamentos. Seria aconselhável usá-los logo. – Gostaria que vocês todos pudessem estar aqui – ele falou, pisando fora da plataforma. Yvonne tinha sido bastante delicada. Apesar dos pesos no tornozelo e das presilhas nas suas botas de atividade extraveicular, ele quase imediatamente caiu de costas. Felizmente não caiu, poupando a si mesmo e a NASA de um momento eterno no YouTube.

O plano de voo previa que eles gastariam vinte minutos fazendo uma "caminhada de verificação" para obter sensações sobre a superfície – que era quebradiça, deixando Zack feliz por pesar algo em torno de cinco quilos – e para aprender como se deslocar.

Aparentemente determinada a quebrar o estereótipo de que exploradores espaciais são taciturnos, Yvonne tagarelava incessantemente sobre a luz, a superfície, a vista.

Feliz em deixar Yvonne carregar o fardo dos comentários, Zack arrastou-se o mais perto que se atreveu da abertura do Vesuvius. E estava a apenas 70 metros de distância – das janelas da *Venture*, parecia estar muito mais distante. Foi outro lembrete de que Keanu era *pequeno*.

– Yvonne – Zack comunicou –, vamos para a etapa 2. – A etapa 2, no plano de voo, consistia em desenrolar os instrumentos de análise localizados em um pequeno compartimento na lateral da *Venture*, ao lado de um maior que mantinha o rover dobrado.

– Dê-me um minuto, chefe – Yvonne pediu.

Ao virar-se, Zack pôde ver que ela ainda estava indo em direção à abertura do Vesuvius. Bem, quem poderia culpá-la?

De repente, ele sentiu um tranco, perdendo o equilíbrio como personagem de desenho animado. Quando se estabilizou, ainda podia sentir o ressoar nauseante e ondulatório de um terremoto.

– *Venture*, vocês sentiram isso?

– Sim! – respondeu Tea. – Acho que é o Vesuvius!

*Nada bom*, pensou Zack consigo mesmo.

– Yvonne – ele chamou pelo rádio –, volte aqui agora!

Tarde demais. Ele podia vê-la diretamente à sua frente, a menos de dez metros de distância, mas, para além dela, floresceu uma nuvem branca em expansão.

– Oh, Deus! – Yvonne gritou.

A explosão de vapor superaquecido tirou a astronauta da *Destiny* do chão, lançando-a para o céu na direção do local de pouso da *Brahma*.

Em seguida ela passou por sobre Zack, rodopiando.

*Este é o controle de missão da* Destiny, *com MET de 81h20min. A equipe de comunicações aqui está lidando com um problema aparente com a antena de banda ku do módulo* Venture, *o que causou a perda temporária da cobertura de vídeo da histórica AEV dos astronautas Hall e Stewart. Estamos em contato de voz com a tripulação e todos os procedimentos estão de acordo com o plano de voo. Está previsto que a cobertura de vídeo seja retomada em breve.*

*COMENTARISTA SCOTT SHAWLER - ASSUNTOS PÚBLICOS DA NASA, MOMENTOS APÓS O ACIDENTE DE YVONNE HALL*

– Ok, acalmou... – A voz de Shane Weldon estava tensa no fone de ouvido de Harley. – O que a sua equipe está pensando?

– Estamos apenas coletando dados macros. – No momento em que Yvonne Hall foi lançada da superfície de Keanu, Harley Drake tinha se deslocado em sua cadeira de rodas da Home Team até a porta ao lado onde ficava a sala de espera das famílias, reservada aos parentes dos astronautas, e onde a transmissão de áudio e vídeo era limitada. Porém, não limitada o suficiente, aparentemente: a esposa de Patrick Downey, Linda, e dois filhos pré-adolescentes estavam amontoados em um canto, acompanhados por um padre e por seu CACO.

Enquanto isso, Rachel Stewart estava sentada, atordoada, na companhia da amiga Amy Meyer. Rachel ficou de pé quando Harley se aproximou.

– Zack não tinha configurado o pacote ainda – ele disse a Weldon, através de seu fone de ouvido.

– Então vocês não têm porra nenhuma.

– Estou cuidando disso – ele argumentou, fazendo gestos tranquilizadores para Rachel. – E quanto a Hall? – Yvonne Hall não tinha membros da família na sala, mas seu pai era Gabriel Jones, diretor do Centro Espacial Johnson. O parentesco não era segredo; centenas de pessoas no JSC sabiam dele. Mas nem o diretor e nem sua filha astronauta falavam sobre isso ou agiam como se fossem mais do que meros colegas. Harley podia apenas imaginar o que estava se passando pela cabeça de Jones...

– Ela caiu bem perto da *Brahma*. Eles ainda estão obtendo dados a partir de seu traje espacial. Zack está a caminho.

– Isso é bom. – Ele fez um movimento com os lábios, indicando a Rachel que *Yvonne está ok,* e um sinal de positivo com o polegar para cima quando desligou.

– O que significa "ela está ok"? – Rachel perguntou, como se não estivesse acreditando nele.

– Desculpe-me. Eu deveria ter dito *viva*. Estou mais preocupado com você.

Rachel disparou um olhar para sua amiga, que soluçava de tanto chorar.

– Bem, estou em pânico. – Sua conduta contradizia suas palavras; ela parecia nervosa, mas sob controle.

– Se você não tiver um pouco de pânico, é porque não entende a situação – Harley respondeu, tocando a mão dela.

– Conte-me mais uma vez: por que meu pai achou que isso seria uma boa ideia?

– Talvez quando eu voltar. – No último ano, ele e Rachel haviam desenvolvido uma espécie de amizade, estabelecida pela tragédia mútua... e, acima de tudo, por uma fascinação compartilhada por Keanu. (Rachel havia gostado do NEO extrassolar até o dia em que seu pai fora designado para explorá-lo.) – Weldon quer que eu explique a estrutura do universo...

– É. É melhor você voltar para lá. Fique à vontade para resolver isso.

– Deixe comigo! – Harley não era simplesmente um CACO; ele tinha outras funções a serem realizadas para a *Destiny-7*. No início, quando Zack fizera a proposta, Harley a recusara: *Meu Deus, você não se lembra da última vez que eu fui seu CACO?* Mas *Rachel* insistiu... e foi justamente ela quem tornara isso possível.

Ele girou sua cadeira e rodou de volta para a Home Team.

Ter uma lesão da medula espinhal torácica T1, com a qual Harley Drake convivera nos últimos dois anos, havia deixado a vida dele um lixo em vários aspectos. Para começar, houve a dor e a humilhação em geral. Depois, o medo da perda do funcionamento sexual, a perda do controle intestinal... abrir mão de voar e de ter de aprender a lidar com a cadeira de rodas...

No entanto, o que mais incomodava Harley naquele dia era se sentir preso a um local. Sim, ele estava conectado digitalmente, via bluetooth, e disposto a realizar várias tarefas ao mesmo tempo, mas sentia falta de poder ficar de pé, de se mexer, de falar gesticulando com as mãos. Ele era como o Sundance Kid, personagem de filme de velho-oeste: "Funciono melhor enquanto me movimento".

Talvez fosse por isso que ele demorava tanto para perceber o que era óbvio nos dados de Keanu.

Ele voltou para a barulhenta sala da Home Team, com a mesa de conferência repleta de laptops e relatórios impressos, para retomar a complicada função de discutir com sete especialistas barulhentos e prolixos. A idade da equipe variava de 75 – Wade Williams, um escritor popular de astronomia (um dos ídolos de Jones, – diretor do JSC – única razão pela qual Harley tolerava o babaca arrogante e meio surdo) – a 32 anos – Sasha Blaine, uma profissional brilhante, com um doutorado pela Universidade de Yale recém-defendido, famosa tanto por sua impressionável silhueta quanto por seu surpreendente QI. Havia também outros colaboradores via Skype... Diabos, Harley sentia-se mais como um instrutor de treinamento do que como um líder de projeto.

– Chega, pessoal! Que zona é essa?

Aquela explosão não os calou, mas reduziu o nível de decibéis de forma que Harley pudesse ser ouvido. Era sorte o fato de sua mobilidade ser limitada, pois, do contrário, ele teria batido em alguém.

– Isto não é uma droga de um seminário. Nós estamos trabalhando como suporte de uma missão crítica em tempo real e, na porta ao lado, nós temos um gerente de missão que realmente quer uma resposta para a questão "o que está acontecendo com Keanu?".

– Ele quer a resposta *certa* ou uma resposta *qualquer*? – Williams perguntou, com sua pronúncia arrastada da Geórgia. Glenn Creel, o amiguinho sarcástico de Williams na equipe (o sujeito era um roteirista de TV, pelo amor de Deus), ergueu a mão e fez o cumprimento "toca aqui!".

– Ok, Wade – Harley disse, procurando paciência, mas não encontrando o suficiente. – Nós temos *algum* tipo de resposta? Alguma coisa que poderia manter a tripulação mais longe do perigo? – Ninguém se ofereceu. – Então vamos rever os fatos – concluiu.

– Tivemos quatro erupções em Keanu desde que a *Destiny-Venture* fez sua queima de inserção orbital. O que sabemos sobre elas? Sasha?

Sasha Blaine, a mulher agitada, alta e de cabelos vermelhos de Yale, era indisciplinada, mas pelo menos tinha demonstrado habilidade para perceber as prioridades da equipe.

– Cada erupção aconteceu em um local diferente de Keanu, cada um com duração variável e força aparente... – ela informou.

– E sobre a frequência? – Williams perguntou. – Tempo entre os eventos? Aumentando, diminuindo? Contagem regressiva para a destruição de Washington, D.C.?

Blaine simplesmente levou a questão a sério e, em seguida, descartou-a.
– Os intervalos foram de 2h, 1h35min, 1h51min. Nenhum padrão óbvio.

– Espere! – pediu Lily Valdez, uma professora da Universidade de Irvine. – Estamos vendo aumento do momento angular?

O burburinho da Home Team caiu em silêncio.

– Alguém? – Harley perguntou. Essa não era a área dele.

– Sim – respondeu Sasha Blaine. – Antes dos, uh, eventos recentes, Keanu tinha uma rotação muito lenta, da ordem de 60 dias...

– O que está fora dos padrões para NEOs – Williams disse.

– Não que haja muitos NEOs extrassolares – Harley pontuou, incapaz de resistir. Ele acenou com a cabeça para Blaine. – Deixando de lado o que tínhamos antes... O que nós temos agora?

– Parece que seu novo período será de 20 horas.

– Algo menor do que um dia.

Havia algo de preocupante sobre todos esses números, mas Harley não conseguia ver o quê, especialmente porque Williams não parava de azucrinar.

– Estou mais preocupado com essas erupções – o escritor se manifestou. – Elas todas aconteceram no mesmo hemisfério, de modo que este é um dado. Há alguma outra correlação?

– Não sei se temos informações o suficiente para sugerir um padrão – Harley disse. – Observamos apenas uma dúzia de erupções nos últimos dois anos...

– E agora tivemos quatro nas últimas horas – Williams interrompeu, desnecessariamente.

– Quatro *até agora* – Creel complementou.

A cabeça de Harley latejava. Ele estava esquecendo algo óbvio... todos eles estavam.

– Estamos obtendo dados da DSN – falou Blaine, e o fone de ouvido de Harley tocou. Ele se afastou do barulho da conversa em volta da mesa para ouvir.

– Harley, aqui é o Shane. Dois tripulantes da *Brahma* saíram em AEV e alcançaram Yvonne. Ela está viva com um vazamento no traje espacial. Eles a estão levando de volta para a *Venture*.

– Poderia ser pior – Harley disse. Ele sabia que este era o modo de Weldon pedir uma resposta. – Aguarde um momento, Shane... – Ele abaixou o fone e perguntou: O que foi agora?

Agora a sala da Home Team ficou em silêncio. Todos os presentes, ou na tela, olharam diretamente para Harley. – O quê?

– Olhe isso. – Sasha Blaine virou a tela do laptop na direção dele.

Até aquele momento, Harley estivera convencido de que os eventos em Keanu teriam alguma explicação geológica; que, na verdade, o provável gatilho para o aumento das erupções seria a tensão da maré causada pela proximidade do NEO com a Terra. Isso poderia até explicar a mudança na rotação do objeto.

Mas, agora, tudo mudara. Harley olhou para os dados de medição para a trajetória de Keanu e disse:

– Essa porcaria está em órbita agora, não está?

– Correto – confirmou Williams. – As erupções de hoje foram muito mais poderosas do que qualquer uma vista anteriormente... fortes o suficiente para agirem como propulsões de foguetes.

Enquanto Harley deixava aquela informação-bomba detonar dentro de seu cérebro, ele ouviu Weldon dizer:

– Estamos todos esperando, Home Team. Vocês têm alguma coisa? Qualquer coisa?

Harley olhou para os rostos à sua volta, especialmente o de Sasha Blaine, que gesticulou como que se dissesse: *O que está esperando?*

– Ok! Novos dados mostram que Keanu não é um Objeto Próximo à Terra. Ele simplesmente entrou em órbita, perigeu 470 mil cliques, apogeu 500, inclinação de 78°, novo período de cerca de 20 horas.

– O que isso significa, Harley? – perguntou Shane.

– Significa que Keanu é algum tipo de veículo autônomo motorizado. Até que se chegue a um termo melhor, eu o chamaria de nave estelar.

*Alguém mais acha suspeito que a* Destiny *tenha todos esses problemas com a antena de banda ku exatamente quando a AEV teve início? Coincidência? Eu não acredito.*

*POSTADO POR CESSNA MAN NO NASA.JSC.GOV @ 83:42 MET*
*DELETADO @ 83:44 MET*

– Onde ela está? – Zack perguntou. – Alguém diga!

Ele tinha uma vaga ideia... Havia visto Yvonne voando para longe dele, para longe da abertura do Vesuvius e em direção à *Brahma*. Entretanto, a combinação de horizonte estreito, vapor residual, solo ondulado e visão limitada em função do capacete tornou impossível para Zack determinar onde ela havia pousado.

Ou mesmo *se* ela havia pousado. A gravidade em Keanu era tão baixa que um ser humano poderia atingir a velocidade de escape correndo. A erupção que pegou Yvonne podia ter sido forte o suficiente para lançá-la em órbita.

Supondo que, ou esperando que aquilo não tivesse acontecido, Zack virou de costas para o Vesuvius e, mantendo a *Venture* à sua esquerda, começou a pular, deslizar e arrastar os pés na mesma direção em que Yvonne tinha voado.

Havia vozes no circuito de controle – Tea e Pogo, assim como o capcom –, mas nenhuma informação.

– Todos vocês, fiquem quietos! – Zack gritou, usando o que Rachel teria chamado de voz de adulto. – Yvonne, na escuta?

Ele esperou, com tanto medo de ouvir mais gritos tanto quanto de não ouvir nada.

– Yvonne...

Então ele ouviu uma respiração áspera, o som de uma boca sobre um microfone, literalmente. E um gemido.

– Entendido. Zack? – Yvonne estava viva!

– Você pode me dizer onde você está? – *E, por favor, não diga do outro lado de Keanu*, Zack pensou.

– Ah... – Ela estava, claramente, com dor. – No solo, em algum lugar. – Outro gemido. Ela provavelmente estava mudando de posição para olhar seus arredores. – Para além da *Brahma*. Eu posso ver o topo dela.

– Então eu poderei alcançar você em poucos minutos. – Ele tentou acelerar o passo e estatelou-se no chão.

A bordo da *Venture*, Tea ouviu-o.

– Zack, o que está acontecendo?

Ele conseguiu empurrar-se para ficar na posição vertical. Felizmente, seu traje era tão resistente que ele teve poucas preocupações quanto a danificá-lo.

– Eu, de novo – Zack chamou. – Yvonne, você se machucou?

– Sinto como se eu tivesse caído de um prédio. – Ela estava procurando adotar a postura ponderada de astronauta, mas não soou bem. Na verdade, parecia que ela estava entrando em choque.

– Estou quase aí – Zack disse, esperando que fosse verdade; agora, apenas metade da ponta prateada da Brahma era visível no horizonte. – Tea, preciso do Pogo...

– Ele já está na câmara, prestes a realizar a despressurização.

– Houston está no circuito?

– Na escuta – Tea disse. – Eles estão falando comigo e com o Pogo, no canal B.

– Ok. – Arrastar os pés, deslizar. Era como fazer *cross-country*, mas sem tempo para curtir a paisagem, o que o fez lembrar-se da cobertura de gelo do Ártico há muito tempo perdida e seus montes intocados irregulares de neve. Mas tudo sob um céu preto e a enorme esfera azul que era a Terra.

À direita dele – aquilo era fumaça? Vapor! Uma saída de gás da mochila de Yvonne, ou possivelmente um vazamento.

– Yvonne, tenho você à vista!

Em instantes Zack pôde vê-la, estatelada de costas olhando na direção contrária à dele, com uma perna dobrada de modo horripilante. Quando Zack se aproximou, notou o primeiro tom real de cor que ele tinha visto na superfície de Keanu: uma névoa vermelho-sangue subindo da perna ferida de Yvonne e congelando rapidamente.

– Diga a Pogo para se afastar! – ele disse.

*Querido Deus, não me deixe ferrar tudo.*

*A ORAÇÃO DO ASTRONAUTA*

Yvonne Hall estava tendo um sonho.

Ele começara bem, com ela descendo até a superfície de Keanu. Yvonne se sentira confortável, segura, forte em seu traje... verdade, a superfície era gelada e traiçoeira. Porém, após alguns passos, ela havia aprendido como se mover sem sentir como se fosse tombar.

Ela tinha conseguido levantar a cabeça o suficiente para ver a Terra no céu negro, imaginando exatamente quantos dos bilhões de invisíveis estariam assistindo de lá a seus passos aqui.

E então o sonho se transformara num pesadelo. Tão estranho! Ela não sentia mais nada além da sensação de que a neve debaixo de seus pés havia derretido.

O visor de seu capacete ficou branco e ela sentiu-se suspensa.

Pouco antes de seus pais se separarem, vinte e dois anos atrás, eles tiraram um período de férias, para tentar dar uma última chance de manter-se como uma família, no México, onde Yvonne amarrou-se a um paraquedas e, depois, foi içada ao ar por uma lancha. Após um momento de pânico, ela acabou gostando da sensação de não ter nada abaixo dos pés.

A experiência em Keanu começara exatamente assim, mas, em alguns segundos, ficou muito, *muito* ruim, quando ela despencou em meio à neblina e ao vapor.

Ela podia ver o chão girando loucamente, a dez metros ou mais abaixo. E, em meio à sua confusão, ela se perguntava: *Quanto tempo falta para eu me arrebentar?*, *Oh, meu Deus! Eu ferrei tudo?* e *Sinto muito!*

Mas, durante todo o longo arco de sua trajetória, ela não sentiu nada! O traje protegeu-a do jato de vapor, isolou-a das temperaturas e a manteve viva – enquanto ele durou.

Ela desceu lentamente – e, nesse aspecto, a experiência fora exatamente como o pouso naquela praia no México –, mas estava impossibilitada de se virar para qualquer direção. Caiu como uma boneca arremessada de cabeça em direção à neve e rocha.

Tentou erguer os braços muito tarde. Seu nariz bateu contra o visor do capacete. Sua perna se dobrou por debaixo de seu corpo de modo tão violento que ela pôde sentir a cartilagem rasgar e os ossos se quebrarem.

Foi deslizando até parar, e então sentiu o gosto de sangue e lágrimas.

Mas estava viva. O que acontecera com seu traje? Se ele tivesse se rasgado ela ouviria assobios, começaria a sentir frio – porém apenas por uns poucos minutos.

Percebeu que o único som era o de sua própria respiração dificultosa. Ok, isso era bom.

Alguém estava chamando por ela. Zack!

Então ela ouviu um pequeno chiado. Pôde sentir a temperatura caindo.

Seu traje *tinha* se rompido! Com dor, ela se virou... não podia sentir sua perna esquerda.

Não era de se admirar. A perna estava dobrada de uma maneira que não parecia nada boa. E logo acima do joelho havia uma névoa cor de rosa.

Ok, ok. Treinamento. Quando em dúvida... Que diabos os astronautas sempre dizem para si mesmos?

Tateou procurando a bolsa de equipamentos em seu peito. Estava ficando com mais frio, respirando mais depressa. Quanto tempo? Onde estaria Zack? Maldição, por que ele não estava ali?

Uma corda elástica. Pronto. Desajeitadamente, conseguiu pegá-la – *droga, está pela metade!*

Rolou novamente. *Deus, isso doeu.*

– Yvonne, você pode me dizer onde você está? – chamou Zack.

*Consegui! Em volta da perna. Puxá-la. Apertado. Apertado! Selado.*

– Uh, no solo.

Isso era tudo o que ela podia fazer.

O tempo passou. Poderia ter sido segundos, poderia ter sido dez minutos. Ela começou a pensar em Tea e Pogo, e no pequeno e perigoso segredo que estava dentro de seu kit pessoal, o item que realmente ocupava o recipiente...

Ela sentiu-se sendo suspensa.

– Te peguei.

Zack! Zack a tinha encontrado!

– Cuidado! – ela implorou. Ou, pelo menos, isso foi o que ela pensou ter dito.

Ela percebeu que ele a estava carregando! Claro, apesar do tamanho de um ser humano, ela provavelmente estaria pesando apenas uns dois quilos...

Ambos tombaram.

– Merda! Sinto muito! – Zack, de novo. Yvonne não podia mais sentir sua perna esquerda.

Apanharam-na novamente, mas desta vez não era apenas Zack; alguém mais ajudou. Outro astronauta, não Pogo Downey. O traje era azul e não branco...

Da *Brahma*, o cosmonauta veterano Dennis Chertok e o brasileiro Lucas Munaretto, o belo e intitulado Maior Astronauta do Mundo.

– Ok, ganhamos uma ajuda aqui – Zack contou a ela. – Você estará de volta à *Venture* em poucos minutos.

Ela ainda se sentia dentro de um sonho.

A única coisa ela ficava dizendo para si mesma, repetidas vezes, era: *Não mencione seu PPK.*

*Em caso de recebimento de informações ou da descoberta de a tripulação de uma nave espacial ter pousado em altos-mares ou em qualquer outro lugar que não esteja sob a jurisdição de nenhum país, as Partes Contratantes que estiverem em posição para realizar o resgate devem, se necessário, dar a assistência para as operações de busca e resgate da referida tripulação...*

*ARTIGO 3, ACORDO DE RESGATE DE ASTRONAUTAS, O RETORNO DE ASTRONAUTAS E O RETORNO DE OBJETOS LANÇADOS NO ESPAÇO SIDERAL (1968)*

– Você só pode estar de brincadeira. – Apenas duas horas após a erupção e o resgate de Yvonne Hall, Zack Stewart encarava fixamente o painel da estação de trabalho da *Venture*. Shane Weldon tinha acabado de lhe contar algo em que ele não podia acreditar. Ou melhor, algo que ele não podia aceitar.

Dennis e Lucas haviam ajudado Zack a carregar Yvonne de volta para a *Venture*, encontrando Pogo no caminho. Visto que Dennis era médico, Zack permitiu que ele entrasse em sua nave para cuidar da astronauta ferida. O impacto em consumíveis poderia ser relevado, por ora.

– Cuidem-se vocês dois, ok? – ele disse à Pogo e Lucas.

– Podemos tentar realizar a primeira etapa do checklist – Pogo disse.

– De ambos os checklists – Lucas acrescentou.

– Se vocês puderem... Mas fiquem próximos ao módulo de pouso. – Zack temia outra erupção.

Acomodar três astronautas com trajes espaciais na câmara de compressão tinha sido complicado, especialmente com um deles imobilizado. Mas, por fim, conseguiram. Ainda usando seu traje, sem o capacete, Zack se arrastara para dentro da cabine principal, deixando Tea para ajudar Dennis com Yvonne.

Ele apanhou um fone de ouvido, com o qual ouviu Pogo, de modo paciente, atualizar Houston sobre a situação.

– Zack está online – ele anunciou. Sem esperar, fez um breve relato atualizado sobre Yvonne: com vida, gravemente ferida, sendo atendida pelo cosmonauta-médico russo.

– Entendido. – Foi tudo o que Weldon pôde dizer; fato que surpreendeu Zack, até ouvir: – Canal B.

Mudando para a conexão criptografada, ele esperou por uma torrente de perguntas de seu diretor de voo, não apenas sobre as condições físicas de Yvonne, mas também sobre o estado mental dela. Entretanto, Weldon tinha outra surpresa.

– A Home Team nos passou algumas informações. Parece que vocês não aterrissaram em um NEO.

Shane Weldon tinha um senso de humor sóbrio e preciso. Sem dúvida, era conveniente em bares e nas reuniões de operações de missões, que eram sessões exaustivas, mas naquele momento acabou irritando Zack.

– Que diabos você está falando?

Weldon ficou sério.

– A Home Team analisou as erupções, as quais afetaram o trajeto de Keanu. Ele está agora em órbita em torno da Terra. Resumindo, você pousou em uma nave espacial.

A mente de Zack girou rapidamente em torno de todo um conjunto de imagens desencadeadas por aquela palavra. *Star Wars. Star Trek.* Todo tipo de monstro metálico esquisito de livros e filmes e história em quadrinhos, nenhum deles semelhante a esta paisagem coberta de neve austera e pacífica. Nenhuma daquelas imagens era o que Zack esperava encontrar em sua própria vida.

– Bom saber – ele disse, soando muito mais descontraído e irreverente do se sentia. – Isso não estava nos planos da missão.

– Entendido. Estamos todos em águas desconhecidas.

– O que você quer que façamos? – Ele sabia o que queria fazer... mas a *Venture* não lhe pertencia.

Em seguida, Weldon proferiu outra frase que Zack nunca pensou que ouviria de Houston.

– Bata na porta. Veja se tem alguém em casa.

Mais uma vez, Weldon não esperou pela resposta, falando por cima da defasagem de recepção de voz.

– Você *pode* dizer não. Muitos por aqui acham que vocês devem fazer as malas e voltar para casa. Segundo as regras de voo, exige-se que a missão seja abortada em caso de um membro da tripulação vier a ficar incapacitado. Nossa recomendação é que, se ela estiver morrendo, vocês voltem. Se ela estiver estável, a exploração tem prioridade... – O resto da mensagem, se é que havia, foi perdido devido a problemas de estática. – Espere um minuto.

Zack virou a tempo de ver Yvonne – já sem o traje espacial, vestindo sua roupa de baixo com a *legging* cortada – sendo carregada para dentro da cabine por Tea.

– Bem na hora – Tea disse. – Que tal dar uma mãozinha?

Juntos, os dois suspenderam facilmente Yvonne até uma das redes. Zack deu uma olhada para a perna, que não estava nada boa: uma combinação de fratura grave e exposição ao vácuo... o pior tipo de ulceração produzida pelo frio imaginável.

Pelo menos ela estava consciente. E ela, em uma atitude corajosa, fez um sinal de positivo. Zack deu um tapinha em seu ombro e, então, deslizou de volta para dentro da câmara, onde Dennis, com expressão de cansado, estava encostado na parede curva.

– Qual é o prognóstico?

– Ela está viva, mas a perna... provavelmente irá perdê-la.

– Portanto, ela deve retornar à Terra.

Dennis sorriu e estendeu as mãos.

– Sim, certamente, decolar na primeira oportunidade. Só não se esqueça de me deixar sair antes de você decolar...

– Qual que é, Dennis! – Embora eles nunca tivessem voado em uma missão juntos, Zack havia treinado com o cosmonauta-médico em anos anteriores. Ele estava bem ciente de que Dennis era fatalista, mesmo para os padrões russos.

– Um dia não vai piorar a condição dela. Você deve consultar Houston. Ou me chamar amanhã para fazer um "atendimento em domicílio".

– Há alguma coisa que você poderia fazer aqui e agora?

Dennis considerou a situação.

– Eu poderia firmar os ossos quebrados dela. Eu poderia inclusive aparar os tecidos danificados... – Sem esperar por uma solicitação formal por parte de Zack, o cosmonauta começou a desfazer seu traje. – Pode levar algum tempo.

– Avisarei a Taj.

Zack retornou para a cabine, quase colidindo com Tea, que tinha acabado de finalizar a colocação de eletrodos médicos por todo o corpo de Yvonne.

– A qualquer momento que você queira me deixar a par do que quer que diabos esteja acontecendo... – disse Tea.

– Observe e aprenda. – Ao verificar que o problema de comunicação tinha sido resolvido, Zack voltou à linha com Weldon, retransmitindo o diagnóstico de Dennis e o tratamento de emergência a ser realizado.

– Supondo que o médico consinta – Weldon informou –, confirmamos uma AEV de reconhecimento, para dentro do respiradouro.

– Qual a duração? – Nas duas missões lunares da *Venture*, os astronautas tinham demonstrado a capacidade de fazer excursões que duravam toda a noite ou até mesmo três dias usando o rover. Era uma carta na manga; seria impossível cobrir muito terreno (para fazer, literalmente, mais de dois quilômetros do local de pouso) para realizar qualquer atividade científica ou de engenharia importante e, em seguida, arrumar as coisas e retornar, tudo isso com o limite padrão de oito horas dos trajes espaciais.

– A noite toda. Enquanto isso, começaremos a trabalhar nas trajetórias de subida amanhã.

Então ele iria acampar durante a noite em uma nave estelar alienígena! A diversão nunca acabava.

– Bem, para recapitular, com um membro da tripulação ferido e um veículo rival na porta ao lado, sem SIMs ou treinamento específicos, devemos explorar uma nave estelar alienígena.

– Belo resumo – Weldon respondeu.

Zack virou-se para Tea, que estava ouvindo isso pela primeira vez.

– Você é a segunda em comando. Alguma objeção?

– Você não está me perguntando, você está me comunicando – Tea acusou. Zack só pôde assentir com a cabeça. – Além do mais – ela complementou –, a *Brahma* está indo, certo?

Zack apanhou o fone de ouvido.

– Houston, *Venture*. Estamos a caminho do Primeiro Contato.

*O esforço sobre-humano não vale nada, a não ser que atinja resultados.*

*ERNEST SHACKLETON (1916)*

Enquanto Zack lidava com a situação de Yvonne e outras questões maiores, Pogo Downey tinha seguido Lucas de volta para o módulo de pouso da *Brahma*.

– Seu colega está doando seu tempo para nos ajudar. Considere isso um pagamento.

Era também uma chance para dar uma olhada de perto na nave da Coalizão e no seu "arpão". A conclusão de Zack acabou provando-se correta: a coisa não era uma arma, pelo menos não em nenhum dos modos visualizados por Pogo. Na verdade, o arpão ancorara a *Brahma* à superfície escorregadia e de baixa gravidade.

Pogo tinha opiniões conflitantes sobre Zack Stewart. O homem era inteligente, isso era claro. Ele tinha conhecimentos em ciência e engenharia, sobre sistemas e procedimentos. Como poucos, ele sabia da história por trás deles, e como e por que alguns sistemas acabaram evoluindo.

Melhor ainda, ele era inteligente de um modo inteligente; ele sabia quais eram seus pontos fortes e suas fraquezas. Ele jamais tentara se passar por um piloto, ao contrário de outros cientistas civis no departamento de astronautas, que começavam a usar termos como "fudido" e "tempo de ops" nas conversas em que anteriormente contavam com "latte" e "Chardonnay".

Ele trabalhava bastante e liderava através do exemplo. Não tinha medo de sujar as mãos, tanto que, quando desempenhava o mecânico de plantão, papel cada vez mais vital em missões espaciais, ele sabia exatamente o que fazer com as ferramentas.

Ele gostava de ciência, mas mantinha-a no lugar. E tinha um modo claro de fazer até mesmo os experimentos mais idiotas (como aqueles que os astronautas normalmente descrevem como "olhar para as estrelas, mijar em frascos") parecerem relevantes.

Isso levava a outro ponto importante: Zack também era conhecedor. Ele tinha estabelecido relacionamentos efetivos e duradouros com pessoas da área científica e médica – o que era de se esperar de um astronauta que Pogo chamaria de "nerd pescoçudo".

Mas daí a fazer amizades com o pessoal nos bastidores do departamento de operações de missão e com os controladores de voo? Isso requeria habilidades dignas de um lobista de primeira, do tipo que Pogo, horrorizado, havia presenciado durante uma visita ao Pentágono.

Stewart parecia inclusive ter contatos da área administrativa do seu lado – secretárias e o pessoal do departamento de TI. Claro, sua viuvez trágica somava muitos pontos com as garotas.

Mas, caramba, ele devia ter alguma carta na manga para que a NASA o tivesse escolhido para ser o comandante do primeiro pouso lunar do século 21.

E, ainda assim...

Pogo conhecera muitos operadores especiais, rapazes do SEALs da Marinha e do resgate aéreo da Força Aérea, que eram capazes de pular em água gelada ou sobrevoar sobre um desfiladeiro em noite sem luar para abater um insurgente com um rifle de precisão ou cortar a garganta de alguém com uma faca – e de nunca questionar a ordem ou se preocupar com as consequências.

Tomando alguns drinks, ele poderia entrar, de bom grado, nesse seleto clube.

Ele se perguntou se Zack Stewart seria implacável o suficiente para matar alguém, ou, algo ainda mais desafiador, enviar um homem para a própria morte.

As operações de AEV da *Brahma* eram básicas: abrir compartimentos no estágio de descida e tirar as caixas. Após 15 minutos, Pogo estava de saco cheio.

Ele também estava furioso com a conversa entre Zack e Taj, que tinham sabiamente decidido mudar para uma frequência comum e dispensar as retransmissões de seus respectivos controles de missão. A primeira coisa que Pogo captou foi que Taj estava enfrentando um problema em seu sistema de Comando e Controle. Ele teve de se controlar para não dizer a *Venture*

"Ei, até o indiano tem que ligar para Bangalore para conseguir suporte técnico!", mas se conteve.

Especialmente porque, em seguida, ele ficou sabendo que as erupções em Keanu eram, na verdade, algum tipo de retrofoguete... De certo modo, fazer piadas às custas de Taj parecia não fazer mais sentido.

Quando criança, Pogo Downey acreditara que OVNIs eram naves espaciais alienígenas, que o governo estava escondendo alguma coisa. Ele deixara de lado aquelas suspeitas quando entrou para a Academia da Força Aérea, onde aprendeu novas e melhores maneiras de desconfiar de governos. Mas ele ainda acreditava que a humanidade não estava sozinha no universo. Agora, estar em um artefato alienígena... bem, não era *completamente* inesperado.

Era muito legal, na verdade.

No momento em que Natalia Yorkina, a segunda russa na tripulação da *Brahma*, juntou-se a Lucas, seu colega de equipe, na superfície, estava evidente que três era demais.

– Estou voltando. Boa sorte – ele falou para a equipe da Coalizão.

– Todos nós vamos precisar de sorte – Natalia disse.

Quando Pogo chegou à *Venture*, Zack estava de volta à superfície, já fazendo os preparativos para ativar o rover. "Preparando o *Buzz*", como as equipes de treinamento costumavam dizer.

Durante anos, a NASA mantivera o estúpido hábito de dar nomes de pessoas para equipamentos. Não satisfeita, a agência realizara um maldito concurso para dar nome ao rover que seria usado no terceiro pouso lunar, e "Buzz" tinha sido o vencedor... homenageando o segundo homem a pisar na Lua.

Bem, onde quer que ele estivesse, Buzz Aldrin estaria rindo, porque, enquanto os rovers *Neil* e *Gene* estavam relegados a atravessar o traiçoeiro solo lunar coberto de algo parecido com amianto, o rover *Buzz* era o primeiro em um mundo totalmente novo.

Ou nave estelar. Não podemos nos esquecer disso.

O módulo de pouso *Venture* tinha dezoito metros de altura e, com ângulo abaixo do sol, projetava uma sombra três vezes aquela extensão. Naquela sombra, Zack puxou o cordão que abriu exatamente um quinto do estágio de aterrissagem da *Venture*... e então o *Buzz* deslizou para fora, inclinou-se e, em seguida, começou a se desdobrar.

Durante o treinamento na Terra, o processo de desdobramento era bastante barulhento, o que fazia Pogo se lembrar do crepitar de uma montanha-russa velha ao puxar os carros até o seu topo para fazer a descida.

Mas aqui, no gélido vácuo, não havia ruído. Com uma espécie esquisita de majestade, as rodas do *Buzz* encaixaram-se em suas respectivas posições, a cabine inflou até seu tamanho completo e a antena dourada de mylar se desenrolou. Em menos de dois minutos, o veículo em forma de aranha estava pronto para a ação.

– Aqui parece maior – Pogo comentou. Nas baías em Huntsville, rodeadas por vários protótipos de módulo de pouso e de rovers, o *Buzz* parecia um pouco triste e insignificante. Mas não em Keanu.

– Grande o suficiente. – Zack parecia distraído, o que era compreensível. Além de encarregado de um voo espacial desafiador, ele tinha visto sua missão se transformar em algo inacreditável: a primeira exploração de um artefato alienígena.

Como alguém poderia estar preparado para isso?

Pogo juntou-se a ele para transferir equipamentos adicionais dos compartimentos da *Venture* para a estrutura do *Buzz*: tanques de oxigênio adicionais, o aparato científico, novas câmeras, cabeamento. O trabalho progredia de forma entrecortada. Um dos tanques simplesmente não podia sair do compartimento.

– É como se essa porra tivesse crescido! – Pogo rosnou impaciente, apenas com uma vaga consciência de que ele tinha acabado de praguejar em uma conexão aberta de comunicação.

Aqui ele viu Zack Stewart em toda a sua glória estoica. Sem dizer uma palavra, ele ignorou o checklist, já em desordem, e abriu o compartimento contíguo, de dentro do qual retirou equipamentos ali armazenados e, pacientemente, entregou-os a Pogo até deixá-lo vazio.

Em seguida, pegou uma chave de fenda e fez um furo na parede contígua. Ele usou um alicate para descolar as folhas da parede.

– Isso é uma boa ideia? – Pogo não havia considerado tal manobra. Isso o fez lembrar muito de quando realizava serviços na garagem de sua casa...

– Esta parte não suporta a estrutura – Zack respondeu, voltando para a chave de fenda, que ele forçou para dentro da abertura a fim de liberar o tanque preso. – Além disso, quando partirmos, isso tudo vai ficar para trás.

Pogo não podia decidir o que era mais surpreendente: se o fato de o tanque ter sido liberado daquele modo ou o fato de aquelas palavras terem sido as únicas proferidas por Zack Stewart em meia hora.

O *Buzz* possuía uma cabine pressurizada que parecia uma bolha, grande o suficiente para abrigar quatro astronautas acomodados tão próximos uns dos outros que eles teriam de se revezar para respirar. Com dois ocupantes, podia-se dizer que era confortável. Mas, por ora, não havia necessidade de que Zack ou Patrick despressurizassem a cabine: o *Buzz* poderia ser operado pelo lado de fora também. (Era um veículo elétrico à bateria, não mais complicado do que um carrinho de golfe.)

Ou, como Zack demonstrou rapidamente, havia a possibilidade de ele ser empurrado e puxado sobre a neve em direção ao Vesuvius. Alguns minutos depois, os dois estavam em pé na borda da cratera.

– Está tudo bem, chefe? – Pogo perguntou. Ele ficara preocupado com o silêncio de Zack durante o trabalho com o *Buzz*.

– Apenas explorando o terreno. Veja só. – Zack pegou um punhado de gelo e lançou para dentro do respiradouro. – Não se pode apenas deixar cair... pode levar dez minutos para bater.

Daquela distância, o Respiradouro Vesuvius fez Pogo lembrar-se da Cratera de Barringer, no Arizona, um buraco de tamanho considerável no chão, com pelo menos um clique de largura e quase 200 metros de profundidade. Ele a tinha visitado para treinamento de geologia lunar. Mas a cratera do Arizona era rochosa, enquanto o Vesuvius era extensivamente esbranquiçado, coberto por uma camada inimaginavelmente antiga de gelo e neve, com exceção de onde o calor do respiradouro deixara a superfície exposta.

Zack começou a analisar as rochas locais, fazendo um levantamento geológico da cena.

– Se aquela erupção fosse vulcânica, aqueles partes descobertas estariam pretas.

– Teria feito rolar alguns destes pedregulhos também – sugeriu Patrick. Nem morto ele deixaria Zack dominar o levantamento. Por que perder 500 horas de treinamento geológico?

– Então não era realmente uma erupção, apenas um jato. Vapor.

– Calor lá embaixo.

– Alguns depósitos e sedimentos.

– Mas de muito tempo atrás.

À medida que eles conversavam, Zack e Pogo foram andando feito caranguejos ao longo da borda, afastando-se da *Venture* e da *Brahma*.

– Uma pena o fundo estar nas sombras – comentou Zack

– Se é que *há* um fundo, e não um buraco sem fim.

– Se for um buraco, ele pode ter apenas 100 quilômetros de profundidade.

Pogo viu alguma coisa abaixo, e estancou tão de repente que quase perdeu o equilíbrio. Ele levantou sua viseira de sol para ter certeza.

– Zack – ele disse –, dá uma olhada.

Zack juntou-se a ele, ambos olhando para baixo, para dentro das profundezas sombrias.

– *Venture* – Zack chamou –, vocês estão captando imagens?

– Não com você balançando de um lado para outro – Tea reclamou. As câmeras do capacete eram ferramentas fantásticas, mas tinham a desvantagem de serem afetadas por toda parada brusca e sacolejo que um astronauta fizesse.

– Ok, tentaremos melhorar – Zack respondeu. – Vamos chamar isso de anomalia um.

– Não podemos distinguir...

– Parece uma rampa – interrompeu Patrick. – Diretamente à 1h00, um terço da altura subindo a partir do fundo. – Na verdade, daquele ângulo, ele e Zack podiam ver o fundo do respiradouro... uma superfície relativamente lisa coberta de neve... e o que poderia ser apenas uma rampa, talhada diretamente na parede do respiradouro.

– Deve ter uns 10 metros de largura – Zack arriscou. – Mas é apenas uma suposição.

– Parece larga o suficiente para o rover se locomover.

– Saudações! – Das vozes que vieram do rádio, Pogo pôde ouvir Lucas e Natalia se aproximando. E lá vinham eles, Lucas literalmente rebocando uma pilha de equipamentos e suprimentos em um trenó.

– Legal! Alguém lá em Bangalore tinha um pouco de visão – Pogo disse a eles.

– Para mim, isso está parecendo uma inovação russa – Zack arriscou. Agora havia quatro astronautas reunidos na borda. Zack apontou para a rampa. Patrick ouviu a voz entrecortada de Natalia.

– Espantoso... – ela comentou.

– E uma pena não chegar até o topo. – suspirou Lucas.

– E ficaria muito longe – Zack completou. – Teríamos que nos locomover por duas horas apenas para chegar do outro lado.

O que fez Pogo se lembrar:

– E o que vamos fazer com o *Buzz*? Este trajeto para baixo até o fundo dessa coisa não é fácil.

Zack virou-se em seu traje pesado e desajeitado, com sua viseira dourada de sol... Pogo podia vê-lo sorrindo.

– Cada um agarre uma das rodas.

Sem entender, Pogo simplesmente seguiu as ordens, estendendo a mão e alcançando o rover.

– E agora? – ele questionou.

– Suspenda – Zack ordenou. *Buzz* pesava 300 quilos na Terra; em Keanu, ele poderia ser erguido por um único ser humano. Era apenas a grande estrutura do rover que fazia necessário o uso de quatro pares de mãos. – Agora, para a borda – Zack disse. – Bem ali, o local íngreme...

Somente então, Pogo percebeu que Zack havia planejado lançar, literalmente, o rover para fora da borda.

– Em suas marcas – Zack coordenou.

Pogo não era o único desconfiado.

– Zack, você tem certeza disso? – Natalia perguntou.

– Sim. Precisamos explorar o Vesuvius, e o rover tem as ferramentas. Sem mais perguntas. Um... dois... três!

Impulsionado lateralmente, por cerca de três metros, para fora da borda do respiradouro, o *Buzz* flutuou para baixo, para baixo, para baixo, dando início a um afloramento e continuando em uma queda lenta, mas ainda permanecendo na posição vertical. Os astronautas puderam ver o rover pular duas vezes e então, exatamente como a *Venture* fizera durante sua aterrissagem, estabilizar-se sobre a neve e o gelo.

– Merda, não acredito nisso – Pogo exclamou.

– Como vamos descer? – perguntou Lucas.

– Não temos escolha, a não ser seguir – Zack argumentou. Ele encaminhou Pogo em direção à borda e, então, empurrou-o.

Pogo tinha registrado duzentos saltos de paraquedas na época da Academia de Força Aérea. O terror momentâneo antes de um grande salto não lhe era um completo estranho, porém a natureza improvisada do empurrão e a ausência de equipamento o deixaram tenso.

A manobra louca confirmou uma coisa: Zack Stewart era a escolha certa para liderar uma missão como aquela.

*CAPCOM:* Venture, *Houston. Yvonne, o diretor do centro está na espera.*

*VENTURE (HALL): Você quer dizer meu pai.*

*CAPCOM: Sim, seu pai, dr. Jones.*

*VENTURE (HALL): Ele tem algo oficial ou, ah, médico para discutir?*

*CAPCOM: Negativo. Ele quer falar... de pai para filha.*

*DIRETOR (JONES): E só quer saber como você está.*

*VENTURE (HALL): Já conversei com os médicos. Eles estão monitorando minha condição.*

*DIRETOR (JONES): Todos estamos...*

*VENTURE (HALL): Lá se vai a privacidade.*

*DIRETOR (JONES): Se você quiser... abortar a missão, podemos tirá-la daí.*

*VENTURE (HALL): Está soando mais como o diretor do JSC do que como pai.*

*DIRETOR (JONES): Sinto muito.*

*VENTURE (HALL): Bem, sr. Diretor, diga ao meu pai que estou entusiasmada para completar minha missão.*

*TRANSCRIÇÃO TERRA-AR DA* DESTINY-7 *(SEM DISTRIBUIÇÃO)*

Yvonne retirou o fone de ouvido. *Quatrocentos mil cliques da Terra e eu ainda não consigo me afastar desse homem.*

Sentiu-se mal. Queria ir para casa. Mas nem ferrando ela tornaria a vida de Gabriel Jones mais simples ou fácil.

*Cirurgiões de voo relataram que a condição da astronauta Yvonne Hall da* Destiny *após o incidente ocorrido durante sua AEV histórica é estável. Acredita-se que uma erupção inesperada em um local em Keanu conhecido como Respiradouro Vesuvius tenha causado a queda e subsequente dano ao traje espacial de Hall. Ela foi resgatada com segurança pelo comandante Zachary Stewart da* Destiny *e pelos cosmonautas Munaretto e Chertok da Coalizão e, agora, descansa confortavelmente a bordo da* Destiny*. Atualizações sobre sua situação serão publicadas assim que possível. A cobertura da segunda atividade extraveicular, por Stewart e pelo astronauta Patrick Downey, da* Destiny*, será retomada em breve.*

*ASSUNTOS PÚBLICOS DA NASA, 22 de agosto de 2019*

O ataque ao Respiradouro Vesuvius, que começou com o bombardeamento do rover *Buzz*, seguido da queda livre sem paraquedas do Coronel Patrick "Pogo" Downey da USAF, teve continuidade com a aterrissagem por queda livre do dr. Zachary Stewart e, depois, com o trenó de equipamentos fornecido pela Coalizão de Nações de Navegação Espacial.

Os cosmonautas Lucas "O Maior Astronauta do Mundo" Munaretto da AEB e Natalia Yorkina da Agência Espacial Federal Russa seguiram mais tranquilamente; vieram equipados com equipamento de rapel e optaram por deixar cordas de ancoragem no topo antes de deslizarem para baixo.

Assistir ao processo deixou Zack impaciente e confirmou seu julgamento inicial. Lucas, em particular, desceu aos pulos na gravidade baixa, suspenso em pleno ar por vários segundos por vez, na extremidade de sua corda, até voltar a ter contato com a superfície, e tração.

Natalia revelou ser uma alpinista experiente ou uma operadora natural de baixa gravidade.

Não importava: Zack estava feliz em ter a opção da corda.

Uma coisa era dar um salto gigante até o fundo do Vesuvius... Outra coisa bem diferente era fazer isso sem nenhuma forma óbvia de retorno. A última ordem que dera a Tea foi para reunir-se com Taj a fim de fazer um levantamento detalhado das encostas do Vesuvius, na esperança de encontrar um caminho para o topo.

Enquanto esperava, e enquanto ainda tinha comunicação com a *Venture*, ele conseguiu checar suas mensagens, as quais podiam ser lidas em uma tela minúscula de LED, dentro de seu capacete, com cerca de seis letras por vez.

Havia um texto de Rachel: OUVI SEUS PASSOS MAS TAPEI OS OLHOS. CUIDE-SE E VOLTE PARA CASA! AMO VC.

Zack começou a rir. Mesmo sendo fácil para um pai de uma adolescente ficar furioso com a indolência, o desleixo e eventuais atitudes esnobes, Rachel era indubitavelmente sua filha.

E de Megan.

Ele não queria revirar a caixa de recordações de Megan ainda. Seria muito dispersante. *Concentre-se nos seus afazeres!*

Ele estava de pé no fundo de um fosso gigante tão largo quanto o estádio *Minute Maid*, em Houston, pouco além da sombra fria que obscurecia dois terços de seu solo.

O chão em si tinha mais rocha do que neve. Estava longe de ser plano também; pelo contrário, era suavemente ondulado, como a superfície de um oceano congelado.

Ele estava cansado, suas mãos doíam por causa das luvas, e ainda assim sentia-se alegre, vivo, exultante. Zack estendeu esse momento particular o suficiente para mijar em sua fralda. Ele se reconfortou em saber que estava dando continuidade a uma tradição de astronauta que remontava a Alan Shepard na primeira *Mercury*... e a Buzz Aldrin durante a primeira caminhada na Lua.

Agora era hora de ir mais ao fundo de Keanu. O único momento comparável de sua vida tinha sido o seu primeiro encontro como motorista habilitado.

De fato, ele podia ver várias fendas nas paredes do respiradouro encobertas pela sombra. Ele não podia esperar para iniciar. Estava atrasado apenas em função de um intervalo de descanso obrigatório (algo que ele havia aprendido a apreciar durante suas AEVs na estação espacial). Lucas e Natalia estavam ocupados descarregando o trenó, enquanto Pogo desenrolava um cabo de fibra ótica do *Buzz*. Aquela linha forneceria comunicação em tempo real com Tea e a *Venture* – sem contar o módulo de habitabilidade do *Buzz*, que permitia AEVs mais longas, o cabo era a única vantagem que a equipe da NASA tinha sobre a Coalizão até então.

A comunicação constante, em tempo real, entre a *Venture* e Houston tinha os seus inconvenientes. Não havia astronauta vivo que gostasse de ter cada uma de suas sílabas disseminadas em tempo real para milhões de ouvintes.

Porém, era o que também permitia a Rachel ver o que o pai estava fazendo – e até enviar mensagens ocasionais a ele.

Zack ficou imaginando se ela enviava mensagens para Tea também. Elas tinham evoluído para uma amizade independente dele desde aquele momento muito delicado nove meses antes, quando Zack apresentara sua colega astronauta à sua filha... como namorada.

Era seu aniversário e ele resolvera dar continuidade à tradição da família Stewart escolhendo um restaurante favorito – naquele ano era um lugar novo, de cozinha californiana, em El Dorado. Rachel estava presente, é claro, assim como os Meyers... De acordo com o combinado, Tea chegou dez minutos atrasada. Zack permitiu que ela lhe desse um beijo nele e, sem seguida, apresentou-a como sua namorada.

A única coisa que Rachel disse, na ocasião, foi:

– Puxa, fiquei imaginando para quem seria a cadeira extra.

Aquela noite ela fora mais contundente.

– Acho que ela é bacana, ok? Mas, Deus, você poderia ter me dito em particular! – Isso não era bem verdade... eles tinham brigado tanto sobre tantos assuntos corriqueiros naquela ocasião que Zack simplesmente ficara com medo de ter uma conversa com sua filha.

As coisas haviam melhorado com Tea passando cada vez mais tempo na casa dos Stewart e até indo às compras com Rachel.

A única crise se dera quando Zack tomou o posto de Tea como comandante da *Destiny-7*. Ela tinha se tornado... apenas uma outra astronauta. Desde que a tripulação passara pela fase de adequação, no Cabo Canaveral, antes do lançamento, não houve troca de olhares entre eles nem contatos secretos, apenas umas poucas palavras em particular. É bem verdade que esta era uma missão completamente desgastante, mas precisava destruir qualquer vestígio de emoção humana? Era isso que os voos espaciais reais provocavam?

O que mais lhe preocupava era a possibilidade de a missão simplesmente expor a falta de sentimentos verdadeiros de Zack em relação à Tea... ou dela em relação a ele...

– Zack, olhe o que temos aqui!

Era Lucas. O astronauta brasileiro – que, por passar grande parte da década anterior em Houston, parecia mais americano do que Zack – tinha desempacotado um radar de abertura portátil do trenó da Coalizão e a estava movimentando, como uma câmera de vídeo do século 20, no entorno do sopé do respiradouro.

Zack e Pogo arrastaram-se em direção à equipe da Coalizão.

– O que vocês conseguiram?

Lucas entregou a ele o radar, mas Zack viu apenas uma imagem confusa que lhe lembrava uma ultrassonografia pré-natal – outra evidência de que a equipe da Coalizão era mais bem equipada e bem treinada para explorar Keanu.

– Uma abertura – informou Lucas. – Uma abertura bem grande.

Pogo pegou o radar de controle de velocidade. Ele pareceu ter uma ideia melhor do que mostrava ali.

– Ele está certo. Essa coisa tem pelo menos dez metros de largura e pelo menos metade disso em altura. Você poderia conduzir um caminhão através dele. – Ao devolver o radar para Lucas, acrescentou: – Eu mencionei que as extremidades são retas?

*Keanu manobrara.* E havia uma estrutura do tipo rampa dentro deste respiradouro. E, agora, o que parecia ser um portal com bordas retas... Zack pôde sentir sua frequência cardíaca subindo.

– Vamos em frente, então.

Eles seguiram em frente como exploradores do Ártico... Pelo menos era assim que Zack se sentia. Pogo liderava o caminho a pé, seguido por Lucas puxando o trenó, Natalia desenrolando o cabo de fibra ótica e Zack conduzindo o *Buzz* pela parte traseira. Era sua a tarefa de manter Tea e Houston informados em relação ao progresso deles. O intercâmbio era breve e pontual.

– A cinquenta metros da fenda.

– Entendido, cinquenta.

– Notaram alguma coisa diferente sobre a superfície? – Pogo perguntou.

Imediatamente atrás de Pogo, Lucas tentou parar, mas caiu com a cara no chão, vítima de um alto centro de gravidade. Os outros o ajudaram a se levantar; nenhum dano, graças a Deus. Essa era uma preocupação real, uma vez que, de sua posição elevada na parte da frente do rover *Buzz*, Zack podia ver que havia menos neve sob suas botas e sob as rodas.

O mais surpreendente foi que o solo não era cinzento como o da superfície lunar. O local sobre o qual eles estavam caminhando, e que se estendia diante deles até a fenda, era uma superfície plana, desgastada e rachada que fazia Zack lembrar-se de uma estrada romana antiga.

– *Venture* e Houston – ele disse, tentando manter firme a câmera do capacete. – Estão captando isso?

Houston apenas confirmou, mas Tea disse:

– Jesus, só falta um tapete de boas-vindas. Tenha cuidado, querido. – Ele sorriu como um adolescente em sua primeira paixão ao ouvi-la. Talvez ela ainda gostasse dele.

Prosseguiram. Agora estava claro que a fenda era uma abertura.

– Além de termos algum tipo de pavimentação debaixo de nós – Pogo comentou –, há sinais claros de trabalho feito por máquinas na abertura.

Zack também podia ver: ranhuras e fendas que pareciam muito regulares para ter sido feitas por ferramentas manuais. E havia algo mais...

– Alguém está sentindo algo diferente? – ele perguntou.

– Você quer dizer, além de estarmos extremamente nervosos? – questionou Lucas, violando todas as regras não escritas em relação a comportamento de astronauta.

– Estou sentindo maior tração sob minhas botas – Natalia respondeu. – E trenó está mais pesado! – Zack havia notado que, sob estresse, o excelente inglês de Natalia falhava e ela começava a cortar os artigos.

As percepções de Zack foram confirmadas.

– O rover não está derrapando tanto.

– A gravidade pode estar aumentando? – Lucas perguntou.

– Pode ser que estejamos sobre um solo mais firme, em vez de deslizando em gelo? – Pogo rebateu.

– Houston e *Venture*, oferecemos isso como material para reflexão – Zack interrompeu, cortando um debate inútil. – Estamos dentro da fenda agora.

Todos eles tinham saído da luz do sol para entrar na escuridão.

– Ligando as luzes – Zack avisou. O rover *Buzz* tinha sido projetado para operar em noite lunar e, portanto, contava com um jogo de faróis excelente.

– Temos portáteis – Natalia informou, curvando-se para o trenó. – Só um momento.

Enquanto ela e Lucas removiam vários holofotes e suportes, Pogo retornou para o rover.

– O que você acha? – ele perguntou. – Deixamos o rover aqui ou o levamos para dentro da caverna?

– Precisamos de equipamentos e pode ser que precisemos de abrigo. Desde que haja espaço para ele, acho que devemos levá-lo.

Houston concordou. Então, Pogo disse:

– Estou tendo problemas de comunicação. Indo para o Canal B. – A voz dele soou diferente no fone de ouvido de Zack. – O que você acha de a Coalizão trazer luzes portáteis, equipamento de rapel e um trenó?

Zack vinha pensando na mesma coisa.

– Eles tinham alguma noção de que iriam explorar cavernas.

– Imagino o que mais eles sabem que nós não sabemos...

– Lucas diz que está nervoso.

– Vamos torcer para que os faróis sejam as únicas ferramentas que nós realmente iremos precisar.

Depois que um par de holofotes estava montado, todos os quatro exploradores fizeram uma refeição e tiveram um intervalo para descanso. O tempo decorrido de AEV era de 2 horas, o que não constituía um problema em si. As atividades extraveiculares de rotina na estação têm duração de sete a oito horas. Mas, aqui, os astronautas estavam trabalhando com gravidade; leve, porém real. E nenhum deles tinha realmente descansado para as atividades expandidas do dia. Zack, de fato, já havia passado uma hora na superfície lidando com o ferimento de Yvonne.

E quem é que sabia quando qualquer um deles seria capaz de descansar? No momento, a AEV em Keanu parecia não ter data para terminar.

Ao perceber que seria difícil arrastar o trenó ao longo do "pavimento", Zack se ofereceu para deslocar o equipamento da Coalizão para os racks sobre o rover *Buzz*.

– Engenhoso – Pogo comentou. – Além de nos movimentarmos com mais facilidade, podemos ver o que mais eles estão carregando.

Se esse era o objetivo de Pogo, ele ficaria desapontado. O equipamento da Coalizão consistia em meia dúzia de recipientes sem identificação, embora Natalia usasse um jogo de microfocais preso ao seu capacete.

– Para estudo geológico – ela explicou, adiantando-se sem ser questionada.

Com as luzes externas cada vez menores atrás deles, e agora dependendo dos faróis dianteiros do *Buzz* os exploradores seguiram fenda adentro. Zack assumiu a ponta, na expressão de Pogo, enquanto seu colega astronauta dirigia o *Buzz* e os parceiros da Coalizão o acompanhavam.

– A comunicação está falhando – Pogo disse. Desta vez ele não estava brincando. Os sinais padrão de VHF não se propagariam tão longe através das paredes rochosas de Keanu, e até o cabo da Coalizão estava sofrendo perdas. Ficou evidente, pelo carretel, que eles estavam quase sem cabo também.

– Qual é a profundidade desta coisa? – Zack perguntou.

Lucas mirou o radar para a frente.

– Talvez cem metros adiante.

– E então? – Pogo perguntou, sem se preocupar em esconder sua irritação.

– Ah, é muito confuso.

– Como pode ser confuso? Ou é um buraco ou é uma parede.

Natalia veio em socorro de Lucas.

– Parece um entroncamento. Bifurcações.

Esta possibilidade era tanto terrível quanto excitante.

– Houston, *Venture*, Zack falando. Pode ser que estejamos chegando a uma bifurcação na estrada, ao mesmo tempo em que ficamos no escuro.

Desta vez, tanto Houston quanto *Venture* tiveram a mesma reação inflexível. Weldon disse:

– Vocês estão completando três horas do tempo decorrido de AEV. Aguardem no entroncamento.

Bangalore e Taj foram ainda mais veementes com os dois astronautas da Coalizão.

Não tinha ocorrido nenhuma mudança adicional no ambiente, com exceção de uma sensação geral de que ele estava ficando mais pesado. (Quão pesado, afinal? Se eles atingissem o equivalente à gravidade da Terra, mal conseguiriam se movimentar; os trajes para AEVs pesavam mais do que um ser humano. O *Buzz* não se deslocaria para muito longe também. Sua suspensão tinha sido projetada para gravidade lunar.)

Os mesmos "paralelepípedos" forravam o chão da fenda. As paredes e teto tinham a mesma aparência raspada. *Há quanto tempo isso foi talhado?*, Zack pensou. *Dez mil anos atrás? Aproximadamente ao mesmo tempo em que os serem humanos estavam aprendendo como cultivar plantações?*

*Cem mil anos? Quando os humanos mal tinham saído da África?*

*Um milhão? Quando não havia nada parecido com seres humanos na Terra?*

*Talvez dez milhões, talvez mais!*

Ele podia ouvir Lucas e Natalia debatendo, pacientemente, a situação deles com Taj, na *Brahma*, e Nayar, em Bangalore.

– Como pudemos parar aqui? E o que aprendemos? – Lucas questionou. Ficara óbvio que o jovem brasileiro não tinha absorvido o livro de normas do astronauta, nem sobre admissão de medo, nem sobre manter debates abertos com o controle de missão.

Mas Zack estava feliz por Lucas estar ali. Todo grupo precisava de alguém que pudesse dizer o que os outros pensam secretamente.

O mais preocupante era que o traje de Natalia parecia estar superaquecendo, um problema comum apresentado pelo equipamento russo. Isso era, até o momento, mais um inconveniente do que um desastre para a AEV.

Zack gesticulou para Pogo à frente, praticamente além do alcance das luzes do *Buzz*.

– Houston, *Venture*, Zack. Como está a ligação?

– Estou ouvindo – Tea disse. Alguns segundos depois, houve um arroto estático, provavelmente Houston.

– Tea, o que você estaria fazendo se você estivesse aqui?

– Pode me chamar de medrosa. Eu acamparia no rover.

– Concordo, mas estou muito elétrico para descansar apropriadamente – Zack disse. – Enquanto nossos amigos estão digerindo as notícias lá em casa, acho que vamos inspecionar este entroncamento.

Pogo estava tão excitado que trotou à frente de Zack.

– Vai com calma, caubói.

– Qual é, Zack! Olha só, veja a situação: Keanu desacelera e entra em órbita. Ele tem uma entrada grande e antiga no local de pouso mais lógico. Somando tudo isso, não parece que eles querem que digamos olá?

Zack conhecia Pogo havia mais de uma década; sabia que era religioso, extremamente conservador... e também, apesar de seu porte físico e habilidades masculinas, um pouco nerd. O piloto das Forças Armadas tinha lido muito mais ficção científica do que Zack, que desistia rapidamente de filmes e livros que apresentavam batalhas espaciais que mais pareciam combates aéreos da Segunda Guerra Mundial.

– Só digo uma coisa – Pogo continuou, ofegante. – Foi para isso que nos alistamos nesta missão.

Eles haviam se aprofundado no entroncamento, uma espécie de ponto final onde o eixo principal terminava e pelo menos quatro passagens se ramificavam em diferentes ângulos. Subitamente, Pogo desapareceu pela passagem da direita, deixando Zack no escuro, sozinho com a lanterna de seu capacete.

– Pogo, você não pode seguir muito à frente de mim dessa forma...

Zack encontrou-o a alguns metros na passagem seguinte, congelado no que Zack definiu como uma postura incômoda, com a cabeça inclinada para trás o máximo que o traje permitia.

– Ok – Zack falou, pegando seu parceiro e batendo-lhe no ombro.

Pogo simplesmente disse:

– Olhe lá para cima.

Diretamente à sua frente encontrava-se algum tipo de marco, uma placa de pedra incrustada na parede da passagem vários metros acima da altura dos olhos.

Tudo o que Zack pôde exclamar foi um "Oh".

A placa mostrava uma espécie de espiral translúcida, monocromática, pelo menos até onde eles podiam ver através das luzes de seus capacetes.

– Se você mexe a cabeça, ela muda – Pogo informou. Zack fez melhor do que isso... ele na verdade deu um passo para o lado. Parecia que a espiral se expandia.

– É 3-D – Zack comentou. Ele levantou as mãos, com a esperança de vê-las atravessarem a imagem, se aquilo fosse o que eles estavam pensando. Mas ele não conseguiu alcançar a imagem.

– Parece um modelo de uma galáxia – Pogo disse.

Esta era a área de especialização de Zack, e ele sabia que os modelos atuais de galáxias eram menos helicoides e mais esféricos. Mas eles já tinham mudado uma vez durante a vida de Zack; não havia razão para supor que eles não pudessem mudar novamente. Além do mais...

– É algum tipo de marco? – Ao aceitar a ideia de que a imagem 3-D representava uma galáxia, haveria um ponto brilhante a meio caminho entre o extremo de um braço espiral e o centro indistinto.

– Talvez seja a versão deles para o registro da *Voyager*. – Uma das primeiras sondas de espaço profundo, voltando aos anos de 1970, tinha carregado um *laser disc* cheio de música, arte, amostras de elementos que exprimiam a cultura humana... tendo em vista apenas a remota possibilidade de que alguma inteligência alienígena pudesse interceptá-lo.

Uma inteligência alienígena que também possuísse um aparelho para ler o disco; isso os colocaria muito à frente de qualquer um na face da Terra. Zack conhecia tudo sobre os desafios de se criar qualquer tipo de mensagem que viesse a durar centenas ou milhares de anos... o problema não era apenas o conteúdo, mas também como transmiti-lo.

– Talvez eles estejam nos dizendo de onde eles vêm – Zack arriscou.

– Quem exatamente são "eles"?

Eles ouviram vozes no rádio; Lucas e Natalia estavam tentando alcançá-los.

– Estamos na passagem da direita – Zack informou, exatamente quando sombras trêmulas o alertaram a respeito da chegada dos dois.

Eles pararam e olharam fixamente.

– Bem-vindos ao novo sinal – Pogo declarou.

– Que sinal? – Lucas pareceu alarmado.

Zack explicou:

– Ele quis dizer: a próxima evidência de que estamos encontrando uma forma de vida alienígena.

– Ah, evidência de forma de vida – comentou Lucas. – Não a forma de vida propriamente dita.

– Ainda não – Pogo retrucou.

– O que vocês veem? – Zack perguntou aos recém-chegados.

– É bem semelhante à espiral de DNA – Natalia disse.

Agora que Zack estava mais atrás, ele viu que a sugestão de Natalia era uma possibilidade. Ele havia crescido com modelos de DNA que consistiam em minúsculas bolas coloridas dispostas em um duplo espiral... mas supor uma visão mais avançada que fosse mais complexa e caótica? Seria possível um modelo de DNA se parecer com uma galáxia?

– Não sei, não – Pogo insistiu. – Uma galáxia faz mais sentido.

– Para nós, talvez – argumentou Zack. – Mas, se for DNA, pode ser uma maneira de dizer: "Se você for isso, pode entrar". – Subitamente, ele sentiu a necessidade de se comunicar direto e em tempo real com Houston e com a Home Team. *Espere até eles verem isso...*

Enquanto Natalia gravava cuidadosamente as imagens por todos os ângulos possíveis, Lucas dava pulos, tentando tocar o marco. Como o topo do marco era muito maior, e dada a baixa gravidade, o brasileiro não chegava a encostar nele; entretanto, um outro detalhe surpreendeu Zack.

Ele teve a impressão de ter ouvido um leve raspar das botas de Lucas quando ele se tocava o solo. *Som?* Impossível!

Ele bateu suas próprias botas sobre o pavimento. A única coisa que ele conseguiu foi fazer com que seus pés doessem.

– Alguém ouviu alguma coisa?

– Por que ouviríamos algo? – Pogo questionou.

– Porque temos vestígios de atmosfera – informou Natalia. Ela estava segurando um pequeno instrumento que lembrava a Zack um medidor de luz: um barômetro portátil! – Ainda falta um bocado antes que fique tão densa quanto Marte, mas é mensurável.

– Composição?

– Ele só me mostra a pressão.

– Pode ser proveniente do rover? – O módulo pressurizado do rover *Buzz* poderia deixar vazar um pouco de ar; outros elementos do equipamento, tais como células de combustível, inevitavelmente acabavam emitindo gases.

– Não, a não ser que o seu rover tenha um vazamento sério – Natalia respondeu. – Mesmo assim, eu acho que este espaço é bastante grande. – Ela estava sendo delicada. Um cálculo simples e rápido mostrou a Zack que não haveria a menor chance de que um rover com saída de gás (ou uma dúzia de rovers com saída de gás) pudesse representar qualquer tipo de leitura de pressão.

– Ei – Pogo estava dizendo. – Vocês veem alguma coisa estranha na placa?

Ele tinha se movimentado de ponta a ponta, experimentando os vários raios de visão possíveis a partir de diferentes ângulos e alturas.

– Nosso marco foi danificado.

Zack olhou mais de perto. A placa atrás da projeção em 3-D pareceu ter sido parcialmente corroída, como se respingada com ácido. As bordas da área danificada, no entanto, eram inesperadamente regulares.

– Que estranho. Alguém aprontou aqui.

– Talvez não sejamos os primeiros a encontrar esse sinal – sugeriu Natalia.

– Você quer dizer que se trata de *duas* raças de alienígenas? – perguntou Patrick. – Está ficando ainda mais legal!

– Tem certeza de que estamos pelo menos lidando com *uma*? – Lucas deu as costas ao marco, como se este o tivesse deixado perturbado.

– Vamos deixar os especialistas decidirem e decifrarem – Zack concluiu, não necessariamente disposto a sair do papel de líder, mas não querendo que sua equipe desperdiçasse tempo discutindo quando era claro que eles tinham de prosseguir com a exploração. – Ajudaria se eles pudessem ver isso.

Levou meia hora para reposicionar o cabo e trazer a câmera para o local do marco. Enquanto as imagens surpreendentes viajavam à velocidade da luz ao longo do cabo, de volta para a *Brahma* e para a *Venture* e, em seguida, dois segundos mais tarde, para Houston, Bangalore e para o mundo, Pogo apontou para o teto – mais alto do que uma cesta de basquetebol – e para a ampla passagem.

– Seja quem, ou o que, essas coisas forem, elas são grandes.

*Isso é tão frustante!!! Eu era capaz de assistir aos ônibus e às AEVs da Estação Espacial Internacional minuto a minuto! Como pode agora estarmos vendo apenas uns poucos relatórios a cada duas horas?*

*POSTADO POR UK BEN NA NEOMISSION.COM*

*As missões da estação e de ônibus usavam satélites TDRS que forneciam cobertura e comunicações quase que constantes. A* Destiny *e a* Venture *contavam com suas próprias antenas. Bem-vindos ao voo do Além da Órbita da Terra, fanboy.*

*POSTADO POR JIM DO KSC, DO MESMO SITE*

O pai de Tea Nowinski costumava usar uma expressão que, infelizmente, descrevia perfeitamente a tarefa de sua filha durante a AEV dentro do Respiradouro Vesuvius. Forçada a servir como a ligação entre Zack e Patrick e o controle de missão, ela era "a carne do sanduíche"; esmagada e coberta com mostarda. Com certeza não era um lugar agradável para se estar.

De fato, ela ainda tinha de fazer o mesmo papel para Dennis Chertok e seu comandante a bordo da *Brahma*. Nas últimas quatro horas, tudo o que ela fizera tinha sido acionar chaves para mudar frequências no rádio, de um lado para o outro, da linha direta para Zack e Patrick e, por vezes, para Lucas e Natalia, depois um outro canal para Houston (a princípio para Weldon, agora para o diretor Josh Kennedy, que fazia o segundo turno), e então um terceiro canal para Taj na *Brahma*.

Todo o tempo assistindo às imagens chocantes que tremulavam na pequena tela do painel de controle da *Venture*: a vista a partir do fundo do Respiradouro Vesuvius; o pavimento; a fenda; a ameaçadora e escura passagem.

O *marco*.

Talvez fosse melhor que ela estivesse ocupada daquela forma, ou teria ficado paralisada com as implicações dela, Yvonne, Dennis, a *Venture*, Taj e a *Brahma* estarem assentados não sobre a superfície rochosa/de gelo de um NEO, mas sobre o casco de uma espaçonave interestelar gigante.

E, possivelmente, a poucos quilômetros – ou metros! – de sua tripulação!

Ela só conseguia ouvir fragmentos da reação em Houston, o uso automático da palavra estoica *entendido* para acusar o recebimento da última bomba, quebrado ocasionalmente quando Kennedy deixava escapar um "Uau!" ou "Cara...".

O que estaria acontecendo com a Home Team? E, pensando nisso, o que seu pai estaria imaginando, lá de casa, em Woodland Hills?

O que realmente estaria se passando na cabeça de Zack, a um quilômetro daqui?

Ela queria lidar com aquelas questões, não alimentar Yvonne Hall e verificar seu curativo, ou buscar ataduras, equipamentos médicos, além de comida e água para Chertok – estava o tempo todo preocupada com o que o cosmonauta estava vendo (e se ele poderia ter acesso ao que estava vendo).

O objetivo imediato dela, naquele momento, em AEV mais quatro horas, era tirar Dennis da *Venture*.

Yvonne descasava em uma rede esticada ao longo da parte traseira da cabine da *Venture* na altura do nariz. Havia outro conjunto de pontos de amarração ainda mais alto, onde Yvonne deveria dormir originalmente. A principal cabine da *Venture* era mais alta – quatro metros – do que era larga, um design necessário por seu duplo uso como um veículo capaz de decolar de uma superfície planetária. Na gravidade lunar, não havia perigo de cair para fora de uma rede a dois metros e meio do chão. Mas essa posição a deixaria fora de alcance. Ainda assim, Dennis teve de subir em uma banqueta para realizar a cirurgia básica.

– Fiz tudo o que pude – Dennis anunciou. – Ela ficará estável por pelo menos um dia. Nesta gravidade, possivelmente mais. Mas minha recomendação profissional é de que ela retorne à Terra na primeira oportunidade. – Ele sorriu como que para mostrar que estava ciente das dificuldades políticas e operacionais dessa decisão.

– Direi a Houston.

Ele indicou a câmara de compressão.

– Vou precisar de ajuda para colocar o traje.

– Vá começando que eu já vou. – Quando o cosmonauta esgueirou-se pela escotilha para dentro da câmara, Tea subiu na banqueta para dar uma olhada em Yvonne.

– Como está se sentindo?

– Como seria de se esperar.

Tea tinha pontos de vista conflitantes em relação à sua companheira astronauta. Ela conhecia Yvonne havia uma década. Na verdade, ela servira como astronauta encarregada do treinamento do grupo de candidatos da Yvonne, portanto, tinha visto os primeiros passos da jovem engenheira no programa. Yvonne revelara-se uma profissional mediana na maioria dos aspectos... ela não tinha os pontos fortes de alguns de seus colegas – aqueles que haviam vindo para a NASA de unidades militares – e, às vezes, se deixava levar por seu temperamento.

Mas descobriu-se que ela possuía habilidades físicas espantosas e uma energia e vigor de corredor de longa distância (Yvonne corria maratonas), assim como uma coordenação visomotora incrível, o que fez dela a escolha unânime tanto para o trabalho de manipulação remota como para AEVs, estes sendo os dois principais conjuntos de habilidades necessárias para missões em estação e lunares.

Ela também não era apenas uma atleta; Yvonne revelou ser extraordinariamente sensata no que dizia respeito aos aspectos sociais de ser um astronauta, diferentemente de alguns companheiros candidatos, que caíam na típica armadilha de achar que eram o equivalente a astros do rock do mundo espacial.

Tea sabia, é claro, que Yvonne era filha do primeiro casamento de Gabriel Jones. O fato de ela ter crescido desde pequena na NASA provavelmente teria impedido que Yvonne alimentasse quaisquer ilusões sobre a natureza especial dos astronautas. Na época em que Yvonne entrara para a agência, seu pai estava, na verdade, no QG em Washington, como administrador adjunto associado para exploração, uma das pessoas encarregadas do desenvolvimento e gerenciamento das missões à Lua... e para às NEOs. A nomeação de Jones como diretor do JSC não teve efeito imediato na carreira de Yvonne. Entretanto, havia sempre uma picuinha sobre quem tinha sido designado para uma tripulação de voo criada por aqueles que não haviam sido designados; qualquer motivo bastava.

(Tea só podia imaginar os comentários sarcásticos que tinham passado a toda velocidade pelo Prédio 4-Sul quando seu namorado, Zack Stewart, não só havia sido colocado em sua tripulação como também recebera seu comando!)

A *Destiny-7* tinha sido, originalmente, missão de Tea, e ela tinha não apenas aprovado, mas solicitado a designação de Yvonne.

E agora, depois de ter visto o acidente de Yvonne e de ter de lidar com suas consequências, ela se perguntava se fizera a escolha certa.

Yvonne não cometera nenhum erro evidente, era verdade, porém, tinha demonstrado uma falha fatal: ela era *azarada*.

– Quer que eu pegue alguma coisa para você? – Tea queria que Yvonne pudesse beber sozinha. – Você quer seu pai de volta na linha?

– Deus, não. – A astronauta ferida mudou de posição na rede e gemeu. – Só pegue para mim meu PPK – ela respondeu.

Tea pensou, por um curto espaço de tempo, por que é que Yvonne queria dividir a rede com uma grande maleta prateada, mas, se isso a fazia feliz e tranquila, ela era totalmente a favor.

– Um PPK saindo.

*– Cale a boca, Jason. A única coisa que aprendemos ao lidar com alienígenas é que não se pode confiar neles.*

*– Então você está sugerindo que podemos apenas lutar contra eles.*

*– Bem, poderíamos nos render, o que seria a sua escolha, evidentemente. Mas gosto mais da minha opção.*

*EXTRAÍDO DE STARSHIP "KILROY WAS HERE", UM ROMANCE DE FICÇÃO CIENTÍFICA DE WADE WILLIAMS (1999)*

– Então esta é a famosa caverna.

Harley Drake rolou sua cadeira na direção da porta. Ele tinha sido chamado para fora da sala da Home Team por Weldon, que o apresentou a um homem alto, desengonçado e com aparência quase patética, na casa dos 40 anos, com uma camisa de mangas curtas branca e vários distintivos.

– Brent Bynum – Weldon apresentou –, staff da Segurança Nacional, nosso contato na Casa Branca. – Bynum não disse uma palavra, fazendo apenas um leve aceno com a cabeça.

Weldon conduziu esse pequeno desfile para a parte de trás do Prédio 30, até uma porta que dizia ELETRÔNICOS. Atrás dela encontrava-se um depósito espaçoso com um par de *mainframes* antigos empilhados do chão ao teto, com espaço suficiente para só se ter acesso a outra porta, que conduzia a uma sala de conferências do outro lado. Weldon acendeu as luzes.

– Vamos fazer muito uso desta sala este mês.

Harley se surpreendeu com a baixa temperatura da sala, como se tivesse um ar-condicionado superforte.

– Vai valer a pena gastar o meu tempo com este pequeno passeio? Porque você deve ter notado que temos uma tripulação vagando por aí à solta em uma nave alienígena.

– Não vai demorar muito, e sim.

À medida que Harley manobrava sua cadeira até uma mesa de conferência polida, Bynum abriu um cofre, que, juntamente com a mesa, as cadeiras e uma televisão HD, compunham toda a mobília da sala. Ele tirou uma folha em branco de papel de carta e a deslizou para Harley, com uma caneta.

– Por favor, assine isso. – Foram as primeiras palavras proferidas pelo homem da Casa Branca.

– Também é um prazer conhecê-lo. – Harley rabiscou seu nome sem hesitar.

– Agora – continuou Bynum –, escreva as seguintes palavras logo acima: "Estou ciente das penalidades associadas à divulgação não autorizada desta informação".

Harley escreveu a frase com atenção. E agora sorria de forma maliciosa.

– Quanto tempo você acha que esta informação vai permanecer secreta?

Bynum limitou-se a piscar enquanto recolhia o papel.

– Tenho certeza de que uma parte do que discutimos aqui já está na internet. – Em seguida, ele afastou-se, e, tão rápido quanto Harley pôde perceber, desapareceu no papel de parede.

Weldon puxou uma pasta envelhecida de documentos do cofre. Harley não podia esperar para abrir; com que frequência alguém vê algum documento que seja tão absolutamente secreto? A pasta estava manchada de tão antiga e até cheirava a mofo, e continha uns cinco centímetros de documentos, organizados com abas.

A folha de rosto era impagável: o original de uma página datilografada por alguém chamado Lt. A. G. Cumming, que trabalhava para algo chamado "Projeto Discórdia", parte da Divisão de Inteligência Técnica da Base da Força Aérea Wright-Patterson. Datado de 4 de janeiro de 1948 (seis meses após os primeiros relatórios disseminados sobre disco voadores, pelo que Harley se lembrava), o documento fora originalmente classificado como "Secreto" e tinha meia dúzia de rasuras e marcas de atualização.

Estava também identificado como Cópia 1 de 5. *Com quem estariam as outras quatro?*, ele se perguntou.

Na sequência havia um memorando de duas páginas resumindo o que se sabia sobre discos voadores e sugerindo que um "protocolo" fosse desenvolvido no caso de ocorrer o aparecimento de algum tipo de seres extraterrestres, aqui chamados de "Entidades Não-Humanas/ Alienígenas", com vida.

Assumindo o que quer que o tal tenente Cumming tivesse proposto em 1948 pudesse ser revisado, expandido e, finalmente, contradito por documentos mais novos no arquivo, Harley folheou várias páginas à frente.

– Eu estava esperando pelos segredos do acidente de Roswell. Até hoje eu era cético em relação à ideia de que tivemos corpos de alienígenas no Hangar 18...

– A coisa de Roswell... toda a história do corpo de alienígena foi inventada na década de 1970.

– Então você já leu isso.

– Não – Weldon confessou. – Não fui autorizado. – Isso surpreendeu Harley. – Mas eu tinha interesse por OVNIs quando criança.

Harley rapidamente mergulhou nas páginas, observando um pouco mais do que uma série de folhas de rosto relatar cada novo nome da organização que sucedeu a Divisão de Inteligência Técnica, que por fim tornou-se Central de Inteligência Aérea; a essa altura o "protocolo" fora transferido para o "controle conjunto" do staff Aéreo, a CIA, o Escritório Nacional de Reconhecimento e o Departamento de Estado. (Em algum momento no início dos anos de 1980, algum oficial do staff Aéreo de nível inferior – certamente sem preocupação com o potencial prejuízo à sua carreira – tinha apelidado o protocolo de "Tenha Átomo".)

– Não perca tempo *lendo* essa merda, Harley. Dê uma folheada. O mundo está esperando por mim.

– Vou tentar não mover meus lábios.

O conteúdo continuou se expandindo, mas os princípios, não: as entidades não humanas deveriam ser tratadas como potencialmente hostis, como a tripulação de uma aeronave ou embarcação vermelha chinesa ou soviética capturada, na ausência de uma declaração formal de guerra.

Qualquer local de pouso ou queda deveria ser isolado e tratado como um vazamento de radiação. Uma equipe de peritos pré-identificados (Harley achara curioso notar que linguistas estavam no topo da lista) seriam acionados e trazidos para a Wright-Patterson e designados como "O Comitê 48". As decisões deveriam ser tomadas em nível presidencial, com a colaboração de seu assessor de segurança nacional e secretário de estado. O apoio financeiro viria do orçamento extraoficial da comunidade de inteligência; o pessoal de suporte viria das Forças Aéreas. Todas as informações seriam tratadas como altamente sigilosas.

Mas não havia nada de misterioso sobre o documento, nada que valesse torná-lo confidencial... Exceto pelo fato de provar que o governo dos Estados Unidos tinha levado a sério a possibilidade de existir vida extraterrestre já em 1948.

Harley Drake tinha crescido com a ideia, é claro. Boa parte dos desenhos animados a que ele assistira quando criança, a maioria das histórias em quadrinhos, um bom número de livros e filmes: todos admitiam que houvesse vida inteligente, e geralmente hostil, em algum lugar no universo.

Mesmo aos dez anos de idade, ele não imaginava encontrar uma espaçonave alienígena gigante pairando sobre Washington, D.C., mas tinha esperado pelo dia em que algum astrônomo de quintal anunciaria ter captado um sinal de rádio extraterrestre.

O mais perto que chegara dessa experiência tinha sido o dia em que ouviu falar, pela primeira vez, de Keanu. Portanto, as ocorrências das últimas poucas horas não requeriam uma grande mudança de paradigma; era como ficar sabendo dos resultados de exame de sangue.

– Ok, captei a ideia, Shane. Senhor Bynum. Existe um conjunto completo de planos para lidar com E.T.s, supondo que encontremos um por acaso em Keanu.

– Você não leu a última página em detalhes – Shane disse –, a única que fui autorizado a ler: ela diz que o Comitê 48 designará um ponto de contato e líder de equipe que se reporte diretamente a eles. Este líder de equipe é *você*, Harley. Você é o general do planeta Terra encarregado do Primeiro Contato, e é assim que você vai ser apresentado se eu tiver de falar sobre isso em público.

Seu primeiro impulso foi dizer a Weldon para ir para o inferno... e levar o Bynum com ele. Ele não estava tão feliz assim tentando disputar com as grandes mentes da Home Team; ele, com toda a certeza, não precisava enfrentar repórteres ou lidar com a Casa Branca.

Porém, o segundo impulso foi lembrar o credo do aviador: "Nunca recuse uma missão de combate".

– Certo – ele falou.

– Isso muda muito pouco, é claro. Sua principal função é fazer com que os seus especialistas estejam disponíveis para o controle de missão...

Mas Harley tinha parado de prestar atenção a Weldon, a Bynum ou aos desafios políticos do Protocolo Alienígena. Ele havia acabado de perceber o que era perturbador em relação ao aumento recente de rotação de Keanu.

– Shane, vamos perder contato com a *Venture*.

Weldon era um pensador ágil, porém; a combinação de fadiga, pressão e cenário fez com que ele piscasse e simplesmente dissesse:

– O quê?

Harley recapitulou rapidamente as informações da Home Team, observando que a *Venture* e a *Brahma* tinham aterrissado próximo do limbo ocidental de Keanu, conforme observado a partir de Houston.

– Keanu está em movimento de rotação e, em algum momento durante essa próxima hora, duas no máximo, o Respiradouro Vesuvius e aquelas duas espaçonaves vão ficar fora da linha direta de comunicação.

– E pode durar 10 horas? – Isso era uma eternidade em operações de missão.

– Sim, na melhor das hipóteses... – Harley tentou continuar, mas Weldon já estava de pé e a caminho da porta, deixando Harley sozinho na caverna com o homem da Segurança da Casa Branca.

– Acho que isso quer dizer que terminamos – Harley comentou, conduzindo sua cadeira de rodas para fora.

*O Presidente da Agência Espacial Federal Russa envia os parabéns aos cosmonautas Chertok e Yorkina por seu heroísmo ao resgatar a astronauta norte-americana Hall e por sua contínua participação na missão* Brahma *sob o comando de T. Radhakrishnan da ISRO. O Presidente observa que o uso de equipamentos russos para corrigir as deficiências na operação crítica norte-americana de hoje é o sexto ocorrido desde 1975, incluindo a recente evacuação de um astronauta doente da Estação Espacial Internacional em setembro de 2017.*

*COMUNICADO DE IMPRENSA DA AGÊNCIA ESPACIAL FEDERAL RUSSA (ROSCOSMOS), 23 de agosto de 2019*

– Zack, veja isto.

O feixe de luz da lanterna de Pogo balançava à medida que descrevia um círculo mais para o fundo de uma das passagens da bifurcação.

Uma passagem que terminou em uma luminosidade reluzente. Zack teve de piscar várias vezes, limpando o suor dos olhos, para ter certeza do que estava vendo. Parecia uma parede de gelo, algo encontrado em uma caverna na Antártica... mas também o fazia lembrar-se da aurora boreal. Era translúcido, como se fosse, de alguma forma, insubstancial.

– Pare já aí – Zack ordenou.

– Não se preocupe, eu não estava indo a lugar nenhum.

– Lucas? Natalia? – Zack sabia que eles tinham de estar atrás do par norte-americano. Ele só queria ouvir suas vozes.

– Estou vendo – Lucas respondeu.

– Todos vemos – Natalia falou, soando impertinente. O traje dela ainda estava, provavelmente, superaquecendo, o que a deixava com calor e embaçava sua máscara. – O que é isso?

– Bolhas.

– Vejo textura.

– Parece uma cortina.

Todos os três tiveram teorias instantâneas.

– Eu só espero que não seja um *deles* – Pogo disse. Por que, afinal, os habitantes de Keanu não poderiam ser seres de energia cintilante? O astronauta da Força Aérea continuava a surpreender Zack com sua imaginação.

– Vamos tirar algumas fotos para o pessoal lá de casa – Zack sugeriu, sentindo falta da comunicação em tempo real com Houston ou com a *Venture*. – Lucas, o que diz o radar?

– Retorno disperso – disse o astronauta da Coalizão. – Não é uma superfície sólida.

– Está se movendo ou permanece no lugar? – perguntou Natalia.

– Parece estar preso ao redor das bordas.

As informações de Lucas confirmaram as próprias percepções de Zack. Eles estavam olhando para alguma espécie de cortina bloqueando o final da passagem.

– Odeio ter de dizê-lo, mas há realmente apenas um caminho para descobrir o que é isso.

Zack tateou os equipamentos presos ao cinto de seu traje. Ele tinha um pequeno martelo geológico. Ao desenganchá-lo, agitou-o em frente à cortina. Não obteve resposta.

Em seguida, ele lançou o martelo contra a superfície cintilante, que engoliu o objeto instantaneamente.

– O que você acha que isso significa? – Pogo perguntou.

– Significa que um pedaço de metal pode atravessar. O que significa...

– Entendido, comandante. – Pogo pulou para a frente, mas Zack seguiu-o e o apanhou.

– Prerrogativa do comandante. Se eu não voltar, você está no comando.

Sem mais discussão, ou hesitação, Zack caminhou para a direita em direção à cortina, que cintilava e reluzia, mas não se mexia.

Ele parou a um metro de distância. Por um instante, achou que a cortina pudesse ser nada mais do que uma imagem, algum tipo de projeção em 3-D. Lentamente, ele estendeu a mão até que as pontas dos dedos por dentro das luvas desaparecessem através da cortina. As luvas impediram-no de sentir a textura ou a temperatura... mas havia uma espécie de resistência, como se estivesse pressionando contra um travesseiro, ou, mais provável, um campo de energia.

– Zack, deixe-nos colocar uma corda em você. – Pogo estava logo atrás dele.

– Vocês não têm uma corda. Vamos – Zack insistiu, sentindo-se impaciente –, onde está o seu senso de aventura?

– Patrick está certo – Natalia argumentou. – Você não pode ser imprudente!

– Eu só vou verificar se isso é permeável. Eu vou continuar falando. Se eu perder a comunicação, deem-me um minuto e, em seguida, venham me pegar.

Ele avançou direto para a cortina... e foi imediatamente banhado em luz, afogando-se em bolhas que, literalmente, fluíam pela superfície do seu traje e capacete.

– É como se eu tivesse tomando um banho de espuma, mas as bolhas têm substância. Talvez elas sejam mais como rolamentos de esfera transparente.

Nenhuma resposta. Ele contou:

– Passo três, passo quatro. – Os rolamentos borbulhantes não ofereciam resistência. Ele foi capaz de pisar com tanta facilidade quanto antes na passagem externa.

– Seis, sete... – No oitavo passo ele passou pela cortina de bolhas, chegando a outra passagem muito parecida com a de que ele tinha acabado de sair, tão ampla, alta e escura quanto a anterior!

O feixe de luz do capacete de Zack simplesmente desapareceu, como costuma acontecer em grandes espaços abertos. Ele virou-se para a direita e para a esquerda. Um outro marco ocupava a parede à sua direita. Diferente do que estava do lado de fora da cortina, este parecia intacto.

Talvez fosse novo.

Ele deu mais um passo e escorregou. Não caiu, mas o que viu em seguida quase o fez cambalear.

Ele estava de pé em uma poça de água. A neve que tinha se acumulado sobre suas botas e pernas, proveniente da excursão ao longo da superfície de Keanu, estava derretendo.

Havia pressão de ar deste lado da cortina. A temperatura estava acima do ponto de fusão da água.

Isso significava que a cortina coberta de bolhas era, na verdade, uma espécie de câmara de despressurização.

*A ida para o lançamento de um foguete matou minha mãe. Agora a NASA está tentando matar meu pai. Ferre a minha vida um pouco mais, NASA.*

*RACHEL STEWART, EM SEU TABLET, COM CERTA FREQUÊNCIA*

– Podemos entrar?

Tirando os olhos do telefone, Amy Meyer observou o auditório atrás de Rachel, onde várias dezenas de repórteres com computadores e operadores de câmeras estavam bombardeando Gabriel Jones, Shane Weldon e Harley Drake com gritos. As coisas não pareciam sob controle.

– Por que você quer fazer isso?

– Esqueça – Amy respondeu, possivelmente lembrando que a mãe de Rachel tinha morrido a caminho de uma coletiva de imprensa. – Ei – ela disse –, para emergências. – Ela puxou algo do bolso de seu short... ao abrir a mão, revelou um cigarro amarronzado.

– Não acredito que você trouxe um baseado aqui!

– Tudo bem, vou jogar na privada...

– Não! – Rachel interveio, envolvendo sua mão na de Amy. – Podemos acabar precisando dele.

Rachel estava de costas para a porta, que continuava sendo aberta e fechada a cada poucos segundos. Ela e Amy havia escapado do confinamento da sala de espera das famílias para ir em busca de comida, e tinham sido arrastadas até ali pela multidão.

No entanto, elas não precisavam ficar – e não iriam. Rachel estava com dor de cabeça e mal do estômago.

Entretanto, tinha sido útil chegar até ali. Do que ouvira através da porta aberta e ao que falavam no corredor, Rachel sabia que seu pai estava vivo, mas que agora encontrava-se completamente incomunicável dentro do NEO, que ele e Patrick Downey estavam com seus trajes durante algo em torno de cinco horas, sem previsão de término, e que os médicos não viam nenhum problema nisso, apesar de Rachel ter se lembrado do pai chegando em casa, após cinco horas de treinamento de caminhada espacial na grande piscina, com as mãos tão machucadas que as unhas estavam negras, e com hematomas gigantes no pescoço.

Ela não esperava poder falar com ele, não durante a AEV... mas o que ela de fato odiava era não poder ouvi-lo. Ela pensou em seu tablet e em como ele realmente era inútil às vezes.

– Rachel! – Era Jillianne Dwight, a secretária de tripulação da *Destiny-7*, andando a passos largos em sua direção com a testa franzida. – Você não deveria estar aqui!

Rachel não conhecia Jillianne muito bem – seu pai estava na tripulação fazia apenas uns dois meses –, mas gostava da secretária. Até aquele dia. No momento em que o nome de Rachel rompeu o barulho geral, vários repórteres viraram-se e fizeram um contato visual.

– Você é a filha!

Rachel virou-se para Jillianne.

– Feliz agora?

Antes que alguém pudesse fazer uma pergunta – ou, pelo menos, uma pergunta que Rachel entendesse –, Jillianne e Amy formaram um escudo humano em volta dela e marcharam pelo corredor e para fora por uma porta dos fundos.

– Preciso levar você de volta para a sala de espera das famílias... – Jillianne começou.

– Não vou voltar para a sala das famílias.

– Bem, você não pode ficar aqui fora. Eles irão comê-la viva.

Rachel pensou por um momento e disse:

– Deixe-me falar com Tea.

Jillianne considerou o pedido da garota e respondeu:

– Tudo bem. Mas com os telefones desligados.

Rachel e Amy tiveram prazer em concordar. Estaria tudo certo, desde que ninguém decidisse fazer uma busca nos bolsos de Amy.

✧ ✧ ✧

A atmosfera dentro do controle de missão estava completamente diferente da que se via do lado de fora: serena e silenciosa. O único som era o ruído familiar de chiado e estática.

Na tela, Rachel e Amy podiam ver a metade superior de Yvonne Hall em sua rede. O restante da tela mostrava Tea Nowinski, que ficava balançando para cima e para baixo, certamente fazendo alguns ajustes no painel acima da câmara. Quando o rosto dela ficou à vista, Rachel ficou horrorizada com a sua aparência, com o cabelo desalinhado sobre a cabeça. Rachel sabia dez vezes mais sobre maquiagem e vestuário do que a astronauta... Ensinar Tea era uma das coisas engraçadas sobre seu relacionamento com a namorada do pai.

É claro que, no momento, Tea tinha outras coisas com que se preocupar.

O diretor de voo Josh Kennedy avistou-as de relance e deu uma segunda olhada para confirmar o que estava vendo. Ele pareceu prestes a largar seu fone de ouvido e se aproximar delas quando...

– Ok, Houston, temos uma ligação de novo... Santo Deus!

A vista do interior da *Venture* fora substituída (mas permaneceu em uma pequena imagem dentro da imagem) para um vista do exterior escuro mostrando três astronautas, um da NASA e dois da Coalizão, com algum tipo de teia de prata atrás deles. – Parece que eles estão na televisão – Amy disse.

– Eles estão na televisão – Rachel respondeu. Amy estava começando a ficar irritante.

A dupla da Coalizão estava trabalhando na câmera, seus capacetes agigantando-se em frente às lentes. A conversa na ligação ar-terra eram frases em russo e português equivalentes a *Consegui* e *Ok*.

– O que é aquela coisa brilhante? – Rachel perguntou em voz alta.

Kennedy virou-se na direção dela. Uma vez registrado o terrível fato de ela ser filha de Zack, assistindo a essa transmissão ao vivo assombrosa, ele entrou em ação, pegando Rachel pelo braço e tentando tirá-la da sala do controle de missão.

– Estamos achando que é a porta externa de uma câmara de compressão.

Aquilo não era o que Rachel precisava ouvir. Seu pai tinha caído, de alguma forma, em um filme de ficção científica... ela queria que aquilo acabasse. *Venha para casa!*

– Onde está meu pai?

– Uh, ele atravessou a câmara de compressão – Kennedy respondeu. Depois, perguntou aos outros na sala: – Alguém viu Harley Drake?

Em seguida, os olhos de Kennedy se arregalaram. Rachel virou-se para olhar para a tela. Amy e Jillianne agarraram as mãos dela enquanto todo mundo no controle de missão inspirou ao mesmo tempo.

Na tela havia uma mão e, então, um braço acenando. Do pai dela.

– Houston, Pogo – Downey chamou. – Parece que Zack quer que nós o sigamos.

*DIRETOR JONES DO JSC: Posso responder a três perguntas.*

*PERGUNTA: Tendo em vista o acidente de Hall, vocês não deveriam trazer os astronautas de volta para casa?*

*JONES: Cirurgiões de voo estão monitorando a condição dela, que é estável. A própria Yvonne disse que esta exploração vital deve continuar.*

*PERGUNTA: Existe alguma preocupação de que a nave da Coalizão tenha contribuído para a explosão?*

*JONES: A ocorrência em Keanu foi um evento natural... a única surpresa foi a coincidência do fato.*

*PERGUNTA: E se houver mais surpresas?*

*JONES: A missão continua, com certeza. Como gostamos de dizer, o fracasso não é uma opção.*

*PERGUNTA: Você está preocupado com sua filha?*

*JONES: Estou preocupado com todos naquela tripulação!*

*ENTREVISTA COLETIVA NA SELECT TV E WEB DA NASA*

Levou menos de dez minutos para que os outros três passassem pela membrana, como Zack a chamava agora.

– Um de cada vez – disse Pogo aos seus amigos da Coalizão. – Eu vou primeiro.

Completamente desconectados da câmera e sem o *link* que tinham conseguido estabelecer do outro lado da membrana, em contato apenas consigo mesmos, os quatro se moviam com rapidez pela superfície rochosa de uma câmara que fez Pogo Downey lembrar-se das Cavernas de Kartchner, a caverna gigante que ele havia visitado quando estava na faculdade no Arizona: enorme, escura e desconhecida.

Ciente de que a maior limitação em toda essa atividade seria quanto a suprimentos de água e ar em seus trajes, ele perguntou: – Qual é a pressa?

– Eu apenas... preciso ver isso – Zack disse. Na verdade, ele parecia estar sem fôlego. Seria o esforço? Ou agitação?

– O que são estas formas? – Natalia perguntou.

Pogo percebeu que, ao longo da travessia de 30 ou 40 metros a partir da membrana, ele tinha visto sombras em sua visão periférica... ele assumira que elas seriam apenas efeitos visuais dos quatro balançando as luzes dos capacetes e que atingiam as pedras ou, possivelmente, as estalagmites.

Idiota. Ele não estava nas Cavernas Kartchner. Ele estava dentro de Keanu... Era esquisito como a mente continuava sobrepondo as formas familiares sobre aquelas alienígenas.

Lucas subiu na forma mais próxima, reluzindo sua lanterna para cima e para baixo.

– É um outro marco!

De fato, parecia outra galáxia em espiral ou dupla-hélice, porém mais larga e mais detalhada.

Zack não teve que pedir a nenhum deles para tirar fotos ou fazer varredura pelo radar. Lucas, Natalia e Pogo se apoderaram do marco, registrando-o de todos os ângulos possíveis. Lucas tinha arrastado uma câmera nova do trenó, mais volumosa e com um acabamento mais grosseiro do que os outros instrumentos.

– Essa é uma Zeiss MKK? – Zack perguntou.

Naquele momento, Pogo notou um fio de vapor na perna do traje do comandante.

– Chefe – ele chamou, de repente preocupado, apontando. – Verifique sua pressão.

Mas Zack não pareceu preocupado.

– Essa câmara é pressurizada. Olhe para o chão...

Pogo olhou e viu uma poça de água.

– Zack – ele chamou novamente.

– Acho que é água – o comandante informou rapidamente. – Parecem ser minhas botas derretidas. Suponho que as suas também.

– Há mais aqui do que estamos carregando – Natalia discordou.

De repente, Lucas interrompeu:

– Estou ouvindo alguma coisa.

Pogo percebeu que também estava ouvindo.

– Será que é o vento?

– Que diabos está acontecendo? – Natalia perguntou. Parecia nervosa. Pogo não podia culpá-la. Poças d'água? Pressão atmosférica? Vento? Algumas daquelas condições poderiam existir na superfície de Marte, de modo que não era inconcebível.

Mas em um NEO – *dentro* de um NEO?

– Vamos seguir em frente – Zack ordenou. – O tempo é nosso inimigo.

Todos os quatro começaram a arrastar os pés para a frente novamente, parando individualmente para captar imagens. Natalia estava recolhendo amostras do solo, escavando ou raspando do solo ou da base dos marcos (eles tinham passado por uma meia dúzia deles até agora, cada um claramente relacionado aos outros, mas todos levemente diferentes). Ela segurou cada amostra à altura dos seus microfocais antes de ensacá-las. Dado o evidente embaçamento em seu visor, ela deveria estar ficando frustrada.

– Esperem um momento – Zack ordenou.

Pogo e os outros já tinham parado, porque todos eles podiam ver a mesma coisa agora.

Quer fosse a iluminação combinada das lanternas de seus capacetes, quer fosse alguma outra fonte, as paredes da câmara agora estavam um pouco visíveis... o suficiente para que os astronautas pudessem ver que elas eram compostas por estruturas hexagonais que pareciam células de tamanhos variáveis, a partir de dois metros de largura, mais ou menos simétricos.

– Parece uma colmeia – Zack comentou.

– Imagino onde as abelhas poderiam estar. – Natalia novamente, ainda demonstrando nervosismo. Dadas as incertezas fora do comum que eles estavam enfrentando e os problemas incômodos com o traje dela, Pogo se solidarizou.

Mas aquele tipo de mal-estar poderia ser contagioso. Eles já tinham visto mais evidências de vida alienígena do que qualquer outro humano na história – ou todos somados. Quem sabia o que estava por vir? O que iria acontecer virando a próxima esquina?

– Zack, qual é nosso plano? – Natalia inquiriu. – Andar até atingir os limites consumíveis e, então, voltar para trás?

– Essencialmente.

– É – Pogo comentou. – Pena que é uma estadia curta... e não teremos oportunidade de dar prosseguimento.

– Eu realmente gostaria que tivéssemos uma visão melhor – Zack complementou. – Mais luz.

– Deixe comigo – Lucas disse. Para Natalia, ele perguntou: – Você tem alguma ideia do nível de oxigênio aqui?

– Substancial, cerca de um quarto – ela disse –; mas é um dado bruto.

– Mas não é oxigênio puro.

– Não.

Para a surpresa de Pogo, o Maior Astronauta do Mundo pulou uns poucos metros à frente e levantou uma pistola em sua mão coberta pela luva.

Onde diabos ele havia achado um sinalizador? Claro... no kit sobrevivência da *Brahma*! Havia uma vantagem em ter seu módulo de retorno à Terra acoplado em seu módulo de pouso.

– Posso? – Lucas perguntou.

– Vá em frente – Zack disse. – Não podemos ver muito sem isso.

O astronauta brasileiro disparou o sinal luminoso, que serpenteou na baixa gravidade, subindo alto na câmara antes de inflamar.

– Puta merda! – Pogo não pôde se conter.

Não apenas pelo fato de a câmara ser tão grande que suas extremidades não podiam ser vistas, mas também pelo fato de a Colmeia ter se aberto. O chão se esticou à esquerda e à direita, sem paredes – em forma de favos ou não.

Mais estranho ainda era o conjunto de marcos tinha sido substituído por estruturas diferentes – na verdade, para Pogo, elas se pareciam mais com afloramentos. Elas eram coisas altas e de aparência frágil que, em alguns casos, possuíam 10 ou 15 metros de altura.

– Corais – Pogo sugeriu. Ele tinha ido à Austrália e mergulhara na Grande Barreira de Corais.

– Não exatamente – Natalia disse, chegando mais perto para examinar o afloramento mais próximo com seus microfocos. – Os corais têm uma estrutura irregular denticulada... estes parecem esféricos.

– Como o preenchimento na membrana? – Zack indagou.

– Aparentemente.

– Pena que Houston não pode ver isso. Eles iriam pirar.

– *Eu estou* pirando – Zack declarou. – Já era ruim o bastante perceber que Keanu era um veículo e não um objeto natural. Eu, francamente, não sei como lidar com artefatos e paisagens alienígenas.

– E o resto de nós sabe? – Pogo retrucou.

Até Natalia deu risada.

– Sua mente aberta faz com que você seja a escolha perfeita para nos conduzir, dr. Stewart.

– Temos duas horas de consumíveis e, depois, teremos de voltar – Pogo informou. – Podemos acampar no *Buzz* e fazer um upload de tudo o que encontramos. Depois, teríamos instruções provenientes de Houston antes de voltar para cá.

– Esta é a minha grande preocupação – Zack declarou. – Não sei qual é a condição de Yvonne. Podemos voltar a ter contato e receber a informação de que a missão está acabada, e voltar para casa. Esta pode ser a única chance que temos, e eu não quero perder algo importante; pode ser que nenhum humano tenha a chance de estar aqui novamente.

– Relaxe. Estamos fazendo tudo o que podemos. – Pogo estava ficando impaciente com as manifestações de dúvidas de Zack. Certamente, todas justificadas. Mas um comandante não pode se dar ao luxo de deixar transparecer indecisão ou fragilidade.

É claro que um bom soldado nem questiona nem prejudica seu comandante. Ambos estavam ficando cansados, sem dúvida. Os trajes eram absurdamente fáceis de usar e bons para trabalhar, mas ainda eram pesados e impunham limites.

E, apesar da gravidade leve aqui, ficar de pé durante horas...

– Tenho uma teoria – Lucas declarou. Pogo percebeu que os outros três tinham se aglomerado na base de uma torre de coral.

– Por favor, compartilhe.

– Estes corais podem ser blocos de construção.

– Blocos de construção do quê? – Pogo perguntou.

– Da vida! O que mais? – Natalia respondeu.

– Oh, inferno, eu não sei. Talvez eles sejam blocos de construção para um carro novo ou uma fatia de cheesecake! Maldição, gente...

– Fique calmo, Pogo.

Ele estava, de fato, sentindo-se impaciente.

– Só não acho uma ideia inteligente ficar colocando tudo em caixas familiares...

– É claro, deixaremos a análise para os peritos lá da Terra – Lucas anuiu.

– Realmente – Zack concordou. – É da natureza humana. E, agora, eu tenho uma imagem inteiramente nova para confundir a questão: esses corais parecem estruturas fractais...

– Sim – Lucas disse, fosse para se acostumar com a ideia ou simplesmente para manter o assunto –, Conjuntos de Mandelbrot!

Pogo notou que Natalia tinha não apenas ficado quieta, como também tinha parado seu trabalho em torno do coral e estava desesperadamente tentando recolocar um de seus medidores na frente de seu traje.

*Merda*, ele pensou, *ela ficou cega*. Ao chegar mais perto, ele viu que o visor dela estava completamente embaçado.

– Chefe, temos um problema aqui!

– Não – Natalia exclamou. O código do astronauta: antes a morte do que a desonra.

– Cale a boca. Você está superaquecendo. Você não pode continuar a trabalhar com esse traje.

Zack e Lucas subiram. Zack assimilou a situação rapidamente.

– Ok, Lucas – ele ordenou. – A AEV está oficialmente encerrada. Você guia Natalia de volta para a membrana. Espere deste lado da membrana. Pogo e eu estaremos bem atrás de vocês.

Lucas não argumentou. Ele provavelmente estava tão exausto e sobrecarregado quanto Pogo.

A equipe da Coalizão virou-se e começou a voltar pelo caminho por onde tinha vindo. Só então Pogo percebeu que eles não haviam apenas andado dentro de uma câmara imensa... eles tinham descido uma ligeira encosta.

– Pogo, é a minha imaginação ou estamos enxergando melhor? – Zack perguntou.

O próprio Pogo havia acabado de notar este fato. Ele olhou para o lado contrário de Lucas e Natalia, em direção ao centro da câmara.

A visão à frente estava mais brilhante.

– É como o amanhecer...

E era, de fato. Enquanto os quatro observavam espantados e boquiabertos, sobre eles, no "teto", uma dúzia de formas alongadas móveis acendeu-se, forte o bastante para clarear a câmara como um nascer do sol no verão.

Pogo colocou a mão no ombro de Zack.

– E o Senhor então falou: "Que exista uma luz nos firmamentos".

Isso beirava à blasfêmia. Porém, dadas as circunstâncias, Zack não tinha como argumentar.

*Alguém pode me explicar por que estamos realizando esta missão maluca? Especialmente visto que a NASA claramente não sabia o que iria encontrar pela frente? Não poderíamos ter gastado três bilhões de dólares mais perto de casa?*

*POSTADO POR TRACEE34 NO HUFFPOST.COM*

Com o PPK ainda agarrado ao seu peito, Yvonne ouvia, vindas da direção de Tea, duas, às vezes três conversas. Uma vinha do canal aberto com Houston, a outra do canal criptografado. Depois havia a conexão com a *Brahma* e com o cosmonauta Dennis Chertok, seu salvador, que agora tinha retornado para a nave da Coalizão.

Havia até uma quarta: uma chamada regular de Tea, a aproximadamente cada minuto aproximadamente, para Zack. Essa conversa era unilateral e cada vez mais inútil. Yvonne se perguntava se Zack, Patrick, Lucas e Natalia estariam mesmo ainda vivos, porque, como ela bem sabia, Keanu era um ambiente hostil.

Ela queria sair.

A partir da comunicação criptografada, soube que os planejadores em Houston estavam preparando a *Venture* para uma partida – "R mais dez horas", sendo R o momento de retorno dos exploradores.

Esse era um cenário, ela sabia, que partia do pressuposto de que a condição dela não iria piorar. Isso permitiria à tripulação algum tipo de descanso antes de executar uma decolagem a partir de outro planeta, e um *rendezvous* de vida ou morte com a nave-mãe *Destiny*.

Havia um R mais seis e até um R mais dois. Sabendo que este seria um *rendez-vous* difícil – e, francamente, lembrando que um intervalo menor significava que a saúde dela estava piorando –, Yvonne tinha esperança de que a escolha fosse pelo R mais dez.

Esse intervalo traria a tripulação da *Destiny-Venture* de volta para a Terra dentro de três dias... carregando amostras deste NEO/nave estelar/seja lá o que diabos fosse. Eles poderiam ser heróis astronautas.

E Yvonne poderia esquecer sobre o que havia em seu PPK.

Em face dos efeitos do tranquilizante que Dennis lhe tinha dado, Yvonne não estava certa sobre se acreditava nisso, de qualquer forma. Uma bomba; uma genuína bomba nuclear em uma maleta, do tipo que ela tinha ouvido falar em filmes de espionagem.

Isso acontecera oito dias antes do lançamento, no dia em que a tripulação estava para se mudar para o trailer, no Centro Espacial Johnson, onde eles seriam mantidos em isolamento médico e começariam a mudança do sono para acomodar a decolagem em um horário ridículo.

Yvonne tinha acabado de estacionar seu carro e estava tirando sua mala de viagem do porta-malas quando seu celular tocou. Havia um texto pedindo que ela parasse no Prédio 30 em seu caminho para o trailer.

Ela entrara em um corredor e encontrou seu pai esperando por ela.

Gabriel Jones tinha se divorciado da esposa, Camille, quando sua filha, Yvonne, contava 13 anos. O jovem cientista espacial havia sido pego não com um, mas com dois casos extraconjugais, um com uma colega pesquisadora e o outro, com a produtora de uma série da *Discovery Channel*, a qual ele havia estrelado. "Ele simplesmente encontrou uma vida mais excitante."

Ou foi isso o que a ex de Jones, Camille Hall, havia dito à filha. Observando o pai de longe – havia suporte financeiro, mas muito pouco contato adicional ao longo dos anos –, Yvonne concluiu que a amargura de sua mãe era justificada: Gabriel Jones tinha deixado a fama e o poder subirem à cabeça.

Pior ainda, ele carecia de sentimentos humanos verdadeiros. "Ah, ele pode ligar as lágrimas como uma torneira", a mãe diria. "Mas é tudo encenação: nada por dentro."

Ele o havia provado objetivamente naquela ocasião. Yvonne olhou em silêncio, atordoada, quando seu pai, o diretor do Centro Espacial Johnson, mostrou-lhe uma maleta, dizendo-lhe que ela continha um pequeno dispositivo nuclear conhecido como W-54C, com uma potência de dois quilotons e um raio de explosão de um quilômetro. Ele deveria ser detonado caso a aterrissagem da *Venture* em Keanu se revelasse perigosa para a Terra.

– Estamos falando de algum tipo de contaminação.

– Fico feliz em ouvir que você tem tudo isso planejado. "Algum tipo de contaminação." Cristo.

– Não use o nome do Senhor em vão. – Isso também era típico de Gabriel Jones. Ele se assemelhava a um daqueles batistas que se posicionavam contra sexo porque transar era um ato muito próximo da dança... – Tudo será planejado. Você terá um conjunto de ordens. Este é somente um último recurso.

– Mas não será tão bom para mim, não é, papai?

Ele olhara para o chão. Típico; ela não conseguia se lembrar de alguma vez em que tivesse encontrado seu olhar.

– Duas coisas. As circunstâncias que fariam com que você usasse isso são tão horríveis que seria preferível morrer. Imagine que você estivesse em um avião mergulhando em direção ao chão...

– Deus, você é realmente um filho da puta frio e calculista! – Antes que ele pudesse protestar, ela continuou: – Por que eu? Isso deveria fazer parte das atribuições do comandante! Ou deveria ser o Downey. Ele seguirá ordens.

– Downey é treinado, além de ser apto e fazer o que lhe é ordenado, porém ele também tem uma veia... Bem, ele poderia ser rápido demais para puxar o gatilho. Tea está fora porque ela está envolvida com Stewart. A decisão dela será influenciada por ele.

– Suponho que seja por isso que Zack também não tem o pacote.

O pai de Yvonne pareceu incomodado.

– Stewart é brilhante e flexível, todas as características de que precisamos em um comandante de missão. Porém, como você disse, ele está envolvido com uma pessoa de sua tripulação. Ele também confia demais em sua própria inteligência. Independentemente do cenário que pudéssemos propor, todo o nosso jogo de guerra mostrou que Zack continuaria tentando até o amargo fim e além! Ele seria lento demais para perceber...

– Que o paciente é terminal? – ela completou.

Gabriel Jones esboçou um breve sorriso.

– Exatamente. – Em seguida, ele disse a pior coisa que alguém já havia dito para Yvonne. – O fruto não cai longe da árvore.

Ela foi embora naquele momento, mas permitiu que o dispositivo fosse armazenado em seu PPK.

E, agora, com a perna despedaçada, a carreira destruída e muito pouco conhecimento do que estaria acontecendo com Zack, Pogo e aos outros dentro de Keanu, Yvonne Hall balançava em uma rede, embalando o kit.

Rezando para que não precisasse usar o PPK.

*Lembra-se desses contatos de Hynek e sua turma?*

*Contato Imediato de Primeiro Grau - avistar um veículo alienígena.*

*Contato Imediato de Segundo Grau - evidência física de um veículo alienígena.*

*Contato Imediato de Terceiro Grau - contato com seres alienígenas.*

*Contato Imediato de Quarto Grau - abdução de humanos por seres alienígenas.*

*Contato Imediato de Quinto Grau - contato bilateral entre seres humanos e alienígenas.*

*Contato Imediato de Sexto Grau - morte de humanos causada por seres alienígenas.*

*Então, onde estamos agora? Contato Imediato 5.5?*

*POSTADO POR ALMAZ NO KEANU.COM, 22 de agosto de 2019*

– O que você acha? Eles são algum tipo de plasma? Ou simplesmente o equivalente dos alienígenas do século 30 a lâmpadas de neon? – Zack estava olhando para o teto, para aquilo que ele não podia deixar de chamar de *vaga-lumes*.

– Têm que ser plasma – Pogo argumentou.

Os últimos vinte minutos tinham se esticado e torcido até o ponto em que o tempo perdera o significado. Os estranhos vaga-lumes haviam se rastejado para o que pareciam ser posições semipermanentes no teto, várias centenas de metros acima do que parecia ser o "chão" da câmara.

À medida que eles se moviam, o ambiente continuava a mudar radicalmente. A luz brilhava, dando à Zack e à sua equipe uma visão melhor dos arredores: as paredes da Colmeia, a floresta de corais e a vasta distância do horizonte. De fato, o lado oposto da câmara não podia ser visto.

Além disso, começava a chover. Não uma garoa branda de verão do Centro-Oeste americano, como aquelas que Zack lembrava de sua infância... Esta vinha em rajadas e era levada pelo vento, como uma tempestade tropical.

*Como a chuva que caiu durante o funeral de Megan.* Os quatro astronautas podiam apenas ficar ali, com sprays de água respingando em seus trajes e capacetes.

– Pelo menos agora o lado de fora do meu capacete parece o lado de dentro – Natalia comentou.

Não havia perigo imediato; astronautas treinados para AEVs usavam estes mesmos trajes em tanques enormes de água. O perigo viria quando eles levassem esses trajes para o ambiente gelado a duzentos graus abaixo de zero, para além da membrana.

*Preocupe-se com isso mais tarde.* Enquanto isso, a experiência de ouvir o barulho da chuva no capacete... bem, Zack achara aquilo desalentador.

Só que, no momento, tudo era desalentador. O próprio solo começou a tremer e a sacudir. As estruturas de coral começaram a desmoronar.

– É como um terremoto – disse Natalia.

– É mais como estar em um navio em alto-mar – Zack divagou. Ele tinha vivenciado ambos: os terremotos são abalos nítidos que atacam sem aviso, mas as ondas no mar... você podia senti-las se aproximando.

E aquelas ondas de Keanu duraram um minuto ou mais.

– Sinto-me mais pesado – Lucas anunciou.

– Eu também – concordou Pogo.

– Bem, temos uma espécie de nascer do sol – disse Zack. – Talvez a máquina de gravidade artificial esteja vindo em linha também.

– Espero que o padrão estabelecido não seja o equivalente à gravidade de Júpiter – Natalia rebateu. Zack tinha brincado, como sempre, mas a declaração de Natalia foi solene; o tamanho das passagens sugeria que as formas de vida padrão de Keanu eram maiores do que as humanas, o que, por sua vez, sugeria criaturas avantajadas, apropriadas para... bem, duas vezes e meia a gravidade da Terra, por exemplo.

Ele certamente não queria andar em três ou quatro vezes a gravidade da Terra.

Agora que pensara sobre o assunto, duvidou que eles pudessem chegar longe; mesmo que Keanu desenvolvesse uma gravidade igual a da superfície da Terra, cada traje pesaria mais do que o próprio astronauta.

E como diabos eles iriam sair do Vesuvius? Aquelas rampas não chegavam perto o suficiente do topo...

Mas ele estava se sentindo mais pesado. Deu alguns passos hesitantes. Droga, este era o fim.

– Pessoal, peguem suas coisas. Estamos saindo.

– Não! – Foi Lucas quem se opôs, mas Natalia e mesmo Pogo proferiram protestos similares no mesmo instante.

– Estamos em território desconhecido, gente! Nossa missão é voltar vivos. Estou preocupado com...

Ele parou. Não tinha mais certeza do que estava dizendo. Seus olhos foram atraídos para a estranha paisagem do interior de Keanu. Era uma caverna gigante, com certeza, mas iluminada com formas amarelas onduladas que pairavam sobre um campo interiorano pincelado de verde, roxo e rosa; isso se a definição de campo pudesse ser estendida para incluir uma "vegetação" que mais parecia estruturas encontradas em um recife de coral. Além disso, era aceitável que se admitisse a existência de um céu, que remetia a uma gigante arena de esportes. (O limite superior da câmara estava perdido em brumas e sombras.)

E chuva de vento. Havia uma brisa forte soprando que partia da esquerda de Zack: a direção da membrana. Se tivesse vindo do lado contrário, ele teria ficado preocupado com algum vazamento.

*Espere... Algo estava se mexendo lá fora.*

– Ah, alguém...?

– Também estamos vendo! – disse Lucas.

O que parecia uma versão em grande escala dos rolamentos borbulhantes na membrana, com três metros de diâmetro, estava rolando pelo chão em direção a eles, mudando de direções para evitar os corais, esguichando e derramando fluido, deixando um rastro de umidade que era visível até mesmo no solo já úmido.

– Alguma ideia? – questionou Zack. – Esta é a versão de Keanu para erva daninha? Sem meios de locomoção. – A bolha rolante parecia ser levada pelo vento.

– E se estiver viva? – Pogo perguntou.

– Então estejam prontos para o Primeiro Contato – disse Lucas.

– Não estamos preparados para nada desse tipo! – Natalia retrucou. Ela estava à beira do pânico.

– Todos mantenham suas posições. Ajam como profissionais.

A bolha rolante voltou-se em direção a eles. Agora Zack podia ver que ela era opaca com formas escuras, como leite coalhado. Pogo recuou, saindo do limite de visão de Zack, e disse:

– Ela está lutando contra o vento, Zack!

– Exatamente. – Tudo o que ele conseguia pensar era em elevar a câmera. Correr não era uma opção.

Outra regra do astronauta consistia em: "quando em dúvida, não faça nada. Você só vai piorar a situação".

Cada vez mais perto...

– Está vindo em nossa direção – disse Lucas.

– Deem-lhe espaço! Recuem, todo mundo! – Zack ordenou. Os comandantes tinham prioridade em missões, os primeiros passos. Eles também deveriam receber o primeiro tiro em situações ruins. – Deixem-me ser o alvo.

Natalia e Lucas correram para a direita, colocando uma torre de coral em ruínas entre eles e a bolha rolante.

Ela estava agora a menos de quinze metros.

– Espero realmente que essa coisa seja amigável – Pogo expressou.

– Vamos partir desse pressuposto, por enquanto...

A discussão foi suspensa, porque a bolha reduziu até parar, ejetou um objeto quase do mesmo tamanho e então se dissolveu em uma poça esbranquiçada no chão.

O item ejetado parecia um tatu-bola, mas apenas por um momento, até chegar a um determinado ponto e em seguida se desenrolar.

A coisa levantou-se. Zack tentou ficar calmo e científico. Simetria bilateral, confere. Tinha duas pernas e dois braços, assim como dois conjuntos de apêndices de tipos diferentes em volta de sua "cintura". Esta última parecia mais espessa e desenvolvida, justamente onde os apêndices se encontravam.

Algo que se assemelha a uma cabeça... confere. Mas nada que se assemelhasse a um rosto ou nariz ou olhos... apenas várias aberturas, uma delas cercada de cílios que pareciam se flexionar ritmicamente... Respiração?

Mas seria animal ou máquina? Àquela distância, sob aquela iluminação, era difícil dizer... A pele da criatura era brilhante, mas seria feita de metal molhado ou limo? Parecia algum tipo de armadura, gotejando um fluido da mesma cor da bolha dissolvida.

– Parece que ele está montando guarda – comentou Natalia. O que era verdade: logo que se desenrolou por completo (tornando-se 50% maior do que um ser humano), a criatura pareceu congelada em sua posição.

– Talvez seja uma sentinela – Zack disse. Ele odiava ter de antropomorfizar sua experiência em Keanu, mas esse era o único meio de dar sentido às coisas. Além disso, os construtores, proprietários ou habitantes poderiam ter posicionado alguém para verificar credenciais na entrada do NEO.

Por um momento, Zack ficou face a face com a criatura. Uns 25 metros de distância e pelo menos um metro de altura os separavam, sem mencionar, ainda, muitas eras de evolução. De qualquer forma, pareceu a Zack que a Sentinela o estava avaliando...

– Parece que a chuva está parando – Lucas anunciou. Zack estava tão concentrado na Sentinela que tinha parado de prestar atenção. Mas, sim, as rajadas de vento haviam parado... A câmara como um todo resplandecia com um brilho de umidade que refletia a luz dourada dos vaga-lumes.

Então a Sentinela se mexeu.

Seus maiores apêndices do lado esquerdo se elevaram de repente até sua cabeça. Zack tinha começado a idealizar uma imagem da Sentinela como a do "Homem de Lata" de *O Mágico de Oz*: impassível, enferrujado e fadado à imobilidade... Mas, agora, ele tentava realizar uma saudação.

*Olhe para o que está aqui, não para o que você lembra!*

Então a criatura deu um passo... e cambaleou.

– Parece que está machucada! – comentou Natalia.

– Fiquem todos para trás! – Zack ordenou. A Sentinela começou a tremer, como um homem com uma dor intensa.

Zack pôde ver o arfar do peito dela. *Ok, é orgânica, não uma máquina.*

Então, a Sentinela voltou-se abruptamente na direção de Pogo Downey, que, inexplicavelmente, estava caminhando para a frente.

O ser estendeu uma mão, como se quisesse alcançar Pogo...

Envolto em seu traje, Zack não pôde sentir o que aconteceu em seguida, mas viu um flash. Lucas tinha tirado uma foto com aquele maldito aparelho Zeiss! E, por conta da baixa iluminação, o flash automático havia disparado!

Com uma velocidade assustadora, a Sentinela virou-se para Pogo e girou um de seus braços do meio para fora e de lado a lado, como um espadachim samurai.

Pogo teve seu capacete removido e, com ele, sua cabeça, e o sangue começou a jorrar do anel do pescoço do traje de AEV. Com três movimentos rápidos, a Sentinela mutilou-lhe o torso de cima a baixo, amputando um braço e uma perna, depois o outro e a outra, e finalizou a desmontagem do Coronel Patrick "Pogo" Downey, USAF com um golpe horizontal inverso.

Natalia gritou. Lucas berrou.

Zack ficou paralisado, confuso, horrorizado. Tudo o que ele via era o corpo de Pogo, um amontoado esquartejado e ensanguentado no chão.

Em seguida voltou a respirar. Agarrou Lucas e Natalia e os escoltou de volta para a membrana.

– Vai, vai, vai! – Ele queria abrir tanto espaço entre eles e a Sentinela quanto fosse possível, e tão rapidamente quanto fosse capaz de fazer.

Mas o visor de Natalia estava todo embaçado, obscurecendo sua visão. Ela caiu duas vezes nos seus dez primeiros passos, embora Zack e Lucas tentassem desesperadamente mantê-la em frente.

As quedas permitiram que Zack olhasse de relance para a Sentinela, que permanecia à caça, porém mais lentamente.

– Ela parece atordoada – ele disse.

Zack teve a impressão de que o ser gigante estava perdendo a mobilidade... seus braços e suas mãos percorriam aleatoriamente todo o seu torso, como se estivesse com dor ou sofrendo de superaquecimento.

Na terceira vez em que Natalia caiu, foi ela quem olhou para trás.

– Acho que o ser está morrendo...

O impulso de fugir foi suspendido momentaneamente. Zack e Lucas viraram-se. Os três viram quando a sentinela começou a se sacudir e a se levantar com esforço, como se estivesse tomada por ataques. Vapor saía de seu corpo, de modo que parecia que a criatura estava se queimando por dentro.

Em seguida, abruptamente, a Sentinela teve um colapso... Dentro de segundos, os espasmos cessaram.

– Que diabos está acontecendo? – Lucas vociferou, virando-se desajeitadamente.

– Vi um animal sendo sufocado uma vez, em Leningrado – Natalia disse. – Foi exatamente assim que aconteceu.

Um pensamento ocorreu a Zack:

– Vocês acham que foi o ambiente que matou a criatura?

– Mas ela não foi projetada para este ambiente? – Lucas indagou, demonstrando-se quase que ofendido com a ideia. – Ela não vivia aqui?

– Não sabemos de *nada* – Natalia afirmou. Ela estava em colapso, quase imóvel. Zack imaginou como seria dentro do traje dela.

Ele mal teve tempo de ficar bravo com Lucas... e de lamentar a morte de Pogo.

Ficou claro que Natalia não seria capaz de se movimentar em absoluto. Zack percebeu que teria de ajudá-la com cada um dos passos... e que, durante todo o tempo em que eles permanecessem na Colmeia, estariam vulneráveis.

– Lucas, vá para o rover. Diga a Houston e Bangalore o que aconteceu. Recarregue o seu traje, pegue alimento e água e, depois, volte. Estaremos logo atrás!

Ele queria poder ter dado melhores ordens para o astronauta brasileiro, mas mais nada havia restado, apenas a ideia concreta de que aquelas informações das ocorrências do dia precisavam ser transmitidas... Alguém tinha de sobreviver.

Se ele e Natalia também conseguissem sobreviver, poderia sobrar tempo para pensar sobre Pogo... e recuperar seus restos mortais.

Lucas não discutiu, o que significava que a seriedade da situação estava evidentemente no limite para ele. Zack observou-o voltar a subir a encosta, para dentro do coração da Colmeia.

– Vamos lá, temos de nos deslocar também – ele disse a Natalia.

Resoluta, ela ficou de pé.

– Estou bem – ela murmurou.

– Muito bom – falou Zack –, mas segure no meu braço mesmo assim. – E então eles partiram, como um casal passeando em um parque, quase rápido. E não muito longe. Após alguns poucos metros, Natalia simplesmente sentou-se.

– Não consigo.

– Sem problema – Zack disse a ela, mentindo apenas um pouco. – Vamos esperar até que Lucas retorne. – Ele verificou seus próprios consumíveis: ainda duas horas; o suficiente para observar, e até mesmo para agir.

O ambiente na câmara continuou a mudar. As "condições meteorológicas" tinham ficado mais calmas; a chuva tinha parado, ainda que um vento suave continuasse a soprar – detectável pela nuvem de partículas que soprava na máscara de Zack.

Os corais haviam desmoronado completamente por todo o lugar. Se Zack podia confiar no que estava vendo (e o que podia ser confiável em um momento como aquele?), eles estavam, de alguma forma, se transformando. Zack focou em uma área onde uma pilha mais antiga de resíduos rosados estava sendo substituída por formas esverdeadas que se expandiam e se esticavam.

Aquilo *crescia*. Essa era a palavra. Os corais estavam crescendo e se transformando em alguma espécie de vegetação.

Ou, possivelmente, em meio máquinas, como a Sentinela.

Zack queria abrir mais distância entre ele próprio e qualquer coisa que estivesse acontecendo naquela câmara. Na verdade, ele ficaria completamente satisfeito em assistir a esses eventos através de um monitor, são e salvo a bordo da *Venture*.

Ou, melhor ainda, de volta a Houston. Ele já estava com medo antes; agora, estava aterrorizado. Não apenas pelos sobressaltos e pela violência, mas por descobrir que estava totalmente despreparado para toda essa situação, tão distante de zona de conforto que Zack não conseguia mais se lembrar de como era funcionar normalmente.

Ele voltou-se para a Colmeia, esperando por um último vislumbre de Lucas; mas o Maior Astronauta do Mundo provavelmente deixara o medo guiar sua retirada, porque ele havia desaparecido fazia tempo.

Zack não tinha mais nada a fazer senão olhar para a Colmeia. Agora ele podia reparar que algumas das células dali tinham mudado da mesma forma. Quando as vira pela primeira vez, elas estavam abertas. Agora, entretanto, os compartimentos menores e pelo menos dois dos maiores estavam selados, cobertos por algum tipo de película transparente que se expandia.

Era como se respirassem...

– Isso é estúpido – Natalia explodiu, tentando firmar-se sobre os pés.

Ela já estava de pé, ainda que instável, e dirigindo-se de volta para a câmara antes que Zack pudesse alcançá-la.

– Movimento aumenta o calor, garota. Não corra – Zack lhe disse. Ele espreitou por dentro de seu capacete... estava tão embaçado que ele mal podia distinguir seu rosto. – Como está aí dentro?

– Quente e úmido. Sinto como se eu estivesse me afogando. – Pareceu aterrorizante. Aprender a viver e trabalhar em trajes, sob pressão, sem sucumbir à claustrofobia, era um dos maiores desafios dos astronautas. Isso, quando o traje funcionava apropriadamente.

Se Natalia sentia como se estivesse se afogando, era porque provavelmente estava. E Zack não podia fazer nada para ajudá-la.

– Vou tentar algo – Natalia anunciou. Ela elevou os braços, com as mãos tocando as laterais do anel do pescoço, onde seu capacete estava fixado, e destravou-o.

– Ei, Natalia, essa não é uma boa ideia...!

Tarde demais. A cosmonauta ergueu o capacete pesado e tirou-o da cabeça, revelando um rosto molhado e a face mais vermelha que Zack já tinha visto em um ser humano.

Quanto tempo levaria para ela morrer? Ela ficaria azul com a falta de oxigênio? Ou ela congelaria... ou começaria a ter espasmos e tremores como a Sentinela?

Nenhuma daquelas coisas aconteceu. Ela então abriu os olhos, olhou diretamente para Zack, sorriu e inspirou.

Em seguida foi acometida por um espasmo de tosse.

– Você tentou. Agora coloque o capacete de volta – Zack ordenou. Ela tinha perdido minutos preciosos de oxigênio, mas não tinha se matado.

No entanto a tosse passou. E Natalia ofegou:

– Estou bem.

Zack estava surpreso com o fato de ele poder ouvir as palavras dela, levemente abafadas por seu próprio capacete. E surpreso ainda pelo fato de ela estar viva, sem a angústia de quando estava fechada no traje.

– É oxigênio – Natalia informou. – Vi no meu espectrômetro. A taxa é alta, talvez 30%... mas a pressão ainda é baixa aqui. – Ela respirou fundo novamente. – Sinto como se estivesse no topo de uma montanha. Seca. Muitos cheiros que não consigo identificar.

– Não fique tão segura – Zack recomendou. Ele ficou feliz em saber que as condições do ambiente eram bem menos hostis do que do lado de fora... desde que ficassem longe de coisas como a Sentinela. – Pense em organismos alienígenas.

– Este lugar estava a cem graus abaixo de zero poucas horas atrás. Não deveria ter nada vivo.

– E olhe para isso agora.

Natalia estava se deslocando de volta para a câmara, em direção à Sentinela morta e a Pogo.

– Aonde você vai? – Em função de Zack ainda estar usando o rádio por dentro de seu capacete, e ela não, Natalia quase não entendia o que ele falava. Ele repetiu a pergunta berrando.

Então ela acenou com a cabeça confirmando que havia entendido. E comunicou:

– Eu sempre quis fazer uma autópsia em um alienígena.

Zack não a seguiu. Ele levou em consideração seus próprios consumíveis, a probabilidade de que Lucas levaria mais tempo do que o esperado para o retorno... e o fato de Natalia parecer muito bem.

Além disso, estando sem o capacete, Zack tinha dificuldade para ouvi-la.

Seria uma atitude responsável? No momento, apenas Natalia estava exposta ao meio ambiente de Keanu – e, por extensão, a *Brahma*. A *Venture* ainda estava a salvo, assim como Tea e Yvonne.

*Idiota... quaisquer contaminantes que você pudesse inalar sem o capacete já estão revestindo o lado externo de seu traje!* Além disso, a gravidade ainda estava aumentando... Zack estava achando difícil se movimentar.

Não que ele estivesse ansioso para ir longe. Ele podia ver Natalia circulando vagarosamente o corpo da Sentinela, às vezes erguendo a câmera, às vezes utilizando o espectrômetro.

Mas Zack estava intrigado com o que via nas células da Colmeia. Elas continuavam a expandir e a descolorir. Às vezes, ele achava que podia ver formas dentro de várias delas.

Aquilo era inquietante: a cor das células era exatamente igual à da bolha que havia expelido a Sentinela.

Deus! E se houvesse uma ligação entre a Colmeia e a Sentinela? Zack estava dividido entre o desejo imediato de ir diretamente em direção a Natalia... e uma fascinação horrível pelo que estava acontecendo ali.

Droga. Seu traje estava sendo um empecilho para chegar perto o suficiente para ver.

Com uma última olhada de relance para Natalia, toda feliz realizando a autópsia do alienígena, ele abraçou a decisão que, na verdade, havia feito momentos antes.

Se o meio ambiente dentro de Keanu estava mudando para se adequar aos humanos – uma ideia que agora era inevitável –, então, pela lógica, ele não iria lhe causar dano. O meio ambiente com certeza não estava prejudicando Natalia.

Ele parou o fluxo de ar dentro de seu traje, economizando para a viagem de retorno através da membrana e, em seguida, abriu o lacre de pescoço de seu capacete.

Zack ficou imediatamente inebriado pelos cheiros de Keanu, uma combinação de solo molhado e fragrâncias que ele não podia identificar, mas que não eram desagradáveis. Alguma coisa estava crescendo naquele lugar... com um ritmo frenético de incubação.

Respirou fundo. Na verdade, achou revigorante.

– Ei – ele chamou por Natalia. – Você tinha razão.

Espantada com o som da voz dele, ela olhou para cima.

– E ainda me sinto muito bem.

– Está vendo alguma coisa interessante? É um homem ou é uma máquina?

– Ambos, eu acho... – Ela parou, e arregalou os olhos para Zack de um modo que ele não gostou.

– Você vê alguma coisa, Natalia?

– Sim. – Ele mal podia ouvi-la. – A Colmeia.

Não havia como escapar disso. Ele virou-se.

Várias das pequenas células na Colmeia estavam agora transparentes... e as formas dentro delas podiam ser vistas claramente. Zack descobriu uma elevação próxima que permitiria a ele chegar mais perto e começou a subi-la.

Em pouco tempo ele estava inacreditavelmente próximo; tanto que poderia ter alcançado a célula mais próxima se quisesse.

Não que ele quisesse tocar em alguma coisa. As formas dentro das células eram sacos grandes marrom-esverdeados, que pulsavam como se estivessem vivos.

Natalia juntou-se a ele.

– O que você acha que eles são?

– Bem, parece como se estivéssemos assistindo à evolução da vida – Zack conjecturou –, só que alguns bilhões de vezes mais rápido do que estamos acostumados.

– Evoluir para o quê?

– O que quer que esteja destinado a ser.

– O que poderia ser? Espero que não sejam mais Sentinelas. Espere... – Natalia estava apontando para uma célula diferente, onde parecia que a "evolução" de um saco estava próxima do término. – Meu Deus, você sabe com o que isso se parece?

– Sei – Zack disse. O saco agora se assemelhava a um corpo humano embrulhado em celofane.

– Não estou gostando disso! – Natalia anunciou.

Zack ficou dividido entre uma emoção semelhante e uma sensação de admiração tão poderosa que era quase sexual. Era por isso que ele tinha estudado estrelas e planetas... por isso ele tinha se tornado um astronauta.

Para aprender os segredos do universo... para ver novas maravilhas.

A astronauta russa recuou, arrastando-se para baixo na inclinação, afastando-se das células.

– Natalia... – Zack ouviu sua própria voz trêmula. Praticamente todas as partes de seu ser estavam lhe dando ordens: corra! Esconda-se!

Zack olhou de volta para o saco em formato humano... duas pernas, um torso, dois braços, uma cabeça. Era mais baixo e mais mirrado do que a Sentinela. Era do tamanho do Zack.

As mãos tinham um polegar e quatro dedos.

A forma literalmente se contorcia, suas mãos se agarravam no material translúcido que cobria seu "rosto". Zack teve de reprimir o impulso de ajudá-la...

Ele nem precisou ficar preocupado. De repente, o "rosto" ficara nítido.

Não era apenas um rosto de aparência humana; era um rosto que ele conhecia.

Zack Stewart tinha tido visões mais inverossímeis nas últimas oito horas do que a maioria dos humanos tivera em uma vida inteira. E, muito mais do que isso, mais evidências de vida alienígena do que qualquer humano pudesse ter encontrado em toda a história.

Mas o que ele viu naquela célula da Colmeia fora tão inesperado e impossível que, em contraste, as outras maravilhas do interior de Keanu eram tão triviais quanto um passeio de compras em Houston.

O rosto que ele via claramente agora, olhos castanhos abrindo, boca ofegando, era o de sua falecida esposa Megan.

Parte Três

# “UMA NOITE PERFUMADA”

*A Divisão de Sistemas de Tripulação deseja que seja de conhecimento geral e universal: NÓS NÃO AUTORIZAMOS as ações do Comandante Stewart com o rover. Durante treinamento, houve UMA discussão entre engenheiros e a tripulação em relação à massa do rover e seu centro de gravidade. Arremessar o veículo inteiro dentro de uma cratera NÃO FOI DISCUTIDO OU APROVADO.*

*RASCUNHO DE UM MEMORANDO DO DIRETOR, SISTEMAS DE TRIPULAÇÃO DO JSC*

– Tem alguém saindo!

Harley Drake olhou para cima quando Sasha Blaine gritou.

– Acalme-se – ele disse a ela, tentando dar um sentido à imagem na tela que mostrava um membro da tripulação da *Brahma*, com o traje espacial, na lateral da câmera da membrana. Inteligência e mente aberta podem ser substitutos precários para uma atitude calma e objetiva. – Quem é aquele?

Mais moderada, Blaine acomodou-se em sua cadeira:

– Não tem listras no traje, então deve ser Lucas.

– Ele deve estar falando com a *Brahma*. – Harley pegou seu fone de ouvido e, em segundos, estava plugado em uma cacofonia de vozes: Lucas, Taj, Vikram, o diretor de voo de Bangalore, Tea e Kennedy – todos estavam falando uns com os outros. Falando em um controle de missão calmo e objetivo...

Enquanto isso, ao seu redor, a Home Team crescera em números. (Durante o tempo morto sem conexão com os astronautas, vários tinham saído em busca de comida. Até onde Harley sabia, alguns havia simplesmente ido para casa; não se aplicava penalidade para quem fosse embora cedo.) A cada chegada, o burburinho de conversa dentro da sala aumentava geometricamente. Foi por isso que Harley mal ouviu as palavras:

– Pogo está morto!

– Todo mundo, cale a boca!

A sala ficou em silêncio, e todos puderam ouvir a voz de Josh Kennedy.

– Pausa, pausa, Lucas; fale novamente.

Por fim, a conexão ficou em silêncio, exceto pelo vago assobio e estalo da onda do rádio.

– Repito, Pogo Downey está morto.

Outro instante de silêncio e, em seguida, as perguntas explodiram a partir dos dois controles de missão. Harley conseguiu entender que "Alguma Coisa Grande e Móvel" tinha aparecido dentro de Keanu, alguém (não estava claro quem) havia atirado nela e Pogo fora retalhado.

Os outros membros da Home Team também estavam plugados agora, ouvindo, mas incapazes de falar. Suas expressões demonstravam descrença e horror não apenas em relação ao que acontecera, mas também à rapidez.

Embora apresentasse aptidão para ciências, Harley Drake tinha apenas uma vaga ideia do acúmulo meticuloso e entediante de dados brutos que, na maioria das vezes, levava a grandes avanços. Mesmo em operações espaciais, as coisas aconteciam lentamente.

Naquele dia estava sendo diferente. Primeiro, a notícia de que Keanu provavelmente era artificial. Depois, a série espantosa de golpes – as rampas e passagens, a membrana.

Agora uma maldita e constante torrente de novas maravilhas estava caindo sobre eles. Esses marcos alienígenas. A enorme câmara interna.

– Parece a *Terra Oca* de Edgar Rice Burroughs – disse Williams, para seus coleguinhas rirem em volta da mesa.

Pressão atmosférica dentro desta câmara? Gravidade variável? Uma fonte de iluminação?

Corais fractais. Água. Vento. Condições meteorológicas.

E, ah sim, algum tipo de entidade hostil.

Imagens do meio ambiente começaram a aparecer como miniaturas dispostas em torno da fotografia na tela grande.

Mas Harley não pôde apreciá-las. Ele continuou a pensar sobre Patrick Downey (o bom e velho Pogo) morto!

– Home Team para Josh – ele chamou em seu microfone, odiando interromper as operações, e sem ouvir as informações de que precisava.

Kennedy levou um certo tempo e disse em seguida:

– Josh para Harley: Fale.

– Espero que ainda esteja criptografado.

Houve uma longa espera.

– Espere... Sim, nossa transmissão está. Não sei quanto a Bangalore – o diretor de voo informou.

– Não importa. Alguém tem de falar com Linda Downey imediatamente.

– Merda, é verdade. Eu faço isso. Obrigado! – Em uma outra tela, com transmissão ao vivo de dentro do controle de missão, Harley podia ver Kennedy tocando no ombro do capcom, Travis Buell, o "Mister America", e apontando para a porta de saída da sala...

Instruindo-o para dizer a Linda Downey que agora ela era viúva.

Harley lembrou-se, de repente, de sua própria incumbência como CACO: Rachel Stewart também precisaria ser tranquilizada.

– Vou à sala de espera das famílias – ele anunciou para a Home Team, mas ninguém lhe deu ouvidos. Enquanto alguns estavam muito ocupados soltando "oohs" e "ahhs", outros tagarelavam sobre as maravilhas e horrores de Keanu.

Antes que Harley pudesse desconectar seu fone de ouvido, ele ouviu:

– Harls, Shane.

– Você não dorme? – Em uma missão especial normal, mesmo para o espaço profundo, exige-se que as equipes de controle de missão se revezem em turnos, indo para casa para descansar. Shane Weldon deveria ter ido jantar em casa havia três horas e estar na cama àquela altura. E, seguindo o mesmo princípio, Harley já deveria ter deixado a Home Team.

– Considerando o que eu vi hoje, pode ser que eu nunca mais durma novamente.

– O que foi dessa vez...

– Tem uma baita tempestade em sua direção agora, Harls. Nosso amigo da Casa Branca, Bynum, acendeu a luz vermelha. Estamos simultaneamente embargando todas as transmissões...

– Shane, tenho de ir até a Rachel.

– Entendi. Vá em frente. Pode me chamar se você começar a se afogar.

A Home Team ficava mais perto da sala de espera das famílias do que o controle de missão. Mesmo assim, uma vez que Buell saíra antes, ele não deveria ter chegado exatamente quando Harley chegou.

Harley conhecia o astronauta veterano; era de sua natureza ser cauteloso.

– Por que diabos você está demorando tanto? Não vai ser divertido, mas este é seu novo trabalho...

– Eu sei, Harley! – Todo astronauta sabia. Nos idos de 1960, Ted Freeman havia falecido em uma colisão de T-38, em um sábado de manhã... e um repórter chegou à viúva com a notícia antes da NASA. Ninguém queria que isso acontecesse novamente. Buell acenou com seu celular. – Eles acabaram de me dizer que Jones está vindo...

– O quê? Para que ele a afogue em lágrimas? Entre lá e faça o que lhe disseram para fazer.

Apesar de sua hesitação inicial, Buell abriu a porta imediatamente, embora a rapidez do gesto e o olhar claramente perturbado em seu rosto fossem um aviso flagrante para todos ali dentro: "estavam chegando más notícias".

– Ah, Linda, tenho que falar com você.

A esposa de Downey levantou-se lentamente, enquanto buscava por um de seus filhos. Harley estava bem atrás de Buell, demonstrando mais calma – ou pelo menos era o que ele esperava.

– Rachel, venha para fora comigo. Todos os demais também.

Rachel e sua amiga Amy saíram em disparada como se movidas a jato, tão rápido que quase colidiram com Gabriel Jones e um de seus funcionários que tinham acabado de chegar.

– Sinto muito, pessoal! – Harley usou sua cadeira para bloquear a porta, permitindo que os outros amigos e familiares saíssem pelas laterais.

– Harley... – Jones estampou o rosto com sua melhor expressão paternal.

Mas Harley saiu da sala e fechou a porta atrás dele.

– A situação está sob controle. – Ele virou-se para Rachel. – Seu pai está bem.

Certamente, para os outros, amigos e família de Patrick Downey, Harley poderia simplesmente ter gritado: "Mas o seu camarada, não!".

Harley estava prevendo uma outra explosão de perguntas; ao invés disso, ele viu choque, descrença, falta de esperança.

– Senhoras e senhores – Jones anunciou, tendo de se contentar em dar a notícia para os outros e não para a viúva –, houve um acidente em Keanu. O Coronel Downey veio a falecer.

Harley sacudiu a cabeça. Nunca havia um bom lugar para ouvir este tipo de notícia, mas alguns lugares são melhores: ficar sabendo em um corredor que seu irmão, pai, vizinho de porta, foi simplesmente morto em algum acidente bizarro no espaço...

Quando os soluços começaram a se expandir em volta dele, ele dirigiu sua cadeira até Rachel, que estava junto de sua amiga.

– Lá fora – ele lhes disse.

Quando saíram do prédio, no início da noite úmida de Houston, Harley contou à Rachel sobre a membrana, os marcos, a Colmeia e a entidade que aparentemente tinha atacado e matado Patrick Downey.

– Então você não sabe se meu pai realmente está bem! – Rachel oscilava entre a raiva histérica e a boa e velha histeria.

– Lucas afirma que seu pai e Natalia ainda estão sãos e salvos.

– Mas eles estão lá dentro! Exatamente onde alguma coisa acabou de matar o senhor Downey!

– Deixe disso, Rach! Você conhece seu pai. Ele não teria ficado se lá ainda estivesse perigoso. – Mesmo enquanto as palavras saiam de sua boca, Harley sabia que era um erro dizê-las. – De qualquer forma, o traje dele vai ficar sem oxigênio em breve. Ele e Natalia estarão de volta à vista antes do que você imagina.

Rachel estava abraçada à Amy. Era claro que ela realmente *queria* acreditar em Harley.

Mas ela simplesmente não conseguia.

*É com profundo pesar que devo informar a morte do astronauta Patrick Downey, da* Destiny-7. *Ele foi morto pouco tempo atrás, quando seu traje de atividades extraveiculares falhou durante uma incursão para o interior do Objeto Próximo à Terra Keanu. Sua perda é uma lembrança constante dos riscos que os astronautas enfrentam ao explorar outros mundos.*

*O Coronel Downey nasceu em Bend, Oregon, e graduou-se na Academia da Força Aérea dos Estados Unidos. Ele serviu com honra no Afeganistão e no Paquistão antes de entrar para a NASA em 2011.*

*Minhas condolências à viúva, Linda, e aos filhos, Daniel e Kerry.*

NOTA DO PRESIDENTE SOBRE A MORTE DO CEL. DOWNEY,
22 de agosto de 2019, NO WHITEHOUSE.GOV

Zack Stewart teve pouco tempo para refletir sobre a impossibilidade alucinante de ver algo semelhante à sua esposa dentro de um NEO, dois anos após sua morte na Flórida. Pelo menos três outras células da Colmeia ao redor de "Megan" também estavam ativas, cada uma delas expulsando um objeto com forma humana. Não reconheceu mais nenhum rosto conforme foram surgindo, o que o fez duvidar de sua conclusão precipitada: a de que estivesse olhando para Megan.

Que diabos! Ele poderia estar sofrendo de insuficiência – ou talvez excesso – de oxigênio. Tanto um quanto o outro provavelmente resultariam em alucinações e sugeriam que a atitude mais inteligente e imediata seria colocar seu capacete e sair do inferno daquela câmara.

– *Bozhe moi!*

Graças à sua estadia na Estação Internacional Espacial, Zack sabia bastante coisa em russo: "Meu Deus!". Natalia estava mais afastada dele, próxima à Colmeia. De onde Zack estava, ela parecia uma criatura de aparência curiosa em seu traje pesado, com uma cabeça pequena demais, com o *Snoopy cap* na cabeça. Naquele instante, com seu rosto entre as mãos, ela pareceu ainda mais estranha.

– O que foi? – Zack perguntou, meio correndo e meio deslizando em direção a ela.

Ela apontou para um dos outros casulos inchados.

– Zack, eu conheço aquele!

– O que você quer dizer? – Ele não queria influenciar Natalia dizendo-lhe o que pensava ter visto.

– É o meu treinador. Konstantin Alexandrovich! Ele me ensinou a esquiar e a atirar! – Zack lembrou-se de que Natalia tinha participado das Olimpíadas como atleta de biátlon quando estava na faculdade.

– É apenas uma ilusão. – Ele tentava se convencer tanto quanto tentava convencê-la. – Seu cérebro está sobrepondo imagens familiares em estruturas alienígenas.

– Ele não era familiar! Konstantin morreu em janeiro. Eu não o via fazia dez anos. – Natalia soltou um lamento queixoso, como se estivesse dormindo e tendo um pesadelo, e afastou-se.

Ao ficar sozinho, Zack forçou-se a raciocinar analítica e cientificamente. Essa coisa no casulo tinha de fato forma humana, assim como a coisa parecida com Megan. E, sim, tinha um rosto, com certeza. Obviamente um humano do sexo masculino. Olhos fechados, nariz e boca.

Algumas das finas camadas que cobriam a face abriram-se de repente, expondo uma "boca" que mostrava o que qualquer observador mediano chamaria de dentes. E um par deles parecia brilhar como aço.

Como o velho trabalho odontológico russo...

– Zaacck!

Ao ouvir seu nome, Zack virou-se. Natalia estava a poucos metros dele, sentada no chão, olhos fechados, abraçando-se a si mesma.

– O que foi?

– O quê? – ela indagou, olhando espantada.

– Você acabou de me chamar.

– Eu não.

– Então...

Zack não precisou completar a pergunta. Ele podia ver a coisa parecida com Megan a menos de 12 metros dele... Ainda deitada de lado em sua célula da Colmeia, mas usando as mãos (e agora podia-se claramente ver que eram mãos) para rasgar a camada amarronzada...

Revelava-se sob ela um rosto cor-de-rosa, com a pele tão pura quanto a de um bebê recém-nascido.

E aqueles olhos castanhos, arregalados novamente, piscando em confusão e terror.

E uma boca, dentes brancos, língua.

A coisa-Megan tossiu e ficou ofegante, não como uma asmática tentando recuperar o fôlego, mas, sim, como um bebê após a primeira palmada.

Então, aquilo... ela... olhou para ele.

– Zack – ela disse. A voz era de *Megan*.

Zack desconectou suas luvas, deixou-as cair e começou a rasgar a segunda pele que ainda ligava a coisa à célula.

Ela era quente ao toque. Apesar de seu cabelo cortado rente, mesmo em seus espasmos e contorções ela parecia e transmitia o sentimento de que era... familiar.

Zack deixou-a livre. Suavemente, na baixa gravidade, os dois instalaram-se na lama viscosa de Keanu, a coisa parecida com Megan ainda amplamente coberta com sua segunda pele, praticamente no colo de Zack, que usava o traje de AEV.

E, então, a coisa-Megan começou a se debater como uma pessoa em pânico se afogando... e a gritar.

*Não posso ser mais específico, porque posso ser despedido. Mas ALGUMA MERDA ESTRANHA ESTÁ ACONTECENDO LÁ EM CIMA...!*

*POSTAGEM PARCIAL POR CARA DO JSC, NO NEOMISSION.COM*

– Como vai você aí, *Venture*?

– Estou me mantendo, Houston – foi a resposta que Tea Nowinski dera após esboçar outras quatro versões, que eram pequenas variações de *Como diabos vocês acham que estou?* Na verdade, ela estava tentando usar o banheiro, um procedimento temido por todos os viajantes do espaço, com bom motivo. Porém, com Yvonne sedada, na terra dos sonhos, e os links de comunicação silenciosos, Tea achou que ela teria uns quinze minutos para destampar a pequena câmara perniciosa atrás da cortina...

Ela tinha quase completado essa tarefa crítica da missão, quando Houston chamou.

A cabine da *Venture*, apesar de sua altura peculiar, parecia agora apertada e lotada para Tea. Podia ser por causa da rede de Yvonne, que normalmente estaria guardada a esta hora do dia. O rádio chiava e estalava constantemente. Havia bombas e motores.

Estava longe de ser confortável, apesar de ser obviamente mais confortável – sem contar que era muito mais seguro – do que estar no *Buzz*, ou com o traje de AEV.

Entretanto, Tea estava ficando inquieta, ainda que fosse uma violação do código do astronauta deixar transparecer emoções, a menos que elas fossem provocadas pelas vertigens ocasionadas pela falta de gravidade. E Jasmine Trieu, a nova capcom, era boazinha demais para ser o saco de pancadas.

O tempo decorrido da missão era agora de 94 horas, AEV mais 9 horas da missão da *Destiny-7* para Keanu, e Tea estava começando a ter um mau pressentimento sobre as coisas.

Essa certamente era a forma meio descontraída de os astronautas lidarem com risco de morte no espaço. Vinha da época dos testes de pilotagem. Enganar a morte.

Tea crescera nos Estados Unidos na virada do século 21, sabendo que, ao longo da história humana, as pessoas haviam se deparado com a morte com frequência e sem escapatória: morriam em trincheiras, afogavam-se quando navios afundavam, eram atingidas por carros, enfileiradas e mortas a tiros, queimadas até a morte em fogueiras, sufocadas em minas de carvão...

Mas, como a maioria dos cidadãos de primeiro mundo, ela conseguira chegar aos 40 anos sem nunca ter passado por um sério risco em sua vida.

Deixando de lado o fato de o lançamento em um foguete e o voo espacial aumentarem dramaticamente as chances de morte (a chance real de uma fatalidade estava entre uma em 50 e uma em 20), a experiência próxima à morte mais memorável de Tea tinha sido em uma aterrissagem de avião de passageiros em Mineapolis, durante uma tempestade de verão. Um vento repentino inclinava o 737 a 40 graus à direita e, em seguida, fizera uma inclinação similar para a outra direção... duas vezes... antes que o piloto desse potência e abortasse o pouso. Se a asa tivesse batido no chão, a aeronave provavelmente teria capotado pela pista, desintegrando no asfalto e, provavelmente, batendo com violência no terminal, empalando os frágeis seres humanos com metal recortado ou esmagando-os.

Mas isso não aconteceu. O momento de completo terror havia durado cinco segundos, talvez.

É óbvio, a natureza traiçoeira da morte em missões no espaço podia se mostrar de duas formas: ou ela chegava quase instantaneamente (*Challenger, Columbia, Soyuz 11*) ou não chegava de modo algum. A verdade era que quase desastres, como o caso da *Apollo 13*, com seus cinco dias de puro nervosismo ao redor da Lua e seus três astronautas amontoados em um módulo lunar que mais parecia um bote salva-vidas, ou a colisão em 1997 entre um veículo de suprimentos não tripulado e a estação espacial *Mir*, tinham proporcionado aos controladores de voo e tripulações a crença de que, com o tempo, eles poderiam remediar qualquer situação.

Tea esperava que ela estivesse em umas daquelas situações agora. Mas apenas o fato de nenhum astronauta ter tido uma morte terrível e lenta até então não significava que não poderia vir a acontecer.

Vejam onde eles se meteram – estacionados do lado externo de alguma espécie de nave alienígena gigantesca. Um membro da tripulação já estava morto! Um outro tinha sido seriamente ferido.

Mais dois estavam... onde? Prisioneiros de alienígenas? Mortos?

Um dos desaparecidos era um homem que ela tinha aprendido a amar. Pobre Zack! Tão meigo, tão inteligente, tão bonito! Ele tinha sido o relacionamento mais estável de Tea desde o ensino fundamental. Até os dois últimos meses, quando sua missão da *Destiny-7* passara a ser a missão dele, ela vinha pensando em dar o próximo passo, ou seja, casar-se com ele. Já era hora; a morte de Megan já tinha sido há dois anos. Zack não iria esquecê-la, e nem era isso que Tea esperava dele. A tragédia o havia moldado e, de alguma forma, feito com que ele ficasse mais humano e menos um superastronauta brilhante.

Além disso, a carreira de astronauta de Zack parecia ter acabado. E, com dois pousos lunares – um como comandante, atrás dela –, Tea também não teria motivo para arriscar uma outra viagem espacial.

Mas agora? Lucas estava recarregando seu traje nos suprimentos do *Buzz*, mas onde estariam Zack e Natalia? Tea podia ler o status de consumíveis; eles estavam no limite ou além das linhas vermelhas de seus trajes.

E o que *teria* acontecido a Pogo? Uma hora ele estava aqui na *Venture*, grande e bobo... em outra ele era uma espécie de estatística da era espacial! Num estalar de dedos – ele se fora!

Morto por algo de dentro de Keanu.

De repente, Tea começou a achar que não havia mais problema em Houston tê-la interrompido num momento tão privado. Ela precisava saber o que estava acontecendo.

– Então, o que foi que eu perdi?

Jasmine pareceu aliviada ao ouvi-la falar.

– Josh está perguntando a Lucas se ele consegue dirigir o *Buzz* através da membrana.

– Por que ele faria isso? Zack e Natalia precisam sair de lá! – Emoção por demais franca, mas se o diretor de voo estivesse falando com a *Brahma*, isso poderia passar despercebido.

– Acredite: é exatamente isso que nos remete à opção da travessia – a capcom explicou. – Se eles não podem vir para fazer a recarga, levaremos os suprimentos até eles.

– Se esta é a única opção, então tudo bem.

– O diretor de voo quer que você fale com a Home Team.

Por um momento (Deus, ela estava ficando cansada!), Tea não estava bem certa sobre o que ou sobre quem era a Home Team.

– Certo, coloque Harley na linha.

– Harley não está disponível no momento. A próxima voz que você irá ouvir é da dra. Sasha Blaine.

Tea tinha uma vaga imagem em sua mente: Blaine era outra mulher, na verdade tão jovem e brilhante quanto a capcom Jasmine Trieu. Inteligente, perspicaz, bonita, porém inábil socialmente. Muito inocente.

– Entendido. Olá, Sasha. Por favor, coloque-me a par dos acontecimentos.

– Difícil saber por onde começar – Blaine disse e, em seguida, refutou sua própria declaração ao relatar rapidamente as últimas reflexões em relação à artificialidade de Keanu e aos marcos. – Estamos divididos no que diz respeito a qual mensagem ou mensagens elas carregam.

– Elas podem simplesmente ser sinalizações – Tea sugeriu. – Coisas do tipo: *Antes de riscar o fósforo, verifique se o gás está fechado*.

– Essa ideia está no topo da lista. Elas também parecem transmitir uma série de bipes e cliques.

– Qual banda?

– Várias, de alta a baixa. Algo tão óbvio que conseguiríamos detectar.

Havia mais, porém nada particularmente informado. Em vez disso, Sasha Blaine pareceu apenas dar a Tea as últimas noções e boatos... o que não era típico da política da NASA com tripulações em voo.

Ficou a imaginar o porquê. O que Houston estaria escondendo dela?

Assim que Sasha Blaine desligou, o diretor de voo Josh Kennedy estava na linha.

– Tea, Josh. Você deve dormir um pouco.

– Saber que devo é uma coisa; fazê-lo é outra.

– Tome um comprimido para dormir.

– Será difícil bancar a enfermeira.

– Estamos monitorando Yvonne. E Dennis está se preparando para voltar quando você estiver acordando.

Então ela foi direto ao ponto:

– Qual é o plano, Josh?

– A *Brahma* concordou com outra AEV em conjunto, com um membro de cada equipe. Você e Taj. Resgatar e reaver.

Ela sentiu um mal-estar. Oh Deus, não!

– Normalmente seria um ou outro. – Tea se esforçou para transparecer calma, pelo menos assim ela esperava.

– A missão é resgatar Zack e Natalia e reaver o corpo de Pogo. Enquanto você dorme durante umas duas horas, enviaremos um cronograma e um mapa.

Tea percebeu que estava curvada. Ela se endireitou e olhou ao redor da cabine. Desconfortável, sim. Hora de sair para dar uma volta.

Em sua mente, no entanto, isso seria apenas um resgate. Pogo estava além de sua capacidade de ajudar.

A prioridade dela era Zack.

*O horror no qual esta missão se transformou é mais uma prova de que a NASA não consegue lidar com NADA mais complicado do que um churrasco de final de semana; talvez nem isso. Um membro da tripulação MORTO, outros fora de contato, sistema de comunicações com falhas, rumores correndo soltos. Eles deveriam ter deixado isso para uma das empresas privadas. VAI, SPACEX!*

*POSTADO POR ALMAZ NO NEOMISSION.COM*

A coisa-Megan ainda estava se debatendo.

Zack Stewart a segurou, pelo que pareceu, por minutos. Ele sabia que provavelmente haviam sido uns poucos segundos.

– Natalia! – ele a chamou, com um tom melhor do que de um resmungo.

Natalia saiu de seu próprio momento privado de horror e correu para Zack.

– O que é isso?

– Não sei... – Zack não conseguia responder; ele não sabia o que era essa coisa, e ela estava consumindo toda a força que ele tinha para manter aquilo... ela... junto de si e evitar que se machucassem. – Apenas... mantenha-a presa!

Natalia hesitou por vários segundos. Em seguida, ela agarrou as pernas da coisa-Megan. Porém, uma delas se soltou e um pé bateu no rosto de Natalia.

– Merda! – Ela estava sangrando, mas tinha recuperado o controle.

Zack aplicou uma chave imobilizadora na metade superior da criatura, prendendo os braços dela ao torso e tentando manter afastada a cabeça, que fora empurrada de modo tão violento que ele achou que ela fosse se soltar.

Então, tão repentino quanto um interruptor que tivesse sido apertado, a coisa-Megan ficou inerte. Natalia também pôde sentir. Com sangue cobrindo o seu rosto, fazendo-a parecer uma canibal de filme de terror, ela perguntou:

– Posso soltá-la?

Exausto, Zack acenou positivamente com a cabeça, relaxando seu domínio sobre a coisa-Megan.

Ela estava descansando contra a parede abaixo de sua célula, pernas para fora, braços abertos como se dando as boas-vindas.

Então, ela abriu os olhos.

– Você certamente... – ela murmurou, ainda ofegante – não teve pressa.

– Jesus! – Zack não pôde evitar. Natalia também deu um grito.

– Não gritem – a coisa-Megan sussurrou.

– Desculpe-me. – *Desculpe-me?* Que diabos foi isso? Ele estava tratando essa criatura como um ser humano! Com a decapitação de Pogo Downey ainda fresca em sua memória, Zack teve de se esforçar para encontrar o tom correto. – Ah... Quem ou o que é você?

– Meu nome é Megan Doyle Stewart.

Era impossível, é claro. Megan Stewart estava morta havia dois anos e enterrada em uma cova lamacenta ao sul de Houston.

Aquilo era... algum constructo, alguma máquina, alguma... coisa.

Zack deu uma olhada para Natalia. Com a boca ainda sangrando, ela estava de pé, caminhando para longe deles. Zack quis gritar para ela: *Fique aqui!* Mas não com essa criatura se identificando como sua falecida esposa.

*Tudo bem*, ele pensou. *Respire. Jogue as cartas de acordo com o jogo. Essa coisa alega ser Megan. Nada a perder agindo como se ela fosse.*

– Você não deveria perguntar "Onde estou?" e talvez umas centenas de outras coisas?

– Sim. – Ela fechou os olhos por uns instantes. Nos anos em que estiveram juntos, Zack tinha cuidado várias vezes das gripes de Megan. Era como ela se parecia no momento: fraca, pálida e com espasmos de vida. Parecia estar se recompondo. – Mas... eu já sei onde estou. Estou dentro de Keanu. – Ela sorriu em seguida.

Zack não podia acreditar que estava tendo uma conversa como essa. Ele gostava de acreditar que possuía uma flexibilidade mental acima da média. Ele estava disposto, possivelmente ansioso (e por vezes ansioso até demais), para pensar além dos padrões preestabelecidos. Mas essa situação...

– Você responderia uma pergunta para mim?

A coisa-Megan sorriu e, em seguida, assentiu com a cabeça.

– Você conhece isso? "Talvez se a morte for gentil, e se houver retorno..."

– Sim, sim, Sara Teasdale, meu poema favorito, que termina: "Seremos felizes, pois os mortos são livres", o que me parece engraçado pra cacete, dadas as circunstâncias. Você o leu no meu funeral, acertei?

Ela pareceu extrair energia da ideia; não era de admirar que Zack de repente tivesse pensado que de alguma forma sua esposa havia enganado a morte.

– Quem estava lá? Quem chorou?

A familiaridade dela com o poema e as perguntas sobre o funeral justificaram a decisão que Zack tomara momentos antes: teria de trabalhar com a suposição extremamente improvável de que ele de fato estava cara a cara com sua esposa morta.

*A missão* Brahma*, da ISRO, continua a mexer com as emoções da população, de orgulho ansioso à indiferença grosseira. O orgulho na função do vyomanauta T. Radhakrishnan é óbvio. A indiferença também é compreensível. Qual é a contribuição de uma missão espacial cara em uma nação com um bilhão de almas, a maioria ainda vivendo na pobreza?*

*Mas, se os últimos 30 anos ensinaram alguma coisa à nossa nação, esse ensinamento foi o valor da informação. Investimos na missão da* Brahma *por esse motivo.*

*COLUNISTA KULDIP SANGVHI*
*NO E-PAPER VIJAYA TAMATAKA, 23 de agosto de 2019*

Natalia ouviu Zack chamar seu nome, mas não respondeu. Ela não queria ver o que ele estava fazendo com a criatura da célula. Ela queria sair daquela câmara e voltar para a *Brahma*.

Ela queria retornar à Terra e nunca mais pensar sobre Keanu novamente.

Não era profissional, ela sabia. Tinha se esforçado muito para se tornar uma cosmonauta, uma das poucas mulheres que voaram pela Sagrada Mãe Rússia, e sempre acreditara que queria explorar o sistema solar, trabalhar e viver na Lua, visitar Marte.

E ela acabara chegando ali, no interior de um Objeto Próximo à Terra, onde, contra todas as expectativas racionais, o meio ambiente era propício à vida.

Na verdade, estava quase agradável. Embora ainda houvesse uma névoa quente no ar, o vento tinha se extinguido. Plantas bizarras pareciam brotar do chão, florescer, morrer e, em seguida, ser substituídas por algo completamente diferente.

Naturalmente, isso não era uma exploração... havia se transformado em um pesadelo.

Sabendo que poderia precisar dele – na esperança de que seria em breve –, Natalia saiu em busca de seu capacete.

Ela o tinha deixado encostado na parede da Colmeia, não muito longe da célula onde "Konstantin" estivera se contorcendo. Quando Natalia se encurvou para pegar o capacete, ela ouviu uma voz, em russo e em agonia, gritar:

– *Me ajude*!

Natalia não pôde deixar de olhar. E lá, fora da célula, pingando icor e tremendo como um homem nu no Polo Norte, estava a própria imagem de Konstantin Alexandrovich Fedoseyev, biatleta campeão mundial de *cross-country*, um homem com quem ela havia treinado dos 14 aos 20 anos.

Ela se aproximou, mas não chegou perto demais. A coisa-Konstantin estava tendo espasmos e se contorcendo... mas também tentando, pateticamente, dar alguns passos.

Ela então pôde ver a cara dele... Pele rosada, olhos brilhantes e até mesmo vestígios de bigode.

Mesmo com espasmos, ele tentou alcançá-la... e chamou-a pelo nome!

– Fique longe!

– Natalia! – ele disse. – Estou vivo!

– Pare de usar meu nome!

A criatura tentou lançar-se para cima dela, mas ainda estava tão instável que caiu a seus pés. Natalia recuou. Isso era estranhamente familiar... como aquela noite terrível durante o treino em Osterland, quando seu treinador e amigo Konstantin, uns 20 anos antes, assediou-a.

Se esse "Konstantin" chegasse muito perto, ele teria o mesmo cheiro de licor rançoso em seu hálito?

– Eu disse: fique longe!

A coisa-Konstantin pôs-se de joelhos e continuou a choramingar. Apesar de estar amplamente coberto com uma segunda pele, era a réplica perfeita de como o treinador devia estar em seus últimos anos. Com papada, barrigudo... o formato de seu pênis e testículos flácidos visíveis através da camada.

Ela não olharia para aquilo. Ela certamente não iria olhar nos olhos dessa coisa. Sua tia Karolina, uma aldeã da floresta próxima de Kaluga, tinha dado a ela uma ferramenta para tais situações.

Ela cruzou as pernas como pôde dentro daquele traje.

Em seguida, ergueu a mão, apontando para "Konstantin" com o dedo indicador e o mindinho estendidos.

– *Fique aí*!

Em vez disso, ele cambaleou até ela, agarrando seu tornozelo.

Ela bateu na cabeça da criatura com seu capacete. Mas a mão dele ainda segurava sua bota.

Então Natalia bateu nele mais uma vez. Agora ela estava livre.

Em seguida, ela bateu nele uma terceira e uma quarta vez.

A coisa-Konstantin parou de ter espasmos e ficou imóvel aos pés dela. Um dos lados de sua cabeça ficou achatado e amolecido.

Teria ela matado a criatura?

Natalia esperava que sim.

Com um último olhar ao redor, ela examinou o capacete em busca de danos... não encontrou nenhum, exceto pedaços esmagados de segunda pele.

Ela limpou os fragmentos e, em seguida, colocou o capacete.

*Comove-me postar a letra do Hino da Marinha devidamente atualizada:*

*Deus, guarda e guia os homens que voam*
*Pelos grandes espaços do céu*
*Esteja com eles sempre no ar,*
*No escuro das tempestades ou no claro da luz do sol;*
*Oh, ouça-nos quando elevamos nossa oração,*
*Para aqueles em perigo no ar.*

*POSTADO POR UK BEN NO NEOMISSION.COM*

*Muito apropriado! Muito bom!*

*POSTADO POR JERMAINE, NO MESMO SITE*

*De grande sensibilidade, mas Pogo Downey estaria se revirando no túmulo se soubesse que você usou o Hino da Marinha.*

*POSTADO POR JSCGUY, NO MESMO SITE*

Lucas Munaretto odiara ter deixado Zack e Natalia para trás, principalmente com Downey morto. Mas ordens eram ordens, e ele tinha percebido as vantagens de enviar um membro da equipe de volta ao outro lado da membrana.

Não que ele quisesse ficar naquele meio ambiente aterrorizante; estava *feliz* em dizer adeus para Keanu com seus pequenos vaga-lumes vermelhos, clima caótico e sua máquina assassina. Mas ele queria que Zack e Natalia o acompanhassem.

Ao chegar ao *Buzz* e se conectar com a Terra, ele contou a Bangalore e a Houston tudo o que havia visto e, depois, seguiu as ordens de ambos para entrar no rover, comer, descansar e recarregar seu traje.

Exausto, ele tinha simplesmente desmaiado, acordando duas horas mais tarde, sentado, com dores musculares e com o traje frio e todo torto. Foi o grito distorcido e com estática emitido por seu fone de ouvido que venceu seu estado embotado.

– Faz meia hora que estamos chamando você!

– Eu estava com meu fone de ouvido desligado.

– Deixe-o ligado. – Ele tentou lembrar quem era o operador de comunicações em Bangalore. Alguém da equipe de treinamento de tripulação. Sergei? Nair? Ele não sabia dizer. Presumia-se que uma voz familiar fosse reconfortante para um membro de tripulação em voo.

– Desculpe, quem está falando?

– Vikram. – Merda, o próprio diretor de voo. – Você está em condições de operar?

Lucas tinha treinado no rover da NASA apenas uma vez, durante um intercâmbio de tripulação em Houston. Considerando que ele conhecia todos os instrumentos e cada placa metálica da cabine da *Brahma*, seus sons e odores, o *Buzz* era um ambiente alienígena, um cilindro atarracado com dois metros e meio de altura, nem muito largo nem muito profundo. Era apertado e, como, além de ter esquecido de ligar o rádio, tinha também deixado de acender as luzes interiores, estava bastante escuro.

– Estou pronto para partir – respondeu a Vikram, buscando seu capacete e suas luvas. Ele estava com um certo medo de perguntar o que Bangalore tinha em mente...

Então o rover *sacudiu*.

– Jesus! – Fora o segundo momento mais terrível do dia... e um dos dois primeiros da lista na vida de Lucas. Será que a coisa que matou Downey tinha vindo atrás dele?

– Fale novamente, Lucas.

Uma luz varreu o interior do rover e Lucas relaxou. Ele pressionou seu rosto contra a janela embutida na escotilha traseira... viu dois astronautas, um com o traje da Coalizão e o outro com um modelo da NASA.

– Zack e Natalia estão aqui!

– Verifique novamente – Vikram ordenou, com uma irritação audível em sua voz, mesmo com o atraso de chegada do som... e uma distância de 440 mil quilômetros.

Os alto-falantes da parte interna do *Buzz* crepitaram e, assim como ele tinha ouvido Bangalore em seu fone de ouvido, ouviu a voz de Tea Nowinski na cabine.

– Lucas, aqui falam Tea e Taj. Você está com o seu traje?

✧ ✧ ✧

Vinte minutos mais tarde, ele estava com o traje completo e do lado de fora do rover, ouvindo as ordens de Taj.

– Dennis foi transferido para a *Venture* para ficar de olho em Yvonne.

Taj tinha trazido outro trenó da *Brahma*... vazio.

– Você não teve tempo de colocar nada nele? – Lucas brincou.

– Você não foi informado? – Tea perguntou, em tom de irritação. – Isso é para transportarmos os corpos de lá para cá. – Ela agarrou a corda e começou a puxá-la na direção da membrana, a menos de cem metros dali.

Lucas não teve resposta para isso, o que pareceu incomodar ainda mais Tea.

– Eles já ultrapassaram em uma hora o limite máximo de seus consumíveis.

– Em circunstâncias normais, sim. – À medida que Taj e Lucas se apressavam para acompanhar Tea, Lucas dizia aos outros o máximo que conseguia sobre o vento e os vaga-lumes.

Taj pareceu confuso.

– Você está dizendo que existe uma atmosfera respirável passando as cortinas?

– Tudo o que sei é que não há vácuo. – Lucas virou-se para Tea, em busca de um aliado do lado do otimismo, ainda que breve e tolo. – Sabemos como os trajes vão funcionar, sob pressão, com algum oxigênio no ambiente?

– Sim – Tea respondeu. – Eles vão funcionar exatamente do mesmo modo que funcionariam no vácuo. A menos que Zack e Natalia abram seus trajes e respirem, é praticamente certo que eles estejam mortos.

– E se eles ficaram sentados... descansaram... a taxa de consumo foi retardada?

– Eles fizeram esses cálculos também – Taj disse.

– Eles não podem ser muito precisos...

– Eles *não são* – Tea disse, claramente querendo colocar um ponto final nessa discussão. – É por isso que ainda estamos chamando esta de missão para resgatar e reaver.

Eles tinham chegado à membrana.

– É só atravessá-la? – Taj perguntou, naturalmente com dúvida.

– Tem cerca de 10 metros de profundidade... talvez menos – Lucas calculou.

– Droga, você não consegue se lembrar? – Tea explodiu mais uma vez.

Lucas ficou chocado, não apenas pela raiva evidente dela. Ele estava envergonhado por saber que tudo o que eles verbalizavam era gravado, mesmo que essa conversa não estivesse sendo monitorada naquele momento.

– Os extremos da membrana fazem compressão. Tive a impressão de que era mais fina na segunda vez que passei por ela.

Tea estava examinando a borda que fixava a membrana às paredes rochosas.

– Estamos sendo ouvidos? – Lucas perguntou.

– Apenas por ambos os controles de missão – Taj respondeu. – Ambos os lados concordaram com um blecaute.

– Tem uma primeira vez para tudo...

Tea calou-se quando a membrana abaulou.

Alguém estava emergindo! Taj puxou Tea para fora da borda.

– Todos para trás!

Era Natalia, tropeçando para frente.

Lucas agarrou-a. Ela estava evidentemente feliz em vê-los, tão feliz que parecia meio incoerente, falando metade em russo sobre *vorvolaka*.

– Fique calma! – Taj disse.

– Estou *realmente* contente pelo fato de eles não poderem ouvir isso pela televisão, lá em casa – Tea disse, segurando Natalia pelos ombros e virando o rosto dela na direção do seu. – Natalia, onde está Zack?

– Deixei ele...

– Você *o quê*?

– Espere, Tea. – Era Taj, que tinha acabado de ler os níveis de oxigênio no traje de Natalia. – Temos de levá-la para o rover. Ela está quase sem ar.

– Droga! Tudo bem! – Tea juntou-se a Taj, cada um pegando Natalia por um braço, ao mesmo tempo escoltando-a, rebocando-a de volta para o rover.

– Zack estava bem quando o deixei – Natalia disse, explicando rapidamente que eles haviam removido seus capacetes e respirado a atmosfera de Keanu.

Ao ouvir isso, Tea relaxou.

– Ok. O que mais está acontecendo lá dentro? O que é *vorvolaka*?

– Uma palavra minha avó usaria. É como "fantasma" ou "morto-vivo".

Mesmo tendo se acalmado consideravelmente ao encontrá-los, Natalia estava quase histérica e o inglês foi sua primeira vítima. Lucas teve dificuldade para entendê-la.

– Espere, espere, espere – Tea falou impacientemente com a maneira da cosmonauta do Velho Mundo se expressar. – O que você fala não está fazendo sentido.

Eles estavam no rover agora.

– É muito difícil de acreditar – Natalia disse. E, então, ela bateu de leve na câmera do capacete. – Mas vou mostrar a vocês.

Taj puxou um cabo de conexão do compartimento na frente de seu traje.

– Você não vai mostrar somente para nós. Vai mostrar também para Houston e Bangalore.

*Meu nome é Rachel Stewart. Tenho 11 anos. Moro na Chestnut Drive em Clear Lake City. Meu pai é um astronauta da NASA. Minha mãe está me deixando louca com a câmera dela.*

*TEXTO NÃO PUBLICADO DE RACHEL STEWART, SEXTA SÉRIE, ESCOLA ST. BERNADETTE*

– E a Rachel? – Para Zack, era como se "Megan" não se permitisse perguntar: *Rachel também foi morta comigo?* ou *Ela foi ferida gravemente?*

– Rachel ficou abalada. Ela passou por um período muito traumático. A perda da mãe e tudo o mais. Mas do acidente? Um galo na cabeça e alguns cortes.

– Fale-me sobre ela!

Assim, por dez minutos, ele falou... de forma devidamente controlada. Essa não era a hora ou o lugar para se queixar da incapacidade de Rachel de ser a filha obediente e perfeita.

– E ela está no controle de missão?

– Estava há poucas horas.

– Quero vê-la.

Zack hesitou.

– Assim que pudermos descobrir como entrar em contato...

Então ela levantou-se e começou a esfregar a segunda pele, revelando alguma outra camada de material mais brilhante por debaixo. Cada vez mais estranho.

– E quanto a Harley?

Zack teve de contar a ela sobre as lesões de Harley.

– Não foi culpa dele – ela disse. – Foi apenas... uma fatalidade.

– Bem, ele ainda se sente culpado. Mas acho que a absolvição da pessoa que ele matou pode fazê-lo se sentir melhor. – Ela lançou-lhe um perfeito olhar-Megan (*ha-ha*) enquanto ela se endireitava e esfregava a casca escamosa externa, deixando a camada mais grossa abaixo.

– Você se sente diferente?

– Sim e não. Física e mentalmente, sinto-me quase do mesmo modo como me sentia antes de morrer... que, aliás, é uma frase com a qual eu nunca vou me acostumar. Estou respirando. Tenho batimento cardíaco. O que tem de diferente é a minha roupagem. – Ela acenou para ele. – Aposto que é mais confortável do que esse traje. – Ela estava descascando sua segunda pele.

– Você vai ficar pelada se continuar com isso.

– Não estou bem certa. – Ela tinha esfregado as pernas e os braços. – Ajude-me aqui nas costas.

A camada externa da segunda pele era mais frágil do que Zack tinha imaginado.

– Isso está ressecando e descascando?

– Deus, espero que sim.

Zack então ficou atrás, olhando para o outro lado numa tentativa desnecessária e bizarra de parecer polido. O momento era propício para que ele pensasse novamente sobre questões mais profundas.

– Então, como é que vamos chamar este acontecimento? – ele perguntou. – Uma ressurreição?

– Acho que sim. Quero dizer, não no sentido "eu vi Jesus". Mas eu nunca fui tão religiosa quanto você. – Ele não fez nenhum comentário imediato. Megan percebeu o silêncio dele. – Você ainda não acredita nisso, acredita?

– Ponha-se no meu lugar: você acreditaria?

– Claro que não!

– Ainda bem que nos entendemos.

– Quando eu tiver alguma explicação definitiva sobre o meu estado atual, eu lhe digo.

Zack assentiu com a cabeça.

– Você se lembra de *alguma coisa* após o acidente?

Ela pressionou uma das mãos sobre a boca.

– Sim. Eu diria que estava sonhando. Sonhos loucos, longos que... de fato, eu realmente me lembro, mais ou menos. Eu estava flutuando ou voando ou simplesmente consciente. – Então ela forçou um sorriso. – O que eu mais me lembro, porém, é de estar naquele carro com a Rachel e com o Harley. Não, assim, há uma hora. Mas parece que... tudo aconteceu ontem. – Ela balançou a cabeça de um lado para o outro. – Eu percebi que mexeram no meu pescoço. Suponho que tenha sido quebrado.

– Dentre outras coisas – Zack comentou, quase incapaz de pronunciar a sentença. – Como você soube que estava em Keanu?

– Eu simplesmente sabia, do mesmo modo que abri os olhos e falei em inglês.

– Mas você sabia inglês antes.

– Ótimo. Proponha uma analogia melhor. Eu só sabia que estava em Keanu, que tinha morrido e sido trazida de volta. – Ela franziu a testa, com certeza buscando uma maneira de descrever isso. – Imagine isso como um papel em uma peça de teatro: sou como um ator que simplesmente sabe suas falas.

– O que mais você sabe? Você sabia que estava em Keanu. Há mais alguém aqui? Quero dizer, quem fez isso com você?

– Quando me faço essa pergunta, ouço ou sinto ou faço o download de uma palavra: Arquitetos.

– Isso é tudo? Apenas Arquitetos?

– Esta é a palavra na minha cabeça. – Ela estava quase nua agora, sentada com os joelhos juntos, braços em volta deles, pedaços da camada inferior da segunda pele ainda agarrados a ela.

– Posso fazer alguma coisa por você?

– Você poderia começar me chamando de Megan. Você nunca foi muito de usar o meu nome; você alguma vez percebeu isso? Mas dadas as circunstâncias...

Ele percebeu que ela estava certa. Ele quase nunca a chamava pelo nome. Rachel era *Rachel*, sim, com frequência. Mas Megan tinha sido sempre *amor* ou *querida*...

– Megan – ele a chamou –, sra. Stewart...

– Agora você está sendo bobo.

– Megan...

– Sim, Zachary. – Era como ela costumava chamá-lo na maior parte do tempo.

– Nada, apenas testando o nome de novo. – Ele não pôde deixar de sorrir. Mesmo que esse encontro viesse a ser alguma armadilha alienígena traiçoeira, Zack iria curti-lo até onde fosse capaz.

– Ah. – Ela fez uma careta. – Ei, por um acaso você teria algo para comer?

Zack foi capaz de erguer uma barrinha energética do estoque de seu capacete.

– Sobrou apenas um pouquinho.

– Homens, nunca pensam em comida. – No entanto, ela devorou a barrinha alegremente. – Lembra-se daquele restaurante a que nós fomos em Los Angeles? Barsac?

Outra lembrança que apenas ele ou Megan teriam.

– Pois é. Foi a refeição mais cara que já fiz. Mas era muito boa.

Ela sacudiu o último pedaço.

– Isso é melhor...

– Bem, você não comeu nos últimos dois anos. Fale sobre a sensação de ter seu apetite aguçado. – Ela riu tanto que acabou estremecendo. – Você deve estar com frio.

– Na verdade, não. A brisa é quente, como um vento tropical. – Ela bateu uma mão na outra, como que para limpá-las, um outro gesto familiar de Megan. – *Você* é que deve estar desconfortável. Tire esse traje. – Ela viu o olhar instantâneo de confusão e relutância no rosto dele. – O que foi?

– Não tenho certeza... sobre você ou qualquer coisa no exato momento. Não estou operando com minha capacidade total. Por exemplo, eu não penso no outro membro da missão de AEV faz 30 minutos.

– Onde você acha que ele está?

– Ela. Natalia Yorkina, uma das tripulantes da *Brahma*. E eu simplesmente não sei. – De fato, ele havia tentado chamar Natalia pelo rádio e não tinha captado nada, a não ser estática. Pela primeira vez em sua carreira de astronauta, Zack literalmente não tinha ideia de que atitude tomar.

– Nada?

– O sistema de comunicações não é bom aqui.

– Talvez ela esteja explorando.

Zack somente balançou a cabeça. *Deixe esse assunto de lado. Mais uma vez, olhe para a situação em que você está. Considere a sugestão de "Megan" em relação ao seu traje.* Ele não iria voltar para a superfície tão cedo. Por que danificar o traje ou gastar energia se locomovendo com ele? Ele procurou pela primeira trava...

– Você também está com aquele olhar no rosto. Aquele olhar "estou bolando um plano".

– Quero tirar você daqui. E quero encontrar Natalia.

– E os outros?

*Os outros*! Zack estava tão concentrado em Megan que tinha se esquecido das outras células.

– Quantos são? Você tem algum tipo de contato com eles?

Megan ergueu a mão.

– Não sei, não sei. Eu apenas... acordei. Mas eu ouço... – Ela inclinou a cabeça (novamente, um trejeito familiar) e, então, de repente, saiu em direção ao centro da Colmeia.

– O quê? – Zack perguntou, lutando para soltar os fechos e sair do traje. – O que você ouviu? – Mas Megan não respondeu.

A extração da roupa levou quase dez minutos, um tempo que seria um recorde sob as circunstâncias ideais. No momento em que Zack apoiou o traje contra a parede mais próxima e pendurou o *Snoopy cap* em volta do pescoço, Megan chamou:

– Aqui!

Ele a encontrou rapidamente... embalando uma coisa-menina nos braços. – Ela estava... – Megan emitiu sons suaves que pareceram não ter qualquer efeito.

– Quem é ela?

– Como diabos eu vou saber? Ela é uma menina, ok?

Zack olhou para a parede bagunçada. Havia mais do que ele se lembrava. Ele podia contar duas dúzias agora, a maioria delas inerte. Mas três estavam evidentemente ativas: uma para Megan; uma provavelmente tinha pertencido à coisa-Konstantin; e outra para esta coisa-menina.

Uma quarta célula também pareceu estar ativa; pelo menos Zack pôde detectar uma figura humanoide através da parede translúcida.

Era mais baixa do que ele, mas não era uma criança... De fato, parecia ser uma mulher idosa deitada de lado. Ao contrário das outras figuras, ela estava encolhida em posição fetal... Osteoporose?

Entretanto, enquanto a coisa-Konstantin e a coisa-Megan tinham se movimentado, esta coisa estava congelada e imóvel.

– O que você está olhando? – Megan perguntou, com a voz parecendo cansada.

– Mais uma do que quer que você seja. Mas interrompida, eu acho.

– Olhe um pouco mais à sua direita.

– Oh, merda – Zack explodiu.

Era a coisa-Konstantin, aquela que Natalia tinha observado... Estava claro que ela havia se libertado de alguma maneira. Também era óbvio que alguém ou alguma coisa a tinha golpeado até a morte.

– Quem ele era? – Megan perguntou.

– *Você* não sabe?

– Não! Você não estava ouvindo? Estou recebendo imagens desordenadas e palavras ocasionais...

– Desculpe. Este era um... uma pessoa da vida de Natalia.

Zack deslocou-se ao redor, um movimento muito mais fácil agora que ele estava fora do traje e usava apenas uma roupa de baixo, parecida com uma ceroula. Natalia havia feito isso? Ela tinha simplesmente pirado ou a coisa parecida com Konstantin a teria atacado?

De repente, não confiando em seu julgamento anterior, ele olhou de relance para Megan, que olhava para além dele.

– Temos companhia – ela murmurou. Quatro figuras com trajes espaciais, três da *Brahma* e uma da NASA, caminhavam em direção a eles.

Zack pegou seu *Snoopy cap*.

– ... para Zack, acho que podemos ver você. Acene ou faça algo do gênero. Coloque a droga do seu fone de ouvido!

Uh-oh. *Tea*.

*Roupas gastas são eliminadas pelo corpo. Corpos gastos são deixados por seus habitantes. Novos corpos são usados como roupas pelo habitante.*

*BHAGAVAD GITA II:22*

– Vejam – Natalia disse. Ao longe, três figuras, duas adultas e uma com metade do tamanho das outras, podiam ser avistadas, banhadas pela luz estranha e fraca da Colmeia. Tea estava tão chocada que quase parou sua marcha. Uma delas provavelmente era Zack – mas quem seriam essas outras figuras humanas? Especialmente a pequena?

– Aqueles são seus *vorvolakas*?

Isso fez Tea se lembrar de filmes em que exploradores adentravam terras desconhecidas, como a África Central ou a Floresta Amazônica... onde os nativos viviam com seus modos inexplicáveis.

– Não chegue perto deles! – Taj ordenou. – Foco na missão!

Tea concordou. Ela queria saber se Zack estava seguro.

A travessia pela membrana deveria ter sido a realização do sonho de toda uma vida para Tea. O objetivo de todo astronauta do sexo feminino, de todas as fãs de *Star Trek*, era seguir o lema "audaciosamente indo aonde nenhum homem jamais esteve"...

E lá estava ela, quase ouvindo seu pai perguntar: "E aí, como foi?".

*Não foi bem o que eu esperava, papai.*

Como isso poderia ser uma exploração? Pogo estava morto. Zack estava fora do ar. Nada do que ela conhecia sobre Keanu até 24 horas atrás parecia fazer sentido.

Havia espanto e mistério (essa frase também seria de algum outro filme de ficção científica?) na Colmeia e no meio ambiente bizarro. Mas havia também o risco de uma morte rápida...

Lucas, de repente, saiu de perto deles.

– Lucas, caramba – Taj falou. – Volte aqui!

– Vejo... – Foi tudo o que o astronauta brasileiro conseguiu dizer, possivelmente usando todo o inglês que tinha disponível no momento.

Quando Tea, Taj e Natalia se deram conta, Lucas tinha corrido para o trio.

– Oh, Deus! – Natalia exclamou.

E ele se ajoelhou próximo à pequena criatura, que bateu palmas e atirou-se para os braços de Lucas. Tea começou a se deslocar na direção dele, mas Taj a impediu.

– Acho que ele conhece aquela criatura.

E como prova disso, Lucas e o pequeno ser estavam se abraçando; uma visão despropositada.

– Lucas – Taj chamou, como um controlador de voo preocupado com uma aeronave desaparecida.

– Camilla! – Eles puderam ouvir Lucas berrando em seus fones de ouvido. – Minha sobrinha! É minha sobrinha!

Ele estava vindo em direção a eles, carregando a criatura que Tea julgava ser uma menininha.

Uma menininha *humana*.

E ela falou cantarolando em uma língua que podia ser espanhol ou português.

– Alguém sabe o que ela está dizendo? – Taj perguntou.

Lucas colocou a menina no chão.

– Ela disse que eu sou o maior tio do mundo!

Então, agora a equipe era composta por cinco integrantes, quando eles cruzaram os últimos 100 metros até Zack e sua companheira. "Camilla" e Lucas estavam conversando, enquanto o brasileiro tentava manter Taj e Tea envolvidos. Ao que tudo indicava, Camila havia sido diagnosticada com leucemia quando era bem jovem e morrera 18 meses antes, enquanto Lucas estava em treinamento em Bangalore.

Tea tentou entender por que havia criaturas dentro de Keanu que não apenas eram humanoides, mas cópias ou reconstruções de pessoas que tinham feito parte de suas vidas na Terra...

Tea não tinha religião. Seu pai era um ateu que se deixava guiar pelo bom senso, e Tea trilhou pelo mesmo caminho. Porém, pela primeira vez na vida ela sentiu que podia ter deixado alguma coisa escapar.

Respostas para questões mais abrangentes sobre a vida e a morte seriam muito mais bem-vindas agora, à medida que essas criaturas emergiam da Colmeia.

E lá estava Zack Stewart: sem seu capacete, como um astronauta relaxando após uma sessão de treinamento de AEV.

Quando eles percorriam os últimos 15 metros, tentando não se distrair com a paisagem além, Tea viu Zack pegar seu *Snoopy cap* e fazer um aceno envergonhado.

– Cá estamos nós!

*Nós?*

O alívio de Tea ao ver e ouvir Zack deu lugar, imediatamente, a uma espécie de pânico... Alguém que se parecia muito com Megan Stewart, suja e seminua, estava ao lado dele.

– Ei, Tea!

Em toda sua vida, Tea tinha fantasiado inúmeros encontros com alienígenas, mas jamais esperava que um E.T. fosse reconhecê-la e dizer seu nome!

A reunião foi barulhenta, caótica e curta.

– Não, estou respirando o ar de Keanu há quase duas horas agora – Zack informou, uma vez que Taj continuava insistindo que ele voltasse a colocar seu traje.

Zack permitiu que Tea recarregasse sua mochila a partir da dela, fornecendo a ele duas horas de consumíveis para a viagem de volta, atravessando a membrana.

– Obrigado – ele agradeceu, finalmente encontrando seus olhos com os dela... ainda que através do seu visor do capacete de Tea.

Ela queria dizer, *Como é possível que você não esteja gritando? Como você pode suportar isso?* Mas, nessas circunstâncias, o melhor que ela poderia oferecer era:

– O que eu posso fazer?

– Por um acaso, você não teria uma espaçonave extra bem grande no seu bolso, teria? – Zack balançou a cabeça. – Precisamos do rover.

– Entendido, mas... – Tea olhou para o terreno relativamente benigno e, em seguida, voltou-se para a inclinação que levava à Colmeia e para além da passagem.

Zack estava fazendo a mesma coisa.

– Deve dar.

– Falando em "dar", Houston não vai dar um chilique se trouxermos o rover até aqui?

– Sem dúvida, mas tenho que lhe dizer... uma das coisas que eu realmente estou curtindo nesta missão é que não temos um controle de missão no nosso pescoço a todo minuto.

Este era o Zack Stewart que ela tinha aprendido a admirar e a amar: inteligente, confiante, direto.

– Vou falar com Taj para irmos buscar o *Buzz*.

Durante todo esse tempo, Megan Stewart permaneceu de pé, com os braços cruzados. Tea não estava convencida de que aquela mulher *era* Megan Stewart, mas, se fosse, o que diabos estaria se passando na cabeça *dela*?

*Não sei qual dos dois é pior, Houston ou Bangalore. É como se um cone gigante de silêncio tivesse descido sobre ambos os centros. Alguma coisa de muito errado aconteceu com as missões a Keanu e NINGUÉM FALA.*

*POSTADO POR JERMAINE NO KEANU.COM*

A lanchonete do Centro Espacial Johnson tinha sido fortemente invadida por uma multidão composta pelo *staff* do controle de missão e pelo contingente da imprensa. As sopas e os sanduíches se foram; vitrines inteiras, normalmente cheias de tortas e bolos, estavam vazias. No entanto, Rachel e Amy haviam sido capazes de pegar várias barras de cereais, sacos de M&M's, e refrigerantes.

– Deus, eles só têm Cheetos – Amy reclamou. – Eu quero SunChips.

– Você vai levar Cheetos e gostar deles, minha jovem – Rachel disse. Ambas começaram a dar risadinhas e, em seguida, pararam quando a moça latina do caixa lançou-lhes um olhar demorado.

– Deus, tenha cuidado! – Amy disse.

– Eles me conhecem – Rachel comentou, transparecendo uma segurança que ela não tinha realmente. – Eles não estão acostumados a receber garotas fabulosas por aqui.

O comentário fez com que elas começassem a dar as risadinhas novamente, até o celular de Amy começar a tocar. Ela pegou o celular enquanto Rachel a conduzia para uma mesa, o mais longe possível da moça do caixa.

Quando se sentaram, Rachel comentou:

– Pensei que você tivesse desligado o aparelho.

– Acabei de ligá-lo. – Mas Amy já tinha adquirido aquele olhar ausente de quem está distraído. Sabendo que não haveria uma conversa significativa pelos próximos vários minutos, Rachel voltou a ligar seu tablet.

Ela nunca tinha visto sua tela tão repleta. Sua caixa de entrada estava lotada; seu Facebook, sobrecarregado; e seu *feed* de notícias, atualizado a cada 2 segundos.

E todas as notícias eram sobre Keanu, a *Destiny*, o acidente envolvendo a astronauta Yvonne Hall e todas as coberturas da NASA!

– Deus, tudo na minha tela está piscando.

– Na minha também – Amy disse.

Rachel voltou-se para suas mensagens pessoais. Ela sentia uma necessidade de se conectar com seus amigos sobre coisas muito mais importantes do que aquela missão estúpida em que seu pai estava.

– *Fantástica sua fuga*! – um amigo escreveu.

– *420@JSC! Foda*! – disse outro.

Rachel virou-se para Amy.

– Achei que você tivesse dito que estava com o aparelho desligado até um minuto atrás.

– Ok, eu tinha deixado no modo silencioso.

– Amy! – Rachel agarrou o celular da amiga. Ele não estava apenas transmitindo o que elas diziam; a câmera também estava ligada. – Você ficou com ele ligado o tempo todo! – Ela desligou o celular.

– Olha, não é nada. Você lembra que a Tracy queria vir? Eu só deixei que ela ouvisse!

– Ela fez mais do que *ouvir*. Acho que ela nos colocou na internet!

– E daí? Metade do planeta está na internet. Isso não quer dizer nada.

– Amy, Deus... – Rachel lutou para encontrar as palavras. Às vezes, Amy podia ser extremamente superficial. – As pessoas estão procurando por JSC e Keanu e, provavelmente, pelo meu nome também. Portanto, um monte de gente sabe exatamente o que fizemos e o que dissemos. – Ela teve uma sensação de mal-estar. – Acho que algumas dessas notícias vieram do seu celular. – Ela ergueu o celular com o *feed* de notícias na cara de Amy.

– Eles não deveriam encobrir esse tipo de coisa.

– Tá, tudo bem. Mas sabe o que também é péssimo? É que todo mundo sabe que estávamos *puxando fumo*!

– Rachel, com toda essa merda louca que está rolando aqui, não acho que alguém vá se *ligar*!

Rachel, de repente, viu uma pessoa que poderia se ligar.

– Quieta – ela disse a Amy, e indicou com a cabeça a entrada principal, por onde Jillianne Dwight tinha acabado de entrar com um membro uniformizado da equipe de segurança do JSC. – Deixe suas coisas.

– Mas eu ainda estou com fome...

Rachel puxou Amy e praticamente a arrastou em direção à saída lateral. Ainda havia dezenas de pessoas na lanchonete. Talvez elas não tivessem sido vistas...

Elas saíram na noite abafada do JSC, do lado errado do prédio. Mas a escuridão era uma vantagem. E não tinha ninguém à vista.

– Onde estamos? – Amy perguntou.

– Se continuarmos em frente, estaremos no prédio dos astronautas. Meu pai tinha um escritório no quarto andar.

– Será que poderíamos...?

– Não, está trancado. – Rachel andou o mais rápido que pôde sem correr. Seu plano era dar toda a volta no prédio dos astronautas e, em seguida, voltar para o controle de missão. Felizmente, o calçamento no JSC era fácil de navegar... nada mais do que calçadas em concreto e alguns canteiros de flores. Seu pai havia lhe dito que o JSC tinha sido projetado como um campus de faculdade, porque, caso a NASA viesse algum dia a ser fechada, era o que o centro poderia se tornar.

Que seja. Rachel só queria ter certeza de que ela e Amy não seriam pegas.

– Você ainda está com a erva?

– Estou, claro! Ai, merda...

Rachel procurou um lugar para jogar a maconha.

– Dobrando essa esquina...

Elas viraram e deram de cara com três homens, dois policiais do JSC e um homem loiro com uma camisa branca de manga curta. Rachel apertou forte o braço de Amy como que a dizer: *Ignore-os e continue em frente.*

– Rachel Stewart! – disse o homem loiro.

– O quê? – Rachel lembrava-se dele. Bynum, o cara de Washington.

– Estávamos à sua procura.

– Ok – ela disse. – Você nos encontrou.

Ele virou-se para os guardas.

– Peguem os celulares delas.

*Durante um certo período – provavelmente algo em torno de dez horas –, a tripulação da Venture estará com um blecaute nas comunicações gerado pela nova rotação do Objeto Próximo à Terra Keanu. Os mesmos mecanismos orbitais afetam a tripulação da* Brahma. *O controle de missão continua em contato com a espaçonave* Destiny*; no entanto, é possível que, em determinados momentos, telemetria e voz sejam retransmitidas. Continuaremos, é claro, a postar todos os dados que recebermos, imediatamente.*

*ASSUNTOS PÚBLICOS DA NASA, 23 de agosto de 2019*

Tea e Taj tinham ido embora fazia apenas meia hora, quando Zack percebeu que suas baterias estavam começando a ficar fracas.

– Ah, meu Deus – Megan disse.

Ela estava tão instável que Zack ficou preocupado.

– Você está se sentindo fraca?

– Não, apenas... cansada. – Ela caiu no chão no lugar onde estava. A menina escorregou perto de Megan. Em pouco tempo, ambas estavam, aos olhos de Zack, dormindo.

– Isso foi muito estranho – Natalia comentou.

– Você alguma vez viu um bebê cair no sono? – Zack disse suavemente, com medo de acordá-las ou de provocar Natalia. – Eles vão e vão e vão por horas e, subitamente, são como pequenos equipamentos quando você os desliga. – Só o fato de falar nisso o fez lembrar de Rachel mais uma vez. O que é que ele iria dizer a ela? Como ele explicaria isso?

– Bem – Lucas disse –, elas têm apenas um dia de idade.

– Acho que precisamos de fogo. – Sem mais discussões, Zack deixou Lucas vigiando e, então, começou a buscar elementos nas proximidades imediatas para fazer fogo. Natalia juntou-se a ele... mais para evitar ficar em qualquer lugar perto das duas revividas, como pareceu a Zack, do que pelo fato de querer ajudá-lo.

– Por que você precisa de fogo, afinal? – Natalia questionou. – Está quente o suficiente aqui.

– Agora – Zack disse. – Mas não sabemos o que vai ser quando os vaga--lumes se apagarem…

– Supondo que eles venham a se apagar...

– Independentemente de eles ficarem acesos ou não, o fogo traz luz, ajuda na cozinha e proporciona proteção.

– Você acha que uma tocha de fogo vai ajudá-lo a lutar contra aquela coisa que matou Pogo?

– Não. Mas pode ser uma tremenda de uma distração. E tem a questão científica a ser explorada, dra. Yorkina.

– A capacidade da mente humana de concentrar-se em coisas irrelevantes durante momentos de estresse?

– Ok, uma segunda questão científica – Zack riu –, que é: podemos realmente fazer fogo dentro de Keanu? Temos oxigênio. Mas temos material inflamável?

Ele parou e apontou para o novo afloramento: estruturas esguias com folhas verdes que se assemelhavam a árvores. Naquele momento, elas lhe trouxeram à lembrança as hastes patéticas colocadas em vasos que enfeitavam todos os cantos do condomínio residencial em que ele havia morado quando tinha sete anos.

Natalia permitiu-se esquecer suas próprias angústias e medos e entrou no jogo de Zack.

– Bem, mesmo que elas sejam madeira, ou algo que se assemelhe à celulose, todas estão verdes. Não acredito que elas queimem com facilidade.

– Há um outro motivo pelo qual quero sair em busca de lenha – ele explicou a ela. – Para ser franco, é algo para me ocupar enquanto elas dormem e enquanto o rover não chega. – Ele tirou um pouco das "folhas" de um dos novos afloramentos. Pareciam secos, mas não quebradiços; também tinham substância.

Em questão de minutos ele tinha conseguido juntar uma braçada do material.

– Então – ele disse, o mais casualmente que pôde –, o que houve entre você e Konstantin? Ele foi…?

– Não era *ele*, era *uma coisa*. E eu matei aquela *coisa*. – Ela admitiu sua ação tão casualmente quanto se tivesse dito que havia atravessado a rua.

– Você poderia me dizer o motivo? A coisa atacou você?

– Tive medo que ela atacasse.

Zack pôde apenas concordar com a cabeça. Quais eram as opções dele? Prendê-la? Ela nem mesmo era um membro de sua tripulação.

– E depois você correu.

– Eu estava em pânico. – Somente então Natalia olhou para ele. – Ainda estou.

– Acho que todos estamos – ele disse. – E quanto a Megan e a Camilla? Elas são *coisas*?

– Sim.

– Mas você não está com medo delas.

– Vou ser cautelosa quando estiver perto delas, mas não... não são como Konstantin.

– Por que não?

– Porque o Konstantin humano era um bruto! Pode ter certeza de que qualquer réplica dele seria tão perigosa quanto o original. Você tinha medo de sua esposa quando ela estava viva? Deveríamos ter medo daquela menininha? Acredito que não. – Ela ficou de pé, os braços cheios de vegetação. – Devemos voltar agora.

Zack não teve outra escolha.

– Dei a elas água e comida – Lucas disse, assim que Zack e Natalia retornaram.

– Bem pensado – Zack aprovou, ajoelhando-se para organizar sua coleção de gravetos de Keanu na disposição clássica que os escoteiros usavam para fazer uma fogueira.

Em qualquer outro momento, Lucas teria sorrido. Agora ele parecia simplesmente acabrunhado.

– Mesmo que esta coisa queime, como você vai fazer para acendê-la?

– Bem, sabemos que existe oxigênio aqui, do contrário nenhum de nós estaria respirando.

– Você tem *certeza* sobre elas? – Natalia perguntou, apontando com a cabeça para as renascidas dormindo. – Quero dizer, elas estão respirando como nós?

Zack preferiu ignorar o comentário, esmigalhando os talos das folhas da melhor maneira possível, criando uma pilha com um material mais leve para, assim ele esperava, facilitar a produção da chama. Em seguida, levantou-se.

– Agora, tudo o que precisamos é de uma faísca.

– Os escoteiros não esfregavam dois pauzinhos juntos? – Natalia comentou.

Lucas resolveu ser solidário.

– Poderíamos tentar obter faíscas com um par de pedras, talvez... – E apresentou a Zack um par que poderia ser utilizado.

Zack agradeceu e pegou uma das pedras.

– Mas primeiro... – Ele puxou sua mochila para perto da "fogueira" e abriu uma válvula. – Um pouco de fluxo de $O_2$ extra...

Em seguida, puxou o martelo geológico da bolsa de seu traje. Com o martelo em uma mão e a pedra na outra, ajoelhou-se e colocou-os um pouco acima dos gravetos, na corrente do oxigênio fresco que saía de sua mochila.

Uma vez, duas vezes.

– Não estou vendo uma única faísca – declarou Natalia.

– Sua observação está anotada – Zack disse, secretamente desejando que ela fosse embora. As duas tentativas não tinham sido satisfatórias. Pela primeira vez desde que propusera essa tarefa, 40 minutos antes, ele começou a duvidar de que ela viesse a funcionar.

– Deixe-me tentar – Lucas ofereceu-se. Pegou o martelo e a pedra das mãos de Zack, acomodou-se na posição e triscou o pedaço da pedra com tamanha precisão e velocidade que logo produziu faíscas.

Mais três rápidas triscadas e uma faísca inflamou os gravetos.

Lucas abaixou-se imediatamente para ajustar o fluxo de $O_2$, e logo as folhas de Keanu provaram que iriam queimar, pelo menos por enquanto.

Ele recostou-se, com um olhar surpreso mas confiante.

Zack quis abraçá-lo.

– Você é oficialmente o Maior Astronauta do Mundo.

*Se eu achei que eu tivesse descoberto uma espaçonave alienígena? Você está louco? Não acredito em OVNIs ou contatos imediatos ou sondas anais. Não. Achei apenas que eu fosse encontrar algo grande e novo... gelo e pedras do espaço profundo. Jesus, que pergunta estúpida.*

*COLIN EDGELY, NO PROGRAMA TODAY, DO CANAL AUSTRALIANO NINE NETWORK, SYDNEY, 23 de agosto de 2019*

– Está acontecendo alguma coisa lá em cima – Brent Bynum disse a Harley, Shane Weldon e Gabriel Jones.

Eles estavam reunidos na Caverna novamente, junto a meia dúzia de outros funcionários e ao pessoal de apoio. Não houvera bate-papo preliminar, a não ser uma série de manifestações rápidas de solidariedade a Jones em relação à saúde de sua filha. O diretor respondera de forma sucinta: "Ela está estável e a missão prossegue".

Por não simpatizar com Bynum, Weldon respondeu (no melhor estilo Weldon):

– Não me diga, Sherlock.

Ele sorriu de soslaio para Harley, que não retribuiu o sorriso. Embora ele não temesse irritar Bynum, ele também sabia que uma reunião fluía melhor (ou seja, seria mais rápida) se quem a convocou estivesse contente.

Bynum não podia estar contente, é claro. Nenhum deles poderia. A constatação de que a tripulação da *Venture* estava sem contato direto com a Terra e com o controle de missão por tempo indefinido teria sido um grande problema em uma missão normal; dadas as informações trágicas e bizarras que já haviam chegado a Houston, a situação era um desastre.

A única coisa a fazer era continuar a trabalhar. Então, Harley indagou:

– Você pode, ah, esclarecer para nós?

– Sim. Desculpe-me. – Bynum curvou a cabeça e entrelaçou as mãos por um momento, como se estivesse premeditando seus próximos comentários. Harley tentou imaginar, dadas as circunstâncias inacreditáveis, quais informações poderiam ser tão delicadas para justificar tal precaução. – A *Brahma* não é afetada pela perda de sinal.

Weldon reagiu primeiro.

– Isso é impossível!

– Essa era a nossa posição também – Bynum expôs –, dada a rotação de Keanu e outros fatores.

– O que você está nos dizendo? – Weldon disse. – Você não pode atravessar um sinal de rádio através de um NEO.

– Correto. A *Brahma* está enviando um sinal ao redor de Keanu.

Foi então que Harley encontrou energia para se manifestar.

– E exatamente como diabos eles conseguiram essa proeza?

Bynum virou-se para ele. O homem estava impressionantemente calmo e tranquilo.

– Será mais fácil se eu começar com a imagem. – Entendendo sua deixa, um de seus assistentes ativou a tela no extremo da mesa... que apresentou uma forma retangular branca seguida por uma pequena mancha branca. – Esta é uma imagem de longa distância da *Brahma*, tirada ontem a partir do Havaí. Acredito que tenha sido 13 horas antes do pouso da *Destiny*, mas creio que esse detalhe seja irrelevante.

Harley sabia que a Força Aérea tinha uma estação de vigilância por satélite no Havaí, equipada com telescópios que investigavam satélites. Sabia também que era impossível exigir muito de uma imagem de um pássaro, mesmo em órbita geoestacionária, a 36 mil quilômetros acima. Essa imagem deveria estar a dez vezes a distância.

– Ela deve ter sofrido algumas melhorias impressionantes em Maui – Weldon disse.

– Quem se importa? – Harley explodiu. – Eles soltaram um satélite?

– Correto – Bynum respondeu. – Um microssatélite projetado para sobrevoar... como vocês chamam isso? Uma órbita muito alta da Terra...

– Faz sentido – Weldon disse. – Ele simplesmente permanece lá suspenso no lado mais distante de Keanu. A *Brahma* pode disparar sinais para ele. E os sinais são retransmitidos para Bangalore.

– Parece ser maior do que um microssatélite – disse um dos funcionários do *staff*.

– Isso é por causa do sol e da imagem – Bynum disse. – Aparentemente, ele tem apenas um metro de diâmetro.

– Fica mais difícil de acertar os chifres – disse um outro. "Chifres" eram as antenas no próprio satélite.

Weldon estava completamente convencido em relação ao conceito.

– O satélite fica a apenas dois quilômetros dos acontecimentos em Keanu. Complicado mesmo é fazer com que o sinal chegue a Bangalore.

Desta vez um funcionário diferente do *staff* tinha entrado na discussão.

– Por que se preocupar em enviar o sinal para um local na Terra? Basta apontá-lo em direção a satélites de comunicação geoestacionários.

Harley já estava cansado do papo do pessoal de operações espaciais.

– Gente, estamos perdendo o foco aqui! Esqueçam como eles fizeram isso. – Ele voltou-se para Bynum. – A questão é a seguinte: eles têm um sistema de comunicações que nós não temos. Vocês o interceptaram, e eu aposto que quebraram qualquer criptografia que eles tenham colocado nele.

– Correto – Bynum disse.

– Agora estamos chegando a algum lugar. O que eles descobriram? O que eles disseram?

Pela primeira vez, Bynum pareceu desconfortável.

– Algumas coisas muito esquisitas. Ao que parece, há pessoas no interior de Keanu.

Essa notícia silenciou o cofre-forte.

– Você disse *pessoas*? Não alienígenas? Não formas de vida extraterrestre?

– Não. Pessoas. Seres humanos... – Bynum parou de falar e pareceu incomodado.

– Bem – Weldon disse –, isso explica de onde vem essa porcaria de zumbi do espaço. Vazamentos de Bangalore.

– O que significa que o resto do mundo tem, de alguma forma, acesso aos dados de Bangalore – Harley concluiu. – Só a NASA que não tem. Aqueles que poderiam usá-los.

– Bangalore não divulgou nada – Bynum rebateu. – As informações lá de fora são boatos e fantasia.

Gabriel Jones pigarreou e disse:

– Mas todos sabemos que, em circunstâncias como essa, senhor Bynum, onde há fumaça... – Para Harley Jones, Gabriel parecia exausto. Bem, todos eles estavam... exceto Bynum, cuja camisa dava a impressão de estar engomada. Quem ainda fazia isso, hoje em dia?

– Zumbis? É um tipo muito esquisito de fumaça. Nem faz sentido. Zumbis são criaturas irracionais que comem carne humana, não pessoas. – Weldon empurrou sua cadeira para trás da mesa e estava prestes a sair.

– Seria útil se tivéssemos a informação bruta, e não apenas este seu resumo – Harley disse a Bynum. – Supondo que você queira que minhas Grandes Mentes trabalhem nisso.

Bynum piscou. Sua linguagem corporal deu a dica de sua resposta para Harley, que foi:

– Vocês não têm permissão para acessar a informação bruta. – Imediatamente os outros na Caverna começaram a protestar, mas Bynum ergueu as mãos. – Eu também não tenho permissão para isso! Sinto muito. Talvez dr. Jones possa fazer uma solicitação. Eu sou apenas o mensageiro.

Mas Weldon já estava de pé.

– Bem, senhor Bynum, você sabe o que acontece com mensageiros. – E saiu andando.

Obviamente na esperança de evitar o êxodo em massa, Jones disse:

– Essa situação pode se resolver antes que qualquer outra ação aconteça. Onde estamos em nossa perda de sinal?

– Faltam seis horas – Harley disse. O número causara resmungos audíveis em todo o Cofre-forte.

– Então sugiro que todos nós usemos esse tempo para avaliar a situação, recarregar nossas baterias e ficar prontos, porque, quando tivermos comunicação novamente, teremos de tirar o atraso.

Harley maravilhou-se mais uma vez com o quanto uma série de palavras vazias era capaz de motivar um grupo de seres humanos. Jones não tinha dito nada a eles e, ainda assim, a equipe no Cofre-forte (com exceção de Weldon, que estava ausente, e de Harley, por causa de seu pessimismo habitual) levantou-se com algum entusiasmo, pronta para ir em frente e batalhar.

Harley tinha de colocar sua Home Team para trabalhar a todo vapor. Quando a comunicação com a *Venture* fosse restabelecida, eles precisariam fornecer respostas. E, naquele momento, eles mal entendiam as perguntas.

Quando saiu do Cofre-forte, no entanto, havia um guarda da segurança do JSC esperando por ele.

– Senhor Drake? Você é o responsável por Rachel Stewart?

*Keanu é uma nave estelar: de onde vazou a informação? Impossível dizer, apesar de que algum dia algum Ph.D. em mídia será capaz de reconstruir o cenário. No momento, os principais suspeitos são fontes de dentro dos centros de controle de missão de Bangalore e da NASA. Seria necessária apenas uma mensagem de texto.*

*HUFFINGTON POST NEWS WATCH, 23 de agosto de 2019*

O fogo crepitava, mas nunca chegava a rugir, independentemente da quantidade de folhas que empilhassem sobre ele. Ao menos fornecia um pouco de luz, assim como uma sombra bizarra contra a parede da Colmeia... que revelou ser o *Buzz* se aproximando.

Todos os cinco astronautas estavam sem os capacetes agora.

– Isso me preocupa – disse Taj. – Estamos nos expondo a esse meio ambiente.

– Nós temos outra escolha? – Zack perguntou. – Se tivéssemos de contar com nossos consumíveis, a esta altura já teríamos de ter voltado à superfície. Além disso, não importa ao que nossos corpos estão expostos. Nossos trajes estão totalmente contaminados. A *Venture* tem ferramentas para lidar com a poeira lunar, mas não com os organismos de Keanu.

– Isso de nada serviu para me tranquilizar. – Taj saiu levando sua câmera Zeiss.

Tea e Zack puxaram uns poucos itens de comida do rover. O veículo também deu a cada um dos astronautas um pouco de privacidade.

– Graças a Deus – Zack disse. – A fralda estava começando a me dar assaduras.

– Tão sexy – Tea comentou. Mas não havia roupas ou cobertores no *Buzz*. – O rover não foi projetado para camping.

Como as novas renascidas continuavam a dormir, Zack ordenou que Natalia e Tea fossem para o veículo descansar.

– Vamos precisar da nossa energia para o reconhecimento.

A esta altura, Taj estava a uma distância em que era capaz de ouvir este comentário.

– Que reconhecimento?

– Temos um mundo novo inteiro aqui. Devemos dar uma olhada enquanto podemos.

– Zack, Keanu está em órbita agora. Deixe a próxima missão fazer isso. Eles terão os equipamentos apropriados.

– A NASA não pode organizar outra visita em no mínimo um ano, e acho que a Coalizão também não será capaz.

– Que diferença faz um ano? Essa coisa tem viajado por 10 mil vezes isso!

– Mas não era vivo... como isso – Lucas disse. Ele ergueu o braço em direção à paisagem, que agora parecia mais com a floresta tropical amazônica... a única diferença era que as "árvores" não tinham mais do que poucos metros de altura. Tudo isso banhado pelo crepúsculo iluminado dos estranhos e pequenos vaga-lumes. – É como... o Jardim do Éden.

– E isso faz de nós o quê? – Taj resmungou. – A Serpente?

– Dificilmente – Zack respondeu. – O meio ambiente parece otimizado para os seres humanos.

– Por enquanto, pelo menos – Taj murmurou. – Com certeza não foi otimizado para a Sentinela. – Ele apontou para as criaturas que estavam dormindo. – Eu me pergunto se nossas... recém-nascidas poderiam comer qualquer coisa que esteja crescendo aqui dentro.

– Falando nelas – Lucas comentou –, o que vamos fazer com elas? Independentemente do tipo de exploração que fizermos, teremos de partir algum dia!

Zack estivera pensando no assunto.

– Bem, a *Venture* tem espaço para um passageiro. E a Camilla é apenas metade do peso de um humano adulto...

– Você está louco? Você não está cogitando levar essas duas de volta para a Terra, está?

– Pode apostar que estou...

– Só porque uma delas se parece e age como sua esposa? Zack, você está cansado demais para tomar essas decisões!

Zack estava muito cansado, mas tinha passado por estados de exaustão similares várias vezes em sua vida. Ele acreditava que isso o ajudava a pensar mais claramente. Ele pegou Taj pelo braço e virou-o em direção aos seres adormecidos.

– Só para constar, não estou absolutamente certo de quem ou o que seja aquela pessoa. Mas todas as evidências me levam a crer que é a minha esposa morta, de alguma forma reconstituída para a vida por alguma maldita tecnologia avançada. Portanto, admitindo que isso seja verdade, o que eu faço? Deixo-a para trás?

– Para a próxima missão, sim.

– Como ela vai sobreviver? Ela e a menina? – Zack apontou para a Colmeia. – Ou o resto deles.

– Acho que o meu comandante acredita que Keanu irá prover – Lucas disse.

Normalmente Taj era um indivíduo sereno; Zack nunca o tinha visto verdadeiramente irritado. Mas, naquele momento, o vyomanauta disparou um olhar tão repleto de ódio para o membro brasileiro de sua tripulação que Zack se colocou a postos, com receio de que tivesse de apartar uma briga.

– Estou tentando proteger a minha missão e a minha tripulação!

– Ambos estamos – Zack disse, usando um tom de voz que ele tinha aperfeiçoado apartando brigas entre Megan e Rachel. – Esta situação é incomum...

Mas Lucas não estava pronto para desistir.

– Vocês dois continuam a encarar isso como se fosse um problema em uma simulação! Este mundo está nos mandando uma mensagem! Ele nos deu boas-vindas! Ele mudou seu meio ambiente para abrigar os seres humanos! Ele reviveu e reconstruiu mortos! E ele sabia que, se *um* desses mortos fosse alguém que conhecêssemos, seria significativo para nós. Três faz com que isso seja extraordinário, possivelmente de proporções bíblicas!

Zack estava feliz por ouvir Lucas dizer isso, uma vez que era justamente o que ele mesmo queria dizer.

– Ah, sim! Isso poderia ser obra de Deus. Mas diga-me, meu amigo, como um católico explica isso? – Taj indagou. – Pelo que me lembro, vocês acreditam que os seres humanos serão ressuscitados, corpo e alma, após a volta de Jesus.

– Sim.

– Jesus não retornou.

– Não que saibamos – Lucas retrucou. E sorriu. – Não terminamos de explorar completamente Keanu.

– Caras, vocês são barulhentos – Tea disse, juntando-se a eles.

– Não conseguiu dormir? – Zack perguntou.

– E perder toda a animação? – Ela trouxe do rover uma caixa de bebidas e ofereceu uma a Zack. Ela tinha bebida para Lucas e Taj também. – Hidratação?

– Desculpe-me – Lucas balbuciou.

– Tudo bem. Ninguém deve dormir tendo um planeta inteiro para explorar. – Tea conteve-se e indicou com a cabeça na direção dos dois corpos em volta do fogo. – Exceto elas.

– Você deve fazer parte deste debate – Taj disse. – Eu acordaria Natalia se ela não precisasse dormir. Estamos tentando entender o que temos aqui. Nosso amigo brasileiro cita Jesus como uma possibilidade.

Como nunca havia sido muito fã de Lucas (certamente não engolia sua história de Maior Astronauta do Mundo), Tea não poderia deixar de ser sarcástica.

– Como em "Jesus, assuma o volante"? – disse ela, cantando um verso de uma antiga música country. – Ele está dirigindo as Carruagens de Deus? – Ela voltou-se para Zack. – A letra era assim?

– Carruagens dos Deuses, no plural – Taj corrigiu, zombando. – E essa era uma explicação popular para as Pirâmides, sobre como elas tinham sido construídas por visitantes alienígenas. Não é exatamente aplicável aqui.

– Não estou sugerindo nada disso. – Lucas não quis se dar por vencido. – Mas, dado o que vi hoje, como pode qualquer um de nós descartar *alguma coisa*?

– Mas isso certamente viola suas crenças – Taj disse.

– Os católicos não acreditam que depois da morte eles simplesmente readquiram seus corpos. Isso nunca fez sentido. Qual corpo? Aquele que estava tomado pelo câncer e causou sua morte? O corpo que foi despedaçado em um acidente de avião? Após a morte, seremos *transfigurados*. Seremos transformados em algo novo. – Ele levantou-se e apontou para Megan e Camilla. – Possivelmente seremos como elas. O que sugere que, se vocês não acreditam em Deus, agora seria uma hora excelente para considerar isso. – Ele deu um belo sorriso.

Zack poderia afirmar que Taj estava escondendo algo.

– Vamos lá, Taj... abra o jogo.

– Existe, na tradição do meu povo, uma versão do que poderia estar acontecendo aqui. Os Vedas, nossos textos sagrados em sânscrito, mencionam os registros akáshicos, uma biblioteca de toda a experiência humana. E se isso existir? E se o universo nada mais é do que um registro akáshico gigante... e esses alienígenas acessam isso de alguma forma?

– E você acha que a *minha* religião é maluca? – Lucas questionou. Ele levantou-se e dirigiu-se para o rover.

À medida que a observavam Lucas se afastando, Taj deu de ombros.

– Dizer algo não é o mesmo que acreditar no que foi dito. E, mesmo que ele tenha convencido a si mesmo, pelo menos ele tem uma estratégia: vai tratar essas coisas como seres humanos transfigurados. É mais do que eu tenho.

Tea ajoelhou-se para Zack.

– Fale comigo, porque eu estou pior do que Taj aqui... Estou totalmente perdida.

Zack olhou para as duas criaturas adormecidas.

– Falar com elas como se fossem seres humanos revividos, tudo bem. Mas o que fazer em relação a elas? Ainda não estou certo de que isso não seja algum tipo de armação.

– Então elas são artificiais.

– Faria sentido. Mas por que alguém faria duplicatas de seres humanos específicos...

– Para nos fazer confiar neles.

Zack apontou para Megan adormecida.

– Eu confiaria mais naquela criatura se ela não alegasse ser minha esposa.

Tea tocou a mão dele, o único contato físico que haviam tido desde que ela abotoara seu traje.

– Zack – Taj disse –, ainda não entramos em acordo sobre um plano.

Zack levantou-se e alongou-se.

– Eu ainda não sei. Por enquanto, quero resolver a questão do Pogo. O que quer que façamos, não quero que ele simplesmente... seja deixado lá.

Tea levantou-se também.

– O que você me diz, Taj? Parece que é um trabalho para você e para mim.

Ela não deu chance para Taj questionar.

*Pois é, vou ficar presa no enlouquecido controle de missão até que isso termine. Sinta-se à vontade para me resgatar!*

*TEXTO DE RACHEL STEWART PARA ETHAN LANDOLT, 19 DE AGOSTO DE 2019, SEM RESPOSTA*

– Essas meninas estão presas?

Harley seguira o guarda até o piso térreo do Prédio 1, onde encontrara Rachel e sua amiga Amy, além de uma contrariada Jillianne Dwight. As três eram escoltadas por um oficial irritadiço que vestia uma jaqueta azul. Seu crachá o identificava como Toby Burnett. Ele aparentava ter uns 30 anos.

– Não, mas elas estavam em uma área restrita...

– Onde vocês estavam? – Harley perguntou para Rachel.

– Na lanchonete.

– Na verdade elas saíram correndo da lanchonete – Burnett disse. – Suspeito que elas estivessem tentando chegar ao Prédio 4-Sul. – O tom de Burnett sugeria que esse fosse uma espécie de templo. Bem, Harley sabia que, para a maioria dos funcionários aficionados do JSC, o escritório dos astronautas era o mais sacrossanto dos lugares.

Mas não para Harley.

– O pai dela é um astronauta. Ela provavelmente esteve naquele prédio mais do que você, Toby. – Ele não iria dar tempo para que o Burnett argumentasse. – Dê a elas os seus celulares.

– Não, senhor Drake, não creio que possamos fazer isso.

Harley nunca tinha brigado com o pessoal da segurança privada do JSC. Mas ele havia perdido a paciência.

– É melhor reconsiderar, Toby. A menos que você possa apresentar um documento que comprove que essas jovens (menores de idade) renunciaram ao direito a seus pertences ao entrarem nestas instalações (aliás, por convite do diretor, e não por iniciativa própria), você está na corda bamba. Na verdade, você não está sobre corda alguma. Não me interessa o que possa estar acontecendo aqui; este é um centro civil. Você não pode confiscar os celulares delas e você não pode detê-las. Portanto, vamos acabar com isso e deixá-las ir.

Mas Burnett não era de se curvar.

– Senhor Bynum falou para mantê-las. – Harley suspirou. Ele conhecia o estilo de Burnett: impressionado com poder e autoridade, mas também orgulhoso de seu próprio poder.

Aqui estava uma abertura.

– Brent Bynum? – Questionou Harley. Burnett assentiu. – Por acaso o senhor Bynum é empregado da Wackenhut, o que o faria um dos seus supervisores?

– Não, senhor.

– Ele não trabalha para a NASA e, certamente, nem para o Centro Espacial Johnson também, não é?

Burnett considerou o argumento de Harley.

– Acredito que não.

– Na verdade, o senhor Bynum, com quem já tive várias reuniões hoje, trabalha para a Casa Branca. O que significa que ele não tem autoridade para dar ordens a você por aqui; menos autoridade ainda no que diz respeito a dar ordens para que você detenha pessoas e confisque suas propriedades.

Burnett considerou isso por um momento. Então, ele foi à sua mesa e tirou de uma gaveta o celular de Amy e o tablet de Rachel.

– Obrigado, Toby – Harley disse, sabendo que era uma hora fácil de o homem se sentir por baixo. – Vou fazer o possível para manter essas jovens onde elas não possam se perder.

Momentos mais tarde, os quatro estavam do lado de fora, na noite úmida, dirigindo-se para a direção geral do controle de missão.

– Obrigada – Rachel disse. Amy não disse nada; ela já estava disparando seu celular, com os olhos vidrados.

Ao entrarem no Prédio 30, Harley rapidamente atualizou Rachel sobre a perda de sinal da tripulação da *Venture*:

– Não vamos saber nada sobre o seu pai até amanhã. – Ele olhou para Jillianne Dwight, que tinha estado em completo silêncio até agora. – Você pode levá-las para casa?

– Adoraria. Mas... Estou estacionada atrás do Prédio 2.

– Vamos esperar aqui mesmo.

Quando Jillianne saiu, Amy anunciou que precisava usar o banheiro. Harley apontou para o corredor e, então, voltou-se para Rachel... que, de repente, dava a impressão de ter tido o choque de sua vida.

– Alguma coisa errada?

Ela levantou o tablet. As manchetes na tela diziam:

*"Seres humanos vivos em Keanu"*

*"Tripulação encontra mortos-vivos"*

*"A descoberta mais chocante da história"*

*"Anjos do espaço!"*

– Posso? – Harley pegou o aparelho e acessou meia dúzia de sites, todos eles dando destaque bombástico às mesmas histórias: um astronauta da *Destiny* tinha sido morto (verdade). As tripulações da *Destiny* e da *Brahma* descobriram uma civilização alienígena (em parte verdade).

Eles também tinham descoberto seres humanos vivos dentro de Keanu; pelo menos um deles identificado como um russo falecido.

– Que porra é essa? – Harley costumava ser cuidadoso para não dizer palavrões na presença de jovens, mas fora pego de surpresa.

– Você não sabe nada sobre isso? – Rachel perguntou.

– Claro que não!

– O que você acha?

– Minha primeira resposta, e meu centésimo... lixo. Um monte de merda insana. Quero dizer, talvez a tripulação tenha achado um corpo humanoide...

Ele calou-se quando Amy reuniu-se a eles. Rachel perguntou:

– Não podemos apenas voltar para a sala da família?

– Não, por ora vocês vão para casa. Para a casa da Amy.

– Harley, qual é!

Jillianne voltou naquele momento.

– Ok, meninas, estou parada em local proibido... – Ela balançou as chaves. Ocorreu a Harley que ela também pudesse estar ansiosa por voltar para seu marido, ou seja lá o que ela tivesse.

Rachel estava meio agachada, com o rosto repleto de desdém. Harley concluiu, não pela primeira vez, que ele não iria querer trocar de lugar com Zack Stewart; pelo menos não no que dissesse respeito a ser o pai de uma menina adolescente.

– Rachel, seu pai é a melhor pessoa do mundo para lidar com essa situação. Confie nele. Eu confio. Quando acontecer algo, quando tivermos qualquer notícia, entrarei em contato. Eu trarei você de volta pra cá.

Rachel hesitou e, em seguida, estendeu a mão para pegar seu tablet. Mas Harley afastou-o dela.

– Deixe-me mantê-lo por um tempo. É melhor do que o meu. Eu o devolverei a você amanhã.

Rachel ficou olhando horrorizada.

– Não se preocupe, não vou trollar suas imagens. – Ela ainda não estava convencida e, então, ele se inclinou próximo a ela. – Eles levaram o meu.

Uma vez que percebeu estar ajudando Harley em uma conspiração, Rachel desistiu de argumentar. Mesmo Amy fazendo bico, ela acabou cedendo e as duas foram levadas por Jillianne.

Harley não tinha mostrado a Rachel a última imagem que tinha aparecido em seu tablet.

Era uma foto escura e não muito nítida de uma mulher que, exceto pelo cabelo curto, era idêntica à Megan Stewart.

*TODO O QG está a portas fechadas O TEMPO TODO. Tudo o que eu sei é que os astronautas ainda estão vivos, a exploração ainda continua. Mas para além disso pode acontecer qualquer coisa, desde luta com monstros de olhos irritadiços até decodificação do significado de grande monólito negro. Estamos movimentando nossos polegares durante a PDS (perda de sinal) falando dos cenários de ficção científica, seus dólares de impostos em serviço.*

*POSTADO POR JSCGUY NO NEOMISSION.COM*

Tea encontrou os restos mortais de Patrick Downey onde Zack havia indicado, a menos de 200 metros em direção ao interior de Keanu, e exatamente na mesma condição horrível: deitado de costas, sem cabeça, fatiado do pescoço até os dedos dos pés, ainda mais ou menos contido em seu traje de AEV manchado de sangue. Ela observou que pedaços do capacete de Pogo tinham sido reunidos em uma pilha pequena. Um pequeno conforto.

Zack confessara:

– Eu não tinha nada com o que cobri-lo. – E Tea também não tinha nada. A decência humana sugeria que ela devesse cobri-lo com terra (um termo que parecia cada vez mais inapropriado), mas, apesar de as "árvores" terem crescido, não havia nada que aparentasse terra solta por ali...

– Alguma sugestão?

Taj estava com ela, porém completamente distraído pelo meio ambiente.

– Nós cremamos nossos mortos – ele disse.

– É, bem, Zack pode ter sido capaz de acender aquele fogo... Não acho que estamos equipados para uma pira funerária.

– Eu não estava sugerindo isso. Estou mais preocupado com de que maneira o levaremos de volta.

Tea não tinha se permitido pensar num futuro tão distante... uma constatação que a alarmou, uma vez que toda a sua carreira estava baseada em sua habilidade de projetar, planejar, preparar. Mas o argumento de Taj fazia sentido: não deixe o seu morto no campo de batalha.

– Então vamos precisar de um saco plástico.

– Pode ter algo dentro do rover. Um saco de equipamento, talvez. Merda! – Taj se debateu contra algo que sobrevoava sua cabeça... um inseto ou pássaro, Tea não poderia dizer, mas era simplesmente grande o suficiente para ser um aborrecimento.

Tea deu vários golpes na criatura e acertou em cheio a mosca. Ela encurvou-se para examinar a carcaça.

– Agora, isso é esquisito. – Ela levantou-se. – Ele tem extremidades. Como se fosse um Lego voador.

– Não me importo com o inseto!

– Vamos, Taj, tente relaxar...

O vyomanauta virou-se para ela.

– Eu diria para *você* levar a sério! Você percebe o perigo que estamos enfrentando?

– Sim, bem, todos nós sabíamos que o trabalho era perigoso quando o aceitamos... – Ela precisava se manter ocupada; durante quase todos os momentos em que estivera acordada em seus voos espaciais anteriores, ela contara com chaves para virar, experimentos para examinar, privadas para consertar, comida para preparar. Até agora, a missão a Keanu tinha se mostrado leve demais nas atividades operacionais. Ela começou a coletar "folhas" grandes para cobrir os restos mortais de Pogo.

– Tea! Isso não é brincadeira! Não se trata apenas de nossas vidas... toda a Terra está em risco!

Não havia como fugir dessa conversa. Taj estava agachado, com a cabeça virando de um lado para o outro, como se esperasse ser atacado por um animal selvagem a qualquer momento. Tea sabia que ela teria que discutir com ele... a última coisa que ela queria fazer.

– Ok, como?

– Estas criaturas que encontramos. Pense no que elas representam.

– Você quer dizer, além daquela antiga "tecnologia avançada que é indistinguível de magia"?

– Trata-se de uma tecnologia *extremamente* avançada! Não é benigna e está apontada contra nós. Se, além de viajar de uma estrela para outra, as entidades de Keanu podem gerar criaturas relacionadas às nossas vidas... Tea, não há nenhuma arma na Terra que possa tocá-las.

– Está bem, concordo. Quem quer que tenha construído este local e o administre está completamente fora de nossa alçada. Mas eu ainda assim não enxergo a ameaça. O que poderíamos ter que eles pudessem querer?

Recursos? Água? Plutônio? – Ela abriu a mão e acenou para o meio ambiente dinâmico em torno deles. – Eles podem gerar uma floresta inteira em uma tarde! Eles provavelmente poderiam prender um cometa e transformá-lo em qualquer coisa de que precisassem: metal, celulose, caramba, nem sei mais o quê... feijões mágicos.

Taj tinha fechado os olhos. Ele estava de cócoras balançando suavemente.

– Não assumo que seja hostil. A indiferença é igualmente ruim. A magia de Keanu pode nos prejudicar da mesma forma que um pé de ser humano pode esmagar um formigueiro. Esse é o meu medo... que qualquer coisa possa surgir deste lugar.

– Ou qualquer *um*. – Tea não tinha pensado nisso até este momento, mas quem ou o que quer que seja que tenha construído Keanu de alguma maneira criara "mortos-vivos" a partir das vidas de Zack, Lucas e Natalia, mas não da vida de Taj ou da sua própria.

Pelo menos não até então. Era o que estava por vir? Ou a janela tinha se fechado? Taj levantou-se e alongou-se. O movimento dele atraiu os olhos de Tea, forçando-a a olhar para além dele, em direção ao interior de Keanu.

Foi quando ela viu uma estrutura. A princípio parecia uma formação geológica, como uma pilha de rochas, possivelmente de arenito, escondida na folhagem. Porém, quanto mais Tea olhava para a estrutura, mais artificial ela parecia. O termo *feito pelo homem* veio-lhe à mente, mas ela o suprimiu. Ainda assim, considerando suas linhas triangulares, isso poderia ter sido uma pirâmide egípcia ou um templo maia...

Maldito crepúsculo de Keanu. Ela espalhou uma última camada de folhas sobre os restos de Pogo e, em seguida, começou imediatamente a andar em direção à estrutura.

– Qual é o problema? – Taj perguntou.

– À sua uma hora, a cerca de meio quilômetro.

– Maldição – Taj exclamou. – Suponho que tenhamos que verificar isso.

– A menos que você tenha algo melhor a fazer.

Foi surpreendentemente difícil chegar até a estrutura que Taj instantaneamente passou a chamar de Templo.

– Pena que não estamos com os equipamentos científicos conosco – ele comentou. – Poderíamos determinar do que isso é feito...

– Merda, Taj, *estaremos* lá em mais 10 minutos.

Esse Taj hipercauteloso, indigesto e dependente de instrumentos era mais fácil de lidar do que a versão paranoica de 45 minutos antes. Mas apenas de leve.

Ao se aproximarem, o Templo revelou ser maior do que Tea havia julgado originalmente, e muito mais distante. Pela primeira vez, ela sentiu dúvidas sobre sua aproximação impulsiva... talvez Taj estivesse certo. Esta estrutura parecia antiga e conservada, mas os exploradores da *Destiny* e da *Brahma* teriam notado algo *assim tão* grande. Zack tinha relatado originalmente que o interior de Keanu antes do "nascer do sol", quando os vaga-lumes iluminavam, era rocha pura. Ele não tinha mencionado um zigurate de três andares num espaço de cinco quilômetros. E ele não era do tipo que deixava algo escapar...

– Por que não ficamos bem aqui? – Tea perguntou, quando eles atingiram a orla da clareira em torno do Templo.

– Concordo – Taj respondeu. Os pensamentos dele deviam estar em paralelo aos dela, porque ele se deslocou para a esquerda seguindo pela fronteira da clareira, com os olhos fixos no chão.

– Há quanto tempo você acha que isso existe? – Tea perguntou.

Taj pegou um punhado de talos que, para Tea, lembravam juncos... se juncos fossem da cor de sangue.

– Eles parecem ter sido cortados – Taj comentou.

– Então esta clareira é... nova? – Tea estava aliviada, embora isso pudesse implicar outros perigos.

– Tão novo quanto tudo o mais, eu acho.

Então Taj analisou o próprio Templo.

– Ele é mais retangular do que piramidal – ele concluiu.

– É uma coisa boa ou ruim?

Esse comentário soou a Taj como uma piada, e ele demonstrou sua irritação mais uma vez.

– É apenas uma observação. Fique à vontade para adicionar as suas.

Arquitetura não era uma das especialidades de Tea. Ela era capaz de distinguir um arranha-céu de um bangalô, com certeza. Ela conseguiria, no máximo, distinguir o estilo neoclássico de *art déco*, e tinha vagas recordações de ter ouvido o termo *Bauhaus*.

– Taj, a mim isso parece apenas uma maldita pilha de tijolos com cor de areia.

– Também acho. Mas se assemelha a um cubo. Dadas as proporções dos portões e das rampas...

– Não comece a deduzir mais do que o necessário.

– Eu só estava imaginando... uma construção humana desta altura teria 3 ou 4 andares. Quantos têm esse nosso Templo?

– Acredito que esta seja uma das coisas que teremos de descobrir, não?

Eles continuaram em torno do perímetro, com Tea ficando cada vez mais agitada.

– Não vejo nenhuma porta ou janela.

– Nem eu. – Taj ofereceu um de seus raros sorrisos. – Devemos ter cuidado para não antropomorfizar a estrutura. Chamamos esta construção de "templo" e buscamos aberturas típicas de templos. Ele pode ser somente uma pilha sólida de rochas, como um monumento ou uma lápide.

– Não tente me animar, ok?

Taj tinha identificado a maior preocupação de Tea. Como todos eles, ela continuava dando nomes familiares para tudo o que via (rampas, árvores, templos) sem ter qualquer conhecimento real do que eram aqueles objetos.

O que parecia ser uma ótima maneira de vir a ter problemas. Mas então...

– O que você acha? – Tea perguntou. – Aquela poderia ser a entrada?

Embutida na superfície do Templo, do lado oposto ao da Colmeia, estava o maior e mais complexo marco que eles já tinham visto. Abaixo dele havia uma abertura.

– Sim. E dá a impressão de que tem as mesmas proporções que a membrana na entrada de Keanu – Taj analisou, levantando a câmera.

– O que você acha? Quer que eu veja se tem alguém em casa? – Tea perguntou.

– Deixa que eu vou.

– Na verdade, não. Eu tive a ideia, eu corro o risco. Além disso, você é o comandante da *Brahma*... Você é um pouco mais imprescindível do que eu. – Antes que ele pudesse argumentar, Tea estava a vários passos de distância, dirigindo-se diretamente para a grande inscrição e para a porta.

– Não entre!

– Não estou planejando entrar! – ela gritou, escolhendo seu caminho cuidadosamente pela superfície, que, longe de ser regular, tinha sulcos e pequenos montes, como um campo de trigo do Kansas após a colheita. Antropomorfizando de novo, Tea achou que parecia que uma máquina ou entidade havia limpado essa área... às pressas?

Ela parou a cerca de dez metros da abertura e tirou uma série de fotos.

– Não vejo uma porta – ela gritou para Taj. – E nenhuma daquelas bolhas mágicas.

– Você consegue ver por dentro?

– Não. Apenas sombras. – Mas ela sentiu algo estranho... puxando a câmera. Ela afrouxou a mão e o equipamento quase saiu voando. – Uau! Acho que existe um grande ímã aqui dentro!

– Volte para cá agora!

Taj não teve de chamá-la duas vezes. Ela prendeu a câmera na frente das ceroulas do traje de AEV, virou-se e saltou rapidamente sobre os sulcos de volta para o local de onde havia partido.

Ela percebeu que os pés de sua roupa íntima iriam ficar imundos, e que, por sua vez, carregaria sujeira para dentro das botas do traje de AEV. Séria quebra de protocolo.

– Você sentiu aquilo? – ela perguntou a Taj. – É como se a câmera estivesse sendo retirada das minhas mãos.

– Não senti nada. – Ele gesticulou para a câmera. – Espero que aquele efeito não tenha apagado as imagens.

Tea não tinha pensado nisso. Talvez fosse esse o motivo do magnetismo do Templo.

Ou não. Como ela poderia ter alguma ideia real? Nada ali era o que deveria ser!

– É melhor voltarmos. – Taj disse. – Se temos de lidar com Keanu, seja como for, deve ser mais fácil em equipe.

*Alguém considerou a possibilidade de Keanu - agora com provas de que seja uma NAVE ESPACIAL ALIENÍGENA - já ter visitado a Terra uma ou mais vezes ANTES? Há uma periodicidade suspeita para esses importantes eventos históricos, como a construção das Grandes Pirâmides, a descoberta da escrita e o término da última Era do Gelo, todos com aproximadamente 3.500 anos de diferença entre si! Apenas conjeturando!*

*POSTADO POR JERMAINE NO NEOMISSION.COM, 23 de agosto de 2019*

*Ok, nova regra: poste primeiro, beba depois. Não como você fez, Jermaine.*

*POSTADO POR ALMAZ, NO MESMO SITE, MOMENTOS MAIS TARDE*

– Estamos chamando-os de *Revenants* – disse Sasha Blaine, tão logo as sequências de uma Megan Stewart, inacreditavelmente viva, foram congeladas na tela.

Harley Drake levantou a cabeça e tentou se reconectar com o caos na Home Team.

Estivera pensando em Pogo Downey. Ele havia perdido colegas e amigos próximos antes: um amigo chocou-se contra o solo em um F-22 durante um treinamento de pilotagem, outro fora abatido por um míssil antiaéreo sobre o Iêmen. Haviam sido amigos muito próximos; mas outros conhecidos mais distantes também tinham morrido.

E, é claro, havia Megan Stewart.

Portanto, ele estava bastante familiarizado com as sensações experimentadas ao ouvir a notícia, os olhares cinzentos nos rostos, o constante menear de cabeças, a confusão e os rituais.

Exceto para aquelas perdas associadas à morte no espaço. Ele tinha entrado para a NASA tarde demais para testemunhar de perto os horrores da *Columbia*, quando o orbitador quebrou em pedaços, pegou fogo e, em seguida, espalhou-se pelo Texas e Louisiana matando seus sete astronautas, graças a uma ruptura não detectada no sistema de proteção térmica.

A morte de Pogo seria o principal material em todos os sites de notícia ao redor do mundo. O que haviam dito sobre Lincoln? "Agora ele pertence à história."

Agora Patrick Downey pertencia às páginas da internet.

Todos sabiam que voar no espaço era arriscado; que, em essência, a probabilidade de morte era de um em cinquenta. Era realmente mais seguro trabalhar em uma mina de carvão por 25 anos ou servir em incursões militares consecutivas.

Contudo, o fato de saber que poderia acontecer não tornava as coisas mais fáceis. Um amigo tinha subitamente partido. Isso era ruim, mas pior saber que havia sido morto por alguma entidade desconhecida.

Esse foi o verdadeiro horror... O que, em nome de Deus, estava à solta em Keanu e era capaz de matar um homem?

E disposto a matar?

Ouviam-se relatos de que essa coisa, a Sentinela, havia morrido também, o que era outro problema. Teria sido melhor capturar, interrogar ou estudar a criatura.

Harley temia por seus amigos na missão.

– Desculpe – ele disse –, mas o que diabos isso significa?

– *Revenant* é uma palavra em francês que significa "um fantasma visível" ou "um cadáver animado"! – explicou Wade Williams, resumindo outra enorme quantidade de informações.

Mas, antes que ele pudesse tomar fôlego (após o que dificilmente seria possível pará-lo sem que fosse de modo enérgico), Steven Matulka, um dos membros mais sociáveis da Home Team, bateu com a mão sobre a mesa.

– Pelo amor de Deus, Wade!

No silêncio que se seguiu, Harley notou o olhar chocado no rosto de Wade: Matulka era uma geração mais jovem do que Williams e um dos protegidos do escritor mais velho; essa provavelmente era a primeira vez, em 20 anos de relacionamento, que o mais jovem tinha se manifestado. Várias pessoas baixaram suas cabeças e balançaram de um lado para o outro. Sasha Blaine colocou as mãos sobre os olhos.

– Falar da corda para a família do enforcado? – Harley resmungou, oferecendo um aceno de agradecimento a Matulka. – Não se preocupe, eu não sou assim tão sensível.

– E, de todo o modo, não é uma descrição precisa – Matulka completou, com um gesto de "com sua licença" para Harley. – Os restos mortais de Megan Stewart estão aqui no Texas e, portanto, *cadáver* é a palavra errada. *Fantasma* também não se aplica. De acordo com os dados que recebemos, aqueles seres são corpóreos. Carne e sangue.

– Vou lhes dar a carne – Williams interrompeu, relutante em ceder o palco por muito tempo. – Não sei quanto ao sangue! – A frase não soara tão espirituosa quanto ele esperava. A sala ficou em silêncio novamente.

– Vejam por este lado – Harley falou. – *Revenant* soa melhor do que *zumbi*. Então tudo bem, podem usá-lo. Porém, vocês parecem estar disputando para agarrar a pá pela extremidade errada. Vocês já conseguiram chegar a nomes úteis para todas estas coisas novas...

– É um hábito difícil de se quebrar – Blaine disse. – Se você dá nome a alguma coisa, você vira seu dono.

– Tudo bem. Vamos considerar Keanu, a membrana, o Sentinela e os *Revenants* como propriedade. Publiquem seus relatórios e reivindiquem prioridade. Em que altura vocês começam a me fornecer e, por extensão, ao pessoal de lá – ele apontou o polegar na direção do controle de missão... –, à Casa Branca e ao mundo algum maldito dado concreto? Tudo que vocês *batizaram* pode ser uma ameaça à nossa existência! Keanu manobrou e parece ser habitado. Ótimo, mas por quê? Essa sua Sentinela é uma máquina ou uma forma de vida? De uma forma ou de outra, como podemos nos comunicar com ela, ou com coisas como ela, de forma que ninguém mais seja morto? E sobre o meio ambiente? Por que ele está mudando tão rápido? Por quanto tempo isso vai continuar? E tem uma grande questão. Como diabos pode haver pessoas dentro daquela coisa? Pessoas mortas anteriormente e que a tripulação conhece? Esta pode ser a questão mais bizarra na história da humanidade. Vocês têm alguns fatos. Comecem por me dar explicações que se encaixem ou podem ir para casa.

Dentro de instantes, as dezenas de membros da equipe haviam se dividido em grupos menores... exceto Williams, que tinha ficado sozinho, ocupado ajeitando seus óculos no nariz.

Isso dera a Harley uma ideia maravilhosa. Se havia uma coisa que ele odiava mais do que ter de responder a repórteres, era não ter nada a dizer!

Por que não enviar membros da Home Team para transmitir informações ao mundo, um por um?

Melhor ainda, por que não enviar Wade Williams? Ele poderia encantar ou estarrecer a imprensa, conforme a necessidade; e isso ainda tinha uma vantagem adicional: o trabalho dentro da Home Team sairia mais rápido e seria mais produtivo.

E Harley poderia se preocupar com Rachel Stewart.

*CROCKETT: Então você ouviu falar sobre o que está acontecendo com a missão da* Destiny.

*BOONE: Você quer dizer a questão dos alienígenas?*

*CROCKETT: Você não acha legal que nossos astronautas possam ter descoberto vida inteligente em outro mundo?*

*BOONE: Eu ficaria mais impressionado se eles descobrissem vida inteligente neste. (efeito de fuén fuén fuén)*

*CROCKETT: Sério... também corre esse boato por aí de que eles descobriram almas... que esses alienígenas são inteligentes o suficiente para trazer pessoas mortas de volta à vida.*

*BOONE: Tudo o que posso dizer é que, se eles reviverem meu tio Eduardo, não vou devolver o dinheiro dele.*

*CARAS DO "100% AMERICANOS" DA RÁDIO KPRC, 23 de agosto de 2019*

*Ela estava atrasada mais uma vez. Ela deveria se encontrar com um produtor, mas alguma coisa tinha dado errado – talvez o maldito tráfego de Houston –, e ela estava meia hora atrasada.*

*E, além disso, ela não estava com seu tablet! Como diabos ela iria fazer seu programa sem ele?*

*E onde estariam suas calças? Em que ela estaria pensando, saindo pelada da cintura para baixo?*

Isso fez com que Megan Stewart sentisse frio.

Ela se mexeu na cama. Ai! Algo não parecia certo...

Ela abriu os olhos. Por que estava no quintal? E onde estaria Rachel...?

Então ela sentou-se e começou a tremer. O sonho já estava retornando ao lugar para onde vão os sonhos. Aqui estava a realidade... ela estava dormindo ao ar livre ao lado de uma rocha, sendo esse ar e essa rocha partes do meio ambiente do NEO, Keanu.

Uma outra figura estava a seu lado: a menina Camilla. À frente dela, seu marido, Zack. Para além dele, o veículo cilíndrico branco, conhecido como *Buzz*.

Era de manhã, ou pelo menos era o que seu relógio biológico lhe dizia.

Ah, sim, ela estava viva novamente após ter estado morta nos últimos dois anos. Ela havia sido ressuscitada de alguma forma, em outro planeta.

Entre outras sensações – um tanto abaixo na lista, mas ainda digna de nota –, sua garganta doía. Para dizer a verdade, ela tinha dor em todos os lugares.

– Ei – Zack disse, ao acordar e tentar alongar-se em sua roupa íntima do traje de AEV, o que não era uma visão agradável. – Bom dia.

– Você não parece muito confortável.

– Você também não. – Isso era óbvio, visto que Zack levantou-se lentamente. – Como foi o seu sono?

– Como eu costumava dizer? "Como o dos mortos." Agora eu sei o que isso quer dizer.

Ele ficou com aquela expressão de cautela em seu rosto, que ela tinha aprendido a reconhecer.

– E o que isso significa?

– Bem, eu me expressei mal. Estou viva, certo?

– Mas você deve se lembrar...

– De como é estar morta? – Como responder a isso? Ela mesma não tinha certeza. Tinha lembranças fragmentadas do acidente. Sua frustração para com as condições meteorológicas, para com Rachel, para com a atitude de Harley. O caminhão de repente preenchendo o campo visual. Ela não teve tempo de sentir medo. Apenas um momento de surpresa. – Alguma coisa. É como o sonho de que você não consegue se lembrar por inteiro. Eu sei que parte de mim estava flutuando. Voando, na verdade.

– Ou apenas desencarnada.

– Prefiro a minha definição. Mas tudo bem. Fui bombardeada com imagens e memórias e... uma série de coisas.

– Nenhuma visita a parentes mortos? Tio Marty ou Nana Becky?

– Sim e não. – Ela realmente não queria ser interrogada; estava com fome e precisava urinar, não necessariamente nessa ordem. Mas, como uma terapia, isso a ajudava a se lembrar. – Eu sabia que eles estavam lá. Que todo mundo estava lá ao meu alcance, se eu quisesse chegar até eles.

– Apenas os falecidos?

– Não! Todas as *pessoas*. Todas as *coisas*. Pessoas, animais, rios, até planetas! O sol! Eu estava... conectada. Por isso a palavra "desencarnada" não é apropriada, pelo menos não lá. Seu fogo acabou – ela disse a Zack, apontando para a patética pilha de brasas. – E eu vou encontrar...

Zack apontou na direção oposta do rover, que estava às suas costas.

– Há algumas árvores altas naquela direção.

– Você é um ótimo escoteiro.

✧✧✧

Como qualquer ser humano, de tempos em tempos Megan questionava-se sobre sua própria morte. Seria lenta, longa, com câncer ou pneumonia... ou talvez pior do que tudo: a demência? Ou quem sabe um salto violento deste mundo para o próximo?

A verdadeira questão sempre havia sido: *Você gostaria de saber quando ela estivesse chegando?* Ela tinha sentimentos contraditórios em relação a isso. A morte lenta e longa, perecendo em uma cama, na plenitude dos anos, bisnetos reunidos em volta... sabendo que estaria indo embora, sentindo-se, se não exatamente ansiosa, pelo menos resignada diante do inevitável... tinha suas atrações.

Bem, agora ela dispunha de alguns dados concretos. Ela sabia que uma pessoa não "desligava" apenas. Aquela velha versão sobre não saber o que bateu em você? Besteira total. Ela sentiu o impacto do seu rosto no vidro da janela do carro. Os sons! Metal. O estalar dos ossos... Seria seu pescoço? Deus! Só pensar sobre isso a fez se sentir mal.

Camilla também estava de pé agora, tagarelando em português. Lucas e Natalia deviam tê-la ouvido, porque apareceram subitamente vindos do rover com água e comida.

Enquanto os dois astronautas da *Brahma* cuidavam de suas incumbências, Megan perguntou novamente sobre Rachel.

– Você tem de me contar tudo, querido. Isto é, se realmente quiser saber sobre os Arquitetos.

Assim, enquanto comiam o que aparentava ser farinha de aveia de um saco e davam goles de suco de laranja em caixinhas, Zack falava sobre Rachel, das dificuldades dela após a morte de Megan... seu sorriso, a alegria que lhe deu redescobrir os filmes favoritos dele com ela... seu mau humor... sua recusa em tocar piano; tudo isso efervesceu para fora dele de modo muito simples, sem censura ou coerência.

– Não acredito que você fez isso.

– O quê?

– Você deixou que ela desistisse do piano! Eu teria gritado com ela para continuar.

– Você quer dizer, gritado mais. – Zack sorriu. Megan gostou disso. Significava que ele estava relaxando. – Então, o que aconteceu com o meu vídeo?

– Ah, foi ao ar no GoogleSpace, ganhou um Peabody póstumo, e agora é obrigatório que todos os que forem casados e participem do programa espacial o assistam.

– Ótimo! – Ela pegou a câmera que estava em cima do traje espacial de Zack, que jazia abandonado ali perto, e a entregou a ele. – Certifique-se de gravar a sequência.

Zack apontou a câmera para ela.

– Quando estiver pronta... por que não fala para o mundo a respeito dos Arquitetos?

Ela percebeu que realmente sabia alguma coisa sobre eles, como se tivesse aprendido sobre isso em seu sono.

– Bem, eles são milhões de anos mais velhos do que nós... a raça humana, quero dizer. Até mesmo a percepção de tempo é totalmente diferente. Um dia para eles é como uma semana inteira para nós.

– Comparados aos Arquitetos, somos como efeméridas?

– Alguma coisa assim.

– Eles são poderosos o suficiente para ressuscitar os mortos – Zack pensou em voz alta.

– É o que parece, mas não me pergunte como. – Com a cabeça, ela apontou a menina. – Talvez ela saiba. Talvez cada um de nós tenha uma peça diferente do quebra-cabeça.

– De onde eles são? É longe daqui? Como Keanu chegou aqui?

– Não sei de onde eles vêm... obviamente de um sistema estelar a pelo menos dez anos-luz de distância, talvez mais. Mas isso sou eu, Megan, fazendo as contas. Quanto a Keanu, tudo o que eu posso dizer é que eles não têm uma capacidade de locomoção mais rápida do que a luz. Essa viagem de Keanu levou milhares de anos.

– Como são os Arquitetos em termos de aparência?

Megan tentou imaginá-los, mas não conseguiu. Porém...

– *Pós-orgânicos* é a expressão ou a imagem que me vem à cabeça. Eles costumavam ter corpos, mas ao longo do tempo, ao realizarem melhorias genéticas, tornaram-se cada vez mais parecidos com máquinas.

Era como ler um livro. A cada pergunta de Zack, um tipo diferente de resposta surgia, fosse uma imagem acompanhada de um conjunto de expressões, fosse uma página em branco.

– Alguma coisa aconteceu há algumas dezenas de milhares de anos e eles perceberam que precisavam retroceder, tornar-se orgânicos novamente. É o que eles estavam buscando com Keanu. Eles encontraram outras raças, incluindo... as Sentinelas. Mas nenhuma delas parece ter funcionado. – Megan estava falando rápido, como era de costume quando começava a se empolgar.

– "Funcionado" como?

– Não sei. Acabei de captar imagens de outros seres e uma sensação de fracasso. – De fato, isso a deixou incomodada. – Você perguntou sobre os ressuscitados. Keanu não é somente uma nave ou um meio de transporte, mas também uma sonda espacial. Ele reúne dados de onde quer que vá. Ele reuniu os nossos logo que ficou ao alcance...

– Dois anos atrás? – Enquanto Zack falava, ela ia concordando com a cabeça. – Então ele tem alguma espécie de... apanhador de alma. O que significa que os seres humanos têm alma e que a consciência prossegue após a morte...

– Você está se adiantando – Megan disse, levantando a mão. – Tenho que parar.

– Tem alguma coisa errada?

Ela estava com uma dor de cabeça terrível.

– Acho que posso ter exagerado – ela respondeu, forçando um sorriso. – A capacidade de processamento não foi suficiente.

Era um bom momento para intervalo: Taj e Tea estavam retornando e, após saudações esparsas, a conversa mudou para a descoberta do Templo. Taj ergueu sua câmera.

– Deixe-me localizar as sequências e vou reproduzi-las para vocês.

– Você sabe alguma coisa sobre um Templo? – Zack perguntou, virando-se para Megan.

Sua dor de cabeça tinha diminuído no instante em que ela parara de tentar responder às perguntas.

– Não tenho certeza. A palavra *templo* não significa nada para mim...

Ela parou no meio da sentença, porque viu Tea Nowinski rodeando Zack e escorregando sua mão pelo ombro dele. Ela poderia muito bem tê-lo beijado, porque aquele breve toque fora o suficiente para convencer Megan de que seu antigo marido e Tea eram amantes.

Zack sabia que Megan tinha visto. Assim que Tea deu a volta pelo rover e, momentaneamente, ficou fora do campo de visão e audição, ele foi até ela.

– Sinto muito.

Megan ficou surpresa com a forma como ficara incomodada com o pensamento de Zack e Tea juntos.

– Apenas me diga que isso não começou antes que eu morresse...

– Acho que você me conhece o suficiente...

Felizmente a explosão de ciúmes foi tão curta quanto bizarra. Ela estivera morta, certo? Não seria esta era uma segunda chance de vida, graças ao Todo Poderoso ou aos Arquitetos ou alguma combinação dos dois? Uma segunda chance *de verdade*?

Ela ainda estaria casada? Sua amiga mórmon Robin costumava acreditar que estava selada a seu marido por toda a eternidade... até o exato momento em que eles se divorciaram. Por seus próprios padrões muito mais flexíveis, Megan não tinha nenhum direito sobre Zack, fosse legal ou moral.

Ela teve de perguntar a si própria: ela ainda era apaixonada por ele? E também cabia uma outra pergunta: que diferença isso faria? Que tipo de vida eles poderiam compartilhar? Dadas as circunstâncias, o que ela poderia esperar de si própria?

Será que Zack estava convencido de que havia encontrado a verdadeira Megan Doyle Stewart? As ações e palavras dele tinham dado essa impressão, embora Megan sentisse que ele não estava completamente comprometido com a ideia. (Aliás, *ela* tinha certeza? Como ela saberia?) Uma coisa que Megan sentia com grande certeza era de que ainda era mãe.

– Zack – ela disse. – Quero conversar com Rachel.

Zack ficou com aquele olhar preocupado, aquele que ela já bem conhecia.

– Gostaria que pudéssemos, mas não temos comunicação em tempo real aqui.

– Eu posso fazer isso. – Taj comentou.

– Pode fazer o quê? – Zack pareceu surpreso. – Ainda temos horas de PDS pela frente.

– Posso me comunicar com a Terra em tempo real assim que eu conseguir chegar perto o suficiente para atravessar um sinal através da membrana. – Ele ergueu o aparelho Zeiss. – Este vai transmitir para a *Brahma* e, depois, para um satélite de retransmissão.

Zack considerou isso.

– Ser capaz de fazer isso não quer dizer que seja uma boa ideia...

Megan conhecia aquela voz; Zack estava prestes a erguer suas defesas.

– Olhe – ela disse –, sei que você não está completamente pronto para me aceitar. Tudo bem. Então, vamos colocar isso em termos que todos possam entender: a menos que eu converse com a minha filha, não vou dizer a vocês nem mais uma maldita palavra.

*... O diretor de voo da* Destiny *é o agente de operações para o Gerenciamento de Pacote de Lançamento e Gerenciamento de Missão da NASA. Ele, ou ela, é um membro da diretoria responsável por assegurar que a documentação das operações específicas da missão esteja de acordo com as exigências definidas, e que os riscos operacionais associados tenham sido devidamente considerados. Ele, ou ela, é também responsável pela organização de perícia e apoio necessários para o Diretório de Operações de Missão...*

*TAREFAS DO DIRETOR DE VOO, MOD - JSC, JANEIRO DE 2019, REV. G (TRECHO)*

– Se o pai dela diz que tudo bem, então tudo bem. – Josh Kennedy fez seu julgamento e, em seguida, afastou-se.

Após levar Rachel de volta à sala da família, Harley dirigiu-se diretamente para o controle de missão. Querendo evitar qualquer contato imediato com as grandes mentes da Home Team, ele certificou-se antes de dar uma volta pelo prédio, manobrando sua cadeira de rodas até Josh Kennedy, que se preparava para entregar as tarefas de diretor de voo para o líder do terceiro turno, Lee Shimora.

– Tem um segundo? – Harley interferiu.

Kennedy olhou para Shimora e, em seguida, para Harley.

– Você vê alguma atividade aqui? Estamos apenas mantendo as cadeiras aquecidas até recebermos algum dado.

Harley mostrou a ele o tablet de Rachel.

– Alguém recebeu algum dado.

Aquele gesto provocou uma resposta enérgica de Kennedy e Shimora. Ambos começaram a enviar e-mails e a telefonar para seus contatos em Bangalore.

Em meia hora, estimulado pela revelação de Harley sobre o satélite de retransmissão que a *Brahma* havia liberado, o controle de missão de Bangalore acabou confessando que eles a) de fato tinham um satélite de retransmissão e b) estariam dispostos a trazer Houston para o circuito de comunicação.

– Quanta generosidade da parte deles – Harley comentou –, agora que vazaram tudo para o mundo todo...

Para surpresa da equipe de Houston, Bangalore estava em processo de restabelecer contato com Taj e sua tripulação dentro de Keanu. O líder de Bangalore, Vikram Nayar (que aparentemente nunca dormia ou deixava o centro), alegou que eles não tinham tido contato com a missão em Keanu nas últimas 6 horas, e que esta era uma nova e bem-vinda retomada.

– Seja como for – Shimora vociferou –, tudo o que eles nos fornecem é mentiras e besteiras. Nayar nos odeia. Desde que eles nos forneçam comunicação, não me importo que aleguem ter visto o coelhinho da Páscoa. – Ele era ainda mais jovem do que Kennedy, que, na opinião de Harley, parecia um estudante universitário; Shimora, entretanto, era bem mais extrovertido.

A maior parte das tomadas imediatas a partir da sessão eram dados e imagens.

– Acho que o povo do Cofre vai ficar doidinho ao ver isso, Harls – resmungou Shimora.

– Acho que eu mesmo estou enlouquecendo.

A equipe na outra ponta da conexão em Keanu era Taj e Zack... e para o terror de Harley, nenhum dos dois vestia o traje de pressão. Eles estavam, aparentemente, logo depois da tal "membrana", alimentando o circuito de comunicação através de um cabo até a *Brahma*, daí para o satélite, Bangalore e Houston.

Havia também uma terceira pessoa com eles.

Mesmo sabendo sobre os supostos ressuscitados (o que a Home Team chamava de *Revenants*) e tendo visto a imagem inicial de Megan Stewart, Harley ainda estava atordoado ao vê-la "viva" e ouvir sua voz.

Ela tinha até acenado para eles. Tinha chamado por Harley pelo nome!

Apesar da confusão (Taj estava conversando com Nayar em Bangalore, enquanto Zack tentava se comunicar diretamente com Houston), Megan fizera uma solicitação pública:

– Harley Drake, coloque minha filha na linha!

– Essa está no topo da lista das piores ideias de merda – Shimora comentou, apontando para a tela. – Não sabemos quem ou o que é aquilo!

Mas Kennedy interferiu.

– Josh para Zack – ele disse –, você é quem decide.

Após cinco minutos, os três puderam ver Zack balançando a cabeça positivamente; seu consentimento verbal viria em seguida:

– Vá em frente!

Harley dirigiu-se para fora, indo buscar Rachel para a conversa mais estranha que qualquer ser humano havia tido.

Ele levara Rachel de volta para a sala da família, agora praticamente vazia, quando a família de Pogo Downey partiu, e outros parentes e amigos tinham dispersado em vez de enfrentar o longo silêncio da *Destiny*.

Com a flexibilidade da juventude, Amy estava adormecida esticada em três cadeiras dobráveis quando Harley chegou. Rachel olhou por cima de seu novo tablet (obviamente ela havia pegado o de Amy) quando a porta se abriu. A menina agiu como se quisesse sair correndo.

– Vá se danar, Harley, é melhor que você não esteja aqui para me dar más notícias.

Ele agarrou a mão dela e a puxou para mais perto.

– Longe disso, garota. Você viu aquela foto da sua mãe?

– A transmissão não vai ser em HD – Kennedy informou. – Não se desespere também se perdermos o contato. O sistema de comunicações está muito intermitente.

– Como se eu me importasse – Rachel vociferou. Seu rosto estampava uma perfeita mistura de fúria e terror. Ela buscou por Harley com o olhar, que apenas pôde sacudir a cabeça com uma tranquilidade que ele certamente não sentia. – Ela vai conseguir me ver?

Kennedy apontou para uma das câmeras que levava ao público uma transmissão ao vivo do controle de missão.

– Conectamos aquela câmera a Bangalore. – Rachel colocou o fone de ouvido e andou em direção à tela. – E vai haver um atraso – Kennedy avisou.

Mas ninguém se importou, porque a tela tinha ganhado vida.

O ângulo da câmera em Megan estava de baixo para cima, perto demais e, definitivamente, em baixa definição, mas ainda assim Harley pôde testemunhar o momento em que a mãe reconheceu a filha. A qualidade do sinal que se danasse: os olhos da mulher se arregalaram e sua mão de repente cobriu a boca. Então:

– Papai estava certo – a voz proveniente da tela disse. – Você cresceu.

Os olhos de Rachel encheram-se de lágrimas. Harley sabia o que a menina estava pensando... as últimas palavras que ela trocara com a mãe haviam sido de raiva.

– Oh, meu Deus, mamãe! – Ela mal conseguia pronunciar as palavras.

Naquele momento, as dúvidas remanescentes de Harley sobre essa "Megan" desapareceram. *Deixe a menina julgar. Se ela acredita que essa é a sua mãe, então que assim seja.*

– Está tudo bem, querida. O círculo da vida.

– Você sempre disse que isso era baboseira, mãe. Você disse que a vida era dura.

– Estou mais bem informada agora.

A imagem ficou difusa por vários segundos. Rachel podia apenas manter o olhar fixo com os olhos marejados. Quando o contato foi retomado, ela limpou sua garganta e perguntou:

– Você viu anjos?

– Só agora.

Harley não podia se decidir sobre qual efeito era mais perturbador, o atraso ou as falhas ocasionais no vídeo ou no áudio. Rachel, entretanto, parecia não estar incomodada.

– Como isso aconteceu?

– Eu realmente não sei, querida. Quero dizer, suponho que exista algum grande e antigo propósito, mas ninguém explicou. Em um momento eu estava com você na Flórida... você sabe. E, depois, eu estava aqui olhando para o papai.

– Deus, como está o papai?

– Veja por si mesma. – A câmera balançou e moveu-se para um lado. Harley e Rachel puderam ver Zack Stewart, com uma aparência um pouco desgrenhada, mas sorrindo e acenando. Em seguida, a câmera voltou a captar Megan.

– O que vai acontecer? – Rachel perguntou. – Você vai vir para casa? – O atraso se estendeu para o dobro de seu tempo normal antes que Megan dissesse:

– Não. Um dos motivos é não ter espaço.

Rachel sacudiu a cabeça sem acreditar e, de repente, Harley percebeu que essa conversa poderia, na verdade, não ter sido uma boa ideia. Uma coisa era você ver sua mãe perdida... aquele último olhar era o que cada música triste em toda história pedia.

Era praticamente outro nível de horror perdê-la pela segunda vez.

– Mas... você não pode *ficar* aí!

Outro atraso longo. Desta vez "Megan" pareceu estar falando com Zack ou como alguém fora do raio de ação da câmera. Então, de modo estranho, ela pareceu se afastar, como se aquele alguém a estivesse segurando.

– Ouça, Rachel... Não sei realmente o propósito disso, da minha volta. Mas uma coisa eu posso dizer a você, minha filha querida... Acho que você vai receber uma mensagem. Não sei o que ou quando. Apenas... não se assuste, ok?

Confusa e magoada, Rachel olhou para Harley.

– Do que ela está falando?

– Não acho que algum de nós saiba, Rach. – Ele se sentiu estúpido, mas não iria ser ainda mais estúpido dando conselhos infundados.

Rachel voltou-se para sua mãe.

– Vou tentar. Não vou ficar assustada.

Outro atraso; esse terminou com um sorriso.

– Você não vai saber sobre o que estou falando até que aconteça.

A imagem sacudiu, como se o operador da câmera tivesse de mudar de posição. Vozes de pessoas não captadas pela câmera podiam ser ouvidas... Espanhol? Não, Harley percebeu: Português. Lucas.

Zack apareceu na tela.

– Vamos ter de interromper. Ah, estamos nos saindo bem, dadas as circunstâncias. – Ele acenou.

Em seguida, a tela ficou branca. Harley manobrou a cadeira o mais perto que pôde de Rachel, perfeitamente ciente de que ela poderia ter um colapso súbito. Ele fez um sinal para Kennedy juntar-se a ele.

Mas a menina o surpreendeu. Ela rapidamente enxugou os olhos e balançou a cabeça.

– Bem, isso foi muito esquisito.

Harley pegou a mão dela.

– Por que você não fica comigo por um tempo?

– Isso seria ótimo.

Para Kennedy, Harley disse:

– Vou levá-la para a Home Team.

*Q: Como você soube que tinha sido selecionada como astronauta?*

*HALL: Oh, uau! Sabe como são essas coisas... se você recebe um telefonema de um cara do RH, é porque você não conseguiu, mas se for do astronauta-chefe, boa notícia, certo? Bem, na verdade eu estava em Houston, no JSC, para uma reunião sobre o lançador Saturn, quando topei por acaso com o cara do RH. E ele, com uma expressão esquisita estampada no rosto, disse: Preciso falar com você. E eu disse: Oh, droga. Então ele disse: Não, espera, na verdade não sou eu... Aí então eu soube. Achei bem típico... toda a minha vida girou em torno da NASA.*

*ASTRONAUTA YVONNE HALL, ENTREVISTA PRÉ-VOO DA* DESTINY-7

– Não toque nisso!

Dennis Chertok pulou, literalmente, tão alto que bateu a cabeça na parede inclinada da cabine da *Venture*. Era a gravidade de Keanu em ação. Yvonne tinha acordado e visto o cosmonauta ocupado abrindo armários na divisória de compartimento da parte traseira. O grito dela o assustou. Ele esfregou a cabeça e disse:

– Esta é uma excelente maneira de se comunicar.

Ao emergir do sono sedado de várias horas, ela reagiu sem pensar, apenas sentindo que, de alguma forma, aquilo não estava certo.

– Que diabos você está fazendo aqui?

– Sou o seu médico de plantão. – Ele estava usando sua roupa de baixo da Coalizão, bem como, estranhamente, um par de meios-óculos que fazia com que o cosmonauta se parecesse muito com algum doutor idoso do interior em uma chamada domiciliar.

– Achei que você tivesse partido! – Acostumada como era (como todos eles eram) com o ronco constante de ventiladores e bombas, Yvonne também percebeu que ela e Dennis estavam sozinhos na cabine. – Onde está Tea?

– AEV – Chertok disse. – Ela e Taj foram para o respiradouro com os outros.

– E ela deixou você de babá?

– Ambos os controles de missão aprovaram. – Ele inclinou a cabeça em direção ao painel de comunicações na parte frontal da cabine. Uma tela de computador não mostrava nada além de neve, embora Yvonne pudesse ouvir estática e, de vez em quando, vozes por meio do sistema de comunicações. – Sinta-se à vontade para confirmar.

– Não, obrigada. – Ela segurou uma alça para sair sozinha da rede.

– Cuidado.

– Uma queda nessa gravidade não vai machucar. – No entanto, só levantar a cabeça fez com que ela se sentisse enjoada... e, baixa gravidade ou não, sua perna enfaixada parecia chumbo. – O que você fez comigo?

– Coloquei sua tíbia quebrada no lugar, removi o tecido danificado pelo vácuo.

– Bem, obrigada. Mas me sinto uma merda.

– Você está extremamente ferida. – Ela mal conhecia Dennis Chertok, com quem tinha compartilhado uma única sessão de treinamento anos atrás. Ela conhecia a reputação dele, é claro: ele era o cara que trabalhava com sistemas, computadores, tecnologia, entre outras coisas; o sr. Quebra-galhos, o Cosmonauta Faz Tudo, o veterano que havia ido para o espaço cinco vezes e que podia consertar uma privada entupida com um tubo de papelão e um clipe de papel, ou reprogramar um computador digitando com uma mão atada nas costas.

Tudo isso, e ainda por cima era médico. Apesar de sua confusão, olhando para baixo em direção à perna com uma bandagem grossa, Yvonne apenas imaginou que tipos de improviso Dennis tinha desenvolvido para lidar com os ferimentos dela.

– Sinto como se devesse comer algo.

Dennis gesticulou em direção aos armários para os quais ele tinha acabado de receber uma advertência.

– Era o que eu estava procurando. Comida.

– Verifique do lado esquerdo. Minhas coisas estão na terceira prateleira.

Os armários continham não apenas comida, mas também kits médicos, roupas, suprimentos e outros equipamentos não relacionados diretamente com as tarefas operacionais típicas de AEVs.

– Primeiro deixe-me ajudá-la a descer...

– Estou bem! – Isso saiu mais alto do que ela pretendia.

Dennis simplesmente virou as costas. Essa era uma das grandes coisas a respeito dos russos, Yvonne percebeu. Eles ficavam felizes em deixar você cavar sua própria sepultura.

– O que lhe apetece? – ele perguntou por sobre o ombro.

– Um sanduíche. – Os astronautas escolhiam suas próprias refeições e, na viagem à Estação Espacial Internacional que havia feito, Yvonne tinha aprendido que sua refeição favorita era um sanduíche de queijo e presunto incrementado com mostarda e picles. Viver em gravidade zero ou próximo a isso aguçava o desejo por sabores fortes.

Enquanto o cosmonauta vasculhava as caixas de suco e as bandejas devidamente embaladas, Yvonne continuou tentando sair da rede, um processo complicado por conta da maleta do PPK, que era volumosa e com a qual estava dividindo espaço ali.

Por fim, sem qualquer vestígio de elegância, ela conseguiu colocar as pernas para fora e para baixo, deixando o PPK para trás. O deck, que parecia um longo caminho, acabou por ser um meio-passo suave.

– Então, quais são as últimas? – ela perguntou.

– Más notícias. Patrick Downey está morto.

Foi então que Yvonne soube o quanto estava muito sedada para entender os acontecimentos, porque de alguma forma ela absorvera aquele pedaço de informação chocante sem questionamento ou lágrimas. Ela sabia que voos espaciais eram inacreditavelmente perigosos. Ela tinha lembranças da perda do *Columbia* e de sua tripulação na época em que era caloura na Universidade de Rice. Considerando onde eles estavam e o que já havia acontecido com ela, de certo modo a notícia parecia inevitável.

– Diga-me como.

Dennis entregou a ela um sanduíche e, em seguida, serviu-se de um jantar completo de peru, enquanto contava calmamente a ela uma história de ficção científica... pelo menos, esta era a única forma de encará-la. O meio ambiente bizarro dentro de Keanu, as estruturas em mutação, os vaga-lumes, a atmosfera.

E, é claro, as coisas que se desenvolviam.

– Espere um minuto... a *esposa morta* de Zack?

– É o que parece. O falecido treinador de Natalia. Uma criança que Lucas conhecia.

– O que isso significa?

Dennis não ergueu os olhos. Yvonne só percebeu realmente o quanto ele estava abalado naquele momento.

– Isto está... além da minha compreensão. Espaçonave alienígena, sim. Porém, encontrar essas... pessoas que voltaram depois de mortas. É perturbador. – Ele apontou com um garfo de plástico para o painel de comunicações. – A ausência de comunicação faz com que isso fique muito, muito pior. Minha imaginação...

Ele se levantou naquele momento, deu um passo até a divisória de compartimento frontal e olhou pela janela.

– Você está me assustando, Dennis.

– Então fui bem-sucedido. – Ele estava olhando para ela agora, e para o interior da cabine. – Pena que vocês não trouxeram nenhuma arma.

– Talvez você devesse trazer alguma da *Brahma*.

Ele olhou por cima de seus óculos.

– Não me diga que você acreditou nesse absurdo.

– Nossas duas organizações não têm exatamente se dado muito bem.

– Mesmo durante a Guerra Fria, quando seu país e o meu tinham milhares de mísseis apontados um contra o outro, mantínhamos acordos no que diz respeito à manutenção das atividades pacíficas no espaço.

Ela optou por não discutir.

– Quando é que vamos descobrir o que está acontecendo? Não consigo acreditar que todos eles estão fora por todo esse tempo. – No mundo de Yvonne, AEVs duravam oito horas, talvez um pouco mais. Não 20 horas ou mais.

– Não tenho ideia. Temos arroubos de contato na *Brahma*, mas é tudo. A última mensagem foi recebida há duas horas, de Taj. Sei que ele está vivo, pelo menos. – Com a bandeja na mão, ele de repente pareceu perdido. – Onde vocês armazenam...?

– Pode deixar. – Retornando automaticamente à sua função de astronauta familiar e zelosa... embora nunca tivesse sido uma filha zelosa. Yvonne pegou a bandeja. Então ela percebeu: aquilo pertencia ao armário de Pogo Downey.

– Yvonne, tem alguma coisa de errado?

Ela não conseguiu falar. Pôde apenas acenar para a bandeja vazia.

Dennis adivinhou a objeção dela.

– Yvonne, ele se foi. Ele nunca mais comerá nenhuma dessas refeições. Você poderia, seguindo esse raciocínio, me culpar por respirar o ar dele.

– Eu sei. – Ela sabia, mas a verdade nua e crua era ainda mais insuportável. Pogo tinha morrido! O grande piloto, um homem direto e sincero, às vezes um pateta, alguém com quem ela tinha treinado por dois anos... ela tinha frequentado churrascos na casa dele, até mesmo participado da festa de Natal com a família dele no ano anterior.

Morto por um alienígena!

Dennis deixou-a sozinha na cabine frontal. Nesse meio-tempo ela enxugou os olhos e fez uma respiração profunda, e logo ele estava de volta.

– Agora, o que é este item?

Ele estava segurando a maleta prateada de seu PPK. Embora soubesse que não havia a possibilidade de ele danificá-la, muito menos abri-la, ela ainda assim odiou ver a caixa em mãos estranhas.

– Pertences pessoais – ela disse, forçando um sorriso. – É onde guardo minha coleção de selos e vodca. – Os cosmonautas russos eram famosos por esconder bebida a bordo de missões espaciais.

Dennis sorriu de volta, embora Yvonne tivesse a sensação de que ele não tinha se convencido.

– Podemos ter de abrir a vodca, para propósitos medicinais.

– Ainda não. – Ela pegou a caixa e encravou-a em outro armário. Em seguida, olhou para seu relógio. – Quantas horas faltam para recuperar a conexão de comunicação?

– Houston não entrará em contato pelas próximas quatro horas.

– Acho que vou dar uma limpada geral. – Ela sorriu, ainda sentindo-se instável e incerta. – O que me deixa livre ainda umas três horas.

– Tem uma coisa que sei que devemos fazer – Dennis recomendou. – Manter as portas trancadas.

*E se for verdade? E se houver VIDA ALIENÍGENA em Keanu?*
*O que a NASA e a Coalizão vão fazer em relação àquelas naves e pessoas? ELAS ESTÃO INFECTADAS! ELAS NÃO PODEM VOLTAR PARA CASA!*

*POSTADO POR AVRAM NO NEOMISSION.COM*

– Ela diz que viu um homem!

– O que diabos isso significa?

Zack finalizou a conexão pelo monitor de TV entre Megan e Rachel, porque ambas começavam a ficar tristes – Megan estava sentada de um lado, rosto entre as mãos, o braço de Tea em volta de seus ombros – e porque Lucas tinha corrido com Camilla de mãos dadas. A expressão da garota era de um excitamento extremo, enquanto Lucas se mostrava agitado.

– Só isso! Ela diz que havia um homem para além do rover alguns minutos atrás.

– Onde? O que ela estava fazendo?

– Deixei-a ir ao banheiro, está bem? – Lucas acrescentou constrangimento à sua confusão. – Estávamos ambos talvez a 50 metros naquela direção. – Ele apontou na direção geral da Colmeia e da membrana mais adiante.

– O que exatamente ela viu? – Zack ajoelhou-se na frente da Camilla e assumiu seu melhor papel paternal, e com um sorriso no rosto. – Por favor, peça a ela para me contar.

– "Eu vi um homem sem roupa" – Lucas traduziu.

"Sem roupa" ia contra a possibilidade de esse "homem" misterioso ser o cosmonauta Chertok.

– Mais alguma coisa? Ele estava carregando alguma coisa? – Zack gesticulou com as mãos.

Camilla sacudiu a cabeça. Nada. Ela estava ficando assustada com toda a emoção de Zack. Ele acariciou gentilmente a cabeça da criança e deixou-a em paz.

– Ideias? Taj?

O comandante indiano estava com o olhar perdido, fitando a floresta, na esperança de ver o que a menina tinha visto.

– Bem... – ele hesitou. – Keanu trouxe de volta alguém para cada um de vocês. – Ele apontou para Tea e, em seguida, para si mesmo. – E nós?

– Talvez não sejamos dignos – Tea sugeriu, brincando.

– Bem, talvez sejam agora – Zack retrucou.

– Ah, maravilha... mais bocas famintas para alimentar.

De acordo com o julgamento profissional de Zack, a situação estava prestes a fugir de controle. Admitido isso, ele sentiu-se completamente exausto – naquele estado em que era fácil sentir-se oprimido.

Mas aqui estava ele... aqui estavam eles... cinco viajantes do espaço e dois seres humanos renascidos, com comida e recursos limitados... com comunicação externa limitada... todo esse tempo presos em um meio ambiente que mudava de acordo com regras que eles desconheciam, sob o comando de entidades conhecidas apenas como os Arquitetos.

Resumindo, olhando bem para a situação... bem, ela era infernal, e Zack achava que já deveria ter ficado em posição fetal havia horas.

– Natalia! – chamou ele. A russa estava trabalhando sobre a mochila de seu traje espacial, que estava semiaberta. – Você tem alguma ideia?

– Sobre o quê?

Zack quase não conteve uma resposta mal-criada. Ele tinha que lembrar que o inglês ainda era a segunda língua de Natalia. Ela provavelmente não percebera o quanto sua pergunta soava irritante.

– Sobre essa nova criatura ou qualquer coisa de interesse. Os Arquitetos. O Templo.

Natalia apenas encolheu os ombros. Ela abriu a boca para falar, mas não disse nada, como se tivesse mudado de ideia no meio do raciocínio. De qualquer forma, dadas as suspeitas de Zack quanto às ações dela em relação à coisa-Konstantin, era provável que o que ela tivesse a dizer não lhes seria de grande utilidade.

Além disso, Lucas estava se aproximando, com novas informações extraídas de Camilla.

– Há mais uma coisa: Camilla diz que o homem tem cabelo vermelho.

– Ah, droga – Tea explodiu, dando o mesmo salto intuitivo que Zack. – Pogo.

– Isso faz sentido? – Zack perguntou. – Você está sugerindo que Pogo tenha sido revivido.

– Zack, isso faz tanto sentido quanto qualquer coisa que vi nas últimas seis horas. Cai na real.

*Existem muitas moradas na casa de meu Pai. Se não fosse assim, eu lhes teria dito, porque vou preparar um lugar para vocês.*

*JOÃO 14:2*

Era uma única palavra, apenas um som, repetida várias vezes de várias formas, como se fosse um teste de rádio ar-terra.

Pogo.

O apelido de Patrick Downey tinha sido designado durante sua primeira excursão operacional voando num F-35s. Durante o treinamento de artilharia na Base da Força Aérea de Nellis, ele conseguira, de alguma forma, ficar à frente de um de seus próprios mísseis.

Este, então, tomou sua aeronave como alvo. Felizmente, o míssil era inerte e, ao liberar fragmentos de alumínio e outras contramedidas, o Segundo Tenente Downey foi capaz de evitar que fosse derrubado por algo que ele tinha lançado. Ele até recebera elogios de seu instrutor para "ficar à frente do programa de treinamento", uma vez que instruções de contramedidas só seriam ensinadas duas semanas depois daquele exercício.

Naquela noite, no *O-Club*, Shawn Beckman disse a Patrick, diante de meia dúzia de outros pilotos:

– Cara, você é seu pior inimigo.

E Jeff Zajac, outro piloto, apenas comentou:

– É, como aquela antiga tira em quadrinhos. "Encontramos o inimigo: somos nós mesmos." Como diabos era chamada?

Um terceiro piloto, Rickie Bell, respondeu:

– *Pogo!* – E surgia um novo apelido.

A norma em relação aos apelidos era: se você não gosta do que é sugerido, não se preocupe; alguma coisa pior virá em seguida. Bell acabou ouvindo "Sininho" durante toda sua carreira de piloto. Beckman ganhara o relativamente neutro "Caipira", mas Zajac, após um acidente infeliz ao se barbear que o deixou com danos temporários no rosto, era conhecido desde então como "Pereba".

Na opinião de Pogo, caiu-lhe como uma luva.

Mas por que ele estava pensando sobre aquilo? O treinamento em Nellis fora há quase 20 anos.

Ele tinha sonhado. Nada mais.

De repente ele tinha dúvidas. Onde? O quê? Como?

*Ele não podia respirar! Alguma coisa cobria seu rosto! Ele agarrou o que quer que fosse e descobriu que sim, ele podia ver... ele podia aspirar ar para dentro de seus pulmões. Deus.*

*Mas ele estava em um caixão! Espere, havia luz. Como ele começou a se debater, as paredes cederam. Elas eram como plástico grosso.*

Então lembrou-se da Sentinela. O grande golpe... o terror nauseante de saber que havia sido cortado, fatiado, a visão ficando vermelha, sentindo-se literalmente caindo aos pedaços: morto.

Mas não mais.

Ele deslizou para fora da célula.

Pela primeira vez em sua vida (ou melhor, vidas), ele gritou. Era um misto de terror e de alegria e que ele não podia controlar. Era como se o seu corpo tivesse que anunciar a si mesmo, ou calibrar a si mesmo.

Ele estava nu onde a segunda pele não cobria. Sim, ele obviamente estava em Keanu...

Mas ele estava vivo!

E, considerando a aparência das coisas... as células sem vida ao redor dele, o silêncio do "céu" cinza, a ausência de vento e som... aparentemente sozinho.

Pensando, pensando. Zack e os outros... será que eles estavam por perto? Deus, talvez eles tenham partido. Talvez ele estivesse "morto" havia algum tempo. Semanas. Meses. Séculos.

Levantou-se, esticando-se. Parecia que tinha ficado imóvel por um tempo. Mas, pensando bem, ele estava em um novo corpo. Ele girou, tocou seus pés, flexionou-se. Apesar de uma fome crescente e uma dor de cabeça persistente, ele *sentia-se* bem.

Olhou para os arredores, da parede cheia de células até o solo (agora coberto de musgo, não mais aquela rocha gelada de antes), e então para as árvores com formas estranhas que bloqueavam efetivamente sua visão em direção ao interior de Keanu.

Ao dar os primeiros passos, ficou grato pelo terreno coberto de musgo... sentiu sua suavidade nas solas dos pés descalços, que se revelaram tão frágeis e sem calosidade quanto os de um bebê... ou de um astronauta após uma estadia de seis meses no espaço.

Ele olhou novamente para as células... as três que ele tinha visto com Zack, Natalia e Lucas estavam abertas, secas e escuras. Como se a pedra tivesse sido rolada para fora do túmulo, para usar termos bíblicos. Não que ele estivesse blasfemando ao fazer comparações; sua ressurreição não era *aquela* Ressurreição. Apesar de que, dados os acontecimentos do dia anterior, ele se sentia mais seguro em acreditar nessa segunda opção.

Sua célula ainda gotejava; pedaços das paredes e do revestimento da segunda pele estavam pendurados para fora dela. *Pós-parto* era a palavra que vinha à mente. Bem, tecnicamente, pós-morte.

Somente então ele percebeu que havia pelo menos duas outras células abertas também... não tão gotejantes e úmidas quanto a dele próprio.

Pelo menos duas pessoas mais tinham renascido.

Pogo ficou a imaginar para onde elas teriam ido – e quando. E quem seriam eles?

No entanto, ele estava sendo perturbado por uma série de perguntas... sem dúvida contribuindo para o latejar de suas têmporas. Por exemplo, se ele retornasse para o local de sua "morte", o que ele encontraria? Seu corpo dilacerado? Os restos de seu traje de AEV?

Por que ele se importava? Porque ele sentiu a clara necessidade de ter aquele traje e o capacete. Ele *precisava* deles...

*Não entre em pânico, Pogo.*

Ele era do tipo operacional, treinado para avaliar as necessidades da missão e, em seguida, tomar as medidas necessárias. Considerando o objetivo de retornar para a *Venture*, então o primeiro passo seria... procurar seu traje.

Se ele encontrasse outros seres revividos, ele iria lidar com eles. Se, miraculosamente, Zack e outros astronautas ainda estivessem ali, tanto melhor. Ele tinha uma mensagem para compartilhar: com eles, com o pessoal da Terra.

Hora de se mexer. Para encontrar algo para comer.

E para sua cabeça parar de doer.

Pogo Downey seguiu na direção da floresta.

*É muito apropriado inferir que os Vedas foram doados ao mundo apenas por pessoas dotadas de onipotência.*

*SRI SATHYA SAI BABA*

Em cinco minutos, eles haviam chegado ao lugar onde Tea e Taj tinham deixado os restos mortais de Pogo. Por um momento, Zack impressionou-se novamente com o quão pouco ele havia visto de Keanu; provavelmente menos do que dois quilômetros quadrados... enquanto a própria câmara era pelo menos 50 vezes maior.

E essa era apenas uma fração do volume total do interior de Keanu. Seria o restante do NEO sólido ou havia outras câmaras similares, cada uma delas com seus próprios vaga-lumes, seu próprio meio ambiente? Com outros Templos e Sentinelas?

– Bem aqui! – Tea correra à frente dele. Ela e Taj foram com Zack, para atuarem como guias.

– Você não o enterrou.

– Com o quê? – Taj questionou, por cima do ombro dela. – A coisa mais parecida que temos com uma pá é uma caneta espacial.

Tea parou subitamente. Zack juntou-se a ela, ajoelhando-se no local, levantando com cuidado folhas gigantes e descobrindo os restos mortais do falecido Pogo Downey; basicamente três grandes pedaços do que um dia fora um ser humano relativamente envolvidos em fragmentos cobertos de sangue de uma roupa de baixo de AEV.

– Foi desse jeito que você o deixou?

– Não! Ele ainda estava... no traje! – Tea respondeu. – E deixei o capacete dele bem ali também. Era a lápide da sepultura…

– Esta mancha estava aqui? – Zack apontou para uma descoloração que rodeava o corpo... era escura, não exatamente cor de sangue, embora fosse difícil dizer com aquela luz.

– Não – Tea respondeu. – Tudo estava coberto de sujeira antes. O que você acha que isso significa?

– Não tenho ideia. – Ele também reparara em outra coisa: a folhagem tinha sido revirada. – Acho que há também uma trilha aqui – ele disse. Levantando-se, ele adentrou o mato.

Zack não precisou ir muito longe; talvez uns 20 metros.

– Achei!

Tea e Taj estavam a apenas poucos passos atrás. Eles pararam quando viram o que estava aos pés de Zack.

– Ah, aí está.

O traje branco de AEV, com a mochila volumosa, estava em uma clareira como um soldado caído. O traje exibia sinais evidentes de danos graves: três talhos enormes ao longo da parte da frente, um deles tão profundo que, de fato, rasgara a roupa ao meio.

Zack tocou os rasgos serrilhados, o tecido grosso de várias camadas em seus dedos. Era necessária muita força para simplesmente cortar uma vestimenta como aquela.

– Isso é extremamente bizarro – Tea comentou.

– Ok – Zack propôs –, se o corpo de Pogo ainda está aqui... quem é aquele cara pelado de cabelo vermelho?

– É possível que o que Camilla tenha visto fosse um ser completamente diferente revivido? – Taj questionou.

– Tem que ser! – Tea afirmou. – Não é o mesmo de jeito nenhum! Os corpos de Megan e Camilla não estavam aqui!

– Certo e certo – Zack disse. – Mas é lógico que pode haver algo de comum entre esses reavivamentos. – Ele indicou o traje descartado. – Quero dizer, olhem para a evidência.

Taj balançou o dedo indicador, parecendo, na opinião de Zack, um professor universitário.

– Acho que este mundo, como um todo, consiste em máquinas moleculares, ou como vocês queiram chamar. Tudo o que entra neste meio ambiente não é nada mais do que combustível ou materiais a serem remontados, se necessário. Tudo o que vocês veem pode se transformar em qualquer coisa que os designers daqui queiram.

Tea permitiu-se participar da especulação.

– Mesmo o gelo e a neve na superfície... – Ela pareceu agitada. – Nós ingerimos alguma coisa?

– Comida e água vieram de nossos suprimentos – Zack disse, não gostando da conclusão óbvia de que todos eles estivessem infectados. – Mas estamos respirando o ar há mais de 12 horas.

– Droga.

Tea começou a se afastar. Zack seguiu-a, tomando delicadamente seu braço.

– Ei, ei, ei, fique comigo. Desculpe-me... você me conhece, sempre disposto a pegar uma ideia desagradável e transformar em brincadeira. Não sabemos nada ainda. Mesmo que estejamos, de alguma forma, contaminados, não sabemos se isso é ruim.

– Sim – Taj disse. – Encare desta forma: isso pode significar que não possamos morrer nunca.

– É bom saber – Zack murmurou –, dadas as opções sombrias que estamos enfrentando no momento.

Tea encarou os dois homens.

– Babacas.

Dez minutos mais tarde, eles estavam de volta ao rover.

Devido às circunstâncias cada vez mais incertas – e tentando não imaginar um Patrick "Pogo" Downey renascido perambulando por Keanu –, Zack percebeu que aquela era a hora de seguir adiante, como seus colegas no controle de missão gostavam de dizer. Estabelecer um plano e executá-lo.

– Ok, todo mundo, reunião.

Dentro de instantes, estavam todos em grupo. Lucas e Camilla, Natalia, Tea e Taj.

Megan.

– Meu melhor palpite é que em quatro horas estaremos de volta ao contato total com Houston – fazendo uma pausa, ele curvou-se em reverência para agradecer o canal alternativo da *Brahma* e de Taj –, e é provável que recebamos ordens para retornar para a *Venture*. Uma vez que obviamente não estamos equipados para uma exploração real ou apoio à vida, esse será o plano. Mas não vamos deixar ninguém para trás – ele completou, percebendo que alguma parte de seu cérebro tinha considerado o problema e tomado uma decisão. – A *Venture* tem espaço para um passageiro adulto e, portanto, Megan irá comigo e com Tea, sem problemas.

Na pendência de dados adicionais, ele não iria introduzir como fator o potencial fantasma de Pogo Downey na equação.

– Estou igualmente disposto a levar Camilla – ele prosseguiu –, mas, dado que ambas as naves foram projetadas para decolar da Lua, há uma margem ampla no propulsor para lançar a *Brahma* com cinquenta quilos extras também. Os consumíveis como oxigênio e água podem vir a ser um problema, mas, mais uma vez, ambas as espaçonaves estão configuradas para quatro tripulantes e um mínimo de 10 dias.

Ele olhou para Taj buscando uma confirmação.

– Pode ser que tenhamos mais – o *vyomanauta* arriscou.

– Neste exato momento, estamos no quinto dia. Se decolarmos ainda hoje, mais tarde, estaremos em casa no oitavo dia, o mais tardar no nono dia. Talvez seja necessário que todos nós, ah, respiremos mais devagar, mas acho que iremos conseguir. – Essa sugestão não era apenas uma brincadeira; uma das estratégias desenvolvidas para evitar que os suprimentos acabassem era drogar um ou mais membros da tripulação, cortando de modo efetivo a taxa de consumo de oxigênio pela metade.

– Primeiramente – Zack continuou, virando-se para apontar –, vocês ficam com o *Buzz*. Ele é pressurizado, capaz de percorrer várias centenas de metros com três passageiros sem trajes de AEV. – Ele apontou para Megan. – Você vai ser a piloto.

Megan sorriu de leve.

– Vejo um problema – Natalia falou, olhando para Lucas e Taj, como que a dizer: *Seus idiotas, por que é que eu é que tenho que falar isso*? – Tudo bem, Megan e Camilla dirigem até o fundo do Respiradouro Vesuvius. Mas, cinco astronautas, cinco trajes de AEV. Como nossos três passageiros vão sair do rover e entrar na nave espacial?

A mente sob estresse era uma ferramenta maravilhosa. Zack ficou satisfeito por Natalia ter feito esse questionamento, porque ele não tinha solucionado o problema... até aquele exato momento.

– Faremos o que eles planejaram que fosse feito com um ônibus danificado em órbita. Você voa até ele e envia um astronauta com o traje de AEV, carregando o equipamento extra. Ele entra, ajuda os membros da tripulação a colocarem os trajes e reboca-os com segurança. Em seguida, estacionamos o rover dentro da membrana, o que significa que teremos um meio ambiente pressurizado fora dela. Taj e Lucas retornam para a *Brahma* e, em seguida, Lucas pega o traje vazio de Taj, traz para a membrana, coloca Camilla nele e volta com ela para a *Brahma*. Repetimos então o procedimento para levar Megan para a *Venture*.

– Isso vai demorar – Natalia contrapôs. – Apenas para voltar para as naves, respiradouro acima!

– É por isso que precisamos começar logo.

Para surpresa de Zack (o gesto era tão familiar quanto inesperado), Megan levantou a mão.

– Tenho um plano melhor. – O grupo de oito não estava fazendo muito barulho, pelo menos não a ponto de Zack ter notado. Mas ele percebeu o silêncio repentino. – Primeiro, precisamos visitar o Templo.

– Nós já o visitamos – Tea objetou rapidamente.

Megan recusou-se a olhar para ela.

– Mas você não chegou a entrar. – Ela levantou-se e pegou Camilla pela mão. – Nós podemos.

Camilla sacudiu a cabeça positivamente. Zack deu uma olhada para Taj, Lucas, Natalia e Tea, e cada um deles respondeu com surpresa ou balanço de cabeça.

– Você tem certeza disso? – ele perguntou a Megan. – De que vocês podem entrar?

– Eu gostaria de poder ser mais específica. Mas, sim. Nós podemos, nós devemos... é *vital*.

– Eu preciso mais do que isso – Zack disse em voz baixa.

Taj, de repente, colocou uma mão na orelha direita, onde usava um fone de ouvido. Ele simplesmente afastou-se.

Megan estava balançando lentamente a cabeça de um lado para outro, com os olhos fechados, como se estivesse buscando uma recordação perdida. Em seguida, ela olhou diretamente nos olhos de Zack.

– Não posso lhe contar mais. Tudo o que eu posso dizer a você, querido, é que durante toda a sua vida você quis solucionar mistérios. Isso é o que o move, mais do que amor ou dinheiro ou família. Aqui você tem o maior de todos na história da humanidade e lhe custará apenas uma hora do seu tempo, talvez duas.

– Estou arriscando as vidas de sete outras pessoas.

– Obrigada por nos incluir, mas não iremos embora se não formos primeiro ao Templo. – Zack observou quando Lucas traduziu as palavras de Megan para Camilla, que assentiu entusiasticamente.

Com a câmera-comunicador Zeiss debaixo do braço, Taj retornou, poupando Zack da agonia de dizer a Megan que ele teria de deixá-la...

– Temos um problema – ele informou. – Parece que Pogo está vivo e que contatou a *Venture*.

Tea, Lucas e Natalia fizeram perguntas diferentes em uníssono:

– Onde ele está?

– Como ele passou pela membrana?

– O que ele disse?

Taj fez sinal para Zack e os outros para o seguirem por trás do rover.

– Vocês precisam ver isso.

Todos os cinco trajes de AEV haviam sido deixados ali, três da *Brahma* e dois da *Venture*, encostados contra a lateral do rover como uma fileira de jogadores de futebol exaustos.

Agora havia apenas quatro. Zack podia fazer a matemática.

– Um dos trajes se foi. O meu.

Taj assentiu.

– E Downey, obviamente, está usando um traje equipado com um radio operando nas frequências da *Venture*. E ele está no piso do Respirador Vesuvius.

– Agora, o que vamos fazer? – perguntou Lucas.

Zack tentou não fazer disso um cabo de guerra. *Você é um cara inteligente. Uma decisão como essa é como arremessar uma cesta importante – se pensar demais, vai ferrar com tudo.* A perda de seu traje não afetava o plano em nada que importasse.

– Duas equipes – ele ordenou. – Taj e Tea, de volta para a *Brahma* e para a *Venture*, coloquem Pogo a par dos acontecimentos e preparem a transferência do traje. Usem os trajes da Yvonne e do Dennis quando vocês voltarem. O resto de nós irá levar o rover para o Templo. Estaremos na membrana em duas horas, não importa o que aconteça.

Ele não esperou por uma resposta e evitou olhar nos olhos de Megan ou Tea.

– Vão!

Agora ele tinha um plano. Claro, havia aquele velho ditado: nenhum plano de batalha sobrevive ao contato com o inimigo. Bem, dane-se.

Seriam os Arquitetos o inimigo? Só havia uma maneira de descobrir.

*Obrigado por concordar em participar do apoio da missão da* Destiny-7. *Sua assinatura neste documento indica sua aprovação em relação às exigências de segurança no Arquivo A...*

*NOTA DE ABERTURA PARA O MEMORANDO DA HOME TEAM, TRANSMITIDA EM SUA TOTALIDADE PARA A SKY NEWS POR WADE WILLIAMS, 23 de agosto de 2019*

– Sente-se e cale a droga da boca.

Harley trouxera Rachel à sala da Home Team para rever a gravação de sua conversa com Megan. Levou um tempo para reunir os doze participantes; vários tinham saído para tirar uma soneca ou para comer.

Quando Williams, Creel, Valdez e Matulka voltaram e reuniram-se em seu pequeno grupo, Harley perdeu a paciência e deu ordens para que Sasha Blaine desse início à reprodução.

O que permitiu a Harley dar uma dura em Wade Williams foi que, além de ter sido o último disperso a entrar, ele ainda cometera o erro de perguntar o que estava havendo.

Várias pessoas inspiraram súbita e rapidamente após as palavras de Harley, como se ele tivesse se levantado de sua cadeira de rodas e esmurrado o idoso escritor-cientista. Talvez tivesse sido a primeira vez, em seus setenta anos, que Williams escolhera não falar e buscar um lugar na mesa. Porém, ele era tão barulhento que Harley foi forçado a dizer:

– Tudo bem, Sasha. Dê um *pause*.

Enquanto, na tela, Megan Stewart olhava para o grupo diretamente do interior de Keanu, Harley chamava a atenção de Williams.

– Se você não consegue mais compreender o que estamos fazendo, dr. Williams, sugiro que você peça para o sr. Creel deixá-lo a par, em voz baixa. Acredito que ele esteja acostumado com a tarefa. Todos vocês estavam ansiosos ao se inscrever para esse trabalho. Com base no desempenho da maioria, suponho que vocês estivessem apenas pensando em como isso ficaria muito bonito em seus currículos. Obviamente não era porque vocês sabiam do duro trabalho envolvido. Sim, vocês podem não ter refeições regulares com comidas de boa qualidade. Sim, vocês podem ter de ficar acordados por dois dias seguidos. E sim, vocês podem ter de ouvir alguém com autoridade falando de modo duro com vocês.

Rachel deu uma risadinha. E, na escuridão, Sasha Blaine levantou os polegares para cima na direção de Harley.

– Não vou pedir desculpas por isso – continuou Harley. – Estamos fazendo um trabalho importante, e o processo tende a ser doloroso. Lembrem-se, no entanto, de que apesar de Houston não ser o local mais agradável do mundo, é no mínimo muito melhor do que estar na *Venture*, ou percorrendo o interior de Keanu. Portanto, eis o que eu preciso e o que vou ter: cem por cento de cooperação e zero por cento de putaria. Para aqueles que não se sentirem à vontade em se comprometer com essas duas regras, a porta é a serventia da casa. Agora, daqueles que decidirem ficar, espera-se que as cumpram.

A sala permaneceu em silêncio até que Williams levantasse a mão.

– Posso falar?

– Seja breve.

– Não vou discutir seus, ah, pontos evidentes. Gostaria apenas de observar que trabalho criativo e ideias espontâneas podem não seguir um cronograma ou demanda.

– Registrado – Harley retrucou –, e estou inteiramente ciente disso. Estou apenas tentando criar um ambiente no qual o trabalho criativo possa ser realizado de forma otimizada... uma ideia de gênio não tem utilidade para nós se não oferecer suporte à missão... que é – ele completou, sentindo a necessidade de uma advertência – completar o reconhecimento de Keanu e retornar ambas as tripulações com segurança para a Terra...

A porta abriu novamente e, desta vez, a raiva de Harley foi genuína em vez de estratégica.

– Maldição, quantas vezes tenho que...

Ele parou quando viu que os recém-chegados eram Bynum, o assessor da Casa Branca, e o Diretor Jones. Weldon estava com eles, parecendo indecentemente revigorado. Havia também dois seguranças habituais.

– Desculpe-me pela interrupção – disse Jones, afastando-se imediatamente. – O sr. Bynum tem algumas informações novas para nós. – Harley nunca tinha visto Jones tão exausto e austero.

Bynum pigarreou. E, uma vez que não pedira que as luzes fossem acesas, permaneceu com o rosto no escuro, e suas palavras pareciam pronunciadas por um orador invisível.

Talvez fosse essa a ideia.

– Obviamente que esse negócio de ver seres humanos supostamente renascidos em Keanu representa uma... mudança de paradigma. – Harley ficou imaginando quem teria surgido com aquele termo tão aflitivamente neutro. Estava evidente que era uma escolha menos emocional do que "destruição de tudo o que acreditamos saber". – Acabei de falar ao telefone com o presidente...

– E quanto ao papa? – alguém perguntou, mais para provocar risos do que para ser respondido propriamente. Como a sala estava na penumbra, Harley não pôde identificar o orador.

– O presidente – Bynum continuou, limpando a garganta mais uma vez – classificou oficialmente as entidades em Keanu como hostis.

O pronunciamento provocou uma reação maior, caracterizada por uma voz feminina surpreendentemente alta:

– Que monte de merda – gritou Sasha Blaine. Harley estava começando a gostar daquela moça.

Harley optou por deixar o tumulto continuar por uns mais segundos antes de dizer:

– Pessoal, lembrem-se das regras.

Dirigiu-se a Bynum, mas olhava na direção de Weldon:

– Sr. Bynum, o que isso quer dizer exatamente?

– Que nenhuma das entidades terá permissão para deixar o interior de Keanu, muito menos entrar nos veículos *Venture* ou *Brahma*.

– O que significa que não é decisão apenas de nosso presidente, mas também dos líderes das nações da Coalizão.

Jones, por fim, se pronunciou:

– Eles julgaram os, uh, *Revenants* como hostis desde o princípio.

– Essa decisão – Bynum continuou – significa também que as tripulações, ao retornarem, serão colocadas em quarentena. Para se ter uma ideia, os preparativos para um confinamento seguro do interior da *Venture* já foram iniciados. Enquanto isso, no que diz respeito às operações atuais de missão, será enviado um *recall* para a tripulação, logo que o contato de rádio seja restaurado por completo... e o uso de armas letais foi autorizado.

– Você quer dizer *matá-los*? – perguntou Lily Valdez.

Mas foi Rachel Stewart que se levantou, claramente visível sob a luz de um monitor, pegando Bynum, Jones e Weldon de surpresa.

– Como você pode dizer isso? É a minha mãe que está lá em cima!

Bynum balbuciou algo ininteligível, encontrando dificuldade para lidar com uma questão vinda de uma fonte inesperada. Com voz cansada, Gabriel Jones disse:

– Não vamos atacar essas coisas. Queremos apenas nosso pessoal de volta, sãos e salvos. Mas, Rachel, querida... não há chance alguma de essa criatura ser, de fato, sua mãe...

– Ela sabe coisas que só minha mãe saberia!

Harley foi até a menina e, delicadamente, puxou-a para perto de si.

– Tudo bem – ele disse à menina. – Vamos fazer o melhor que pudermos.

– O que essa decisão significa – interrompeu Bynum – é que, sejam quais forem as ações que vocês recomendem, tratem a situação de Keanu como uma ameaça à saúde pública. Minimizem o contato. Resistam a ele. Desvencilhem-se. – E deslocou-se um pouco, permitindo a Harley ver seu rosto... Bynum parecia ter envelhecido uma década de um dia para o outro.

Jones acenou para Bynum e para os outros em direção à porta, mas Weldon ficou para trás.

– Harls, um momento.

Harley não quis deixar Rachel, que tremia de raiva. Tudo o que ele pôde fazer foi deixá-la aos cuidados de Sasha.

Do lado de fora, no corredor, enquanto Bynum, Jones e os outros mantinham a distância por educação, Harley lançou o primeiro golpe.

– Vocês não me disseram que eu era o responsável?

– Não exatamente – Weldon disse. – Você é o líder da comissão, o que significa que você é a pessoa a quem recorremos para obter as respostas. O objetivo dessa ordem é dar forma às orientações que você irá passar à Home Team. Em outras palavras, não perca tempo tentando entender o inescrutável. Concentre-se na segurança e na proteção.

– Que monte de merda é essa?

– Você quer desistir?

– Eu não saio no meio de um trabalho. – Ele sabia que Weldon não teria permitido aquilo sob hipótese alguma. – Mas eu quero que você saiba que, uma vez que nenhum de seus outros amiguinhos parece entender isso, o modo mais inteligente de lidar com esta questão é assumir que aquelas pessoas sejam quem elas dizem que são.

– Aquelas pessoas. Esses *Revenants*?

– Chame-os como você bem entender, Shane. Eles são a prova viva de que o universo é muito mais estranho do que imaginamos, e de que há criaturas lá fora que podem operar seu maquinário melhor do que nós. O que não deveria ser nenhuma droga de surpresa, na verdade. Então, por que é que você quer cutucá-los com uma vara curta? O tiro vai simplesmente sair pela culatra.

Weldon fechou os olhos. Harley sabia que o homem não discordava dele. Porém, a maior força profissional de Weldon era também sua maior fraqueza pessoal: ele fazia tudo o que aqueles que estavam acima dele lhe solicitavam e, normalmente, melhor do que eles poderiam imaginar.

– O que você quer que eu faça, Harls? Isso é coisa da Casa Branca e do Pentágono.

– Lembra-se daquele ditado que você mencionou quando eu era um ASCAN? – Weldon, como diretor de voo sênior, fazia parte do painel que entrevistara Harley quando ele se candidatou pela primeira vez a astronauta. – "Estamos à procura de pessoas que entendam a importância de tomar decisões em relação às quais não podemos voltar atrás." Vou voltar para debater com os gênios, e manterei a sua orientação em mente. Porém, quando você voltar para o controle de missão – Harley apontou para o corredor, para o grupo que esperava impacientemente por Weldon –, não deixe que eles tomem uma decisão que não possamos corrigir.

*Embora a comunicação entre os centros de controle de missão de Bangalore e Korolev com a espaçonave* Brahma *esteja temporariamente indisponível, todos os sinais indicam que a missão procede conforme o planejado. Acredita-se que o membro da tripulação da* Brahma *Natalia Yorkina, cidadã russa, tenha sido o primeiro a entrar no interior de Keanu e o que realizou a maior parte dos levantamentos científicos.*

*RELATÓRIO ITAR-TASS, 23 agosto de 2019*

– Estou saindo – Dennis falou.

– Você deve estar brincando.

– Você ouviu a mensagem. – O cosmonauta já estava em movimento, em direção à câmara da *Venture*, em seu traje de AEV.

Yvonne não seria capaz detê-lo. Mesmo em baixa gravidade, a dor e o inchaço em sua perna dificultavam seus movimentos. – Dennis, o homem está morto!

– Vai ser melhor para todos nós que nos encontremos... lá fora. – E então bateu de leve na divisória de compartimento mais próxima. – Não aqui dentro.

Yvonne tinha passado por uma meia hora aterrorizante, o que poderia ser comparável apenas ao momento em que ela havia sido arremessada ao longo da superfície de Keanu no dia anterior: a situação era tão assustadora quanto, mas durara apenas uns poucos minutos.

Sua vida em Keanu tinha se transformado em um longo pesadelo, do qual ela não podia despertar...

Começara com uma chamada de rádio.

– *Venture*, *Venture*, responda.

A princípio, Yvonne ficara feliz, acreditando que tivesse retomado o contato direto com Zack e Tea.

Porém, no instante em que ela respondera – Aqui é a *Venture*. Ei, bem-vindos de volta! –, ela ouviu uma voz que provocou arrepios.

– Downey falando. Preciso de ajuda.

Ela olhara para Dennis naquele momento. Os olhos do cosmonauta russo, que, normalmente, davam a impressão de sonolência mesmo no meio do dia, arregalaram-se em alerta. Ele arrancara o fone de ouvido dela, para silenciar a comunicação.

– Não responda!

– Ok – ela disse –, isso vai funcionar por uns dois minutos. E então? – Yvonne estendeu a mão. Dennis devolveu o fone de ouvidos.

– Devemos chamar Bangalore.

– Você faz isso. Mas eu não vou acatar as ordens vindas deles.

– Não podemos lidar com isso sozinhos!

– Houston estará acima do horizonte em duas horas. Talvez eu possa enrolá-lo até que…

Mas a voz proveniente do Respiradouro Vesuvius retornara.

– *Venture*, Downey falando. Está ouvindo?

– Como diabos isso pode estar acontecendo? – Yvonne vociferou. – Você não falou que ele estava morto?

– Sim. Sem dúvida. Vi as imagens do corpo. Houve muita discussão enquanto você esteve inconsciente.

– Mas ele está aqui.

– Assim como a esposa de Zachary e os outros. Sim, aparentemente Downey foi restaurado.

– Ok, e então? Ajudo o cara? Ele é um dos tripulantes.

– Você não sabe o que ele é, o que qualquer um dos outros é. Já é bastante ruim que nossos amigos estejam lidando com eles... não podemos deixar que uma dessas criaturas chegue às nossas naves.

– Bem, estamos trancados aqui dentro. E quanto a *Brahma*?

– Não é apenas o acesso que me preocupa. É também o possível dano. Suponha que esse ser seja hostil.

– Ele não pode nos machucar aqui dentro.

Então, Dennis decidiu.

– Não, tenho que encontrá-lo.

Agora ele estava com seu traje aberto; nos trajes da *Brahma*, a mochila ficava nas costas, aberta para facilitar o acesso. Dennis estava com os pés nas pernas do traje e contorcia os braços para dentro das mangas e luvas. Apesar da tensão, Yvonne teve de admirar a habilidade do homem nesse procedimento. Naturalmente, pois ele tinha feito isso durante 25 anos. Na verdade, havia ajudado a projetar o traje.

– E quanto a mim? Você tem olhado a minha perna ultimamente?

Ela tinha e não gostara nada do que vira... as manchas escuras de necrose.

– Minha ausência não terá efeito imediato em sua condição.

– Mas há uma chance de eu ficar incapacitada. E se, de alguma forma, você ficar incapacitado, ambos os veículos estarão abandonados à própria sorte, e eu acho que essa é uma péssima ideia.

Neste momento, Dennis passou sua cabeça pelo anel de pescoço para dentro do capacete bolha e estava selando sua mochila. Ele precisou berrar para ser ouvido.

– A pior ideia é ficar sem fazer nada.

Ele começou a abrir os armários dentro da câmara.

– O que você está procurando? – Yvonne perguntou.

– Uma ferramenta.

Yvonne não acreditou.

– Você quer dizer uma arma.

– Tudo bem. Uma arma.

– Então este é o seu grande plano? Golpeá-lo na cabeça? Você vai quebrar o capacete dele e matá-lo, ou você não vai fazer nada. Parece uma perda de tempo.

– Prefiro encarar essa situação com uma arma, caso eu venha a precisar dela.

Yvonne levou isso em consideração. Inútil esperar que Houston viesse à linha para dizer o que fazer. Ela estava sozinha... e concordou, a princípio, que essa criatura "Downey" não devia ter permissão para entrar na *Venture*... pelo menos, por enquanto.

– Ok, os utensílios que usamos são todos de plástico. Lanternas, canetas... todo esse material é leve.

– Eu me lembro. – Era verdade, Dennis tinha vivido na Estação Espacial Internacional por quase um ano. Ele conhecia o tipo de equipamento que poderia encontrar em uma cabine espacial da NASA.

– A caixa de ferramentas está do lado de fora, no entanto. Deve existir uma chave de boca.

Dennis levou isso em consideração. Através do visor do capacete, já embaçando a cada respiração, ele sorriu.

– Obrigado. Você deve selar e evacuar esta câmara. Mantenha-a assim.

Quando Yvonne voltou para a cabine principal, ao tentar alcançar a escotilha atrás dela, sentiu tontura e medo.

Quando acionou os comandos para purgar o ar da câmara de despressurização da *Venture*, permitindo que Dennis saísse, o olhar dela caiu sobre a caixa cinza que guardava o Item.

– O que diabos você está olhando?

*Q: O que você faz melhor do que qualquer outra coisa?*

*DOWNEY: Bem... quebrar coisas e matar pessoas, eu acho.*

*ENTREVISTA PARA ASCAN.COM*

*TENENTE CEL. PATRICK DOWNEY, FORÇA AÉREA DOS ESTADOS UNIDOS, 11 de maio de 2011*

No exato momento em que se viu olhando para a parede vertical do Respiradouro Vesuvius, o *Revenant* conhecido anteriormente como Pogo Downey teve uma lembrança calorosa da manobra radical que Zack tinha escolhido para levar as pessoas e o equipamento para o fundo. *Isso, basta jogar tudo para dentro.* O plano era que os astronautas pudessem ser rebocados por corda... e o rover, abandonado.

Isso fazia sentido, contanto que você tivesse um colega astronauta no topo da encosta com uma linha.

No momento, Pogo estava sozinho... e à procura, no escuro, da rampa que Zack tinha sugerido como uma rota de retorno alternativa.

Teria sido mais fácil enxergar com a iluminação de vaga-lumes. Quando ele emergiu da passagem entre a membrana e a base do respiradouro, descobriu que os vaga-lumes estavam apagados! Não havia outra fonte de luz além dos feixes gerados pelas lâmpadas de seu capacete... e o fraco brilho das estrelas.

Para tornar os problemas mais desafiadores, ele estava tendo câimbras. Os trajes de AEV não eram feitos sob medida para cada astronauta, mas vinham em três tamanhos: Pogo usava tamanho grande, enquanto Zack Stewart usava o médio.

Ele também não pudera realizar nenhuma verificação de sistema.

O fator crítico, naquele momento, era oxigênio. Havia menos de noventa minutos em seus tanques. Se tivesse tido tempo e estivesse sozinho, ele os teria recarregado no rover... mas só pudera invadir o acampamento por alguns momentos.

– Pogo, você pode me ouvir? – A voz de Chertok tinha um som distante estranho. Provavelmente teve de ser retransmitida por todo o caminho até a Terra e então de volta para Keanu.

Mas pelo menos alguém tinha atendido.

– "Cinco de" – Pogo respondeu. Este era um retorno de chamada para os testes de voo de três gerações anteriores. *Cinco de cinco. Claramente.* – Onde você está?

– Na borda do Vesuvius.

Downey olhou para cima, para a face do penhasco, na direção geral da *Brahma*.

– Não vejo você. Muito escuro. – *E aqueles trajes da* Brahma *são azuis.*

Outro atraso. O sinal estava sem dúvida sendo roteado provavelmente através de Bangalore. Isso significava que todos sabiam o que tinha acontecido a ele.

Durante a jornada pela membrana, pela longa passagem e, em seguida, ao longo da base do respiradouro, Pogo havia feito grandes mudanças em seus planos.

A princípio, ao perceber-se vivo de novo, ele quisera retomar o contato com Zack e os outros. No entanto, três acontecimentos o haviam convencido de que seria uma péssima ideia: primeiro fora encontrar o corpo de um outro *Revenant*, um sinal de que seus antigos colegas estavam preparados para ser violentos.

Em seguida, vira Zack e os outros membros de sua tripulação em completo desalinho, sem os trajes, na companhia de outros humanos, entre eles dois membros da tripulação não confiável da Coalizão.

E, finalmente, encontrara seu próprio corpo... vira seu próprio rosto ensanguentado congelado em agonia final...

Ele precisava de um trunfo. Uma posição vantajosa. Espaço para negociação.

Ele também estava determinado a entrar em contato com Linda e com as crianças, que certamente haviam sido informadas de seu acidente – estranho pensar nas palavras "da sua morte". O pensamento sobre a dor e a incerteza de sua família provocou-lhe lágrimas ofuscantes.

Tudo o que ele mais queria na vida era poder apagar esses acontecimentos, refazer tudo da melhor maneira, abraçá-los novamente. *Não, isso tudo foi um engano. Estou vivo!*

Ele poderia contatar sua família – e adquirir a margem para negociação necessária – se conseguisse sair da câmara e voltar para a *Venture*.

Por isso roubara um traje e um capacete.

Durante todo esse tempo, ele tinha sido bombardeado com estranhas pseudolembranças. Imagens de estruturas e paisagens em algum lugar mais profundo dentro de Keanu. Uma era escura, brilhante, queimada. Outra era preenchida com névoa esverdeada e formas flutuantes estranhas. Havia uma imagem recorrente de uma criatura grande com vários membros, vestida com roupas que eram uma espécie de armadura brilhante.

Ele sabia o nome delas. Garudas Scaptors. Arquitetos. E sabia que havia várias facções de Arquitetos e que cada uma delas tinha seus próprios planos.

E a estúpida Sentinela, que não era uma sentinela propriamente, mas simplesmente uma outra forma de vida. Se fosse para adotar um nome mais preciso, seria *candidato*. Para o quê, Pogo não sabia.

Havia muito mais conceitos que se escondiam nas bordas da memória, como lições de ciência da computação estudadas vinte anos antes: a ideia de que entidades, orgânicas ou não, deixavam uma trilha no universo maior do que o sugerido pelas fronteiras visuais ou limites físicos, que elas deixavam "vagas" ou "nuvens" quânticas que podiam ser detectadas, e manipuladas, anos após sua morte ou destruição.

A confusão provocada por vertigens, a falta de palavras para definir conceitos, a frustração dele com sua própria falta de habilidade para entender como e por que fizeram-lhe mal fisicamente. No entanto, quando chegou à borda do Vesuvius (identificando Dennis, que havia ligado as luzes de seu capacete), ele subitamente compreendera qual era sua missão.

Não apenas ir para casa, voltar para Linda, Daniel e Kerry; mas também punir os Arquitetos por terem contatado a raça humana de forma cruel e mal planejada.

*Depois* ir para casa.

Passando pela Colmeia, arremessara pedras em tantas células quanto possível. A destruição fora mínima, mas provavelmente significativa.

– Onde está a rampa? – ele perguntou via rádio para Dennis. Enquanto esperava, olhou para as rochas e o gelo ao seu redor. Suas mãos sentiram-se vazias. O que ele precisava era de uma vara, algo para se firmar. Envoltas em sombras, dentro de uma fenda, havia várias estruturas que, em uma caverna terrestre, teriam sido chamadas de estalactites.

Pogo imaginou rapidamente se seria possível para um ser humano quebrar um gelo formado durante os últimos dez mil anos. A resposta era sim...

– À minha esquerda, à sua direita... duzentos metros.

Downey estava em movimento antes que Dennis terminasse de dizer a ele: escorregando e deslizando, apoiando contra a parede do respiradouro com uma mão livre, a outra usando o caco de gelo como um bastão.

Ele sentiu-se fraco – provavelmente ao aumentar o consumo de oxigênio do traje, que não fora projetado para caminhadas de *cross-country*. A leveza momentânea fez com que se lembrasse muito das circunstâncias de sua morte. Como tinha acontecido exatamente? Era evidente que Lucas tinha assustado o Sentinela. Mas que espécie de criatura responderia a um simples flash de luz com um golpe mortal?

A menos que a criatura fosse incrivelmente forte e rápida, mas tivesse apenas a intenção de agarrá-lo e segurá-lo...

Lá estava a rampa, sua base repleta de pequenas rochas misturadas com neve. Obviamente ninguém tinha tentado usá-la por séculos ou mais.

Entretanto, ele pôde escolher seu caminho através dos pedregulhos usando seu "bastão". E, uma vez tendo passado pelos destroços na base, a rampa provou ser relativamente limpa, embora estranhamente ampla. Era possível conduzir dois rovers sobre ela, lado a lado.

Outra boa coisa: a baixa gravidade significava pouca tração. Cada dois passos resultavam em uma derrapagem... e, embora ele soubesse, teoricamente, que poderia sobreviver a uma queda, ele não queria retornar à base do respiradouro e ter de recomeçar a subida novamente.

Ele estava correndo contra o tempo.

Uma luz em movimento refletia ao longo das paredes do respiradouro. Dennis fazendo contato.

– Estou vendo você.

– Entendido.

Downey alcançou a borda antes de Dennis chegar. Ele parou para recuperar o fôlego, ofegando um pouco. Podia ver a *Brahma* à sua direita, um arranha-céu de prata com seis andares, que parecia ridiculamente perto... e a *Venture* do outro lado, agachada, acesa como uma abóbora de Halloween.

– Downey. – Dennis parou a vários metros de distância. – Bem-vindo de volta.

O atraso na chamada estava deixando Pogo louco; mesmo que os trajes de AEV efetivamente mascarassem os gestos que acompanhavam a fala, era irritante ver o russo erguer a mão em saudação... e ouvir as palavras após vários segundos.

Talvez isso explicasse o que aconteceria em seguida. Em silêncio, o cosmonauta chegou até ele com a mão direita... mas havia alguma coisa em sua esquerda! E Dennis estava levantando justamente essa mão...

Downey a bloqueou com seu bastão. O movimento foi exagerado por causa da baixa gravidade... Chertok girou.

E a ponta do gelo perfurou o traje de Chertok.

O russo olhou para o talho no tecido grosso azul e um rápido jorro de gotas de sangue congelou rapidamente, tornando-se granizo vermelho.

Somente então Downey ouviu o homem dizer:

– Segure minha mão.

Então não tinha sido um erro! Dennis Chertok o estava atraindo para perto dele provavelmente para esmagar seu capacete.

Agora era Chertok, cujo ar e vida estavam vazando por um buraco em seu traje. Ele deixou cair a ferramenta e estendeu a mão freneticamente para o peito; obviamente ele não podia ver exatamente onde tinha sido cortado.

Será que ele tinha algo para remendar? Uma das mãos apalpou um bolso na perna direita do traje.

Seu visor ficou todo embaçado e, em seguida, congelou. Palavras em russo. Downey ouviu o que ele sabia ser um palavrão, seguida de uma única palavra: *spaseniye*. Socorro.

Em seguida, um chiado estrangulado. Chertok caiu de bruços com o rosto na neve de Keanu. Sem movimento. Ele estava morto.

Pogo largou sua lança de gelo e pegou a ferramenta. Bem melhor.

Pogo não tinha lembranças dos minutos que se seguiram. Era como se ele tivesse sido teletransportado, *à la* Jornada nas Estrelas, da borda da cratera para um lugar a meio caminho entre os dois veículos, e estivesse se aproximando da *Venture* por sua parte posterior.

Ele não tinha a intenção de machucar Dennis Chertok. Bem, talvez ele quisesse puni-lo por vir ao seu encontro com uma arma. Naturalmente, o russo devia saber o que iria acontecer. Será que o homem não compreendia o que Downey tinha sofrido?

Mas morto? Não. De todas as pessoas, Downey sabia como era sentir aquilo. A desconexão que era súbita, inevitável, permanente. É claro, enquanto Downey havia sido desmembrado (um processo que havia visto, mas não realmente sentido), Chertok havia congelado e sufocado... devia ter sido como um afogamento.

Downey sempre ouviu dizer que os afogados sentem paz ao final. Ele esperava que o mesmo fosse verdade para cosmonautas expostos ao vácuo... Ainda assim, não deveria ter acontecido. Ele foi muito rápido ao reagir, descontrolado demais.

Mas estava feito.

– Yvonne, Pogo falando. Tenho um problema.

Pelo menos o atraso de sinal tinha desaparecido; Downey podia se comunicar diretamente com a *Venture* através da linha de visada.

– Não brinca, seu imbecil maldito. Eu vi o que você fez.

– Então você sabe que foi um acidente. – Enquanto falava, Downey percebeu que não podia simplesmente ficar na superfície de Keanu discutindo com Yvonne Hall. Continuou a se aproximar da *Venture*.

– O que você quer?

– O que diabos você acha? Quero entrar a bordo! Não posso ficar aqui.

Deu mais alguns passos para frente.

– Onde estão Zack e Tea?

– Não tenho ideia. Ainda em Keanu.

– Como vou saber se você não os feriu?

– Por que você não pergunta a eles?

– Eu perguntaria se eu pudesse.

– Bem, eles estavam ótimos da última vez que os vi. – Era a verdade... Downey não tinha motivo para mentir. – Vamos, Yvonne, sou eu. Somos amigos.

– Nós éramos *colegas de tripulação*. Um negócio totalmente diferente. Especialmente quando falamos no pretérito. – Pela primeira vez, desde que retornou à vida, Pogo Downey sentiu um lampejo real de raiva. Vadia estúpida... ela realmente não tinha compreensão da lealdade que um membro de uma tripulação devia ao outro. Especialmente durante uma missão. O que era mesmo que os treinadores russos diziam para os cosmonautas? "Aprendam a trabalhar em conjunto, porque, se um de vocês estragar tudo, todos levarão a culpa." Era a mais pura verdade.

– Bem, estou retornando para a *Venture*.

– Não posso deixar você entrar.

– Você não pode me impedir.

Houve outro silêncio longo; dessa vez, quebrado por um chiado familiar no fone de ouvidos de Downey.

– *Venture*, Houston. *Venture*, Houston, está ouvindo?

O mais rápido que conseguiu, ele respondeu:

– Houston, Downey em AEV. Está ouvindo?

A resposta de Houston teria levado oito segundos, mas Downey nunca saberia, uma vez que Yvonne imediatamente entrara na linha.

– Downey está na superfície e atacou Chertok. Eu o considero uma ameaça.

Em seguida, ela mudou para o Canal B, fazendo com ele ficasse impossibilitado de ouvir. – Downey para Houston, o que eu faço?

Outro longo atraso de sinal. Finalmente um Capcom diferente:

– Ah, bem-vindo de volta, Pogo. Aguarde.

Merda.

Por um momento ele fez uma pausa, olhando para sua direita na direção do módulo de pouso mais alto, a *Brahma*... que estava desocupada. Assumir o controle seria outra manobra *à la* Horatio Hornblower, da mesma forma que a vantagem gravitacional. Mas dessa vez eles estariam eliminando uma embarcação inimiga. Bem, não eles... apenas Pogo Downey.

E depois? Reivindicá-la para os Estados Unidos e para a NASA? Rechaçar os atacantes? Lançá-la e deixar Taj e sua tripulação encalhados?

O mostrador no capacete tinha acabado de entrar no amarelo. Ele tinha meia hora de oxigênio. Ficar a bordo da *Brahma* lhe permitiria continuar a respirar, mas ficaria preso. Era improvável que conseguisse recarregar os tanques de seu traje usando aqueles que estavam na *Brahma*... diabos, ele levaria uma hora apenas tentando fazer com que os rádios funcionassem.

Não, a *Venture* tinha que ser o seu alvo.

– Downey para a *Venture* através de Houston. Estou na escada.

Nenhuma resposta. Nenhuma resposta!

*Embora a missão da* Destiny-7 *da NASA tenha tido sua cota de contratempos, incluindo a perda de um membro da tripulação, a agência está relatando que as comunicações devem ser retomadas em breve e que os astronautas estão prestes a completar sua AEV e retornar para o módulo de pouso* Venture. *A tripulação de três deve aterrissar nas águas do Pacífico em algum momento no domingo.*

*Enquanto isso, um insurgente armado com um lança-mísseis portátil derrubou um helicóptero norte-americano hoje, no norte do Paquistão...*

*TEXTO INTRODUTÓRIO, CBS CABLE NEWS, 23 de agosto de 2019*

– Temos conexão – Josh Kennedy disse.

Harley soubera antes que o exausto diretor de voo dissesse, porque tudo em volta dele, nos vinte consoles, as telas em modo de economia de energia ou com protetores de tela, tinham se iluminado de repente com dados transmitidos ao vivo a partir da *Venture*.

Sabendo que o retorno de sinal era iminente, Harley saíra da sala da Home Team deixando uma ordem: Jillianne Dwight deveria levar Rachel e sua amiga Amy para casa. Primeiramente, Rachel estava exausta; mas também deveria levar em consideração que o resultado de toda a aventura em Keanu ainda era duvidosa. Harley ordenara que Jillianne entregasse Amy para os pais dela, colocasse Rachel na cama e, em seguida, ficasse responsável pelo fluxo de informações. (Ele tinha devolvido à menina o tablet dela. Era dela, afinal de contas, e com as revelações inundando os dispositivos da Home Team, Harley não precisava mais dele.)

Foi então que ele observou Shane Weldon entrando no controle de missão, horas após sua equipe – para conduzir a missão, a qual originalmente teria de lidar com a subida a partir de Keanu e com o *rendezvous* com a *Destiny* – estar de plantão. Embora ele rondasse Josh Kennedy, Weldon deixou o diretor de voo júnior restabelecer o contato. Para tanto, ele acenou para Jasmine Trieu, sua capcom.

– Faça a chamada.

– *Venture*, Houston, buscando vocês na estadia mais 26 horas e 18 minutos.

Dentro de segundos, Harley e os outros ficaram horrorizados ao ouvir uma Yvonne Hall obviamente instável e muito agitada.

– Houston, *Venture*, temos um problema sério.

Os dez minutos seguintes foram de completo pânico, embora um observador externo não fosse capaz de perceber. A configuração padrão do controle de missão era ponderada, calma, tranquila. Decisões inteligentes exigiam mãos calmas e vozes sob controle. Porém, por experiência, Harley via sinais de confusão... os olhares furtivos entre Kennedy, Weldon e Trieu. E, em seguida, os mesmos sinais podiam ser notados entre Weldon, Jones e Bynum, que tinham acabado de chegar.

A tensão também era evidente no modo como vários controladores na fileira de trás empurravam suas cadeiras para se agrupar e realizar consultas entre si de maneira discreta. Por fim, todos eles se colocaram a par da situação: Yvonne estava fora de si, com medo, aprisionada na *Venture*, e Patrick Downey estava tentando entrar.

Dennis Chertok estava morto, aparentemente assassinado por Downey. (O que explicava o fato de o companheiro capcom de Trieu, Travis Buell, estar tão ocupado. Ele estava falando com Bangalore.)

E não houve nenhuma palavra imediata dos cinco exploradores que se encontravam em Keanu... ou informações sobre os três *Revenants*.

Quatro *Revenants*, incluindo Pogo Downey. Por um momento, Harley sentiu-se genuinamente contente por "não ser o responsável por desfoder essa putaria generalizada", citando um de seus primeiros instrutores de voo. Entretanto... ele não tinha certeza se confiava em Jones e Bynum para encontrar a melhor solução.

– O que eu faço? – Yvonne tinha mudado para o canal criptografado e estava falando com Jasmine Trieu; outra voz de mulher, a qual Harley esperava poder soar como tranquilizadora para Yvonne.

Enquanto isso, Buell estava aparentemente falando com Pogo Downey. Harley conduziu sua cadeira de rodas na direção do console do capcom, mais por curiosidade mórbida do que por necessidade operacional; a mesma razão que o tinha levado a sair da Home Team e encaminhar-se para a sala do controle de missão, naquele momento em particular.

Mas, após uma saudação superficial, Buell não disse mais nada para Pogo. E não pareceu que Downey estivesse verbalizando alguma coisa. No entanto, ele estava ativo. Yvonne tinha ligado ambas as câmaras exteriores da *Venture*. O campo visual da frente não revelou nada, mas o de trás mostrava Downey subindo a escada, como uma versão de filme de terror dos primeiros passos de Armstrong na Lua... de trás para a frente.

Também havia a imagem de dentro da cabine, cujo campo de visão estava minimizado, focando apenas o console frontal. Conforme Harley e toda a equipe observavam, Yvonne Hall apareceu rapidamente, pulando em um pé só e tentando se firmar. Na gravidade de Keanu, isso significava evitar um salto em direção ao teto.

– O que ela está fazendo? – Harley perguntou.

Pareceu que Buell estivera observando com mais cuidado.

– Tentando encontrar algo para obstruir a escotilha.

– Não fica travada?

– Não, o design não prevê uma trava. – E por que é que as escotilhas de espaçonaves travariam? O resultado mais provável seria um membro da tripulação em AEV preso do lado de fora, graças a uma arruela solta em um sistema diferente "infalível". É verdade, houvera travas para a principal escotilha do primeiro ônibus espacial, no passado, quando a NASA tinha sido forçada a voar com vários "astronautas" comerciais ou estrangeiros, que não tinham sido completamente certificados no que diz respeito à sua estabilidade mental sob pressão.

Jasmine Trieu estava lidando com este assunto, no entanto.

– Ok, Yvonne, tenha isto em mente: enquanto a escotilha interna não estiver selada, a escotilha externa não poderá ser aberta.

Harley percebeu que ele deveria ter pensado nisso. Era melhor do que um cadeado.

– Entendido – Yvonne respondeu. – Mas isso me deixa em risco, caso ele faça um buraco na câmara!

Trieu conversou brevemente com Josh Kennedy.

– Você pode colocar seu traje?

Harley sabia que a resposta seria: "Não, ele está rasgado". Com efeito, a única coisa que Jasmine Trieu poderia dizer a Yvonne naquele momento era:

– Aguarde.

Enquanto isso, Harley tomou ciência de que Bynum, Jones e Shane Weldon estavam tendo o que se poderia chamar de uma discussão violenta; pelo menos, se comparada ao silêncio da sala do controle de missão, que estava mais para sala de leitura. Harley não poderia se aproximar com a cadeira de rodas sem deixar óbvio que estava espionando, porém, ao virar a cabeça, ele pôde ouvir Bynum mencionar "circunstâncias terríveis em um cenário do pior se" caso o "Item fosse habilitado", seguido por um Weldon mais calmo dizendo "não acho este seja o caso, ainda".

Gabriel Jones reagiu de modo estranho, ao empurrar o indicador no peito de Bynum e dizer:

– Você está ultrapassando os limites! – Em seguida ele saiu da sala de controle de missão.

Após um tempo, Bynum e Weldon correram atrás dele, deixando Harley e todos que testemunharam a explosão perplexos. Com certeza, a situação em Keanu – incomum por definição – não tinha precedente e era imprevisível. Não havia registros anteriores em um arquivo de dados de voo sobre como lidar com "astronauta enlouquecido que tentava invadir o módulo de pouso".

Mas sair no meio de uma crise? O que diabos havia de errado com Gabriel Jones?

E que diabos era esse "Item"?

*Este é o controle de missão da* Destiny. *A rotação da Keanu agora permite comunicação de linha de contato direto entre Houston e a* Venture *na superfície. Estamos recebendo a telemetria; a astronauta Yvonne Hall está repousando. Esperamos readquirir o contato com a equipe em AEV em instantes e, tão logo isto ocorra, as transmissões ao vivo serão retomadas.*

*COMENTARISTA DE RELAÇÕES PÚBLICAS DA NASA - SCOTT SHAWLER*
*23 de agosto de 2019*

Ao primeiro golpe, a cabine inteira soou como um sino de igreja.

– Pare com isso! – Yvonne gritou, sentindo-se igualmente: apavorada, enjoada e, especialmente, tola, uma vez que ninguém, muito menos Downey, podia ouvi-la.

Como Trieu havia instruído, ela havia deixado aberta a escotilha entre a principal cabine da *Venture* e sua câmara, o que, em princípio, travaria a escotilha externa. (Uma trava interna dentro da escotilha congelava o mecanismo de engate externo, a menos que o engate interno estivesse fechado.)

Mas Downey tinha subido a escada e, após tentativas inúteis de puxar a porta, passou de fato a golpeá-la com algo duro.

Ela finalmente conseguiu falar ao rádio novamente.

– Isso não vai funcionar.

– Que escolha tenho? – ele perguntou, após um atraso de sinal. – Não posso ficar aqui fora.

– Vamos conversar, Pogo. Fale com o controle de missão também. – Ela conseguia vê-lo através de um orifício da escotilha, mas agora a luz entrava através dele. Para onde ele teria ido?

– Sinto muito, não tenho tempo para isso.

– O que você quer?

– Só quero voltar para casa.

– Tanto você quanto eu! – Yvonne argumentou. Em seguida o outro canal acendeu.

– Yvonne, Houston. O diretor está na linha.

O pai dela?

– Entendido. – O que mais ela deveria fazer? Choramingar *Oooh, papai*?

– Em primeiro lugar, só quero que você saiba que estamos fazendo tudo o que é possível aqui.

Ela quis gritar. Não era um pai falando; era um homem com a cabeça no... imaginando o que o resto do mundo iria dizer.

– É muito inconveniente o fato de as decisões terem de ser feitas aqui por mim.

– Estamos confiantes... – ele continuou; mas, em seguida, fez uma pausa e recomeçou: – *Eu* estou confiante em você.

*Para fazer o quê? Descobrir como fazer Downey parar, ou explodir a mim mesma?*

– Obrigada por isso – ela disse, sabendo que o sarcasmo provavelmente não seria notado através da conexão de rádio.

– Como você está se sentindo? Como está sua perna?

Ah, sim, sua perna: aquela que ela quase certamente iria perder se conseguisse sobreviver a isso.

– A perna está estável – ela informou.

Enquanto falava e esperava por uma resposta de seu pai, Yvonne pulava entre a janela e a tela e para a janela novamente, em busca de Downey. Nada ainda.

– A situação é... crítica, Yvonne.

Ele que se ferrasse.

– O que exatamente você está tentando me dizer, papai? Por que não posso simplesmente deixar Downey entrar? Talvez eu possa conversar racionalmente com ele.

Aquele era ele? Uma sombra dando a volta à esquerda...

– Negativo, Yvonne. Todos os nossos dados mostram que o astronauta Patrick Downey morreu há seis horas. Não pode ser permitido o acesso a *Venture* para a pessoa que você vê.

É verdade, a pessoa correndo em volta lá fora parecia Pogo Downey, mas ele estava usando o traje de Zack Stewart.

– Mas foi assim que começamos – ela retrucou. – Posso mantê-lo fora, talvez até que se esgote o ar dele, mas seria realmente útil se vocês pudessem fazer alguma coisa daí. – Será que havia algum tipo de chave por controle remoto em poder dos caras do apoio para AEVs? Alguma coisa que pudesse desativar uma mochila de astronauta? Até poucas horas atrás, Yvonne teria ficado horrorizada só de pensar nisso... agora não parecia tão indesejável.

– Você é a melhor opção – seu pai disse finalmente.

– Então estamos de volta ao começo. – Ela tinha perdido a sombra... droga, ela odiava aquela situação.

– Não exatamente. A cada minuto que permanece fora, ele fica um minuto mais perto da linha vermelha do oxigênio.

– Isso é tudo o que você tem para me dizer? – Ela não estava certa do que ela queria... Um pedido de desculpas por vinte e poucos anos de negligência? Um pedido de desculpas ainda melhor por colocá-la nessa situação terrível?

– Nós...– ele começara e, então, teve de se corrigir mais uma vez. – Estou orgulhoso de você.

O que apenas a convenceu. As coisas teriam de ficar muito piores, como no caso do maníaco descontrolado do Pogo Downey prestes a esfaqueá-la, antes que ela explodisse o Item.

Antes que ela fizesse a vida de seu pai mais simples.

Então ela viu Downey de novo, de volta à superfície, na parte traseira da sonda, dirigindo-se para a parte da frente. Ele tinha alguma coisa na mão... a mesma arma que ela havia dito a Dennis para pegar.

– Quero entrar. Você tem algo de que eu preciso.

– Você não vai entrar aqui. – Lá estava ele... exatamente do lado de fora das janelas dianteiras, olhando para ela.

Ela sabia que dava a impressão de estar mais confiante do que sentia – *obrigada, NASA, por enviar-me para este circuito de palestras* –, mas era apenas fachada. Percebeu que a situação era muito, muito pior do que ser arremessada ao longo da superfície de Keanu.

Cinco metros abaixo e a oito metros de distância, Downey olhou para ela. Por um momento os olhos de ambos se encontraram através das múltiplas camadas de vidro. Houston tinha ouvido em parte ou o todo. Agora Jasmine Trieu estava dizendo:

– Diga a ele para esperar até que Zack volte.

E foi o que ela fez.

Downey já estava em movimento.

– Zack não estará aqui por horas. Isso supondo que ele ainda chegue aqui. Não, somos só você e eu.

O que ele estava fazendo? Pegando uma pedra?

– Última chance.

– Pogo, qual é, fala sério.

– Você vai abrir a escotilha?

– Não posso. – E era isso.

Enquanto ela observava, a figura vestida com traje espacial arremessou, de modo desajeitado, uma pedra do tamanho de uma bola de boliche em direção às janelas da frente.

A pontaria de Downey era terrível, mas a *Venture* era um alvo grande. A pedra bateu fazendo um estrondo de arrepiar e ricocheteou.

– Pare com isso!

– Tenho muitas pedras, Yvonne. – E inclinou-se para pegar outra.

Merda, merda, merda.

– Houston, que diabos eu faço agora? Ele está jogando pedras em mim!

– *Venture*, Houston, ah, não achamos que ele possa danificar realmente o veículo...

Ouviu-se mais um estrondo. A segunda pedra quase acertou em cheio uma das janelas.

Yvonne conhecia naves espaciais e estruturas. Ela sabia que, sim, um veículo como a *Venture* era, na verdade, uma carcaça de alumínio fino que podia ser perfurada com uma chave de fenda. Porém, quando pressurizada a dez libras por polegada quadrada, era mais difícil de se penetrar, independentemente do tipo de pedra que Downey pudesse atirar.

Ainda assim, aquele segundo tiro tinha chegado perto de uma janela... e Yvonne pôde ver uma rachadura fantasmagórica.

As janelas de camadas múltiplas estavam vulneráveis. A mesma pressão do ar que reforçava a folha fina de metal faria com que uma janela seriamente rachada estourasse.

Ela agarrou a caixa de metal e abriu-a.

– Ok, Downey, você quer jogar pesado. *Vou armar o Item*, seu imbecil desgraçado.

Três segundos depois, a resposta foi outro estrondo de uma terceira pedra, seguida do desespero de Jasmine Trieu, dizendo:

– Negativo, *Venture*! Você não está autorizada para essa etapa!

Mas ela já estava adiantada no processo. Tinha aberto a caixa, removido a frente falsa e entrado com a primeira sequência de códigos. Sentiu-se estúpida, lenta e entorpecida... eram os remédios fazendo seu trabalho.

Ela não estava planejando morrer. Esse havia sido apenas um movimento de contingência, de modo a permitir que Houston chegasse a uma solução.

A contagem regressiva começou a partir de dez minutos. *Fique fria*, disse a si mesma. *Você pode parar isso a qualquer momento.*

Ela pegou o Item e caminhou em direção às janelas dianteiras.

– Você pode ver isso? É uma bomba, e está armada! – Não havia sinal de Downey, nenhuma palavra via rádio.

Em seguida, Yvonne ouviu um som diferente; não o estrondo de pedra contra a parede irregular da cabine ou o estalo amedrontador de impacto na janela, mas um som estridente mais distante.

Um alarme soou no painel de controle, e surgiram repentinamente dois indicadores vermelhos.

Os tanques de combustível! Downey tinha conseguido abrir um buraco em um deles, grande o suficiente para criar uma nuvem de vapor congelado: Yvonne podia vê-la através janela dianteira esquerda.

– Pogo – ela falou pelo rádio, sabendo que demonstrava estar cansada e patética. – Que diabos você está fazendo? Isso vai ferrar com todos nós...

Houston estava na linha, Jasmine Trieu denotando tensão.

– *Venture*, notamos uma baixa no tanque-2 de hidrogênio...

– Eu sei – Yvonne vociferou. – Pogo! – ela gritou.

Levou quase dez segundos.

– Estou na escotilha – ele disse. – Coloque sua bomba estúpida na câmara de despressurização, tranque-se aí dentro e abra a porta externa. E estou contando também. Até dez, quando vou fazer mais um buraco em outro tanque. Um, dois...

Ela considerou suas opções.

– Houston, vocês podem ouvir? – Maldito lapso de tempo. O relógio no Item mostrava 6:30 e diminuindo. – O que eu faço?

Gabriel Jones estava de volta na linha.

– Yvonne, é seu pai novamente... estamos tentando falar com Downey. Ele não está respondendo. Mas eu quero dizer mais uma vez, não faça nada...

Em seguida, o maldito módulo de pouso sacudiu por completo. Pogo devia realmente ter estourado aquele segundo tanque.

Todo o lado esquerdo do console, com os sistemas relativos ao motor de decolagem e propulsores, estava vermelho, vermelho, vermelho. Não haveria decolagem, nem *rendezvous* com a *Destiny* e nem retorno à Terra. Pogo tinha efetivamente ferrado com ela. Zack, Tea, todos eles iriam morrer ali.

Após ter caído bruscamente contra a divisória de compartimento, ela alcançou seu traje e pegou a chave na corrente em volta de seu pescoço. Três minutos, agora menos. Ela podia desligá-lo...

– Yvonne, fale comigo...

Outro som estridente. Downey estava determinado a destruir a *Venture*! Talvez se ela tentasse uma abordagem diferente... Levantou-se e caminhou até a janela. – Pogo, vamos conversar sobre isso. Vou... Vou desligar o timer.

Lá estava ele, na frente do lado de fora, braço levantado. Lançou o que parecia ser uma bola de neve direto na janela.

Golpe fatal.

A última coisa que Yvonne Hall viu foi a rachadura no painel externo de repente refletida por outra mais profunda no painel interno. Parte da janela explodiu, dando início à rápida, permanente e fatal despressurização da *Venture*...

Dois metros atrás dela, o timer no Item chegou a zero.

*Ah, merda.*

*AS ÚLTIMAS PALAVRAS MAIS FREQUENTES DE PILOTOS EM ACIDENTES*

Com dor, exausto e enfurecido, Pogo Downey viu a lufada de ar e os fragmentos de Plexiglas jorrando para tudo quanto era lado. Esse fora o golpe de misericórdia; já prejudicada por duas colunas de fumaça dos tanques perfurados, a *Venture* jazia como um touro ferido na arena.

Yvonne não sobreviveria a isso. Mas o vácuo dentro da *Venture* permitiria que a escotilha externa fosse aberta, e Downey tivesse acesso ao Item, de forma que ele obtivesse, então, uma arma.

Não. Entre um passo e outro, Downey viu o módulo de pouso como um todo expandir e fragmentar.

Quando cérebro, ossos, sangue e tudo o que os Arquitetos haviam usado para reconstruí-lo vaporizaram, ele teve uma fração de segundo para se dar conta de que estava morrendo pela segunda vez.

*Vocês estão surpresos de eles estarem mentindo para nós? NASA significa "Never A Straight Answer*"!*

POSTADO POR ALMAZ NO NEOMISSION.COM

Na tela na sala de controle de missão, Harley via Yvonne na estação frontal. Ele não estava usando fone de ouvido e, portanto, não podia ouvir a conversa, que era claramente preocupante: a primeira capcom, Jasmine Trieu, tinha lágrimas nos olhos enquanto o segundo comunicador, Travis Buell, movimentava bruscamente as mãos no ar.

E Gabriel Jones, com fone de ouvido, estava sentado entre eles, esmurrando a mesa.

Harley tinha visto a massa dos controladores em volta dos consoles da *Venture*, particularmente a equipe dos propulsores, e sabia que havia algum tipo de problema.

Como se eles precisassem de mais problemas. Onde estariam Zack e Tea? As comunicações haviam sido restabelecidas, mas ninguém estava tentando entrar em contato com eles.

Então a tela saiu do ar.

E todos os consoles da *Venture* ficaram em branco, assim como o fluxo constante de temperaturas, pressões e outros indicadores deixaram de fazer sentido, ou simplesmente cessaram todos juntos.

– *Venture*, Houston – Jasmine Trieu estava dizendo. E repetiu.

Gabriel Jones despencou. Shane Weldon colocou o braço em volta dele e ordenou:

* Em uma tradução livre, "Nunca uma resposta objetiva". [N. de T.]

– Coloque Bangalore na linha. – Depois ele gritou para ninguém em particular: – Nós temos uma visão telescópica?

Levou apenas uns poucos segundos, mas algum operador inteligente, nos bastidores, recuperou uma imagem de longo alcance de Keanu a partir de algum telescópio baseado na Terra.

A tela agora exibia um… crescente prateado... e uma nuvem em expansão na porção superior, aproximadamente onde a *Venture* e a *Brahma* tinham pousado.

– Creio que não seja uma outra erupção – Brent Bynum murmurou.

Harley Drake percebeu que tinham perdido a *Venture* e, com isso, qualquer chance de trazer seu amigo Zack Stewart e sua tripulação – *Revenants* ou não – para casa novamente.

Parte Quatro

# "SOB A VASTIDÃO ESTRELADA"

*Alguém tem alguma ideia do que teria causado aquele flash na superfície de Keanu? Nós o vimos da Austrália.*

*POSTADO POR JERMAINE NO NEOMISSION.COM*

– Você sentiu isso?

Tea e Taj tinham alcançado a membrana e estavam prestes a passar por ela quando algo estranho aconteceu.

– Eu vi – respondeu Taj. – A superfície interna da membrana...

– É, ela tremeu – Tea completou. – Mas senti alguma espécie de oscilação ou vibração. Não acho que seja um tremor.

– É difícil dizer daqui.

– Então temos que sair.

Normalmente, os procedimentos para egresso do *Buzz* levariam quinze minutos, a maior parte para permitir que a pressão caísse de modo que a escotilha pudesse ser aberta. Porém, Tea e Taj simplesmente não haviam se preocupado em fechar a escotilha. Na verdade, eles tinham dirigido do acampamento até a membrana sem vestir seus trajes.

– Você está sentindo algum cheiro esquisito? – Taj perguntou.

– Não – ela respondeu. – Mas, de qualquer forma, estou surpresa que meus sentidos ainda estejam funcionando. – Não era bem verdade; os olhos dela é que tinham notado definitivamente a ondulação da membrana. E, mesmo estando envolvida na roupa de baixo do traje de AEV suada e cada vez mais suja, ela tinha certeza de que experimentara aquela sensação de formigamento, como um aviso de que iria haver uma tempestade num dia de verão no Centro-Oeste.

E, já que estava utilizando todos os seus sentidos para tentar detectar algo de estranho, Tea fez sinal para que Taj ficasse parado.

– Ouvi algo – ela disse, sem conseguir descrever o quê.

– Mais vento? – Taj perguntou. – Acho que também ouvi.

Tea estendeu as mãos.

– Não é muito. Não posso realmente sentir. – Ela percebeu que o *vyomanauta* estava com o aparelho Zeiss nas mãos, registrando imagens como quem cumpre um dever. – O que o seu rádio mágico diz?

Taj balançou a cabeça e mostrou a ela o painel na traseira do instrumento, que tinha um indicador de sinal como aquele no celular de Tea.

– Nenhuma barra.

– Por quê?

– Não sei. Nunca tive mais do que uma barra estando no interior de Keanu. Estamos mais perto agora e, portanto, deveria ter melhorado.

– A menos que tenha, de repente, um monte de pedras no caminho. – A mente de Tea se ateve, de modo instantâneo, em um conceito horrível. – Você acha que talvez tenha tido um deslizamento lá fora? – Durante toda a viagem no entroncamento, tivera de se lembrar que, embora parecesse uma mina de carvão do Oeste da Virgínia, a passagem era maior e havia permanecido aberta provavelmente milhares de anos.

Ainda assim, a ideia de ficar aprisionada...

– Acho que precisamos dos trajes agora.

Vinte minutos depois, Tea e Taj tinham se vestido, selado e testado seus trajes... e atravessado a membrana de Keanu.

Agora eles estavam emergindo no entroncamento.

– Ainda sem barras? – Tea perguntou.

– Zero.

Como ninguém espera que as más notícias fiquem melhores com atraso, Tea lançou-se pela cortina transparente sem hesitação, rezando para não encontrá-la bloqueada com toneladas de granitos caídos de Keanu.

E não encontrou. Não que o que ela de fato encontrara tivesse sido muito melhor.

– Puta merda.

Não havia mais gelo do outro lado. O entroncamento como um todo estava repleto de névoa gerada por poças de água que se resfriavam e recongelavam... – *Venture*, Tea. *Venture*, Tea para Yvonne...

Ela não ouviu resposta e nenhuma mudança no ruído constante de fundo. – Estou aceitando sugestões – disse a Taj.

– Vulcanismo? – Taj sugeriu. – Alguma espécie de erupção?

– Poderia ser. – Ela arriscou alguns passos a partir da membrana, mas não muito longe. – Como já sabíamos que Keanu não era inerte, suponho que seja possível. Não gosto muito do que isso possa significar para os veículos.

– Foi isso que ganhamos por ter nomeado o respiradouro de Vesuvius.

Tea não pôde deixar de rir.

– E dizem que eu é que banalizo a experiência do voo espacial.

– Não posso mais reprimir meu humor macabro natural.

– Claro, de jeito nenhum. Dadas as circunstâncias. – Durante este intercâmbio, ambos os exploradores tinham colocado vinte metros entre eles próprios e a membrana. Então ela disse: – Pergunta: se este calor foi resultado de um evento vulcânico no próprio respiradouro... onde está nossa câmera e o cabo? – Tea amaldiçoou-se por não ter feito esta pergunta antes, mas ela havia simplesmente esquecido; os equipamentos tinham-se ido, sem deixar vestígios.

– Fluxo piroclástico...

– Teria arremessado o equipamento contra as paredes, sim – Tea completou o raciocínio. – Apesar de que vou dizer uma coisa, Taj; não acho que se tenha muita pressão piroclástica quando se está no vácuo. Mesmo assim, acho que veríamos um cabo cortado ou uma câmera despedaçada contra uma parede.

– Tem algo a mais aqui – Taj comentou. – Escute.

O som dominante nos fones de ouvido de Tea era de sua própria respiração de quase pânico. Mas, sim, havia um som *clique-clique-clique*, a uma taxa de quase um por segundo.

– O que é isso?

– Contador Geiger. Está no módulo do meu peito.

– Ele estava fazendo esse barulho quando passamos por aqui da primeira vez?

– Não.

– Então agora há radiação?

– Em nível baixo e muito inconsistente. A taxa sobe e desce a cada poucos passos.

– Calor, súbito aumento de pressão, radiação – Tea considerou. – Pode me chamar de pessimista, mas é como se alguém tivesse detonado uma bomba nuclear.

Taj congelou e voltou-se para ela.

– Também acho.

– Será que os Arquitetos possuem seu próprio sistema antimíssil?

– Isso seria um pouco menos surpreendente do que grande parte do que temos visto.

Tea não viu vantagem em continuar essa linha de raciocínio.

– Não estou obtendo resposta da *Venture*.

– Nenhuma resposta da *Brahma*.

– Se houver dano grande em um ou outro veículo, estamos em um mundo de merda.

Então Taj soltou uma gargalhada com um som áspero e hostil.

– Estamos em um mundo de merda desde que desembarcamos aqui! – Ele parecia mais encurvado do que o habitual. – Houston e Bangalore vão resolver o problema.

– Vocês têm um veículo de resgate em algum lugar próximo para lançamento?

– Não vamos nos antecipar aos fatos.

– Bem pensado – Tea disse. – Mas, como não podemos seguir em frente, sugiro que, como dita a tradição do grande explorador, voltemos de onde viemos.

Fizeram um retorno rápido, através da membrana para o interior de Keanu e em direção ao *Buzz*. Uma vez abertos os trajes e removidos os capacetes e as luvas, Tea insistiu para que Taj aceitasse a água e a comida. – Precisamos disso, e só Deus sabe quando vamos ter comida de novo.

– Eu estava pensando nos outros.

– Não há o suficiente para todo mundo, independentemente do que façamos. Vamos ter de encontrar algum tipo de alimento por aqui. – Tea não tinha realmente considerado a possibilidade até expressar isso. O pensamento a deixou assustada e deprimida. Já era ruim o bastante refletir sobre as várias maneiras de morrer em um voo espacial; simplesmente explodir ou ficar despressurizado estavam no topo da lista. Ela não tinha pensado em adicionar fome.

Ela continuou a remover o traje e, em seguida, começou a tirar a roupa de baixo incrustada.

– O que você está fazendo?

– Tirando a roupa. – Estava claro que Taj não tinha ideia do porquê. – Assim eu posso correr melhor, Taj. Não temos outra forma de contato com Zack e, portanto, estamos fazendo isso à moda antiga. – Ela sorriu. – Eles não podem estar longe, talvez a dois quilômetros. Sei que se dirigiram para o Templo. Posso chegar lá em vinte minutos.

– Tão rápido?

– Eu corria os 800 metros no colégio e na faculdade.

– O que eu devo fazer?

– Eu continuaria tentando os rádios. Lembrei, deixe-me ver esse negócio. – Ela gesticulou para o rádio/câmera Zeiss mágico de Taj. – Sabe, temos o rover assim como nossos trajes. Deveríamos conseguir falar com os veículos e com o controle de missão sem isso.

– Sim – Taj disse. – Qual é o objetivo de sua observação?

– Deixe-me levar essa coisa.

Ela esperou por um argumento, mas tudo o que o *vyomanauta* disse foi:

– Certifique-se de trazê-lo de volta.

– Prometo.

– Nenhuma outra sugestão para mim enquanto você estiver fora? – O inglês de Taj tornou-se trêmulo com o cansaço, mas ainda conseguia ser sarcástico.

– Sim, dado o que aconteceu, garanta que ninguém roube as rodas do rover.

*A gerente de AEVs da* Destiny-7, *Mariah Nelson, e sua equipe têm trabalhado INCANSAVELMENTE para dar suporte operacional à tripulação que usa o traje espacial em Keanu. A conclusão dela é que todos os astronautas deveriam ter expirado pelo menos quatro horas antes de terminar o segundo turno. E, se isso não aconteceu, o que diz no último relatório, indica que eles estão desbravando novos caminhos. Por favor, compartilhem QUAISQUER IDEIAS E INFORMAÇÕES com Mariah.*

*DIRETÓRIO DE OPERAÇÕES DE MISSÃO DA NASA, STATUS DO STAY-2, 23 de agosto de 2019.*

– Já consegue ver?

Os cinco integrantes da desorganizada equipe de Zachary Stewart já haviam coberto várias centenas de metros de terreno, dirigindo-se mais profundamente para o interior de Keanu. Deviam estar próximos do Templo.

– Não – Megan disse. Ela tinha tomado a dianteira, fazendo com que Zack pensasse se ela estaria seguindo alguma memória... ou se estava simplesmente sendo Megan, a mulher que amava mapas e que fazia questão de dar as direções. – Se o que Tea e Taj disseram estava certo, provavelmente ainda teremos uns cem metros pela frente.

Zack lamentou não ter Taj, ou Tea em especial, com ele, pelo menos para servirem como batedores de cavalaria. Aliás, ele também desejava não ter deixado os capacetes e os trajes para trás no acampamento, mesmo que eles não fossem nada mais do que peso morto. Taj tinha conseguido atravessar a rocha e a membrana com seu rádio Zeiss, mas mesmo que Houston estivesse teoricamente acessível, Zack ainda teria de enviar um sinal para a *Venture*, e ele não poderia fazer isso até que retornasse para o outro lado da membrana.

Não ele havia criado o melhor plano para aquelas circunstâncias. E lidar com ambas, Megan e Tea, era impossível no presente momento. Todos eles estariam de volta à membrana dentro em breve...

Por um instante, os vaga-lumes ficaram escuros, como se tivessem sido puxados da tomada.

Natalia parou.

– O que foi isso?

– O início da noite? – Lucas sugeriu.

Zack não estava certo sobre se a sombra momentânea tinha algum significado, até que teve início uma brisa suave seguida de uma rajada de vento.

Mais por hábito do que por qualquer outro impulso, Zack olhou para Megan, que estava parada, de costas para ele, olhos fechados e cabeça baixa.

Camilla estava na mesma postura.

– Megan – ele a chamou.

Megan estremeceu e, depois, abriu os olhos.

– Oh, merda.

O vento continuava a aumentar. A densa folhagem oscilava ao redor deles. Era como estar no epicentro de uma tempestade tropical, do tipo que varria Houston de tempos em tempos.

O ar até começou a ficar com um cheiro diferente... úmido, espesso.

– O que está havendo? – ele perguntou.

– Algo ruim aconteceu.

– O quê?

– Na superfície. – Megan estava pressionando seus dedos contra suas têmporas, como se tentasse sintonizar um sinal fraco. Em seguida, deixou cair as mãos abruptamente e olhou para ele com os olhos arregalados. – Vocês tinham uma bomba?

– Do que você está falando?

– É tão estranho... é como, como simplesmente pegar um velho álbum de família e lembrar-se de algum tio. – Ela apontou para os vaga-lumes e, depois, para as árvores onduladas pelo vento. – A luz enfraqueceu por um momento e, então, eu soube que algo tinha explodido. Alguma coisa que vocês trouxeram.

Camilla começou a agarrar Lucas, falando com ele em português.

– E ela sabe também? – Zack perguntou.

Lucas segurou a menina, ouvindo-a rapidamente, e, em seguida, respondeu:

– Sim, algo ruim aconteceu. Ela está com muito medo.

Zack virou-se para Megan.

– Eu não trouxe uma bomba. – Ao mesmo tempo que disse isso, pôde imaginar facilmente duas possibilidades: Uma, *Brahma* tinha uma arma. A outra, a *Venture* também... mas o comandante não tinha conhecimento.

Houve um som de algum lugar próximo, um ruído gutural profundo. *Como um gigante pigarreando*, pensou Zack.

Os outros também ouviram.

– Zack, o que vamos fazer? – Natalia perguntou.

– Por hora, registre isso – ele disse, estranhando o tom triste de sua própria voz. Olhou para Lucas, que estava com sua câmera para fora. E, depois, para Megan. – A não ser que talvez devêssemos correr...

Megan parecia tão entorpecida quanto Zack. Ela conseguiu apenas encolher os ombros quando, sem aviso algum, dois globos molhados gigantes apareceram da floresta.

Eles pararam, começaram a se dissolver e cada um deles expeliu uma Sentinela. Os seres eram idênticos em tamanho e coloração. A única diferença eram os cintos de suas vestes; um deles parecia gasto e usado e, o outro, novo, como se recém-saído da embalagem.

Como cães depois do banho, as duas Sentinelas sacudiram-se para se livrar da gosma que as cobriam, espirrando-a nos cinco humanos. Zack estava horrorizado, tanto pela contaminação em potencial como pelo sabor, que o fez lembrar de água do mar poluída.

Agora ele tinha de agir.

– Todo mundo para trás! – Ele pegou Megan pelo braço. Para sua surpresa, ela se desvencilhou dele! Camilla fez o mesmo com Lucas.

Zack começou a dizer:

– Vamos sair daqui... – Mas, antes que ele pudesse acabar a ordem, a Sentinela mais próxima moveu um membro e o estendeu diretamente para Megan. Zack temeu que, assim como Pogo, ela pudesse ser cortada em pedaços.

Mas a Sentinela puxou Megan para perto de si e, em seguida, enrolou-se em uma bola de três metros de altura, envolvendo-a.

A outra Sentinela fez o mesmo com Camilla. Natalia e Lucas foram tão incapazes de reagir quanto Zack.

As Sentinelas, então, foram embora rolando em direção às profundezas de Keanu.

Zack olhou demoradamente na direção deles, atordoado e imóvel, e ouviu Lucas dizer:

– Acho que eles foram em direção ao Templo.

*Cerca de 28 horas após pousar em Keanu, 120 horas após o lançamento de Kourou, o Centro Espacial de Bangalore perdeu contato com a espaçonave* Brahma. *A causa do problema não é conhecida até o momento. Mais informações serão disponibilizadas oportunamente.*

*COMUNICADO DE IMPRENSA DA ISRO, 23 de agosto de 2019*

– Não me diga que você colocou uma bomba nuclear nesta missão.

Harley Drake rolou sua cadeira até Brent Bynum. O representante da Casa Branca estava de pé atrás de Shane Weldon e Josh Kennedy, que perguntavam a cada um dos membros da equipe de controle de voo, um por um, quais dados eles tinham registrado por último antes de perder contato – e o que, se houvesse algo, eles estavam vendo agora.

– Este não é o lugar para discutir estas questões – Bynum disse. – Precisamos ir para o Cofre. – Ele pegou seu tablet (que vibrara sem parar desde o "evento" mais recente em Keanu) e se dirigiu para a porta.

– Dane-se o Cofre – Harley vociferou. – Fiz minha última visita àquele lugar.

Weldon empurrou sua cadeira para trás. – Então, Harley, este é o relatório sobre a situação realizado pela Home Team?

– Não. Mas é provável que eu possa dar a você um relatório preliminar, ao estilo "não temos nada".

– O que faz você pensar que havia uma bomba nuclear a bordo?

– Conheço vocês, rapazes. Há duas horas vocês me disseram para classificar as "entidades" como "hostis". Depois, vocês começaram a falar sobre algum "Item". – Harley apontou o polegar para a tela, que ainda exibia uma vista telescópica, com base na Terra, de Keanu e uma nuvem de destroços em dispersão. – E então... isso.

Bynum parecia ter sido abatido.

– Ainda acho que não deveríamos falar aqui.

– Todas as pessoas nesta sala precisam saber – Harley esclareceu. – Se você não pode confiar nelas... bem – ele comentou, balançando a cabeça –, você realmente não pode estar mais ferrado do que está agora, pode?

Antes que Bynum pudesse responder, Weldon levantou-se.

– Harley tem razão. A NASA, a Casa Branca, o Departamento de Defesa e a Segurança Nacional autorizaram a colocação de um pequeno dispositivo nuclear a bordo da *Venture*. Embora não tenha sido dada nenhuma ordem para o uso dele, é provável que tenha sido detonado e causado a perda do veículo.

– E da *Brahma* – informou o capcom Travis Buell. – Os rapazes em Bangalore não sabem o que os atingiu.

– Fico imaginando o que estará sendo veiculado nos noticiários – Jasmine Trieu comentou. Com os olhos vermelhos, estava sentada ao lado de Buell, ao receber, finalmente, ordens para parar de insistir no contato com a *Venture*.

Bynum ergueu seu tablet.

– É tão ruim quanto você possa imaginar...

– Eles estão reportando a perda de ambos os veículos? – Harley perguntou. Bynum assentiu. – O que eles dão como causa?

– Até agora, erupção inexplicável. Causas naturais.

– Bem, eles vão descobrir em breve.

Bynum abriu as mãos.

– Certo. Mas eles não vão obter essa informação de mim.

– Brent – Harley comentou –, não estamos obtendo muita informação de você e estamos todos aqui reunidos.

Weldon levantou-se.

– Não faz muito sentido querer atribuir culpa. O Item foi disparado... por que, ou por quem, não sabemos, embora Yvonne Hall fosse a pessoa que detinha os códigos.

– E um *Revenant* enlouquecido dando pancadas na porta dela – comentou Jasmine Trieu.

– Temos ainda dois membros da tripulação com paradeiro desconhecido – Weldon disse.

– Dois mais três da *Brahma*, mais os *Revenants* – corrigiu Harley. – Ou existe mais alguma coisa que vocês estão escondendo de mim, rapazes?

– Não – confirmou Bynum. – Esse número é correto.

– Então temos que continuar apostando neles – Harley concluiu. Deslizou sua cadeira de rodas em direção a Buell. – A *Brahma* tinha aquele satélite de retransmissão. Ainda está ativo?

Antes que Buell pudesse responder (e sua postura revelou a Harley que a resposta provavelmente seria negativa), um dos outros controladores na fileira da frente de repente deu um pulo.

– Captei algo! – ele informou. Tratava-se de um jovem de ascendência Indiana, de sotaque texano. – Tenho a *Destiny*.

– Como diabos ela sobreviveu? – Buell perguntou.

– Foi do outro lado de Keanu que a bomba explodiu – Trieu arriscou. – E as ondas de choque não se propagam no vácuo, estou certa?

– Foi a várias centenas de quilômetros de distância – Weldon assentiu. – Mesmo na Terra, não teria sofrido muito dano, na verdade. Porém, eu estava preocupado com os componentes eletrônicos. Keanu deve ter protegido...

Com essa notícia, o grupo, que incluía Bynum, reagiu como vítimas de ressaca após serem medicadas com uma dose de vitamina E.

– Ok, todo mundo – disse Weldon. – Vamos ver em que estado nosso pássaro se encontra. Pelo menos ainda temos *alguma coisa* lá fora que podemos usar.

Ele virou-se para Harley, que já estava em movimento.

– Vou ver o que as grandes mentes podem fazer com isso.

Harley sabia o que a Home Team estava sendo alimentada com informações vindas do controle de missão. Eles sabiam o que ele sabia. Não havia razão para que ele fosse até lá.

Pelo menos era isso que dizia a si mesmo. Na verdade ele precisava de um momento para pensar. Queria estrangular Brent Bynum; nada pessoal, uma vez que o homem era claramente apenas um mensageiro, mas apenas dar um golpe contra aquilo que seu pai teria chamado de "imbecilidade institucional", aquele misto de arrogância com falta de visão de quem acredita ser possível colocar uma bomba nuclear em uma missão arriscada e, depois, ficar surpreso quando ela explode.

Era madrugada em Houston; o ar já estava espesso, o zumbido e bater de asas dos insetos e dos pássaros já eram audíveis, o céu a leste carregado com nuvens rosadas. *Céu vermelho de manhã; marinheiro, tome cuidado**.

---

* *Red sky at morning, sailor take warning* é uma rima tradicional entoada por marinheiros, por acreditarem que essa coloração do céu pudesse ser um indício de tempestade a caminho. [N. de T.]

Harley hesitou. Wade Williams estava se escondendo nas sombras, sentado em um banco de concreto, com uma garrafa na mão.

– Sinto muito não ter nenhum suco de laranja, mas... – Ele tinha um engradado de cerveja em seus pés e ofereceu uma garrafa a Harley.

Ele a aceitou sem hesitação. *Que diabos*, pensou, torcendo o topo para cima. – Como você conseguiu entrar aqui com isso?

– Posso ser um imbecil pomposo... não discuta comigo...

– Ah, eu não ia discutir. – Mas sorriu para enfatizar a observação.

– Sei o que sou e como me encontro. Tudo o que posso dizer é que venho de uma longa linhagem de imbecis pomposos. É o que acontece quando você é mais inteligente do que a maioria das pessoas que você encontra, mais espalhafatoso e incapaz de evitar que isso fique claro. – Sorriu e tomou um gole. – De qualquer forma, tenho uns poucos fãs escondidos no JSC.

– Aos seus fãs – Harley brindou, ao virar um gole e só depois olhar para a garrafa: bebida não alcoólica. – É *O'Doul's*? Droga, Wade, pensei que fôssemos comemorar toda essa merda em que nos encontramos enchendo a cara!

– Infelizmente, para mim não, desde 2012. – Estava com um olhar distante. – Ainda assim, o fato de segurar a garrafa... o peso dela me ajuda a pensar.

– E no que você está pensando? Suponho que você e a equipe tenham ouvido ...

– Tudo, toda a triste confusão. – O idoso esfregou a mão ao longo da barba por fazer em seu rosto. – Vou dizer uma coisa para você, Drake. Você e a NASA certamente sabem como condensar mil anos de emoções em poucos dias.

– É meio difícil de acreditar, não é? Na semana passada achávamos que éramos simplesmente sortudos pra caramba por termos a chance de fazer um pouso em um NEO sem enviar uma tripulação em uma missão de nove meses, e agora...

– Vocês tiveram Primeiro Encontro, Reencontro, Contato Imediato...

– E o Encontro "o que mais eu posso fazer de errado", estúpido e sem sentido. Esse seria o de hoje.

Williams chegou a sacudir com o divertimento. – Não vou pedir que você acredite que estou ansioso por parar de viver, mas minha gratidão pela continuidade da minha existência foi seriamente reforçada por esta semana... mesmo levando em conta os, uh... – Ele acenou a mão para Harley. – Os aspectos "do que mais pode dar errado?" – E deu uma risadinha. – Vivi o 11 de setembro, mas sempre achei que Pearl Harbor devia ter sido mais chocante. Com isso... agora tenho alguma ideia.

– Isso – emendou Harley – é como viver durante a semana da crucificação... ou quando aquele grande asteroide exterminou os dinossauros.

– É verdade. De um jeito ou de outro, é uma espécie de privilégio ser uma testemunha.

– O que foi que Mark Twain disse sobre um homem ser coberto por alcatrão e penas e, depois, conduzido para fora da cidade em um trilho?

– "Se não fosse pela honra da coisa, preferiria andar." Na verdade, foi Abraham Lincoln.

– Você é o escritor. – Harley olhou para sua garrafa. – Tem certeza de que isso é não alcoólico?

– Cansaço e terror fazem coisas estranhas à mente. Falando nisso – Williams disse, mudando para aquele o modo de falar que parecia uma palestra, que Harley conhecia tão bem e odiava –, estive pensando. Pensando sobre o que aquelas pessoas finas que você reuniu propuseram.

– Considerando que, até agora, tudo o que eu obtive foram alguns nomes bonitos...

– Ah, temos um modelo e tanto para seus *Revenants*. A ideia é, assim como não há verdadeira separação física entre seu corpo e o universo (mesmo quando seu organismo central para de funcionar, ainda existem átomos de umidade e pele e exalação que permanecem, flutuando, ou como quiser colocar), a mesma coisa se aplica à sua mente, à sua alma, à sua força vital. Há ainda uma espécie de conexão física entre o campo elétrico que constitui você, Harley Drake, e o universo. Seu portador pode ser desligado. Ou seja, você morre. Mas as informações persistem... como computação em nuvem, tudo está à nossa volta... acessível.

– Portanto, nossas almas são um novo tipo de matéria. É isso que você está dizendo?

– Essa é uma maneira encarar. Quero dizer, diabos, o universo é amplamente composto por matéria escura e energia, e ainda não temos um veredito sobre o que ela é ou sobre o que ela faz. Por que não outro tipo de energia ou de informação? Provavelmente também é afetada pela gravidade. A nuvem de almas viaja com o Sol.

– Parece a linha de abertura de seu próximo romance.

– Aqueles dias se foram, meu amigo. Mas a imagem é elegante, não é? – Ele deixou o conteúdo da garrafa escorrer. – Tudo o que já viveu na face da Terra, ou no sistema solar, ainda está conosco, de alguma forma. Toda informação... o pessoal que construiu Keanu simplesmente sabe como acessá-la e reordená-la.

– Eles devem ter um mecanismo impressionante de pesquisa para tirar a esposa de Zack Stewart de uma biblioteca como aquela.

– Suspeitamos que eles tenham obtido algumas pistas ou informações dos astronautas que foram para lá. Achamos que os marcos ajudam. Eles os escaneiam, eu acho. Em seguida, as informações são restauradas do mesmo modo que a Agência de Segurança Nacional arranca uma única conversa de celular a partir de sinais de uma cidade inteira. Rastreamento de frequência aleatória, um pouco amplificado.

– É, um pouco – Harley murmurou. – E, então, claro, tem todo esse negócio de desenvolvimento de novos corpos.

– Isso é a biotecnologia da Terra do século 22, você não acha? Se vivermos o suficiente, podemos ter novas carcaças também. – Williams ficou ofegante e inclinou sua garrafa em direção a Harley. – Nós dois, certamente, precisamos de uma.

Na sombra, viram outra pessoa se aproximar; uma mulher, alta e, pelo odor persistente, que acabara de fumar.

– Oh! – Sasha Blaine exclamou.

– Aí está você.

– Me pegou no flagra – Harley disse. – Estávamos prestes a voltar lá para dentro...

– Antes disso – Sasha comentou –, tive essa ideia legal e louca que você deveria ouvir para o caso de ser mais louca do que legal.

– Manda. – Harley não estava mais convencido de que a O'Doul's era realmente uma cerveja não alcoólica; ou isso, ou em seu estado de estresse e cansaço, estava completamente emotivo... porque de repente, de imediato, ele quis abraçar Sasha Blaine. Desajeitada, muito alta, muito agitada, não importava. Ele estava apaixonado por ela... e houve um atestado de persistência das emoções humanas em face da crise.

Blaine piscou e disse:

– Ouvimos que, apesar de a *Venture* e a *Brahma* terem sumido, a *Destiny* ainda está em órbita.

– Sim.

– E que cinco dos astronautas podem ainda estar vivos.

– Certo.

– O que não significa muito, porque sem a *Venture* e a *Brahma* eles estão presos e ninguém tem um veículo que possa ser preparado e lançado para um resgate em pelo menos 6 meses.

– Isso resume bem a situação. – Harley tinha estado tão concentrado no horror da bomba nuclear que não raciocinara sobre o dano colateral real... o fato de que os sobreviventes estavam encalhados e sem esperança de serem resgatados.

Com os olhos fechados, Blaine abraçou a si mesma, um conjunto de gestos que Harley sempre associara a tipos brilhantes, socialmente desajeitados, que estavam prestes a contar alguma coisa insana. Williams também percebeu e cutucou Harley.

– Sasha... – Harley insistiu, ao perceber que ele teria que arrancar a informação dela. – O que está em sua mente?

– Por que não pousamos a *Destiny* em Keanu?

*O que significa quando se vê o diretor do Centro Espacial Johnson jogado em um canto? :( [Pena que não tenho um emoticon mais expressivo]*

*POSTADO PELO JSCGUY NO NEOMISSION.COM*

A corrida de Tea até encontrá-los, mesmo estando descalça e usando nada mais do que uma calcinha e um top, foi rápida e emocionante. Talvez fosse devido, em parte, ao fato de estar praticamente nua. Sentia-se primitiva. Algo como Eva no Éden.

A única parte tecnológica da experiência era o aparelho Zeiss batendo contra suas costas. (Ela tinha colocado o equipamento a tiracolo, ao estilo bandoleira.)

Foi também útil encontrar superfícies regulares para corrida, no interior da câmara. Nada poderia prejudicar mais o desempenho de um corredor, estimulado pela sensação de perigo e de novidade, do que pés ensanguentados.

O perigo e a novidade eram reforçados pela aparente mudança nas condições ambientais. O interior parecia que estava ficando escuro; era difícil para Tea ver os vaga-lumes através da vegetação que tinha se apoderado do interior, mas eles pareciam estar mais vermelhos e, embora pudesse ter sido uma ilusão, levemente pretos, desligados ou em alguma espécie de eclipse de Keanu.

A temperatura pareceu estar caindo também, embora a sensação pudesse estar sendo causada pela falta de roupa. E o teor de oxigênio estava mudando – ou será que sentia essa mudança porque estava correndo intensamente, mesmo terrivelmente cansada, desidratada e fora de forma?

De uma maneira ou de outra, embora Tea não estivesse apaixonada pelo meio ambiente de Keanu, dadas as opções nada atraentes no momento, ela realmente queria que Keanu continuasse apropriado para seres humanos.

Após sair da Colmeia, deu uma passada rápida pelo acampamento, onde parou por tempo suficiente para se reorientar. Não havia terreno elevado que permitisse ter uma vista mais ampla... o melhor que ela podia fazer era voltar a mergulhar na selva pelo mesmo caminho que percorrera com Taj quando do retorno do Templo.

À medida que corria, ela sentia sua pele pinicar às vezes... insetos em Keanu? Ou apenas detritos da vegetação esvoaçados pelo vento agora constante? Nada que fosse possível visualizar por um período longo o bastante para dizer do que se tratava, e ela com certeza não iria parar para realizar um estudo biótico. Além da Zeiss, o único outro equipamento técnico que carregava era seu relógio, e ela já tinha percorrido vinte minutos a partir da membrana.

Lá estava ele, logo adiante, o topo de pedra do Templo, ainda talvez a um quilômetro e meio ou mais de distância...

...E aqui estava Zack Stewart, não mais do que a vinte metros dela, de pé em uma clareira com Lucas e Natalia.

– Zack! – Ela não podia acreditar em como sua voz soara fraca e no quanto ela estava cansada! Teve que parar, ofegante, e observar desamparada quando os outros três reagiram com o que pareceu ser confusão.

Foi Zack quem chegou até ela primeiro.

– O que há de errado? Onde está seu traje?

– Isso é o que você tem para me perguntar? "Onde está o seu traje?".

No tempo em que ficaram juntos, Zack Stewart havia mostrado à Tea que ele podia ver humor a qualquer tempo, sob quaisquer circunstâncias.

Até agora.

– Não foi o que eu perguntei, caramba! – ele explodiu. – Por que você está *aqui*? E o que diabos está acontecendo?

Tea contou a ele sobre o estranho acontecimento.

– Sentimos algo também. – A essa altura, Natalia e Lucas tinham se juntado a eles. Todos os três pareciam derrotados e perdidos... Tea quis perguntar sobre os *Revenants*, mas sabia que precisava se ater a sua própria mensagem naquele momento.

Após ter dito a eles sobre as condições do outro lado da membrana e da falta de contato tanto com a *Venture* como com a *Brahma*, ela desejou não ter aberto a boca. Zack aceitou a perda da volta para casa de modo resignado, da maneira como costumava aceitar a maioria das más notícias. Bem, ele tinha prática.

Porém, Natalia deixou-se cair no chão, como se dissesse: *Matem-me agora*. Ela estava completamente extenuada, tanto emocional como fisicamente.

Lucas era um caso diferente, variando entre descrença e histeria escancarada.

– O que você quer dizer com *sumiram*? E quanto ao Dennis? Você ao menos tentou entrar em contato com ele? Onde está o Taj? – Ele pareceu não ter capacidade para compreender a situação; mesmo que ele ainda estivesse falando em inglês, era como se estivesse sofrendo de afasia temporária.

Justificável, porém nada digno, sob o ponto de vista de Tea, do Maior Astronauta do Mundo. Ou de qualquer astronauta.

Mas então Zack contou a ela o que tinha acontecido com Megan e com Camilla; sobre como elas tinham sido enroladas e arrastadas para longe pelas Sentinelas. E ela quis juntar-se à Natalia agachando-se no estilo "papai, faça com que isso vá embora", sentindo-se exausta. Ou começar a balbuciar como Lucas.

Zack sentiu isso também. Escorregou o braço em volta dela, oferecendo (e provavelmente recebendo) conforto e, ao mesmo tempo, proporcionando apoio real.

Depois, calma e racionalmente, ele examinou a situação e as opções pela frente.

– Supondo o pior: ambas as espaçonaves se foram. O que você faria, Natalia?

Ela apenas sacudiu a cabeça.

– Lucas?

Lucas ainda estava relutando.

– Temos certeza de que elas se foram?

Zack virou-se para Tea, como que a implorar para que ela lhe fornecesse alguma coisa.

– Acho que todos nós temos de voltar para a membrana.

Ele sorriu de verdade. Pelo amor de Deus, ele gostava de um debate.

– Esse é o passo lógico. Mas se ambos os módulos de pouso se foram, o que vamos fazer lá?

– Alguém da Terra vai acabar vindo atrás de nós. – Tea virou-se para Natalia e Lucas. – Há uma outra *Brahma* que poderia estar pronta, certo?

Natalia assentiu com um gesto de cabeça. Lucas estava mais lento para reagir e, mesmo assim, Tea não teria chamado a isso de resposta.

– Vamos lá, Tea, isso é besteira – Zack disse. – A NASA não poderia aprontar outra *Destiny-Venture* para lançamento em menos de 6 meses. Uma segunda *Brahma* levaria pelo menos um ano.

Mas Tea também gostava de argumentar. Ela havia esperado para ter um embate com Zack desde que entrara no ambiente de Keanu, e esse assunto era tão bom quanto qualquer outro.

– A NASA poderia adiantar a *Destiny-8* em talvez cem dias, querido.

– Portanto, estaremos o que, apenas 95 dias mortos em vez de 180 dias?

– Este meio ambiente pode nos fornecer sustento. Há ar, há água.

– Motivo pelo qual acrescentei cinco dias. Em primeiro lugar, não encontramos nenhum alimento; em segundo lugar, quanto tempo o meio ambiente irá permanecer "amigável ao ser humano"?

– Não seja pessimista.

Tea viu a expressão no rosto de Zack – o pré-choque de um terremoto ainda por vir. Mas ele a reprimiu sorrindo, embora isso provavelmente quase o tivesse matado.

– Você está certa. Vamos ser positivos. – Ele apontou para Natalia e Lucas. – Vocês dois, vão com a Tea. Peguem seus trajes e organizem-se com Taj para passar com o rover pela membrana.

– Para onde você vai? – Tea perguntou.

– Vou atrás de Megan e Camilla.

Então era isso. Tea conhecia Zack bem o suficiente para saber que ele provavelmente não mudaria de ideia.

– Então você acredita que aquela é realmente Megan.

– Acho que acredito.

Tea não sabia se dava um soco em Zack ou se o beijava. Ela estava impressionada com a natureza persistente do amor – e simplesmente tão brava com ele quanto poderia estar.

– Você não tem nenhum meio para se comunicar, nenhuma arma. Mesmo se você... libertá-la? É esse o plano? Você poderia ir para a membrana e descobrir que partimos!

Tea sabia que ele já estava pensando um passo à frente dela.

– Se o que você está dizendo for verdade, umas poucas horas ou dias não vão fazer nenhuma diferença.

– Você está indo sem nenhum apoio.

– Apoio não faz nenhuma diferença.

Ela o pegou pelos ombros e falou calmamente, mas com firmeza.

– Ouça, Zachary. Uma das razões de eu ter me apaixonado por você foi porque, você sabe, esqueça que Lucas está aqui... você era o Maior Astronauta do Mundo. Ao correr um risco, este era informado e justificado. Você sabia onde estava a linha, e você nunca a atravessava. Mas este salto... isso é insano. Se você não vier conosco, você vai morrer.

Ele colocou as mãos sobre as dela e as apertou. A voz dele ficou mais suave, quase como num sonho.

– Pode ter dado a impressão de ter sido calculado, mas eu sempre segui meus instintos. E todos eles dizem para ir atrás de Megan. Se ela viver, vou viver. Se ela morrer...

– Você está perseguindo uma fantasia!

Pronto... ela tinha dito. Ela não havia realmente acreditado que o *Revenant* era a verdadeira Megan Stewart.

– Tea...

– Zack! Faça as contas! Seres alienígenas. Uma grande nave espacial inteligente! A habilidade para replicar coisas vivas. Faça a soma e o que você diabos sabe? Você obteve um rosto familiar para conversar!

– Isso é o que esses *Revenants* são, rapazes. Sinto muito, Lucas. Quero dizer, se eu fosse para o Brasil, eu aprenderia português. Eu usaria algo que me deixasse parecida com uma brasileira. Eu tentaria me conectar... *Revenants* são apenas uma forma para eles fazerem isso.

Por um momento, Zack pareceu intimidado. Era a primeira vez que Tea o via naquela postura.

– Ela sabe de coisas que não deveria saber.

– Ela não é a Megan – Tea afirmou, de modo firme, sentindo que estava perto de puxá-lo de volta do limiar. – Mas eu sou eu e você sabe disso. Eu amo você. Venha comigo... vamos para onde você pertence...

– Neste exato momento, pertenço a este lugar.

Tea Nowinski tinha um lado sentimental. Isso a tinha machucado em muitos relacionamentos e, provavelmente, iria acontecer o mesmo agora. Mas não ainda.

– Desta vez você está errado, Zack. Errado, errado, errado. Se você ficar aqui e vai flertar com... o que parece ser Megan, você nunca mais vai ver a Terra novamente. *Você nunca mais vai ver sua filha de novo*. Você pensou nisso?

– Isso é realmente tudo em que tenho pensado.

– Ok, então, o que eu digo a ela? "Sinto muito, garota, seu pai escolheu não voltar para você porque ele teve de correr atrás..."

– Pare com isso. – Ele havia assumido uma postura fria, um outro lado de Zack que ela conhecia. Não haveria explicações agora, apenas ordens. – Você precisa ir andando. Todos vocês.

Que seja. Se Tea encarasse a situação de maneira realista, ela, Lucas e Natalia – e Zack, Megan e os outros – já estariam condenados.

Nesse caso, por que não gastar suas horas finais fazendo o que você quisesse?

– Ok, Zack, faça o que acha que tem de fazer. Espero que dê certo. – Ela deu-lhe um beijo sabendo que seria o último a ser compartilhado entre eles. – Pelo menos você deveria levar o rádio mágico do Taj.

*Há um rumor bizarro - caramba, aterrorizante - na Internet de que o flash em Keanu teria sido causado por uma bomba nuclear. Será que os Estados Unidos lançaram alguma coisa? Começou algum tipo de guerra no espaço? Alguém ficou INSANO?*

*POSTADO POR JERMAINE NO NEOMISSION.COM*

*Os Estados Unidos não têm nada nuclear que pudesse atingir Keanu. Portanto, relaxe. E qual seria o motivo, afinal?*

*POSTADO POR BELLANCA FAN, MOMENTOS MAIS TARDE*

– Pegue todo o seu conhecimento sobre operações de missão e deixe-o de lado – Harley Drake disse a Shane Weldon e Josh Kennedy, enquanto Sasha Blaine e Wade Williams olhavam como espectadores. – E eu vou de vodca com tônica.

Ele dirigiu a segunda ordem para uma jovem com aparência entediada usando um avental e segurando um bloco de pedidos. Acima do bar atrás dela, uma televisão sem som entrevistava um monge budista sobre "reencarnação alienígena".

– E vocês?

Harley tinha finalmente escapado das três salas onde ele tinha sido forçado a passar seus últimos três dias. Equipe da Casa, Cofre, controle de missão... nenhum desses lugares era adequado para essa reunião.

Ele tinha saído do campus, em direção ao Novo Posto Avançado, um bar do outro lado da avenida do Centro Espacial Johnson da NASA. O Posto Avançado original, uma cabana no meio de um estacionamento que tinha mais crateras do que um terreno na Lua, havia sido uma presença constante na comunidade por décadas, mas acabara por ser demolido.

Agora havia um novo ponto de encontro, com fotos de astronautas autografadas nas paredes, envidraçadas como recordações.

Até onde Harley sabia, nenhum astronauta jamais entrara no lugar – motivo pelo qual ele havia sugerido o local naquele dia. Havia pouca chance de topar com qualquer pessoa com quem trabalhava.

Àquela altura, o JSC estava repleto de repórteres e de dezenas de funcionários cuja curiosidade e presunção tinham prevalecido sobre sua adesão ao código de privacidade. Se um guarda de segurança ou um cozinheiro assistente localizasse Weldon, Drake, Bynum e os outros reunidos em um canto, as informações iriam estar na web em questão de segundos.

– Além disso – Weldon tinha dito –, preciso chegar do lado de fora daquele portão.

Então aqui estavam eles, Harley dando o tom com seu pedido de uma bebida alcoólica no almoço, e aquilo foi estendendo o horário de almoço até o final da manhã. Próprio da década de 1960, a era *Apollo*. Weldon amoleceu o suficiente para pedir uma cerveja, e Sasha Blaine fez o mesmo. (Harley estava gostando cada vez mais dessa garota a cada nova revelação.) Williams, com seus anos de estrada, estava preso ao club soda, e Kennedy ignorou a oferta.

– Então – Harley continuou assim que a garçonete voltara para o bar –, estamos entendidos em relação à proposta?

Kennedy desdenhou de fato.

– Você quer dizer, a *Destiny* fazendo um pouso forçado sobre a superfície de Keanu?

– Não é exatamente um pouso forçado – Williams disse, sua voz pelo menos duas vezes mais alta do que o necessário, ou prudente. A expressão de Harley advertiu o escritor idoso e ele continuou de maneira mais branda. – É por isso que Harley sugeriu que vocês esquecessem o que sabem sobre operações de missão; as velocidades de aproximação serão tão baixas que vocês poderiam pensar nisso como um *rendezvous* entre a *Destiny*...

– E uma espaçonave que é um milhão de vezes maior e mais volumosa – Shane Weldon completou, tomando um gole de sua cerveja. Ele virou-se para Blaine. – É claro que é apenas um palpite. Vocês vão fazer as contas.

Blaine estava com o tablet dela.

– Tenho certeza de que elas são boas o suficiente para essa discussão, mas vou analisá-las, por via das dúvidas.

– Podemos falar sério aqui? – Kennedy não estava mais escondendo sua impaciência. Ele já tinha consultado seu relógio.

– Você tem que estar em algum outro lugar, Josh? – Harley perguntou. – Tem algum jogo de futebol das crianças na programação? – Ele tinha julgado Kennedy como um daqueles homens joviais devotos e precisos que trabalhavam duro e participavam de eventos, sempre que possível, sem álcool, sem horas de atraso e sem companhias desagradáveis. Eles haviam sido o tipo de personalidade dominante nas operações de missão por uma geração toda.

Certamente isso era inerente ao trabalho; você não poderia ser um beberrão ou um mulherengo e ainda manter a seriedade apropriada para gerenciar um voo no espaço.

Pelo menos era assim que rezava a lenda. Harley concordava que rapazes que seguiam normas resultavam em diretores de voo melhores, desde que aquele trabalho fosse definido como... seguir as normas de voo.

Porém, em uma situação como esta, em que as páginas do manual de normas estavam sendo dobradas, se não inteiramente arrancadas, a NASA precisava de um apostador inveterado. Um bucaneiro. Um Shane Weldon.

Não um jovem e sério pai de família.

– Desde quando minha vida pessoal é da sua conta?

– Não é – Harley disse –, a menos que o impeça de realizar o seu trabalho.

Kennedy era inteligente o bastante para avaliar a temperatura da sala e, no exato momento, estava frio para o lado dele.

– Peço desculpas. Vamos trabalhar nisso.

Harley continuou:

– A ideia é mandar que a *Destiny* faça uma propulsão, para descer no trajeto mais horizontal possível...

– E simplesmente derrapar por toda a superfície? – A voz de Kennedy agora estava neutra, mas era claro que ele ainda estava horrorizado.

– Grande parte é neve – Weldon argumentou. Kennedy lançou-lhe um olhar como que a dizer: *Traidor*. – A velocidade de impacto pode ser tão baixa quanto três metros por segundo.

– Ou... – Harley deixou a pergunta em aberto, sem querer tentar conversões nem mesmo uma simples conta de dividir enquanto tomava sua vodca com tônica.

– De 60 a 80 quilômetros por hora – Blaine forneceu, enrubescendo. Seria por fazer as contas tão depressa sob pressão? Ou seria a cerveja? Ou algo mais?

Os números soaram bons para Harley, até que Kennedy interviu:

– Essa velocidade ainda acabaria com o meu Hyundai.

Williams estava buscando uma boa briga:

– Seu Hyundai não foi projetado para ser lançado rumo ao espaço e, depois, sobreviver a um calor de mil graus de uma reentrada.

– Ambos sabemos que eles têm diferentes tipos de durabilidade? Amortecimento de vibração e a proteção térmica não é o mesmo que resistência à impacto, certo? Quero dizer, o piso no ônibus espacial poderia suportar temperaturas de 3 mil graus, porém, ao deixar cair uma moeda sobre esse piso, ele poderia partir-se em dois.

– Josh, ninguém está sugerindo que não podemos perder uma antena... – insistiu Weldon.

Kennedy tinha colocado as palmas das mãos na mesa pequena. Ele não olhou diretamente para ninguém.

– Eu me preocuparia mais é com os painéis solares, apesar de que, ok, deve ser possível operar por uns poucos dias apenas com um deles. Mas considerem tentar manobrar com a postura correta, fazer propulsões e reentrar sem receber dados de Houston.

– É aqui que o pessoal de operações de missão vai entrar em ação – interrompeu Harley. – Vocês, rapazes, terão os horários e as propulsões de partida pré-calculados e pré-carregados nos computadores a bordo da *Destiny* antes de fazermos a aterrissagem.

Kennedy estava sacudindo a cabeça; não como aceitação, mas, impaciência.

– Sim, sim, entendi. Então nos estatelamos sobre a superfície e manobramos para não abrir um rombo na lateral do veículo, ou raspar ambos os painéis e cada uma das antenas. – Agora ele olhou para cima. – Temos quatro, cinco pessoas com os trajes. Como diabos eles vão embarcar?

Harley não tinha pensado muito neste problema. Como a *Destiny* não era projetada para AEVs, ela não possuía uma câmara de despressurização como o módulo de pouso *Venture*. Isso significava que ela não tinha escotilhas de fácil abertura. Havia acesso através do nariz, onde o Sistema de Ancoragem de Baixo Impacto permitia que a *Destiny* aportasse com a *Venture*. E havia a escotilha lateral, através da qual a tripulação de quatro membros entrava no veículo, na plataforma de lançamento, e saía após a aterrissagem.

A cápsula poderia ser despressurizada em uma emergência. Seus componentes eletrônicos eram protegidos contra exposição ao vácuo. Mas qual escotilha abrir, e como abri-la... esses procedimentos não faziam parte do manual de treinamento, e os astronautas sobreviventes da *Destiny* estariam completamente exaustos e dependentes da orientação proveniente da Terra.

– É nisso que vocês, rapazes, precisam trabalhar – Harley disse, sentindo o calor provocado pela vodca por todo o corpo. – De que forma é melhor, através do Sistema de Ancoragem de Baixo Impacto ou através do acesso lateral?

Kennedy tinha ligado o seu próprio tablet e estava digitando observações para si e para a equipe. Nada deixava um engenheiro mais feliz do que um problema complicado de engenharia.

– Existem outros desafios, além desses – Weldon comentou, para o benefício de Kennedy e para manter Harley e sua equipe na trilha. – Devemos ter cinco ou seis pessoas em vez de quatro; como é que vamos protegê-los contra a força G na reentrada? Água, oxigênio e comida não devem ser problemas imediatos, mas não tenho certeza quanto ao oxigênio. Tem também toda a questão do retorno das amostras, supondo que os astronautas ainda estejam carregando alguma coisa, e como protegê-las quando as arrancarmos do oceano.

– E qual será o grau de dificuldade para resgatar os cinco astronautas exaustos da *Destiny* quando ela estiver boiando no Pacífico? – Harley não gostava de muitas coisas no design da *Destiny* e tinha lutado contra todas elas na década passada. Porém, sua maior aversão era em relação ao pouso na água, uma herança dos dias da *Apollo*. A *Destiny* poderia ter sido projetada para descer com segurança em alguma base militar, mas as considerações de peso e compensações tinham aniquilado a ideia. Agora, a cápsula mergulharia na região da costa do Pacífico, próximo das Ilhas do Canal da Califórnia, onde seria apanhada por um cargueiro fretado pela NASA.

– Se me permitem – interrompeu Williams, sabendo que ninguém iria se opor –, gostaria apenas de dizer que esse tipo de resposta rápida me deixa orgulhoso e emocionado. É como assistir ao resgate da *Apollo 13*. É a NASA em seu melhor estilo. – Ele inclinou e apontou seu club soda para Weldon e Kennedy. – Saúde.

– Antes de fixar a Medalha de Honra Espacial do Congresso – Harley comentou –, quais são os próximos passos?

– Temos de estar prontos com o plano de pouso o mais rápido possível – respondeu Kennedy. – A partir do momento em que contatarmos a tripulação, devemos dar início à contagem regressiva para uma propulsão na primeira oportunidade.

– E um carregamento de dados com base nisso – Weldon completou. Ele e Kennedy dispararam prazos, frases e nomes, de um lado para o outro, durante vários minutos, e, depois, ambos se levantaram.

Harley tentou ajudar com o discurso de vendas.

– Isso não é tão louco quanto parece. Há dez anos, quando estávamos considerando missões a NEOs, planejávamos simplesmente pairar uma *Destiny* direto em sua superfície.

– Pousar em uma superfície de um NEO do tamanho de um estádio de futebol – Kennedy completou. – Ou talvez um quilômetro de diâmetro. Keanu é cem vezes maior, com sua própria gravidade. Não estou dizendo que é impossível. Estou dizendo que não é a mesma coisa.

– Seja como for, estaremos prontos em duas horas – Weldon anunciou. E tomou o resto de sua cerveja.

✧ ✧ ✧

Emergir na tarde do Texas foi como entrar em uma estufa. As nuvens que ameaçavam chuva conseguiam encobrir o brilho, mas aumentavam a densidade opressiva do ar. Mesmo com Sasha Blaine empurrando sua cadeira de rodas, Harley podia sentir sua energia sendo drenada. – É incrível – comentou Blaine.

– O desconforto?

– Não! – ela disse. – É que tudo parece tão normal! Coisas insanas estão acontecendo a meio milhão de quilômetros de distância, e todas essas pessoas estão apenas vivendo suas vidas!

Era verdade. Havia um McDonald's a 100 metros na estrada, com carros ainda na fila para o drive-thru da hora do almoço. Outros veículos, enclausurados e com ar-condicionado ligado contra o calor do verão tropical de Houston, passavam pelo *NASA One*. Harley sabia que havia dezenas de manifestantes no portão dos fundos do JSC, mas não aqui.

– Inveja? – Harley perguntou.

– É, mais ou menos – Blaine enrubesceu novamente. – Isso tem sido... divertido. E acabou de me mostrar que tenho 32 anos e que não tenho vida. Não tenho namorado, não tenho hobbies, não tenho animais de estimação. Eu apenas faço cálculos e ensino e, de vez em quando, dou uma escapada e venho para algum lugar como esse.

Harley estava na frente de sua Dodge Caravan usada, modificada para fácil acesso e equipada com controles de mão. – A vantagem número um, e talvez seja a única vantagem, de ter mobilidade diferenciada é que não tenho que parar no estacionamento.

O Harley Drake que tivera mobilidade normal no passado, e que era o condutor de um Mustang, teria acrescentado: "E, já que não temos que estar de volta à Equipe da Casa por 2 horas...". E, provavelmente, teria saído para uma tarde de diversão com Sasha Blaine.

Mas este era o Harley de cadeira de rodas, o Harley com lesão na medula espinhal, o Harley incapaz para a função.

Era também o Harley Drake: chefe de Protocolo Alienígena e da Home Team.

Ele usou sua chave para abrir a porta e, em seguida, esperou que o elevador especial se estendesse.

– Vejo você de volta no centro em uma hora.

Então Blaine disse:

– Oh, você tem algum lugar melhor para ir? – Harley foi forçado a concluir que ela esperava que ele pudesse ter alguma distração mais interessante em mente.

– Sim – ele respondeu. – Não se preocupe. Vou lhe contar tudo sobre isso quando eu voltar.

*Eu odiaria morrer duas vezes. É tão enfadonho.*

*ÚLTIMAS PALAVRAS DE RICHARD FEYNMAN*

Rachel acordou em sua própria cama, confusa e não completamente descansada. Havia algo de errado com a luz, brilhante através das persianas. Certo, era de tarde... Ela tinha dormido por um longo período.

Mas o som da casa estava errado. O zumbido do ar-condicionado era audível. Este era o problema: Rachel podia realmente ouvir a máquina.

Isso significava que estava faltando alguma coisa.

Nos últimos dois anos, ela tinha se acostumado a ter a casa só para si. Seu pai fazia questão de estar em casa sempre que ela estivesse... ele havia reorganizado sua programação de trabalho de modo a permitir que ele trabalhasse fora do escritório, via comunicação móvel, nas horas após as aulas da filha, fosse apropriando-se da mesa da cozinha enquanto Rachel fingia que fazia a lição de casa, fosse sentando-se nas arquibancadas do campo de futebol com seu tablet, até o momento em que Rachel finalmente dissesse a ele que odiava futebol e que iria desistir... e geralmente encontrava outras coisas para fazer entre 15h e 18h.

Mas, sempre que estava em casa, Zack deixava música tocando... country, música clássica, pop horrível dos anos 1990; o tipo de música parecia não importar, desde que o som preenchesse a casa.

Era como se seu pai não pudesse suportar o silêncio. No passado, ao travar conversas reais com Zack, e não discussões, Rachel pensara em perguntar a ele sobre a música... mas, como ela sentia que sabia a resposta, nunca perguntara.

E agora... será que ela teria uma oportunidade de perguntar?

Seu pai estava... em algum lugar em Keanu, sem contato e, de acordo com tudo o que a NASA vinha dizendo, sem oxigênio, sem alimento, sem água... de alguma forma em contato com a falecida Megan Stewart.

Talvez ela devesse ter tomado o sedativo que Jillianne Dwight tinha oferecido. Se não estivesse tão horrível e estupidamente quente lá fora, ela teria fugido para a varanda e acendido um baseado.

Como estava realmente quente, a viagem para casa havia sido desconfortável. Amy simplesmente não parava de falar sobre todas as coisas bizarras que ela tinha visto, e de como ela não podia esperar para contar para todo mundo como ela e Rachel quase tinham sido presas pelo FBI. O fato de Rachel ter tido uma conversa com um ser que parecia ser sua falecida mãe reencarnada... bem, não pareceu a Amy algo tão interessante assim.

Foi um alívio vê-la ir embora.

Dentro de casa, Rachel passou direto pelo telescópio na sala de estar que Zack havia usado pela primeira vez para mostrar Keanu a ela. Nos últimos meses, é claro, não tinha sido necessário nenhum telescópio.

Rachel ficou imaginando o que poderia ver no telescópio agora. Ela estava desconectada da internet fazia doze horas.

Antes de checar sua página, deu uma olhada no *feed* de notícias.

Tudo era sobre Keanu: *Astronautas fora de contato... Tripulações espaciais em perigo... NASA esconde planeta zumbi...*

Algumas pareciam coincidir com o que Rachel tinha visto e ouvido, e outras eram disparatadas.

O termo *planeta zumbi* foi de dar enjoo. A Megan de Keanu não era um zumbi. Ela sabia de coisas que só sua mãe de verdade poderia saber!

Voltou à sua página e viu que o contador tinha alcançado o limite máximo de sete mil mensagens. Ao dar uma passada de olhos nas primeiras cem, Rachel viu cerca de setenta versões de: *Sinto muito pelo seu pai!* O resto dizia coisas do tipo: *O que você esperava?*

Havia também, naturalmente, as mensagens indecentes e estúpidas de garotos e homens de várias nacionalidades se oferecendo para "consolá-la". Rachel vivia online desde os seis anos de idade; não havia nada de novo ou notável em nada disso. Aquilo tudo só a fizera lembrar de Ethan Landolt e do fato de ele nem mesmo tentar entrar em contato com ela desde o lançamento.

Com uma eficiência brutal, ela foi clicando em todas as outras mensagens. O mesmo, o mesmo, o mesmo. *Condolências, sua culpa, envie-me uma foto nua.*

E então seus olhos se depararam com algo que não se encaixava no padrão. *Este é o início de uma nova era,* dizia a mensagem. *Sorte a sua ser a primeira a saber que vivemos após a morte. Você é como as mulheres em torno de Jesus após a Ressurreição.*

Aquilo a apavorou de fato, porque ela vinha sentindo algo assim... e sentia-se estúpida por cogitar a ideia mesmo que por um segundo. Ela era apenas uma menina de catorze anos do Texas, cujo pai por acaso era um astronauta. Havia uma centena de astronautas. Então, o que a fazia especial? Sua mãe tinha morrido, mas existiam centenas de milhares de garotas nos Estados Unidos na mesma situação.

Ela tirou os dedos do tablet. Naquele momento, aquele equipamento pareceu tão alienígena quanto qualquer coisa em Keanu. Ela queria ficar longe...

Alguém batia de modo suave à porta. Jillianne.

– Está com fome?

A secretária da NASA tinha feito sanduíches de peru e uma salada e insistiu com Rachel para que ela bebesse água. – Suponho que você não coma comida caseira há dias.

Rachel teve de admitir que sim.

– Como está se sentindo?

– Como você acha? – Rachel se conteve a tempo, tornando aquele tom mais lamurioso do que antipático.

– Bem, estou atordoada, com medo e impressionada, e estou olhando para isso tudo apenas do lado de fora.

– Você trabalha com meu pai.

– Sim. Eu, na verdade, estava pensando mais sobre... – Ela, obviamente, não sabia como dizer *sua mãe.*

– É. Eu também. – E foi o que bastou para que Rachel começasse a chorar, à beira de um colapso e soluçando encurvada. Era como se ela tivesse parado de funcionar.

Jillianne pulou da cadeira e circundou a mesa para oferecer consolo, o que só piorou a situação. Logo ambas estavam chorando de soluçar. Por fim, Rachel foi capaz de dizer:

– Eu simplesmente não sei o que fazer!

– Nem eu, querida – Jillianne disse. – Não acho que alguém saiba. Olha, você passou por uma série de choques emocionais. Você não tem dormido direito. Você talvez possa querer reconsiderar aquele *calmante*.

– Não – Rachel respondeu. Levantou-se, pegou um lenço de papel, enxugou os olhos e assoou o nariz. Pensou sobre a mensagem, sobre as mulheres em torno de Jesus. Não que ela pensasse muito sobre Jesus Cristo, mas achou a ideia intrigante. – Não posso dormir no meio de tudo isso. Se meu pai volta a entrar em contato...

– Você quer estar aqui, eu sei. – Jillianne olhou em volta. – Tudo bem, então. Acho que deveríamos voltar para o centro.

– Certo. Mas tem um lugar onde quero passar antes.

– Sou sua motorista. Ao seu dispor.

*Em resposta às perguntas, não, a NASA não "desertou", não importa o que vocês estejam ouvindo ou pensem que estão ouvindo. Há um representante da Casa Branca/Segurança Nacional presente no MCC desde o primeiro dia. O que não significa que não estejam acontecendo coisas ruins.*

*POSTADO PELO CARA DO JSC NO NEOMISSION.COM*

Tea Nowinski estava encerrada em seu traje de AEV, diante da superfície rearranjada do Respiradouro Vesuvius, quando o tremor os atingiu. Não havia dúvida quanto a isso: mesmo através do tecido grosso do traje, com sons e sensações abafados pelo capacete, ela foi sacudida, como se tivesse perdido dois degraus ao descer por uma escada.

Durou somente um segundo, no entanto. O abalo, um momento de vertigem e, depois, tudo estava calmo.

Taj a seguia. Atrás dele vinha o *Buzz*, com Natalia e Lucas dentro. – Bom Deus, não me diga que mais alguém tinha uma bomba...

– Esse pareceu diferente – Taj comentou. Apontou para seus pés e, em seguida, para a claridade à frente deles. – Pareceu ter vindo de dentro, não lá de fora.

Após assegurar-se de que os ocupantes do rover estavam bem, ela retomou sua caminhada.

Ela tinha levado Lucas e Natalia de volta para a membrana, passando pela Colmeia e fazendo uma parada obrigatória no acampamento para pegar os trajes.

Recolocar o traje levara duas vezes mais tempo do que deveria. Ela estava quase sem forças, é claro. Ela também reconhecera sua própria relutância em ir seguir em frente... emergir do lado exterior de Keanu significava estar a um passo de conhecer o destino do que era agora sua equipe bastante reduzida; eles seriam capazes de entrar em contato com o controle de missão e ter alguma esperança de resgate? (Em uma observação relacionada, será que Taj algum dia iria perdoá-la por ter deixado o rádio/câmera Zeiss com Zack?)

Ou estariam condenados a morrer em Keanu? Até o momento, ela tinha que admitir, as chances não eram boas.

Pelo menos os trajes de Lucas e Natalia demonstraram estar em perfeito estado. Mesmo que possuíssem ferramentas para consertar vazamentos ou válvulas, eles já não eram mais capazes de desempenhar reparos críticos com confiança.

Taj, por sua vez, perguntou:

– Qual é o nosso plano reserva?

– Você quer dizer, ir lá para fora, não encontrar nada e nenhum tipo de comunicação? Nossas opções serão sentar e aguardar a morte ou voltar para trás passando pela membrana.

Quando eles partiram, a opção de retornar para o interior começou a parecer uma péssima escolha. O vento estava mais forte, os vaga-lumes mais escuros... e a vegetação estava passando por uma outra transição, de "selva" para algo que Tea podia apenas descrever como "cidade de cristal". As plantas foram se desintegrando e estruturas angulares começaram a se formar no chão.

Ela estava feliz por estar dentro de seu traje, com os tanques recarregados e comida para mais algumas horas. Ela não tinha certeza se a atmosfera dentro de Keanu iria permanecer respirável.

Taj devia ter pensado o mesmo, pois simplesmente dissera:

– Acho que não vamos mais ser bem-vindos lá dentro.

Naquele momento, sentiram um segundo abalo. Esse fora mais curto, se é que isso era possível, e estranhamente menos trepidante, apesar de o rover ter balançado de leve sobre a suspensão por vários segundos.

– Todo mundo continua bem? – Tea obteve um "Certo" de Lucas. – Ok, prontos para partir!

Ela, na verdade, começou a trotar, uma atitude ridícula, dado o alto centro de gravidade e a incerteza ao apoiar o pé no chão. Mas sentiu que, se não escapasse da passagem escura logo, ela poderia simplesmente... sentar-se e aguardar a morte.

Passo, escorregão, passo, escorregão. Novamente. Taj fazia mesma coisa. Eles dois, que estavam a pé, encontravam-se bem à frente do rover.

Finalmente eles chegaram no respiradouro propriamente... e contemplaram as mudanças. – A maior parte é rocha pura – Taj descreveu.

– A neve e o gelo derreteram no calor e sublimaram – Tea disse. Ela acionou seu rádio. – *Venture*, Tea. *Venture* para Yvonne. – Enquanto andava, repetia a chamada, aguardando por uma resposta que nunca veio.

Em seu fone de ouvido, ela podia ouvir Taj fazendo chamadas semelhantes para a *Brahma*, sem melhores resultados.

Agora que eles estavam no centro, relativamente aberto, do chão do respiradouro, ela achou que mereceria uma nova tentativa de entrar em contato com o controle de missão diretamente. Se a *Venture* tinha sumido, é claro, ela dependeria de uma possível retransmissão de sinal através da *Destiny*. Onde estaria a nave-mãe, afinal?

– Houston, Tea falando. Estou no Respiradouro Vesuvius com Taj, Lucas e Natalia. Podem me ouvir?

Nada.

– Taj, acho que você está sentindo falta do seu rádio.

– Não há resposta – ele comentou.

Ficou evidente que eles precisavam sair do respiradouro. Uma subida nas laterais rochosas não era impossível; com grande parte da neve derretida, Tea podia ver aberturas com potencial para colocar as mãos.

Mas Zack havia falado sobre uma rampa... e lá estava ela, ondulando-se para dentro da parede do fundo, a algumas centenas de metros de distância. Ela levou sua equipe naquela direção.

Dez minutos mais tarde, um tanto sem fôlego, ela se encontrava na base da rampa, que estava coberta de entulho. Um astronauta com traje a pé poderia atravessá-lo, mas teria de ser aberto um caminho para o rover.

– Lucas, Natalia, vocês dois esperem aqui. Não quero que vocês despressurizem esta cabine até que seja necessário. Taj e eu vamos dar uma espiada lá em cima. Quando voltarmos, vamos ajudar a limpar esse lixo. – Em seguida, seu tom mudou. – Os indianos têm alguma tradição de conceder últimos pedidos? Vocês sabem, se alguém estiver para morrer?

– Não mais do que qualquer outra cultura. Por quê? Sente-se pessimista em relação às nossas chances?

– Bem... um pouco. Mas eu estava apenas curiosa pelo fato de vocês, rapazes, terem vindo tão preparados.

– O que você quer dizer?

– Vejamos. O satélite de retransmissão. Um rádio terahertz. O conjunto de instrumentos científicos.

– Tea, a *Venture* poderia facilmente ter carregado todos estes equipamentos. De fato, acho que nossos rapazes adquiriram algumas das ideias da NASA.

– Ah, besteira, Taj. Meu Deus, a única coisa para um Primeiro Contato que você deixou de fora foi a placa dizendo *Bem-vindos à Terra*.

Taj hesitou. Em seguida, explicou:

– Há um ano, um observatório na Crimeia estava inspecionando Keanu nas frequências altas de rádio. Eles encontraram algo anômalo... não apenas uma atividade incomum, mas pulsos e padrões que, no julgamento deles, não poderiam ser naturais.

– Deveríamos ter procurado por essas coisas também.

– Talvez vocês tenham, ou talvez elas tenham passado despercebidas. De qualquer forma, fomos informados de que haveria uma grande probabilidade de fazermos contato. – Eles tiveram de parar para deixar o rover fazer a última curva. – Bem, é o que você queria saber? Que estávamos prontos?

– É – ela respondeu. E, então, ela não pôde resistir: – Agora eu posso morrer feliz.

Eles estavam na metade da rampa, faltando menos de 200 metros à frente, quando Tea ouviu um som mágico em seu fone de ouvido.

– ... em UHF, verificação de comunicações. Tripulação da *Venture*, Houston. Tea, aqui é a Jasmine.

– Beleza! – Tea exclamou, praticamente gritando. Os momentos seguintes foram cômicos: mensagens sobrepostas, frases cortadas, tudo complicado pelo atraso de oito segundos de ida e volta. Mas, finalmente, Houston soube que quatro astronautas ainda estavam vivos e na superfície, que Zack estava vivo e que eles aguardavam notícias de sua parte.

O mais importante era que Tea sabia que a *Destiny* ainda estava operando na órbita de Keanu, e que os especialistas em foguetes no controle de missão estavam considerando seriamente trazê-la para a superfície para um possível resgate.

– Isso pressupondo que a *Venture* e a *Brahma* estejam ambas muito danificadas para uso – Jasmine Trieu explicou.

– Entendemos – Tea disse. – Você pode retransmitir para Taj?

– Já estamos fazendo isso – Trieu respondeu, após o atraso.

– Então vamos dar uma olhada na situação. – Tea e Taj continuaram a escalada, cobrindo os últimos cinquenta metros com o que pareceram três saltos gigantescos.

A vista da borda era desanimadora.

– Que merda, Taj, onde elas estão?

A superfície tinha sido devastada... este pequeno trecho do terreno de Keanu, que antes assemelhava-se a um vale glacial da Terra e, agora, parecia a Lua, um panorama que Tea conhecia tanto quanto qualquer ser humano.

Ela estava preparada para encontrar destruição. O que a estava matando era que tanto a *Venture* quanto a *Brahma* tinham *sumido*. Era como se ambos os veículos tivessem simplesmente sido lançados sem eles.

– Tea, Houston. Não entendemos a última informação. – Jesus, Houston tinha ouvido seu comentário desesperado. *Bom trabalho, Nowinski.*

– Entendido, Houston. Taj e eu estamos no topo, observando, ah, alguns efeitos térmicos do que quer que tenha acontecido. – O que eles estariam dizendo de novo ao pessoal da Terra? – Você está recebendo as imagens? – Ela não tinha ideia de se a câmara de seu capacete estava funcionando e, se estava, se era capaz de transmitir imagem para Houston via *Destiny*.

– Uma paisagem difusa – disse por fim a capcom. – Não posso distinguir muita coisa, exceto céu escuro e superfície brilhante.

Tea optou por não responder a isso diretamente. Taj tinha começado a caminhar na direção dos locais de pouso, a meio caminho no entorno da borda do respiradouro, de modo que ela o seguiu.

Ela não tinha ido longe quando viu um lampejo colorido próximo a uma coleção de pedregulhos bem pequenos perto da borda.

Ela sinalizou para Taj usar o canal privado.

– Aquilo parece um traje da *Brahma*. – Era um traje de AEV ao estilo *Brahma*... na verdade, era a metade superior de um traje.

Tea ouviu um suspiro longo e angustiado em seus fones de ouvidos. – Sim, é o Dennis – Taj disse. É claro que a identificação de Taj era desnecessária: Dennis Chertok era o único membro que estava faltando em sua tripulação. – O que ele estava fazendo do lado de fora?

Tea inclinou-se o mais perto que pôde. Não apenas o corpo tinha sido fragmentado pela explosão, mas também o tecido com múltiplas camadas e o capacete tinham se fundido à rocha. O capacete ainda estava intacto, porém congelado do lado de dentro, felizmente obscurecendo o rosto de Chertok.

– Não tenho ideia – ela respondeu. – Tudo o que sei é que parece que tem sangue dentro do visor do capacete.

Taj apontou para as rochas atrás do corpo. – Pode ser do impacto.

Tea endireitou-se e afastou-se. Não havia nenhum propósito em tentar conduzir uma autópsia àquela altura. O objetivo deles agora era impedir a progressão na contagem de corpos.

Tea viu mais cor agora... 50 metros de distância, quatro pilares dourados – bem, dois pilares e dois que tinham sido torcidos e derrubados.

As pernas da *Venture*. O que restara da espaçonave de dois bilhões de dólares, com altura de cinco andares e vinte toneladas, o orgulho e alegria de uma nação inteira, tinha simplesmente desaparecido, junto com Yvonne Hall... e Patrick Downey?

Taj juntou-se a ela. Ele pôde ver os mesmos destroços.

– E lá... – Ele apontou. À esquerda deles, voltada para o crescente azul e branco da Terra nascendo, havia uma visão ainda mais aterradora: os destroços da *Brahma*.

A *Venture* tinha sido vaporizada pelo calor da detonação, mas os danos da *Brahma* – apesar de igualmente fatais – eram mais variados. Nos primeiros milissegundos da explosão, o veículo da Coalizão perdera duas de suas pernas e, em seguida, fora derrubado e derreteu quando os tanques de combustível explodiram.

O que restou foi um cilindro meio despedaçado e irregular. Ainda podia ser reconhecido como um veículo de algum tipo.

– Você acha que estamos sendo expostos à radiação? – Taj perguntou.

– Acho, e essa seria uma das minhas últimas preocupações no momento. Quero dizer, temos alguma chance de viver tempo o suficiente para morrer devido à exposição a muitos rems? Além disso, os trajes devem oferecer alguma proteção.

Tea teve que lutar contra suas emoções. Ela queria deitar e chorar. Mesmo quando relatou as notícias sombrias à Houston (e ouviu Taj contando para Bangalore), ela lutou para não emitir um soluço sequer.

*Haverá tempo de sobra para deitar mais tarde*, ela pensou. *Se Houston não puder realizar seu pequeno milagre com a* Destiny.

– Houston para Tea... Nós, ah, confirmamos a perda tanto da *Venture* quanto a da *Brahma*. Obtivemos algumas imagens claras. Aguarde.

Eles estavam imaginando o que diabos dizer a ela.

– Entendido, Houston... Vou dizer a vocês: Taj e eu estamos indo em direção ao sul deste local, mais ou menos onde Yvonne foi morta ontem. Dê-nos meia hora e vejam se conseguimos achar uma pista de pouso para vocês.

*Obrigada pelas palavras amáveis em relação ao meu pai.*
*Ele é inteligente e forte e sei que vai sair dessa! Amo todos vocês!*

*ÚLTIMA POSTAGEM DE RACHEL STEWART EM SEU TABLET*

– Você tem certeza de que quer fazer isso? – Jillianne Dwight perguntou, enquanto passava pelos portões abertos silenciosos do cemitério *Forest Park*.

– Posso lidar com isso – Rachel disse.

– Eu sei, querida. É só que... esses últimos dois dias foram esquisitos. – Ela deu uma espiada no tablet no colo de Rachel. – Você vai postar alguma coisa?

Rachel encolheu os ombros.

– É por isso que eu tenho um, eu acho. – Ela também tinha uma pequena pá de jardim na bolsa. Havia pegado na varanda dos fundos, onde as poucas plantas dos Stewarts estavam passando por maus momentos, pouco antes de sair de casa.

– Quando você começou a fazer isso tudo?

– Quando eu não comecei? Quero dizer, mamãe estava sempre editando, postando em seu blog ou filmando desde o dia em que nasci. Ela fez um programa sobre a gravidez dela. Era como se ela quisesse salvar cada momento de sua vida.

– E da sua também.

– Acho que sim. – Ela olhou para fora da janela. O céu estava escurecendo, alguma tempestade das grandes estava prestes a estourar vinda do Golfo. Na verdade, o cemitério agora estava parecendo muito como no dia em que Megan Stewart fora enterrada. – O que é realmente bizarro é que eu poderia ter a chance de perguntar a ela.

Jillianne manteve os olhos na estrada sinuosa.

– Então você acha que é realmente sua mãe lá em cima?

– Você não?

– Querida, eu apenas... Bem, minha mãe me ensinou que todas as pessoas boas sentam-se ao lado de Jesus. Levei muito tempo para, tipo, você sabe, superar isso. – Ela sorriu com ar de tristeza. – Não que você não possa trabalhar para a NASA e ser religioso. Tem várias pessoas no centro que são religiosas. Mas eu tive que escolher um dos lados, sabe?

– Então, você está do lado que diz que aquelas pessoas lá em cima são coisas alienígenas.

– Não quero estar de lado nenhum, mocinha. Acredito que, se fosse alguém que eu conhecesse e amasse, iria pensar de modo diferente. Desculpa, quero dizer... bem, não sei o que quero dizer. Mas acho que é aqui.

Rachel não tinha certeza se a "Megan" com quem ela tinha conversado era realmente sua mãe...

Até agora. Era exatamente como o pai dela havia dito: *Você não sabe o que você tem até perdê-lo.* Se o conhecimento íntimo de Megan tinha preenchido 90% da crença total de Rachel, o ceticismo suave de Jillianne acabou por levá-la até uma conclusão definitiva.

É claro, havia ainda o corpo de Megan...

A sepultura dela estava a 20 metros da estrada, em uma área aberta e plana cercada por outras sepulturas, é claro, grande parte delas recentes, muitas delas decoradas com cruzes e anjos. Rachel deslizou sua bolsa sobre o ombro, enfiando seu tablet debaixo do braço e então seguiu a trilha que lhe era familiar. Jillianne ficou no carro.

Rachel e Zack tinham seus rituais de cemitério: faziam visitas todo ano em novembro, no aniversário de Megan e no Dia das Mães. E, de vez em quando, apenas porque sentiam vontade.

Havia uma pedra simples com o nome de Megan e as datas de seu nascimento e morte. E uma coisa que sempre assustara Rachel: o jazigo vazio ao lado do túmulo dela.

– Este é para mim – Zack lhe dissera, na primeira vez em que ela perguntara sobre isso, em uma manhã de verão havia quase dois anos.

– Isso é muito sinistro, papai.

– Não se preocupe, não estou planejando ocupá-lo tão cedo.

– Mas não o aborrece pensar que um dia você estará lá por uns milhares de anos, ou coisa assim?

Como Zack quase nunca usava óculos escuros, ele piscara os olhos sob o sol brilhante.

– Não é grande coisa.

– Se não é assim tão importante, por que continuamos a voltar?

– Você me pegou. – Ele tinha fechado os olhos por um momento, a pensar. Em seguida, sorrira, como se tivesse solucionado um grande problema. – Espere. É porque, vindo aqui, podemos pensar sobre sua mãe.

– Poderíamos fazer isso em casa.

– Não, há muitas distrações. Isso é apenas... uma zona de meditação especial dedicada a ela, ok?

Rachel lembrou-se disso. Ela nunca se sentira confortável ao rezar, para dizer a verdade. Ela não gostava de ir à igreja e, após discussões acaloradas, persuadiu Zack a deixá-la pular a educação religiosa.

Mas meditação? Refletir sobre bons pensamentos? Disso, sim, ela era capaz.

Embora hoje não fosse possível. Ela examinou a superfície do túmulo e, então, ajoelhou-se para passar a mão na grama que a cobria.

Não parecia que alguém a tivesse remexido. Mas como ter certeza?

Ela tirou a pá pequena da bolsa e enfiou-a no gramado. Entrou facilmente; é claro, com toda a chuva, o chão estava suave, encharcado.

Ela recortou um quadrado de 60 centímetros de lado e, depois, deslizou a ponta da lâmina em volta das bordas. Rachel já tinha começado a descascar um dos cantos da grama, quando um homem a abordou:

– Rachel Stewart, o que você está fazendo?

Assustada, Rachel sentou-se.

Harley Drake estava a uns poucos metros de distância, com sua cadeira de rodas motorizada prosseguindo devagar e silenciosa.

– Temos de parar de nos encontrar desse jeito.

– O que você está fazendo aqui?

– Me escondendo – ele respondeu.

– Estou falando sério. – Ela voltou para sua escavação.

– Falando sério? Eu só queria verificar algo.

– O quê?

– Você vai dar risada.

– Acho que não.

Então ele se aproximou da sepultura e olhou para Rachel de um modo sério, nada comum.

– Só queria ter certeza de que o túmulo ainda estava intacto. Estranho, né?

Rachel conseguiu tirar o quadrado de grama da sepultura. As mãos estavam sujas e, então, ela as limpou sobre a grama.

– Você é doido.

– Antes de fazer julgamentos, diga-me o que você está fazendo. Porque me parece que você está preocupada com a mesma coisa.

– O quê? Se aqueles alienígenas roubaram o corpo da minha mãe para poder enganar todo mundo? – Ela ajoelhou-se novamente e cavou rapidamente um buraco no local de onde a placa de grama tinha sido retirada.

– Eu não colocaria a coisa exatamente dessa forma, mas, bem, sim.

Rachel sorriu. Pobre Harley.

– Não. – Ela pegou seu tablet e deixou-o cair no buraco fresco. Com vários movimentos rápidos, ele o cobriu com terra solta.

Harley observou o movimento.

– Hã, este é um aparelho bastante caro...

– Meu pai costumava dizer que era apenas um peso de papel.

– Agora é um peso de papel cheio de lama.

Ela colocou a grama de volta no lugar e, depois, andou por cima dela.

– Toda aquela coisa de ficar blogando e outras coisas do tipo, isso fazia parte do mundo da minha mãe. Preciso dar um tempo.

– Desconectando-se? Não é das piores ideias que você têm tido ultimamente.

Ambos deram risada. Em pouco tempo, a risada se transformou em lágrimas, mesmo para o controlado Harley Drake. Rachel sabia que não tinha nada a ver com o fato de ter se desfeito do tablet. Ela deu-lhe um abraço desajeitado.

– O antigo corpo dela ainda esta lá embaixo, Harley. Mas a outra parte parece estar lá em cima no espaço.

– Você tem certeza disso?

– Sim.

– Isso dificulta e muito as coisas, sem dúvida.

Naquele momento, o telefone de Harley tocou.

– Não acredito nisso. – Mas ele atendeu e ouviu por um momento. – Uau, ok. Sim, estarei aí.

– O que está havendo?

– Seu pai. O resto da tripulação está na superfície, mas ele não.

– Ele não vai partir sem minha mãe.

– Suponho que não.

– O que vai acontecer?

– Não tenho ideia, mas acho que você precisa vir comigo.

*Este é o controle de missão da* Destiny. *A equipe aqui está acompanhando uma série de acontecimentos inesperados, a começar pela perda anômala de contato com a espaçonave* Venture *na superfície de Keanu a 103h34min do tempo decorrido da missão, associada a uma erupção na superfície do NEO. O gerente de missão, Shane Weldon, publicou a seguinte declaração: "Consideramos que esta seja uma situação extremamente séria". Ele acrescenta que a espaçonave em órbita* Destiny *ainda está fornecendo* downlink. *Continuaremos a trazer a você atualizações em tempo real tão logo estas sejam liberadas.*

*COMENTARISTA DE ASSUNTOS PÚBLICOS DA NASA SCOTT SHAWLER*

– Maui captou isso faz vinte minutos – Shane Weldon informou.

Na tela principal, Keanu, uma crescente branca, ainda mostrava os traços de detonação como uma nuvem fraca simétrica.

Com Rachel a tiracolo, Harley tinha corrido para o controle de missão sem parar na sala da Home Team. Mas encontrou Sasha Blaine já à espera, perdida no grupo em alvoroço, já que pelo menos uma dúzia de pessoas tumultuava a região normalmente sacrossanta perto do diretor de voo e das estações dos capcom. Bynum também estava ali, naturalmente, assim como Gabriel Jones, que, aos olhos de Harley, parecia ainda mais um fantasma.

– Está em tempo real? – Bynum perguntou.

– Apenas observe a maldita tela – Jones retrucou. Sua voz soou fraca, e a ideia de que o diretor do Centro Espacial Johnson pudesse vociferar com um representante de Washington foi mais uma confirmação: Jones estava perdendo o controle.

Mesmo em tempo real, o que aconteceu em seguida fez o coração de Harley descompassar.

Houve um lampejo de luz para além da borda brilhante de Keanu, algo explodindo ou em erupção no lado que ficava fora de alcance do telescópio baseado na Terra.

Porém, em vez de dissipar como os restos nos eventos passados, um objeto pequeno foi ejetado de Keanu.

– Que diabos é aquilo? – alguém perguntou. Harley não poderia ter elaborado uma pergunta melhor.

– Continuem observando, todo mundo – Weldon resmungou.

Então, aconteceu de novo, apesar de que, dessa vez, a erupção pareceu vir do polo sul de Keanu. Mas o resultado foi o mesmo... um objeto brilhante que, da mesma forma que o antecessor, separou-se do NEO.

Dentro de segundos, ambos os objetos tinham deixado Keanu para trás. O telescópio de Maui os rastreou sem problemas; Keanu saiu do alcance da tela, deixando nela duas manchas brancas.

Várias pessoas começaram a falar ao mesmo tempo, todas fazendo perguntas lógicas. *Qual é o tamanho deles? Com que velocidade estão se movimentando?*

E a nova favorita de Harley:

– Para onde estão indo?

– Gente, por favor! – Weldon chamou a atenção. – Não sabemos, na verdade, muito mais do que vocês.

Com o silêncio repentino, Harley questionou:

– Temos imagens melhores? – Weldon simplesmente balançou a cabeça e, em seguida, sacudiu-a na direção de um dos operadores.

Um dos objetos, de repente, encheu a tela.

– Ainda não parece nada além de uma bolha – Bynum reclamou.

– Precisamente – Weldon concordou. – Temos outros locais, além de Maui, que estão fazendo o rastreamento, e ninguém viu nenhuma borda ou definição sobre essa coisa. No momento, tudo o que podemos dizer é que é uma bolha que se move a 32 mil quilômetros por hora.

– Duas bolhas – Jones corrigiu.

– Foram simplesmente disparados, como projéteis? – perguntou Sasha Blaine, falando com clareza. – Ou eles estão acelerando?

– Não vimos nenhuma manobra ainda – Weldon respondeu. – Até agora, estamos tratando isso como um lançamento.

– O que poderiam ser essas coisas? – Bynum perguntou.

Ele pareceu genuinamente perplexo e, dessa vez, Harley não podia culpar o homem.

– Só posso pensar em duas coisas – Harley cogitou. – Massa pura, como gelo ou rocha, ou um veículo, que poderia ser uma espaçonave ou um míssil.

– Se for um míssil, trata-se de um contra-ataque? – Bynum perguntou.

– É preciso encarar essa possibilidade.

Mesmo um pedaço de rocha poderia ser uma arma devastadora. Harley tinha boas lembranças de um romance de Robert Heinlein que ele havia lido quando era criança: a Lua tinha entrado em guerra contra a Terra e ganhado ao esmagar o planeta com... pedras.

– Os primeiros dados orbitais do NORTHCOM – Weldon anunciou. Ele tateou para pegar os óculos de leitura e inclinou-se para a tela, enquanto Jasmine Trieu, Gabriel Jones e outros o pressionavam por trás. – O apogeu é de 480 mil, distância de Keanu. O perigeu é de 36 mil. Inclinação indefinida até o momento.

– Não temos ativos a 36 mil quilômetros? – Bynum perguntou.

– Só grande parte dos satélites de comunicação do mundo – Harley disse a ele. – E uns poucos satélites espiões também.

– E se eles atacarem aqueles satélites?

– Perderemos grande parte de nossa capacidade – Harley respondeu. – Eu adoraria saber qual o tamanho dessas coisas.

– Será que eles são iguais?

Ao ouvir isso, um dos controladores voltou-se para trás e tirou o fone de ouvido.

– Maui acha que ambos são da ordem de cem metros de largura, aproximadamente esféricos.

– Então – Harley virou-se para Sasha –, se for um pedaço de rocha com 100 metros de diâmetro, e estiver viajando a uma velocidade orbital, qual será o estrago se atingir a Terra?

– Não tenho que recorrer a números – ela respondeu. – É apenas um meteorito. De qualquer forma, seria desagradável e capaz de fazer um tremendo estrago ao atingir uma cidade; se for um impacto na água será diferente, mas igualmente terrível.

Travis Buell levantou-se.

– Shane, tenho Bangalore online e eles dizem que é urgente.

– Bem, o que você está esperando? – disse Jones. – Ponha-o na droga da tela.

A tela principal dividiu-se, com a metade esquerda exibindo Vikram Nayar, o diretor de voo da *Brahma*, que parecia pelo menos vinte anos mais velho do que sua idade real.

– Estou captando dados de Maui – outro controlador informou. – Manobras! – A mensagem era desnecessária; ambas as bolhas tinham deixado a tela. Harley não achou que o hardware de rastreamento remoto tivesse subitamente parado de funcionar.

Na tela, Nayar estava olhando para um pedaço de papel que tinham acabado de lhe entregar.

– Temos mais informações úteis sobre os objetos – ele finalmente comentou. – As trajetórias deles estão divergindo. Mas ambos os objetos vão atingir a Terra.

Weldon coçou a cabeça.

– Quando e onde?

– Em quatro horas, o primeiro impacto previsto será no subcontinente indiano, aproximadamente a 12,5 graus a norte e a 77 graus a leste.

– É em Bangalore, não é? – Sasha Blaine perguntou a Harley. A gratidão dele pela velocidade da garota em reconhecer a importância das informações foi de curta duração, uma vez que Nayar disse em seguida:

– Na ordem de trinta minutos mais tarde, o segundo impacto será na América do Norte, a 29,8 graus a norte e a 95,5 a oeste.

– Bem próximo a nós – Josh Kennedy murmurou, sua voz falhando pela primeira vez.

– A coincidência nos locais previstos para impacto é muito grande para ser acidental – Nayar dizia. – Apesar de esses valores serem imprecisos e poderem estar errados por muitos quilômetros, parece que os controles de missão em Bangalore e em Houston são os alvos.

– Temos que assumir que somos – Weldon concordou. Ele voltou-se para Gabriel Jones. – Seria melhor você ordenar uma evacuação.

– Para onde é que vou dizer para as pessoas irem? – Jones perguntou. – Se for uma grande rocha e o JSC é o marco zero, aquela massa e velocidade – inferno, vai acabar com Houston inteira.

– Se o JSC é o marco zero, qualquer lugar é melhor do que aqui – Harley argumentou.

– Temos 10 mil pessoas somente no centro!

– É por isso que é melhor começar logo – insistiu Weldon.

– Muito bem. – Jones sacudiu a cabeça para o time do controle de missão. – Vocês, rapazes, também.

– Não podemos – discordou Josh Kennedy. – Temos uma espaçonave para pousar.

– Todos vocês podem morrer aqui! – Jones foi inflexível.

– Nossa tripulação vai morrer sem aquele veículo – Weldon argumentou. – Não podemos deixar isso acontecer. – Ele sorriu. – Além disso, Gabe, já passamos por isso antes. Furacão Horácio, lembra? Abrigo no local.

Harley certamente se lembrava; uma década antes, durante seu ano como candidato a astronauta, o Furacão Horácio rumara diretamente para Houston, precisamente no meio de umas das últimas missões dos ônibus espaciais.

O controle de missão estava operando a Estação Espacial Internacional simultaneamente, embora aquelas funções fossem compartilhadas com a Rússia. Porém, o ônibus espacial somente poderia ser direcionado a partir de Houston.

E, enquanto toda a cidade – e 99% dos funcionários do JSC – pegava as estradas que iam para lugares mais elevados, uma equipe mínima permaneceu no Prédio 30... abrigadas no local.

O Horácio arrasou a área de Houston, causando danos em massa no lado oeste da cidade. O JSC fora poupado de um golpe direto, apesar de tido telhados arrancados, janelas quebradas e fios de alta tensão rompidos. Ainda assim, o ônibus espacial continuou a ter apoio.

Entretanto, esse seria um desafio maior. As paredes do Prédio 30 eram de tijolo e argamassa, capazes de suportar as intempéries severas. Eles ofereceriam pouca proteção contra um ataque de energia cinética, o que poderia desencadear quantidades inacreditáveis de calor e energia. Desta vez, os controladores da missão incluídos em um abrigo no local tinham uma boa chance de morrer.

Mas isso já estava subentendido; podia-se notar pela atmosfera silenciosa no recinto. – Bem, então, Deus abençoe a todos – Jones despediu-se, percebendo, com sabedoria, a futilidade de seu argumento.

Weldon foi se aproximando de Harley.

– Harls, seria melhor você voltar para sua equipe.

– É, é hora de as grandes mentes ganharem o dinheiro para a refeição.

– Achei que você fosse oferecer a eles a chance de sair daqui.

Não tinha ocorrido a Harley que seu grupo de acadêmicos e quase cientistas pudessem não estar ansiosos para compartilhar do abrigo no local.

– Certo.

Blaine empurrou-o junto com sua cadeira de rodas em direção à porta. Quando já estavam no corredor, Harley argumentou:

– Suponha que elas sejam hostis. Essas coisas são armas de energia cinética?

– Elas mudariam de direção no último momento e atacariam Washington ou Nova York? Wade Williams ficará tão feliz... vai ser como no filme dele.

– Ele vai simplesmente ter que curtir a felicidade dele na estrada.

Blaine parou e olhou para ele.

– E você, Harley?

– Sabe, havia duas coisas que eu gostava de fazer antes do meu acidente, e uma delas era voar. Não posso fazer nenhuma dessas coisas desde então, e parece que não vou poder fazer em nenhum momento no futuro. Portanto, vou apostar minhas chances aqui.

– Corajoso de sua parte – Blaine disse. – E quanto à filha de Zack?

*Oh, Deus*, Harley pensou. *Sim, e quanto a Rachel Stewart?*

A conversa tinha consumido grande parte daquela última hora. Começara na galeria de visitantes; avançara para o corredor, onde Sasha Blaine deixou-os para retornar à Home Team; e, então, terminara de volta no controle de missão.

O resumo da ópera: Rachel Stewart não iria a lugar nenhum.

– Este é o único lugar do mundo onde posso entrar em contato com meu pai – ela dissera.

– Não haverá muito contato se isso virar um buraco gigante de fumaça no chão.

– Se é isso o que os habitantes de Keanu estão fazendo, meu pai não terá chance, da mesma forma.

Harley Drake era um grande partidário do direito de qualquer ser humano cometer seus próprios grandes e estúpidos erros e, quanto mais cedo o ser humano em questão aprender com isso, tanto melhor. Algum vestígio de responsabilidade adulta o fez questionar a conveniência ou não daquele julgamento. Afinal de contas, o resultado dessa lição poderia muito bem ser que sua decisão o levasse à morte. Independentemente do quanto ele examinara a questão, ele ainda chegara à mesma conclusão: se Rachel queria ficar, ela deveria ficar.

Além disso... se a Coisa de Plasma de Keanu era o que aparentava ser, Rachel e Harley também não estariam seguros sentados em um engarrafamento na Rodoanel 8.

E então... a tela principal exibia uma imagem gerada em computador da *Destiny*, voando com sua parte posterior na frente, compartilhando espaço com várias imagens de observatórios na Terra, uma exibindo um ponto branco pequeno... a *Destiny* vista do Havaí. Duas outras mostravam o que agora eram chamados de Objetos, naquele momento em trajetórias completamente divergentes. Uma estava sendo captada do Havaí; a outra, se os dados no canto da tela diziam a verdade, de uma instalação na Rússia.

– Recebendo de dados de Maui – disse um dos controladores de trajetória de voo. – Eles foram capazes de estimar o limite superior definitivo no diâmetro dos Objetos de Keanu, os quais pareciam ser do mesmo tamanho: bem inferior a 200 metros.

Ao ouvir essa informação, Harley sentiu-se mal. Em seus anos como astronauta e, especialmente, nos últimos dois anos como estudante acelerado de eventos astronômicos, ele havia passado um bom tempo examinando a cratera de meteoro no Arizona, principalmente porque ele a tinha visitado para treinamento e também porque era muito interessante.

Era por isso que ele sabia que o grande buraco no chão nos arredores da cidade de Flagstaff tinha algo em torno de 150 metros de profundidade e cerca de um quilômetro de diâmetro... e que o impacto que vaporizara a vegetação e os seres vivos por dezenas de quilômetros ao redor fora provocado por um grande pedaço de rocha espacial de cerca de 50 metros de diâmetro.

Um quarto de qualquer um dos Objetos de Keanu. O dano se um deles colidisse não seria apenas quatro vezes maior, mas estara em alguma escala em progressão geométrica, comparável a uma arma nuclear de tamanho considerável.

O que significava que o JSC e o Prédio 30 não teriam a mínima chance.

Quer dizer, isso se um Objeto atingisse as imediações. Havia ainda tempo para que ambos mudassem o curso, de que fossem bem menores do que essa estimativa de 200 metros, ou que viessem a ser menos densos que o ferro.

A atividade nos consoles não havia mudado, embora o ritmo com que as portas abriam e fechavam tivesse aumentado, sendo que Brent Bynum era o visitante mais frequente, geralmente seguido por seus agentes e vários representantes de Jones, todos eles ou falando ao celular ou digitando em tablets.

Harley não teria acreditado que fosse possível, dada a expressão de Bynum quando Keanu lançou seus Objetos, mas o homem da Casa Branca estava ainda mais sombrio. – O Departamento de Defesa está histérico. Eles querem derrubá-los.

– Porque colocar uma bomba nuclear na *Venture* foi uma resolução brilhante – Weldon comentou. Harley não conseguiu perceber se o diretor de voo realmente tinha achado uma estupidez ou uma futilidade. Ou apenas não quisera perder o foco do pouso iminente da *Destiny*.

– Não se preocupe, Shane – ele disse. – Ainda que essa fosse a melhor ideia desde a invenção da roda, ainda que o presidente os tivesse autorizado a agir, eles não seriam capazes.

Bynum não estava bem certo.

– Eles já abateram satélites. E temos todos esses mísseis...

– Nossos mísseis são armas ofensivas que não podem ser redirecionadas para interceptações exo-atmosféricas, pelo menos não nas próximas duas horas. Nós realmente temos alguns mísseis antibalísticos, cerca de uma dúzia deles no Alasca e na Califórnia. Eles foram colocados lá há uma década, quando estávamos apreensivos com os satélites espiões norte-coreanos e chineses. E mesmo que os Objetos cruzassem o Pacífico Norte, onde nossos mísseis antibalísticos poderiam vê-los e abatê-los, eles não estariam carregando uma bomba nuclear. E não acho que nossos sistemas sejam capazes de travar a mira que é um plasma.

– Talvez isso seja um alívio – Bynum resmungou, apesar de sua expressão não perder o ar sombrio e pálido. Seu celular zumbiu novamente e ele saiu.

– Eu sabia que havia uma razão para que eu quisesse você por aqui em vez de voltar lá para aqueles malucos e nerds – Weldon disse a Harley.

– Pensei que fosse apenas porque você não queria morrer sozinho.

Harley estava impressionado com o modo como Weldon e Kennedy e suas equipes não vacilavam diante de sua tarefa imediata: configurar a *Destiny* para um pouso forçado em Keanu.

O fato de eles terem restabelecido contato com Tea Nowinski e com Taj, Lucas e Natalia, fora de grande ajuda. Todos os quatro estavam agora na superfície, com seus trajes; eles haviam sido forçados a deixar o rover na rampa. A situação de Zack Stewart ainda era desconhecida. Houvera um breve e abundante fluxo de comunicação, mas nada desde então.

Somente então Shane Weldon virou-se para Harley.

– Sr. Drake, acho que suas crianças precisam de você.

– O que está havendo?

– Blaine diz que há um problema – explicou Weldon, batendo em seu fone de ouvido. – Organize-os e mande-os embora e, depois, volte depressa. Quero que esteja por aqui quando Bangalore receber o impacto.

Deixando Rachel no controle de missão, Harley dirigiu sua cadeira de rodas para a porta. E agora?

*Nasci mais vezes do que qualquer pessoa, exceto que Krishna.*

*MARK TWAIN, EM SUA AUTOBIOGRAFIA*

Zack Stewart sentiu momentos de espanto em dobro ao alcançar a clareira ao redor do Templo. Ele quase não conseguira captar todos os eventos; o meio ambiente do interior de Keanu tinha enlouquecido. Ele ouvira o rugido das rajadas de vento e vira a vida vegetal de Keanu literalmente derretendo, dissolvendo e, então, reformando-se toda em volta dele. Era como estar em um show de horrores.

E o ar... cheirava a um misto de vegetação em decomposição e plástico queimado.

Tudo isso, somado ao "céu" bizarro, que tinha escurecido e era marcado com lampejos estranhos que lembravam raios, mas sem trovões.

Ainda assim, o Templo agigantava-se a cada relampejar. Parecia uma casa mal-assombrada de um filme de terror em preto e branco, se você considerasse que a estrutura em questão possuía vários metros de altura e que não se assemelhava a nenhuma já vista na Terra.

Mas era esse o objetivo de Zack. Era para onde seguia a trilha da Sentinela.

Era onde Megan estava, assim como Camilla, embora ele se perguntasse se teria se proposto a abandonar sua tripulação e a pequena chance de um voo para casa apenas por uma menina que ele não conhecia.

Bem, sim. Mas de qualquer forma, a questão era irrelevante. Ele estava ali naquele momento, em busca das duas.

Quando deparou com a clareira, lembrou-se das advertências de Taj e Tea sobre alguma espécie de campo magnético... talvez ele estivesse hipersensível por conta do alerta ou, possivelmente, pelo fato de a intensidade do campo ter aumentado com as atividades excêntricas no meio ambiente, mas Zack havia dado apenas dez passos em direção ao Templo quando notou o cabelo de seu pescoço eriçar, perdeu a sensibilidade de seus dedos e sentiu-se mais lento. Ele ficou no lugar tanto quanto pôde, sentindo-se como um gerador de Van de Graaff em algum experimento de ciências em escola.

Um passo à frente provocou-lhe uma dor insuportável. Os Arquitetos tinham erguido uma cerca eletrônica em volta do Templo, e não permitiriam que Zack usasse essa rota.

Ele recuou e começou então a caminhar em volta do perímetro da clareira. Sondou mais uma vez... com o mesmo resultado. Depois, uma terceira vez. Não teve sorte.

Com as mudanças na iluminação, o vento e as linhas desconhecidas do Templo, era fácil perder a trilha. Onde estaria a porta da frente desta coisa?

Ele calculou que tinha sido forçado a chegar a um ponto completamente oposto de onde havia se aproximado do Templo. Desta vez, o "campo" comprimia ou abria para permitir que ele seguisse em frente.

Nas sombras à sua frente, ele podia enxergar o que parecia ser uma porta, embora fosse duas vezes mais alta e três vezes mais larga do que o necessário.

Quando ainda estava a 50 metros de distância, no entanto, notou algo inesperado no chão, que estava esburacado e coberto com restos de vegetação.

Havia duas pilhas de algo viscoso com vapor. Assim que Zack chegou perto, ele reconheceu: era o que havia sobrado de duas Sentinelas, provavelmente as mesmas que tinham levado Megan e Camilla.

Foi tão reconfortante saber que estava na trilha certa quanto perturbador perceber que os Arquitetos haviam destruído seus serviçais de modo tão indiferente.

Será que ele encontraria os mestres de Keanu dentro daquela estrutura?

Bem, independentemente do que estivesse no Templo, Zack teria de confrontá-lo – o prédio era o único abrigo que ele conseguia visualizar. E, com o vento uivando, detritos voando por todos os lados, a temperatura caindo e, o pior de tudo, o ar ficando rarefeito... ele iria precisar de um lugar de refúgio, no mínimo.

Trinta metros e, então, vinte metros. De repente, ele estava na sombra do prédio, cara a cara com um marco que ficava no centro de algo que só poderia ser uma porta. Sua superfície era mais regular do que o resto da estrutura do Templo. Pareceu ser um conjunto de substâncias coloridas e texturizadas de modos diferentes. Se rocha, metal ou mesmo madeira, ele não saberia dizer. Era mais possível que fosse uma superfície talhada ou esculpida. Talvez as formas e alturas das peças fornecessem algum tipo de orientação.

Em todo o caso, Zack procurou por uma maçaneta e não viu nenhuma. (Dado o tamanho da coisa, ela provavelmente estaria fora do seu alcance.)

Então, ele começou a pressionar contra várias partes da porta. Tentou inclusive examinar as arestas evidentes.

Nada. Gritou "Olá!" e "Ei, estou aqui!" e "Por favor, abram!". Ainda assim, nada. A porta permaneceu trancada.

Olhou para o rádio/câmera Zeiss do Taj. Frustrado, mirou na inscrição e tentou:

– Aqui é Zack Stewart, para Bangalore ou Houston, transmitindo às cegas. – *E surdo*, ele gostaria de adicionar. – Se estiverem me ouvindo, provavelmente também podem ver isso... é o que estamos chamando de Templo dos Arquitetos. Minha esposa e outra pessoa revivida foram trazidas para cá. Estou em busca de um acesso. A menos que eu esteja relevando algo muito importante, estou trancado do lado de fora.

Ele contou até dez e não ouviu nada. Em seguida, só para ter certeza, ele contou até dez novamente. E adicionou uma terceira série de dez.

Ainda nada. Sua frustração, por fim, chegava ao ponto de explodir. Apanhou a Zeiss, completamente preparado para testar sua utilidade alternativa como um martelo. Quanto ela iria durar se ele a batesse contra a inscrição...?

– Zack, aqui é Houston, Jasmine Trieu retornando para você. Está ouvindo?

– Houston... Zack Stewart aqui. É muito bom ouvir sua voz, Jasmine!

O atraso poderia ser de apenas 7 ou 8 segundos, mas parecia muito maior. Em seguida ele ouviu:

– Temos bastante coisa para colocar em dia, Zack. Você pode falar?

Zack olhou para cima, em direção à porta impenetrável do Templo.

– Houston, tudo o que tenho agora é tempo.

*Esta entrevista acabou.*

*A FRASE MAIS FREQUENTEMENTE USADA PELOS ENTREVISTADOS POR MEGAN STEWART*

Megan Doyle Stewart não tinha certeza sobre se aprovava seu estado de recém-renascida. Sim, ela recebera uma segunda chance de vida, mas por quê? Para quê? Ela havia se deslocado quase que diretamente de um acidente de carro na Flórida para a Colmeia em Keanu.

Sim, alguma coisa de "Megan Stewart" existira durante aqueles dois anos... sem corpo, cega, surda, em um estado que a teria aterrorizado enquanto estava viva, levando seu medo de ser enterrada ainda com vida a um extremo horripilante.

No entanto, ela não sentira medo. Em vez disso, ela... bem, voara, flutuara, saltara de lembrança em lembrança. Ela tornara-se livre no tempo e no espaço, recordando e revivendo seu primeiro beijo com Sean Peerali, o encontro com Zack naquela festa na Universidade de Berkeley, noites em claro editando, arrastando seu triciclo pela Rua Principal...

Porém, enquanto sonhos eram confusos, como reprises e emaranhados de atividades do dia a dia, estes momentos revisitados pareciam reais, como um registro do que ela tinha visto, ouvido e sentido no momento.

Ela experimentara até mesmo "lembranças" sob diferentes pontos de vista... outras pessoas naquelas mesmas cenas. E, em pelo menos um caso – que ela era capaz de relembrar naquele instante; poderiam ter sido uma dúzia ou uma centena deles –, ela vivera um momento da vida de uma pessoa totalmente diferente dela mesma.

Quanto mais ela pensava sobre isso, mais fascinante parecia... até o instante inevitável, quando percebeu que, a menos que sua sorte mudasse radicalmente e o mais breve possível, ela iria voltar a ficar naquele... meio ambiente pós-vida, uma matriz de lembranças, um arquivo em algum sistema de computação em nuvem.

Em todo caso, desde o redespertar, ela não tinha tido muito tempo para refletir sobre as grandes questões filosóficas. Ficou mais preocupada em se adaptar ao meio ambiente, em agir como um ser orgânico novamente... e com a dor e a alegria de se reconectar com Zack e Rachel.

Que agora, aparentemente, ela perdera novamente.

Ninguém tinha contado a ela sobre a detonação do topo do Respiradouro Vesuvius. Na verdade, ela havia *sentido* a explosão, como um ruído combinado com um flash, por sua vez combinado com um tremor de causar enjoo.

Felizmente, isso durara apenas um ou dois segundos. Era como se todos os seus sentidos tivessem se desligado, como filtros em uma câmera voltada para o Sol.

Ainda assim, ela sentia como se tivesse sido jogada do topo de um prédio, para ser apanhada poucos instantes depois de haver passado o parapeito, mas não antes de ter visto a queda dos vinte andares que a aguardava.

Ela pôde dizer a Zack que ela sabia que o evento era uma notícia ruim. Ou, será que era mesmo ruim? Era... *importante*. Era o que a mensagem dos Arquitetos dizia.

Era como uma de suas primeiras reportagens, antes de se casar com Zack, quando ela fizera a cobertura do colapso de uma boa parte da plataforma de gelo da Antártica.

Sob alguns aspectos, aquilo era ruim... esperava-se que os níveis dos oceanos globais se elevassem por vários metros, o bastante para arruinar algumas cidades costeiras... mas não imediatamente, não tão rápido a ponto de as pessoas não poderem sair do caminho do perigo.

E, considerando que ela estava longe da costa, bem no interior do Colorado, naquele momento, aquilo não era uma preocupação imediata para ela.

Ainda assim... era um Evento Significativo.

Logo que contou a Zack, entretanto, alguma coisa aconteceu com ela... sentia-se cada vez mais cansada, praticamente exausta.

Ela sabia que uma das Sentinelas a tinha capturado; ela vira a criatura se aproximando através de sua visão periférica, mas não teve força para correr, gritar ou, de fato, fazer qualquer coisa a não ser desligar.

(O que a fez pensar exatamente sobre quais outras "melhorias" os Arquitetos tinham realizado em seu corpo ressuscitado.)

Acordou em uma pilha dentro do Templo... sozinha. Camilla não estava com ela.

Ela estava em uma sala que era tão ampla, sombria e vazia que lhe deu arrepios. Era como estar na caverna de um monstro. O castelo do Ogro Perverso.

Sem porta ou janelas.

O piso lembrava madeira com uma padronagem de celulose ou grãos, mas era muito duro para ser de madeira. Havia uma espécie de trilha que saía do local de descanso de Megan e seguia em direção à parede, algum tipo de substância viscosa nojenta que parecia ter a textura de uma trilha de caracol. Megan não conseguiu se convencer a tocá-la.

O teto estava fora de alcance; parecia ser do mesmo material, exceto pela padronização, mas com formas irregulares que permitiam a passagem da luz.

As paredes se pareciam com as do lado externo do Templo, com tijolos multicoloridos e formas esquisitas que, quando tocados, pareciam prestes a desmoronar... mas não desmoronavam. Megan era capaz de compará-los a alguma coisa do mundo de Zack: as placas de proteção térmica dos velhos ônibus espaciais. Aqueles cubos de silicato eram bastante leves e assemelhavam-se a isopor... além disso, eram isoladores tão perfeitos que se podia assá-los a mil graus em um forno e, em seguida, pegá-los com as mãos sem proteção alguma.

Talvez o Templo precisasse ser isolado. Megan lembrava-se de ter sido sacudida várias vezes durante sua "carona", antes de rolar sobre este piso. E, embora o piso parecesse sólido – como o tipo de mármore encontrado nas mansões em Houston –, os pés descalços de Megan detectaram uma vibração de baixa frequência, como zunido de uma linha de energia.

A sala não estava vazia. Estava repleta de mobília. Teria sido demais pedir, ela calculou, qualquer coisa tão simples como uma mesa ou cadeira. Havia plataformas sólidas e simétricas de alturas variadas, mas nenhuma mais baixa do que o nível de seus olhos. Outros objetos eram esféricos, cilíndricos ou, para usar um termo que Rachel amava, *bolhabular*.

Alguns tinham cores sólidas, ainda que Megan não permitisse nenhuma delas decorando sua própria casa. Outros tinham listras ou padronagens. A superfície de um objeto em particular, do tipo cubo, ficava diferente cada vez que Megan olhava para ela.

E vários dos objetos transmitiam o mesmo zunido que podia ser sentido no piso. O que fez Megan lembrar-se do controle de missão, com todos os computadores e telas... mas parecia mais uma foto de catálogo para decoradores residenciais de Marte.

Ah, sim, não havia instalações sanitárias... e, sua preocupação mais imediata, não havia comida nem água.

Ficou a imaginar o que teria acontecido a Camilla. Sabia que a menina tinha sido levada... mesmo que estivesse em um meio ambiente aparentemente benigno como esse, ela deveria estar aterrorizada.

Pensar em Camilla a fez lembrar de Rachel e Zack. E da completa futilidade de sua atual circunstância. Tinha ouvido a frase "Ela deve estar melhor agora" grande parte de sua vida... pela primeira vez, acreditava que podia ser verdade.

Encostou-se em um dos objetos com superfície plana e escorregou para o chão. Com os pés descalços, em grande parte nua, exceto pela camada inferior surpreendentemente durável da segunda pele, ela podia literalmente sentir as vibrações do vento contra as paredes do Templo.

Isso fez imaginar o quanto esse Templo com aparência imponente realmente poderia ser durável. Quanto tempo ele poderia durar? Ele tinha "crescido" nos últimos dois dias!

Então, sentiu algo diferente... não um movimento ondulatório suave que parecia ter sido causado pela tempestade lá fora, mas era uma vibração mais poderosa, mais profunda. Um tremor.

Estava chegando mais perto também. E mais frequente. Uma parede inteira da sala abriu-se, revelando uma câmara escura. Ela ouviu mais pancadas, arranhões e um chiado medonho.

Apesar da escuridão na câmara, Megan pôde ver a sombra de algo enorme e com vários braços.

Megan ficou de pé. Ela sabia que não tinha para onde correr...

... Mas tentou.

*Para Steverino. Veja o anexo, que virou a cabeça de todo mundo do avesso. Onde você conseguiu essas aberrações bizarras? Nathan diz que deve ter sido originado em Keanu, mas ele só pensa em Keanu. Onde você está? Será que algum dia vamos descobrir o que você está fazendo com esse material?*

*E-MAIL DO PESQUISADOR SAM@MIT.EDU PARA STEVEN MATULKA, COM ARQUIVO DE ÁUDIO EXTREMAMENTE GRANDE*

Antes que Harley abrisse a porta da sala da Home Team, ouviu o que pareceu ser a Câmara dos Comuns da Inglaterra em completo alvoroço. Então, Blaine disse:

– Precisamos de você.

A imagem imediata não foi nada animadora; a cena o fez lembrar de uma briga de bar com as pessoas congeladas no meio de uma briga. Wade Williams e seu amiguinho Glenn Creel estavam efetivamente cara a cara com Lily Valdez e alguma outra pessoa que Harley não conseguiu identificar.

A discussão acalorada que Harley tinha ouvido por detrás da porta fora simplesmente suspensa. Todas as partes envolvidas olharam para ele como alunos de escola sentindo-se culpados quando o professor voltava antes do previsto.

– Gente, vocês percebem que estamos prestes a tentar a manobra mais louca na história do voo espacial? – Harley perguntou.

– Percebemos – Sasha Blaine respondeu, indicando a grande tela atrás dos pugilistas em potencial. A *Destiny* estava agora tão perto de Keanu que a paisagem do NEO preenchia a tela.

– Então, por favor, digam-me o que diabos está acontecendo?

Blaine sorriu e ficou corada.

– Achamos que quebramos o código dos Arquitetos.

– O que você quer dizer com isso?

Wade Williams preparou-se para mais um bote. – Acontece que aquelas inscrições estavam transmitindo e recebendo informações...

– Não, Wade, isso é impreciso – Lily Valdez contestou. – Conseguimos isolar o que achamos que sejam duas funções recíprocas.

Williams olhou para Creel, buscando seu apoio habitual.

– Não foi o que eu acabei de dizer?

– Não exatamente – Sasha Blaine interrompeu. Ela virou-se para Harley. – Tudo o que fizemos foi isolar o que parecem ser pacotes de informações que entram e saem das inscrições. A equipe de Bangalore conseguiu gravar um grande fluxo quando tanto Zack como Taj fizeram suas primeiras aproximações. A lógica e os precedentes sugerem que a mensagem poderia conter advertências ou instruções sobre como entrar no interior de Keanu…

– Provavelmente pedindo-nos para retirar sapatos e chapéus – Creel murmurou, mais para seu próprio divertimento.

– Na verdade, não sabemos nada! – Valdez foi bastante inflexível.

– "Ah, tais criaturas de ínfima imaginação" – Williams recitou, relutante em conceder o ponto. – Gravamos o fluxo de informação e podemos reproduzi-lo. Isso, senhorita, é comunicação. Se nos depararmos com um marciano que pegou uma de nossas mensagens e a mandou de volta, poderíamos achar que estávamos no caminho certo.

– Não somos os Arquitetos – Harley vociferou. – Como diabos isso funciona?

– É apenas uma frequência estranha… – Blaine começou.

– Não muito diferente do rádio de terahertz da *Brahma* – Williams completou.

– Ótimo – Harley interrompeu, cada vez mais irritado. – Vocês estão prontos para simplesmente retransmitir os sinais deles de volta para eles quando receberem a ordem?

Blaine apurou os votos da sala visualmente.

– Sim – ela respondeu.

– Alguma outra ideia sobre o que poderia acontecer? Numa escala que varia de um a dez, sendo um para nenhum acontecimento e dez para a explosão de Keanu?

– Dois – Valdez respondeu rapidamente –, algum tipo de resposta, provavelmente automatizada. Temos de operar na suposição de que os Arquitetos são, pelo menos, tão avançados quanto nós e, voltando ao cenário do marciano de Wade, poderíamos responder se nosso sinal retornasse de uma maneira não reflexiva.

– Bom – Harley hesitou, não sabendo exatamente o que a informação recebida significava. – Se decidirmos tentar isso…

– Ah, você vai tentar isso – interrompeu Williams.

Mas dessa vez Harley não estava pronto para passar a palavra.

– Há uma questão mais importante para discutir. – Harley informou a eles que o centro estava sendo evacuado e que apenas uma equipe limitada permaneceria no controle de missão. – É do conhecimento da NASA que vocês estão colocando suas vidas em perigo ao ficarem. E vocês são, de fato, livres para sair agora.

A sala da Equipe da Casa permaneceu em silêncio.

– O quê? E encarar todo aquele tráfego? – Wade Williams retrucou. Muitos deram risada.

– Vocês todos pensam da mesma forma?

Lily Valdez respondeu:

– Podemos não nos dar muito bem o tempo todo, sr. Drake, mas somos inteligentes o bastante para entender a situação. Somos necessários aqui.

Harley poderia tê-la beijado. Era evidente que ele estava ficando com o coração mole. Bem, se ele havia sido coração mole o suficiente para permitir que Rachel Stewart superasse o impacto iminente com ele, então ele não estava em posição de tentar dissuadir essas pessoas a permanecer... especialmente quando ele precisava delas.

– Muito bom. No tempo que nos resta, por que vocês não me contam o que aquelas coisas malditas estão dizendo?

Ele nunca ficou sabendo. Quando estava para prestar atenção no tablet de Sasha Blaine, o alto-falante que retransmitia as comunicações ar-Terra em tempo real com os astronautas em Keanu entrou no ar ao vivo.

A capcom Jasmine Trieu estava falando com Zack Stewart.

*Não importa o que você tenha ouvido... Z está vivo!*

*POSTADO PELO CARA DO JSC NO NEOMISSION.COM*

– Estamos somente com você por alguns minutos. A comunicação está sendo feita através da *Destiny*.

Zack percebeu que estava tentando conter as lágrimas. *Calmo*, ordenou a si mesmo; *seja forte. Tenha esperança. Foque na tarefa. Não pense sobre onde você está e o que você está perdendo.*

– O que aconteceu? – ele perguntou.

Trieu resumiu o que acontecera, terminando com a notícia de que a *Destiny* tinha sobrevivido à explosão, mas que a *Venture* e a *Brahma* não haviam conseguido, e que Tea e os outros estavam na superfície aguardando um resgate de possibilidade duvidosa. (Trieu não usou esses termos, mas ele fez essa leitura.)

– E qual é a sua condição, Zack?

Então, ele deu ao controle de missão sua versão resumida.

– Resumindo, estou num empasse.

– Espere um momento – a capcom disse. O atraso persistente, a essa altura, irritante na emissão do som tornou a declaração desnecessária.

Em seguida, Harley Drake entrou na linha.

– Oi, Zack... Estou conectado. Rachel está comigo, a propósito.

– Diga olá por mim.

– Ela está ouvindo. Mas como o tempo é curto, queremos compartilhar com você a seguinte ideia: a Home Team acha que os marcos não são apenas uma espécie de antenas que recolhem dados... mas que podem também servir como travas para as portas.

– Eu meio que suspeitava disso. A parte da trava, pelo menos.

Mais tempo de atraso na comunicação. Zack percebeu que estava faminto e sem fôlego... Nenhum dos dois era um bom sinal.

– Vamos alimentar um sinal e você vai reproduzi-lo no marco mais próximo. Nossa esperança é que ele dê início ao processo de desbloqueio.

Pela primeira vez em dias, Zack ficou furioso.

– Quando é que começamos a tomar decisões baseadas em *esperança*?

Agora o atraso na conexão esticou-se. Zack ficou arrependido de imediato – todo o plano da missão tinha desaparecido logo após o pouso em Keanu. Ele estava trilhando por um mau caminho, arriscando sua vida em um meio ambiente alienígena... mas, pelo menos, ele tinha a vantagem de tomar suas próprias decisões e de viver com as consequências diretas.

A equipe no controle de missão sentia-se igualmente responsável, mas operava no escuro. Zack tinha certeza de que isso os levava à loucura.

– Ei, rapazes, ignorem a última observação – ele emendou.

Naturalmente Harley cortou o que Zack dizia e começou a falar por cima.

– Vou ignorar isso, porque sei que era o que você iria querer. Todos nós queremos a mesma coisa, Zack, o que é, neste exato momento, que você passe por aquela porta. Portanto, aguarde por nosso sinal. Vamos reproduzi-lo. Você vai ouvi-lo exatamente como você está ouvindo minha voz... num plano ideal o marco vai captar o sinal.

– O que ele dirá? – Ele acreditava que merecia saber todos os detalhes.

– Não vai ser *abre-te, Sésamo*. Ele vai repetir o que os marcos transmitiram originalmente... com uma mudança significativa.

– Espero que essa mudança não diga "atire nesse cara".

Ele esperou. E, então, ouviu Harley retrucar:

– Bem, meu amigo, esta é a sua chance e você tem de agarrá-la. Vai levar cerca de um minuto para carregá-la. Enquanto isso, vamos falar sobre o segundo passo. Você sai do Templo e retorna para a superfície.

Zack notou que Harley não havia acrescentado *com Megan*. Ou qual seria o plano se o sinal de desbloqueio falhasse.

– Seja franco, Harls: eu realmente tenho chance de voltar à *Destiny*?

Zack esperou, sabendo que, independentemente do que Harley dissesse, o seu destino seria controlado pelo estado de seu traje de AEV, que estava no que havia sido o acampamento. Será que o traje ainda manteria a pressão? Ele ainda tinha oxigênio suficiente em seus tanques para voltar à superfície?

– Não temos de nos preocupar com janelas de lançamento. Uma vez aterrissada a *Destiny*, precisaremos apenas retirar a tripulação da superfície. É óbvio que o tempo é inimigo de todos aqui. Tea poderia conduzir o rover de volta para o fundo do respiradouro e apanhar você.

Zack soube imediatamente que isso não aconteceria.

– Fala sério, Harls. Uma AEV realizada pela Tea com o rover vai levar horas e colocará quatro vidas em risco. – Projetos otimistas eram bons, mas o que ele precisava agora era de realismo a sangue frio. – Você conversou sobre isso com ela?

Mais atraso na comunicação. E, então:

– Ainda não.

Zack refletiu sobre isso – ele temia que Tea fosse realmente capaz de ouvir essa conversa. Mas, visto que estava usando um canal da *Brahma*, e que era encaminhado de alguma forma maluca para Houston, talvez não.

– Ok, estamos prontos. A próxima voz que você ouvirá não vai ser uma voz... podemos ir direto para PDS depois disso, mas estamos ouvindo e tendo esperança. Espere mais um pouco, companheiro.

Zack esperou. Keanu ainda estava vibrando... o que fez Zack lembrar-se de alguma espécie de fera gigantesca estremecendo em um sono conturbado.

Em seguida, os pulsos começaram. O som era um *mash-up*, que poderia ser resultado de uma mistura de canto de baleia, do antigo acesso discado de internet e cliques. Era esquisito o bastante para fazer com que Zack se sentisse mais desconfortável – o que era incrível, dadas as circunstâncias.

A única coisa que podia fazer era esperar. E imaginar o que ele faria se isso falhasse. Desistir? Tentar o traje de AEV avariado? Dizer adeus a qualquer chance de ver Megan ou os outros novamente?

Percebeu que haviam se passado, pelo menos três minutos. Nenhuma outra palavra de Harley... Nenhum sinal aparente de desbloqueio.

– Ei, Harls... Zack transmitindo via canal não criptografado para Rachel. Caso você esteja pensando na razão pela qual seu pai está fazendo o que ele está fazendo... é porque passei a minha vida tentando encontrar respostas para grandes questões, do tipo "o que são aquelas luzes no céu à noite?". Esse foi o motivo de eu ter me tornado um astrônomo e de querer ser um astronauta...

... Então, aqui estou eu, um dos primeiros seres humanos a ver e a experimentar a vida fora da Terra. Não posso simplesmente sair andando daqui. A pior coisa seria tentar ir para casa agora e morrer no caminho...

... E eu realmente não posso abandonar sua mãe. Apenas para você saber, se esse sinal não funcionar... Vou quebrar uma janela, caso eu encontre uma janela.

Ainda nenhuma palavra vinda de Houston. Assim como nenhuma resposta do Templo. Era como se os últimos dez minutos não tivessem existido. Ele estava de volta a onde havia começado.

Nesse caso, antes de procurar por uma janela inexistente ou, se existente, extremamente difícil de alcançar... ele deveria pelo menos tentar a porta.

Ele empurrou. Bem, isso na parte inferior do centro. Que tal no canto direito?

Empurrou novamente. Nada. Nenhum sinal de movimento absolutamente.

Em seguida, o canto oposto, um outro empurrão.

Merda! Nada!

Ele recuou, mãos nos quadris, lágrimas de raiva transbordando dos olhos.

E a maldita porta do Templo levantou-se como a porta da garagem de seu pai...

*Somando-se o presente estado de crise no centro de Bangalore – onde não há contato com a* Brahma *há várias horas – o sr. V. Nayar da ISRO anunciou, há poucos momentos, que um par de objetos ejetados por Keanu está em uma trajetória que pode resultar em impacto na Terra. A natureza dos objetos é inteiramente desconhecida.*

*Não há perigo imediato; no entanto, recomenda-se que os residentes da área de Bangalore, incluindo todo o Distrito de Karnataka, procurem abrigo imediatamente.*

*COMUNICADO URGENTE*, TIMES OF INDIA, *24 de agosto de 2019*

– Bangalore está na *pequena área*.

– Você quer dizer na boca do gol?

– Não dê uma de engraçadinha. Somos os próximos.

– E a minha atitude vai mudar alguma coisa? Se todos morrermos, você ainda pode ir para o céu, não importa o que eu faça.

Após a perda de sinal com Zack Stewart, Harley tinha retornado ao controle de missão para segurar a mão de Rachel, se é que seria de alguma ajuda. (Ela tinha ouvido a ligação Terra-ar entre Houston e seu pai. Não houve imagens.) Ela dissera:

– Dá pra parar de se preocupar comigo? – O que deixara Harley ainda mais preocupado.

Mas não houve informações adicionais provenientes de Keanu... Tea, Taj e os outros na superfície ainda estavam esperando pela *Destiny*. Todo mundo estava na espera porque Bangalore estava na zona de impacto. Alguém tinha lançado um feed de notícias (a SkyTV da Inglaterra) que mostrava a paisagem plana e as estruturas multicoloridas dos subúrbios ao sul de Bangalore na luz inicial do amanhecer.

– Que horas são lá? – Harley perguntou.

– São seis da manhã – Rachel respondeu. Ela estava aproveitando sua estadia, ouvindo e aprendendo. Quem poderia saber quando e onde ela poderia vir a precisar de tudo aquilo que estava absorvendo?

– Eles disseram onde fica o controle de missão? – Harley sabia que o centro indiano ficava no subúrbio, mas não tinha ideia da distância em relação à câmera, que parecia estar em uma colina com vista sobre a cidade. As torres de vidro e prata do núcleo financeiro de Bangalore estavam no primeiro plano.

– É onde fica aquela abóboda. – Na verdade, havia uma coleção de abóbodas na esquerda inferior da tela, bolhas de plástico para fornecer proteção para os pratos de radar, que pareciam estar a alguns quilômetros de distância.

– Pena que eles não conseguem chegar mais perto – Harley comentou.

– Eu não me atreveria – ela retrucou.

Metade da tela ainda exibia o interior do controle de missão de Bangalore, com a maioria dos consoles desertos. Havia um agrupamento de operadores, todos com camisa branca, em torno do que Harley supôs ser a estação do diretor geral.

Um homem atarracado, de cabelos brancos e com óculos, sentava-se naquele console, obviamente falando com alguém – Taj e sua tripulação sobrevivente, talvez.

– Um minuto – a voz do noticiário da TV disse. – Oh, meu Deus!

O céu iluminou-se. A câmera inclinada para cima, revelando o que pareceu a Harley ser uma agulha de fogo vinda do céu. Apenas um rastro em sua retina...

A captura de imagem do controle de missão de Bangalore fora suspensa. A imagem distante, mais ampla, tinha ficado branca – o brilho encobrindo seu processador.

– Bangalore está no escuro – Travis Buell anunciou, desnecessariamente.

Mas, em seguida, a imagem do topo da colina retornou... para alívio de Harley, não mostrou uma cratera derretida de um quilômetro de diâmetro, mas apenas uma nuvem de fumaça no local onde a fazenda de antenas e o controle de missão costumavam estar.

– Aquilo é que é uma nuvem de cogumelo? – um controlador perguntou com a voz trêmula.

– Sim, mas não do tamanho de uma bomba nuclear – Harley esclareceu. – Qualquer liberação de calor e energia cria uma nuvem como essa. Não assuma que é uma bomba nuclear!

– O que me faz perguntar – Weldon emendou: – o que era aquela coisa? – Ele voltou-se para Harley. – Um meteorito teria feito muito mais estrago, certo?

– Muito mais.

– Então, o que fazer com aquilo? É meio que importante para todos nós.

– Você notou quanto tempo durou aquela fase terminal?

– O que você quer dizer?

– Acho que foi diminuindo.

– Tudo que vi foi um traço de luz – Weldon disse, acenando uma mão e oferecendo àqueles que estavam por perto uma chance de contradizê-lo. – Parecia igualzinho a uma ogiva reentrando sobre Kwaj. – Weldon tinha feito uma excursão pelo Atol de Kwajalein como oficial do Exército, em sua carreira antes da NASA. Era para onde os mísseis nucleares dos Estados Unidos eram destinados durante os testes.

– Também presenciei esses testes – Harley disse. – E este foi diferente.

– Talvez realmente fosse plasma – Josh Kennedy sugeriu.

– Então não é uma arma de destruição em massa – Harley argumentou, apontando para a tela. – Parece que o centro de controle se foi, mas não muito mais. – Várias janelas na tela estavam mostrando outros canais de notícias, cada um com um título pouca coisa diferente.

*Tragédia em Bangalore!*

*Ataque vindo do Espaço?*

– Informe a equipe da *Brahma* – Kennedy disse.

– Bem, droga, Josh... é que precisamos nos informar. Qual a distância?

– Quinze minutos – Buell respondeu. Ele estava começando a irritar Harley.

– Fizemos nossa escolha – disse Weldon. Ele bateu nos ombros de Jasmine Trieu e Travis Buell e conversou com a equipe de comunicações atrás deles. – Certifique-se de manter a verificação das frequências deles. Taj e seu pessoal precisam de nós.

– E nós precisamos de ajuda divina – murmurou Kennedy.

Sasha Blaine entrou no controle de missão, trazendo toda a Home Team com ela.

– Aqui vai ficar aconchegante – comentou Harley.

– Ele nos disse para virmos para cá. – Blaine apontou com a cabeça na direção de Weldon.

– Eu estava brincando – Harley retrucou a ela. – Estou feliz por você estar aqui.

Enquanto isso, Weldon dizia:

– Isso coloca um pouco mais de paredes entre vocês e o que quer que aconteça lá fora.

Pelo menos Williams, Creel, Matulka e Valdez estavam confinados na área de visitantes. (Harley perguntou-se se aquele vidro brilhante seria transformado em cacos pontudos nos próximos minutos.) Rachel estava com Harley e Sasha.

– Talvez todos devêssemos nos dar as mãos – a garota sugeriu. Blaine rapidamente abraçou a ideia, certificando-se de que Harley não pudesse escapar de seu alcance.

Mas Harley permaneceu envolvido nos aspectos operacionais. Ele não podia evitar; não era dado a emoções e sentimentos.

– O que há nas redes? – Ele sabia que eles tinham feito a cobertura do ataque a Bangalore... e certamente tinham ouvido que Houston era o próximo.

– Na tela – disse Weldon. Quatro imagens diferentes exibiam Houston a partir de vários ângulos. Havia uma tomada a partir de uma torre de escritórios no centro da cidade, duas de helicópteros de notícias (um deles ao norte do Centro Espacial Johnson) e uma a partir de um avião em trânsito voando para leste ao longo da *Estrada I-10*.

– Quem diria... – Travis Buell reclamou, claramente irritado. – Um dia nublado. – As imagens de fato estavam obscurecidas pelas nuvens baixas. A aeronave disparou como se o piloto lutasse para atravessar o ar agitado.

– Você queria que o céu estivesse ensolarado quando você morresse, Travis? – Weldon retrucou, provocando uma onda de risadas histéricas.

Buell não se importou com o comentário.

– Eu só quero ver o que está acontecendo!

– O que está acontecendo – Harley murmurou – é que uma bolha do espaço está prestes a bater em nós. Qualquer coisa além disso é apenas suposição.

O jovem astronauta não se importou com aquela resposta também. Afastou sua cadeira para trás, desconectou seu fone de ouvido e, em seu caminho, acotovelou outro controlador e saiu.

– Um minuto para impacto estimado – Jasmine Trieu informou.

– Você pode nos poupar da contagem regressiva. Obrigado, Jazz – Shane Weldon falou a ela.

– Lá vem ela! – era a voz de Rachel. A câmera fixa no centro da cidade de Houston tinha se inclinado para cima. Havia uma esfera brilhante, idêntica àquela que destruíra o controle de missão de Bangalore, caindo rápido. Estranhamente, ela estava se dirigindo em posição contrária à câmera... que era o centro da cidade.

E em direção ao JSC.

Harley sentiu o aperto de mão de Sasha Blaine enrijecer-se. Ele buscou a mão de Rachel, olhou dentro de seus olhos.

– Aqui vamos nós.

A bolha de plasma passou rapidamente pelas outras telas e, em seguida, desapareceu.

Nada aconteceu.

Em seguida, todo o prédio estremeceu, como se tivesse sido acertado por um martelo gigante. Mas apenas uma vez, e por uma fração de segundo. As luzes diminuíram e as telas piscaram. Mas elas continuaram ligadas.

Após um momento, alguém disse: "isso é tudo o que vocês têm?", mas não houve risada.

Harley olhou para Sasha e Rachel. Ambas estavam com os olhos arregalados, esperançosas. Então, todo mundo olhou para as imagens da televisão na tela grande.

Considerando que as imagens eram instáveis – as câmeras pareciam estar sendo chacoalhadas por alguma espécie de onda de choque ou vento –, todas exibiam imagens muito parecidas com Bangalore: uma nuvem de cogumelo pequena, elevando-se acima de uma paisagem.

Weldon estava gritando.

– Alguém sabe onde exatamente essa coisa bateu?

Kennedy tinha uma resposta.

– A rede de TV KTRK está dizendo que foi na NASA Parkway, em Seabrook.

– Podemos ser mais precisos?

Ele podia.

– Olhe para o *feed* de notícias da KHOU. – Na tela, uma imagem do Google Maps da área do JSC exibia um grande X a leste do próprio centro.

– Eles erraram? – Rachel perguntou, rindo.

– Não – Sasha Blaine respondeu. – Eles atingiram o alvo em cheio.

Weldon não era de vociferar, especialmente com pessoas que não trabalhavam com ele. Hoje fora uma exceção.

– Do que diabos você está falando?

Blaine engoliu seco, como uma atriz empurrada para o palco em uma peça que desconhecia.

– Bangalore teve um impacto direto e foi destruída. As antenas de retransmissão estavam em seu telhado. A bomba de plasma que seguiu para Houston caiu a dois quilômetros a leste, no canto de suas instalações. Onde estavam suas antenas.

Houve silêncio no controle de missão. Por fim, um dos operadores de comunicações confirmou:

– Ela está certa. O impacto foi diretamente sobre a fazenda de antenas. Estamos operando em modo de *backup*.

À medida que os outros controladores retomaram a respiração e o trabalho, Harley virou-se para Sasha Blaine.

– Você é muito inteligente para uma menina.

Sasha Blaine deu-lhe um beijo.

– Só estou feliz por ainda estarmos vivos!

Assim como Harley estava ponderando a insanidade de um relacionamento pessoal com Sasha Blaine, especialmente um conduzido na presença de Rachel, Weldon estava mais uma vez concentrado em suas obrigações.

– Ok, todo mundo, temos problemas evidentes nas comunicações. Vamos encontrar uma solução alternativa. Precisamos conseguir falar com a *Destiny*. – Em seguida, voltou-se para Harley e Sasha e perguntou: – Se eles não estavam tentando nos destruir, o que diabos eles queriam?

Sasha encolheu os ombros. Weldon a aceitou completamente, uma honra rara para alguém que não tenha treinado "do jeito MOD".

– Talvez apenas para mostrar que eles poderiam.

– Bem, então, devemos nos render agora?

Harley deixou de ouvir. Ele estava com os olhos grudados na tela grande. Assim como Rachel Stewart.

– Harley, o que é aquilo?

Uma câmera de televisão mostrava uma imagem em *close* do centro de controle de missão de Bangalore destruído... a fumaça tinha desaparecido e exibia o que pareceu ser a bolha de plasma de Keanu ainda intacta.

E girando.

Gabriel Jones e Brent Bynum entraram, junto com sua comitiva.

– Vocês estão assistindo a isso? – Bynum perguntou.

Jones tinha recuperado sua compostura. Mais uma vez, Harley estava impressionado pelo modo como o pessoal da NASA permitia que a curiosidade profissional conseguisse sobrepujar a tragédia pessoal. As especulações vieram rapidamente. Talvez fosse uma embarcação para recolher amostras, como uma das sondas da NASA enviadas a Marte. Alguém perguntou:

– E se a bolha ficar maior? – Um outro homem refletiu sobre a hipótese de o Objeto na Índia estar cavando mais fundo…

Shane Weldon estava sacudindo a cabeça.

– Desapareceria, não? Se estivesse tentando penetrar por debaixo na Terra?

– E por que ele faria isso? – Harley não podia deixar de fazer perguntas também, embora ele as direcionasse para Rachel e Sasha.

Sasha estava olhando para as telas e para a sequência de imagens dos noticiários. As quatro fontes de notícia não mostravam nada além de uma nuvem de vapor sobre o local de impacto em Houston.

– Vocês acham que o nosso Objeto também está girando?

– Gostaria que vocês, rapazes, tivessem essa discussão em algum outro lugar – Josh Kennedy se manifestou. – Temos uma espaçonave para pousar.

*Viva de forma que desejes reviver – este é teu dever –, pois em todo caso viverás novamente.*

*FRIEDRICH NIETZSCHE*

Entrar no Templo foi como entrar em uma catedral, algo que Zack havia feito em Chartres, durante sua única viagem à Europa. Essa estrutura alienígena tinha semelhanças, pelo menos para os padrões insipientes de Zack. Por exemplo, aqui era uma nave, uma sala menor e mais estreita que levava para a câmara onde havia o altar. Ou era o transepto? Por uma das poucas vezes em sua vida, Zack disse a si mesmo que realmente deveria ter prestado mais atenção à arquitetura medieval.

*Lembre-se de seu treinamento. Concentre-se no que você pode ver, ouvir, sentir, identificar.*

O piso era feito do mesmo material que as portas e as paredes. À medida que andava (devagar, porém de maneira decidida) em direção à nave ou transepto, Zack percebia que os sons estavam abafados.

Estava escuro, mas não como a escuridão total de uma caverna subterrânea. Era mais como a quase total escuridão em um depósito, quando os olhos têm de se ajustar aos poucos. Em algum lugar, alguma luz estava presente... e não apenas atrás dele, onde a porta permanecia aberta.

Ele olhou para o Zeiss. Era uma câmera... Mantendo o instrumento a cinco centímetros do chão, ele apertou o botão para ligar. Deu certo! E a luz foi criada!

Uma outra vantagem. Ele poderia não apenas se aproximar sorrateiramente dos Arquitetos, mas também cegá-los.

As coisas estavam ficando cada vez melhores. Tudo o que ele tinha de fazer era encontrar Megan e seus capturadores.

Supondo que eles fossem capturadores. *Bem, Zack, não suponha...*

Ele estava na entrada da câmara principal. Deu uma olhada para trás... a porta gigante agora tinha cerca do tamanho do comprimento do seu braço. Um caminho longo a percorrer. Mas que sentido faria correr àquela altura? Ele tinha apenas uma opção...

Em frente. Para dentro da câmara maior. *Isso é uma exploração, certo?* Ir aonde ninguém mais havia estado antes? Inferno, grande parte da exploração espacial deveria ser através de veículos remotos, considerando-se a falta de oxigênio (como em Marte), ou a pressão extrema na superfície (como Vênus) ou demasiado quente (Vênus mais uma vez) ou muita gravidade (Júpiter e outros). E aqueles eram apenas os planetas solares... cinco mil planetas extrassolares, alguns dos quais ele próprio havia descoberto, apenas expandiram o montante de meio ambientes mortais.

Ele poderia ter feito isso como algum operador remoto em um filme de ficção científica. O que pelo menos teria a vantagem de ser um pouco mais seguro...

A diferença imediata era o ar, mais frio, e que soprava de alguma forma.

E tinha um cheiro... exatamente igual ao da Colmeia. Zack estendeu a mão esquerda e encontrou a parede.

*Parecia* ser a Colmeia. Úmida ao toque.

Zack limpou a mão em sua roupa de baixo – a qual, ele percebeu, nunca mais estaria minimamente limpa outra vez.

Em seguida, pressionou a parte frontal do Zeiss contra sua coxa e a ligou.

Apontou em direção à parede... bem, nenhuma surpresa; era semelhante a uma parte da Colmeia, mas contendo o que pareciam ser várias células grandes em vez de muitas pequenas.

Estas eram grandes o bastante para manter Sentinelas. Seria possível que ele tivesse entrado exatamente na incubadora deles? Ele não poderia ter se deslocado de forma mais inteligente.

Difícil dizer. Ele não queria usar a luz – *isso mesmo, não desista do elemento surpresa* – e, portanto, não poderia ter a real perspectiva.

Desligou a luz e voltou para a própria câmara. O "sentido aranha" de Zack lhe disse que esta câmara ocupava cerca de um terço do interior do Templo.

Bem, não fazia sentido esperar. *Às vezes você simplesmente tem que pular do trampolim ou saltar do avião.*

Se ao menos ele pudesse se sentir mais como um mergulhador e menos como um soldado em aproximação da Praia de Omaha no Dia D...

Vulnerável e cego, Zack adentrou mais adiante na câmara principal. Ele tinha arruinado sua pequena visão noturna ao piscar a luz do Zeiss.

Entretanto, sabia que havia alguma coisa na frente dele, algo bem grande.

Ele podia sentir o cheiro – algum tipo de aroma, quase floral, mas forte e, a cada passo, ficava mais intenso.

Agora ele também era capaz de *ouvir*. Além do raspar crescente das suas próprias solas no chão, havia um chiado lento e profundo, que soava como a respiração de uma baleia. Além disso, havia também um som de ranger de dentes que vinha de cima, próximo ao teto.

Como se a baleia tivesse um beija-flor voando em volta de sua cabeça.

*Pare de antropomorfizar. Lide com o que realmente está aqui.*

Porque aquela coisa estava ali. Se fosse possível ver algo mais negro do que o breu, era o que Zack estava fazendo: uma enorme *coisa* estava sentada a não mais do que cinco metros em diante dele.

Que diabos. Ele ergueu a câmera. Apertou o interruptor de luz.

A primeira imagem que registrou fora do teto e das paredes, as quais, por um instante, pareciam estar cheias de vermes. À medida que os olhos de Zack se ajustavam, percebeu que estava vendo pontos rodopiantes e rabiscos sem nenhum padrão que ele pudesse reconhecer.

O que consumiu sua atenção de forma imediata, no entanto, foi uma criatura com cerca de dez metros de altura sentada – esta era exatamente a palavra – em um banco ou cadeira. Ela tinha uma cabeça e quatro braços, mas apenas um par de pernas. O rosto estava muito no alto, e grande parte na sombra, para que Zack contasse olhos e narizes.

Supondo que ela tivesse olhos e nariz.

Estaria coberta com armadura? Ou um traje espacial? Possivelmente. Talvez fosse apenas... roupa. Zack sempre quisera saber por que a maioria dos alienígenas de ficção científica andavam nus...

Ele teve de supor que a criatura fosse um Arquiteto.

E, se ela notara a existência de Zack, estava sendo paciente – ou totalmente indiferente.

Zack não tinha tempo para isso.

– Aqui embaixo! – Ele acenou com a luz, esperando que os próximos segundos pudessem ser seus últimos, e imaginando, estupidamente, se ele seria ressuscitado em Keanu.

Maldição; não é que a criatura grande virou na direção dele, girando a parte de cima de seu torso e o rosto – que era ou algum tipo de coleção mal definida de planos e reflexões um tanto encerados e brilhantes... ou uma máscara.

Uma máscara pressurizada de traje espacial? Não, o Arquiteto estava usando a mesma espécie de segunda pele que cobria Megan e Camilla!

Era um *Revenant* também!

*Revenant* ou não, o Arquiteto movimentou-se com uma velocidade assustadora. Coisas assim grandes, pela experiência de Zack, não se movimentavam tão rápido. Isso implicava uma estrutura física extraordinária, incluindo uma musculatura de contração extremamente rápida.

Bastou um único movimento rápido, no entanto. Em seguida, o Arquiteto ergueu todos os quatro braços próximos ao peito. A postura, por nenhum motivo em especial, fez Zack lembrar-se de uma reverência asiática... o tipo de gesto que se pode ver sendo desempenhado por um garçom ou lojista solícito.

Como se o Arquiteto quisesse saber "o que você quer?".

A chance de a raça humana ter um Primeiro Contato bem administrado foi perdida quando Zack e a tripulação encontraram a primeira Sentinela. Era tarde demais para fazer uso do clássico "nós viemos em paz". (Zack já não tinha mais certeza de por que os humanos haviam ido para Keanu. Para vencer outros humanos, talvez.) Agora ele tinha que ser prático, enérgico. Para o inferno com sutilezas...

– Devolva a minha esposa!

*Aqui é o controle de missão da* Destiny. *A sonda não tripulada* Destiny *está, no momento, a 38 quilômetros de altitude, ainda do lado mais afastado de Keanu. O gerente de missão Shane Weldon e o diretor geral de voo Josh Kennedy confirmaram que, dado o contato esporádico com os astronautas Nowinski e Stewart e a correspondente falta de contato com a sonda* Venture, *eles vão tentar utilizar a técnica* snowplow *para pousar a* Destiny *sobre a superfície de Keanu...*

*COMENTARISTA DE ASSUNTOS PÚBLICOS DA NASA SCOTT SHAWLER*

O relógio digital no controle de missão mostrava vinte minutos para a propulsão. Harley ouviu a confirmação de que os uploads haviam sido completados, que apenas uma antena não tinha sido recolhida e que os grandes painéis solares circulares estavam para ser girados lateralmente. (Vista pelo nariz em sua configuração nominal, a *Destiny* parecia um chapéu do Clube do Mickey Mouse.)

– Os painéis estarão de lado em relação à linha de impacto durante a *snowplow* – Shane Weldon anunciou, informando não apenas a Gabriel Jones e Brent Bynum, mas também a Harley.

– Isso deve minimizar os danos... pelo menos é o que esperamos.

– E se perdermos ambos os painéis? – Jones perguntou. Harley sabia que a *Destiny* dependia de Houston para atualizações de direcionamento nos melhores momentos, em uma missão que seguia um plano de voo. Essa situação era muito mais desafiadora.

– Então a tripulação vai ter que sair de Keanu bem depressa. Eles têm apenas dois dias de bateria se não puderem usar os painéis.

– O que diabos é *snowplow*? – Bynum perguntou, fazendo uma careta.

– É basicamente o que a *Destiny* irá fazer – Weldon retrucou, tentando, sem sucesso, esconder o desprezo em sua voz. – Parece que é melhor do que esborrachá-la contra o solo, não acha?

Harley concordou, mas a conversa sobre o pouso o fez questionar o procedimento igualmente complicado da decolagem a partir de Keanu. Weldon deixou que Josh Kennedy desse a resposta:

– A gravidade é tão baixa que, ao acionarmos o motor principal, a *Destiny* vai saltar da superfície. Deve estar livre de qualquer tipo de terreno ao seu redor em poucos segundos.

– Parece que vocês pensaram bastante sobre isso.

– Espero que não tenhamos esquecido merda nenhuma – Kennedy murmurou, surpreendendo Harley com a profanação atípica.

Nem Kennedy nem Weldon precisavam de qualquer distração, de modo que Harley recuou. Ele sabia que sua presença no controle de missão não era vital – exceto para ele mesmo. Ele viveu a tensão de um evento crítico em tempo real, fosse lançamento ou ancoragem ou aterrissagem... e, nesse caso, a primeira tentativa de pouso com a técnica *snowplow* de um veículo que não fora projetado para isso. Essa descarga de adrenalina controlada era o que ele lembrava de quando pilotava jatos. O controle de missão era o único lugar onde ele podia experimentar aquela emoção novamente, mesmo que por apenas alguns momentos...

Mas ele já não pertencia mais a esse lugar. Ele tinha sido colocado encarregado dos bastidores – um recurso único e vital. E, independentemente de ter sido a escolha ideal para liderar, era o seu trabalho.

Assim como ficar de olho em Rachel Stewart, que estava largada em uma cadeira na galeria de visitantes. Gabriel Jones a tinha encontrado. Harley teve medo de que pudesse ser difícil para a menina, uma suspeita que se confirmou quando ele entrou na galeria e ouviu:

– Lembre-se que os pais são humanos também. Seremos egoístas, estaremos distantes, estaremos perseguindo algum sonho nosso, mas não significa que não lembramos de nossas filhas, que não as amamos...

Com os olhos fechados e o rosto molhado de lágrimas, o homem estava ajoelhado ao lado de Rachel, segurando a mão dela. Os olhos de Rachel estavam arregalados e seu rosto enviara uma mensagem clara: *me salve!*

– Gabriel – Harley chamou-o, do modo mais delicado que conseguiu. – Bynum diz que tem uma pergunta para você. – Esta era uma mentira deslavada, mas útil.

Fungando e forçando um sorriso, Jones levantou-se e bateu no ombro de Rachel.

– Cuide-se, jovem. E saiba que estamos fazendo tudo o que podemos para trazer seu pai para casa com segurança.

Quando a porta se fechou atrás de Jones, Rachel virou-se para Harley.

– Deus, isso foi assustador.

– Ele acabou de perder a filha. – Harley sabia que Gabriel Jones tinha perdido a filha anos atrás. – Você não é um homem de meia idade ou um colega. Ele podia ser... fraco e emotivo com você.

– E isso era para fazer com que eu me sentisse melhor?

– Não era para você.

Sasha Blaine e os outros membros da Home Team estavam tão desanimados quanto Rachel Stewart – ou, para dizer a verdade, quanto Harley. À medida que conduzia sua cadeira de rodas pelo corredor de seu domínio, passando por dois dos outros grupos dos bastidores, ambos com as portas abertas, em silêncio mortal e com pessoas exaustas, Harley percebeu que estava atingindo seu próprio limite. Ele precisava de uma série de coisas, desde um banho até uma refeição decente, mas a necessidade número um era descansar.

Talvez quando a *Destiny* estivesse seguramente pousada e Tea e os outros sobreviventes estivessem a bordo...

Primeiro, é claro, a *Destiny* teria de aterrissar. *Snowplow*. Deslizar para casa.

Em seguida? Zack Stewart. Quando Harley entrou na sala, Sasha virou-se para perguntar a ele:

– Quando será possível usarmos a *Destiny* para fazer conexão com Zack?

– Apenas quando aquela coisa estiver na superfície com segurança – Harley informou. – E talvez nem mesmo então. – A *Destiny* provavelmente fez uma retransmissão via satélite melhor em órbita. No solo, seus sistemas estariam tentando enviar e receber sinais tendo como obstáculos rochas densas e o solo.

Aliás, a nave poderia ficar totalmente sem antenas. Poderia ficar surda, muda e cega. E o mesmo se aplicaria ao pobre Zack.

*Bem*, Harley pensou, *vamos atravessar aquela ponte quando chegarmos a ela.*

Na tela da Home Team, a alimentação proveniente de uma das câmeras da frente a bordo da *Destiny* agora exibia uma imagem claramente definida de uma paisagem rochosa e coberta de neve, com montanhas reais ou, no mínimo, colinas altas exatamente à frente.

– É como voar – Sasha Blaine comentou.

– Muito baixo – Harley argumentou. – Se eu pudesse sentir meus pés, eu estaria tentando levantá-los. – Como a maioria das pessoas que ouviam piadinhas sobre sua deficiência, Blaine fingiu que não ouviu.

Entretanto, a *Destiny* estava baixa. Jasmine Trieu estava dizendo:

– Cinquenta metros de altitude, abaixando para dez... Dez segundos para desempenhar a "snowplow".

Harley percebeu que, devido ao atraso no sistema de comunicação, a *Destiny* já tinha feito isso... ou se arrebentado na superfície.

De repente, a imagem sumiu.

– Ah, merda – um dos membros da Home Team praguejou.

Wade Williams perguntou com clareza:

– Eles têm telemetria?

Harley vinha pensando a mesma coisa, enquanto se concentrava nos dados na base e na lateral da tela, que mostrava altitude, velocidade de descida e uma dezena de outros fatores. A tela piscou – uma perda de comunicação momentânea ou um sinal de que a *Destiny* tinha rachado ao se espatifar por toda a paisagem de Keanu?

Mas então os dados voltaram à tela. Altitude e descida estavam em zero. Outros valores pareceram ser os nominais; pelo menos nenhum deles estava vermelho.

– Eles conseguiram – Sasha Blaine informou.

– Houston, aqui é a Tea! – A voz da astronauta estava quase irreconhecível em meio aos estalos e chiados nos alto-falantes, mas sua alegria era impossível de esconder.

– Vimos tudo, *baby*! Pouso perfeito a cerca de meio quilômetro a leste! Acho que vocês perderam um dos painéis solares, mas o outro ainda está intacto! Estamos indo para lá agora!

Harley estava vendo imagens de alguma câmera na *Destiny*, uma vista da superfície de Keanu, mas inclinada 90 graus.

Os ocupantes da sala da Home Team permaneceram em silêncio... talvez por não saberem como agir, ou muito provavelmente por estarem exaustos além da conta.

– Sintam-se à vontade para aplaudir – Harley provocou. Dirigiu sua cadeira de rodas até a porta e a abriu. Gritos distantes "Uh-huh" podiam ser ouvidos. Pela primeira vez em dois dias, Harley Drake sentiu que Tea, Taj, Natalia e Lucas tinham uma chance de ir para casa.

Iria existir vida após Keanu.

Para alguns deles, em todo o caso.

*Muito tráfego nos tablets, pads, PDAs. A Casa Branca está sendo bombardeada por perguntas provenientes da Roscosmos, da ISRO, da AEB, apenas para nomear as mais óbvias. Provavelmente das Nações Unidas e do Vaticano também. Alguém pode me dizer o que está havendo lá fora?!*

*POSTADO PELO JSCGUY NO NEOMISSION.COM*

Rachel Stewart assistiu o pouso bem-sucedido da *Destiny* utilizando a *snowplow* com um interesse tão vago que beirava o ressentimento. Era muito bom Tea Nowinski e os outros voltarem para casa. Mas e o pai dela? Onde ele estava? O que o controle de missão iria fazer por ele?

E ninguém mais estava falando sobre a sua mãe.

Além disso, havia algo mais acontecendo que lhe pareceu mais interessante.

A tela de visualização principal no centro tinha mostrado a *Destiny* pousando e, agora, alternava entre várias imagens meio inúteis da paisagem inclinada ou da escuridão. Rachel podia ver a equipe da câmera em serviço no console. Todo mundo estava desesperado para ver Tea e os outros se aproximando.

Ok. Mas, na tela menor, quatro *feeds* de notícias diferentes estavam visíveis, e ninguém além de Rachel estava prestando atenção.

Muito ruim, pois o sr. Weldon e o sr. Kennedy, e mesmo o dr. Jones e aquele rapaz Bynum, teriam visto que o Objeto de Bangalore não estava apenas girando, mas também aspirando tudo o que acontecia ao seu redor.

O Objeto de Houston ainda estava escondido, em parte pela nuvem de detritos... mas também pela dádiva da Costa do Golfo no verão, ou seja, uma tempestade tropical.

Entretanto, a agitação de várias cabeças falantes – todas elas com olhos arregalados, todas movimentando os braços para tudo quanto era lado – dizia a Rachel que alguma coisa bizarra estava acontecendo.

Por um momento, ela se arrependeu de ter enterrado seu tablet na sepultura de sua mãe. Mas apenas por um momento.

Ela decidiu que queria ver e ouvir melhor. Portanto, saiu da galeria e, descaradamente, entrou no piso do controle de missão, ocupando um lugar vazio em um dos consoles no lado direito, onde teve uma visão desobstruída do *feed* de notícias.

Ela era uma menina de catorze anos. Sua simples presença no controle de missão era uma anomalia... porém, em função de ter rondado por ali grande parte dos dois últimos dias, ela tinha ficado invisível. Nenhum dos homens restantes – e a única mulher – notaram a presença dela em absoluto.

Weldon sintonizou as notícias de Bangalore.

– Alguém tem alguma ideia do que, em nome de Deus, está acontecendo lá?

O capcom Travis Buell, que, após ter perdido conexão com Bangalore, tinha sido designado como observador da TV no centro, informou:

– Eles estão chamando o local de Bangalore de algum tipo de redemoinho.

Weldon, Jones e os outros rodearam Buell naquele momento e, portanto, Rachel não pôde ouvir o que eles estavam dizendo. Mas era evidente que estavam agitados: Bynum manteve-se apontando em direção a uma das paredes, enquanto Weldon, mais suavemente, indicava um outro canto.

Eles estavam falando sobre o Objeto de Houston.

Os apresentadores de notícias da TV ainda falavam sobre Bangalore.

– ... como se o Objeto estivesse coletando material – um deles estava dizendo. – Ninguém conseguiu chegar perto o suficiente para afirmar com certeza, mas a rotação está criando uma espécie de turbilhão, por falta de um termo melhor. É como se solo, grama, detritos, ar... isso tudo sendo sugado para dentro dele.

Um segundo apresentador – o âncora, Rachel lembrou-se – foi bem pessimista.

– Se ele está sugando materiais, o que vai impedi-lo de sugar, digamos, um pedaço inteiro da Índia?

– Bem, a menos que seja um pedaço de matéria superdensa...

– ... ou um buraco negro bebê... – um terceiro apresentador disse.

– ... coisa que nunca tínhamos visto...

– ... tampouco um pedaço de matéria superdensa...

– Gente, vamos lá! – O âncora perdeu a paciência. – Este não é um debate de refeitório da Caltech!

– A menos que seja alguma matéria exótica – o primeiro apresentador, e com mais bom senso, disse em seguida –, ela não pode absorver ou "sugar" mais do que poucas ou dezenas de toneladas. Não parece ser alguma espécie de, não sei, arma do juízo final.

– O que é que há, David – o segundo apresentador não pôde resistir –, não sabemos o que diabos é isso.

Não foi nada específico que alguém na TV tenha dito. Talvez fosse uma combinação de quatro imagens atingindo seus globos oculares, adicionadas de cansaço e aquelas palavras enigmáticas de sua mãe. Mas Rachel Stewart, de repente, soube que tinha de sair do controle de missão.

Deslizou para fora da cadeira e, ainda invisível, saiu do controle de missão.

Ela não estava inteiramente certa de que conseguiria andar até o local do impacto. Ela estava um pouco confusa sobre a distância real entre o local e o controle de missão, mas sabia que não poderia ser mais do que dois quilômetros. Ela tinha feito, uma vez ou outra, percursos de cerca de um quilômetro, de vez em quando, quando forçada. Portanto, como poderia ser difícil percorrer dois? Mesmo no calor sufocante de uma tempestade de fim de tarde?

– Não seja assim.

Ela virou-se e viu que Harley Drake, de cadeira de rodas e tudo mais, tinha-a seguido de volta para a Home Team.

– Assim como? Independente?

– Pare de discutir. – Harley estava com o rosto vermelho e de mau humor. Pois bem. Rachel sabia que ele não gritaria de fato com ela. Seu próprio pai não fazia isso. Mamãe, bem, sim. Isso tinha tudo a ver com sua mãe.

E talvez houvesse uma forma melhor para fazer com que Harley lhe desse permissão.

– Você não quer ver o que está acontecendo lá fora? – Ela voltou-se para Sasha Blaine, que estava a uns poucos metros de Rachel, concentrada em seu tablet e tentando fingir que não podia ouvir a tudo. – Sasha, e quanto a você?

Blaine olhou para Harley antes de responder, como que pedindo permissão para falar.

– Francamente, estou morrendo de vontade de ir lá.

– E se for radioativo? – Harley questionou, apesar de não ter soado convincente.

– Os bombeiros e a polícia devem ter cercado o local, de qualquer forma, não devem? – Blaine disse. – Se for perigoso, não vamos chegar perto.

– Você está colocando muita fé em alguns homens e mulheres com excesso de trabalho em uma situação muito incomum.

– Há pessoas por todo o Objeto de Bangalore. – Blaine indicou a tela do tablet dela. – Eles não começaram a vomitar ou a perder os cabelos. – Rachel não pôde ver muito... as informações eram provenientes de um fone de ouvido, e a tela de Blaine era pequena. Entretanto, exibia dezenas de homens em camisas brancas – o uniforme de Bangalore, pelo que Rachel se lembrava – deslocando os escombros com suas próprias mãos.

O mais surpreendente era que o domo esbranquiçado do Objeto, que girava lentamente, estava a poucos metros deles.

Harley olhou em volta da Home Team, cujos membros tinham se dividido, como sempre, em pares e trios, para consultar, discutir e falar aos telefones. Em seguida, virou-se para Rachel e Sasha.

– Muito bem, como queiram. Preciso de ar, em todo o caso.

A chuva tinha cessado por uns alguns instantes, mas as nuvens escuras ao sul prometiam um novo aguaceiro.

– Vamos com a minha carroça – Harley disse, sem argumento por parte de Sasha ou Rachel.

– Bom. Meu carro alugado está a um quilômetro de distância. – Enquanto a van de Harley estava em uma das vagas para deficientes logo na saída do controle de missão.

Enquanto Rachel dava a volta na van até o outro lado, Harley aconselhou Sasha Blaine:

– Não repare no tamanho do meu câmbio.

– Convencido.

Rachel estava apenas começando a contemplar o significado daquele papo-furado – bom Deus, será que eles estavam flertando? – quando um outro grupo surgiu do controle de missão: Shane Weldon e Brent Bynum, junto com três dos cavalariços de Jones.

– Para onde vocês vão assim de modo sorrateiro? – Harley perguntou a eles.

– Adivinhe – Weldon respondeu.

– Vocês não têm um veículo para lançar?

– Josh e a Equipe Órbita 2 estão cuidando completamente das coisas. – Weldon indicou seu fone de ouvido. – Eles não precisam que eu fique olhando por cima de seus ombros.

– Quem é você, e o que você fez com Shane Weldon?

Bynum riu educadamente.

– Falando sério – Weldon disse. – Estou fora de serviço por duas horas.

– Então por que não se joga num sofá em algum lugar?

Weldon sorriu.

– Por que não você?

Harley estava prendendo o sinto de segurança. Weldon e sua tripulação ainda não tinham chegado aos seus carros.

– Aposto que chego primeiro – Harley desafiou, na melhor tradição de astronauta.

Não houve chance para a disputa. Não houve quase nenhum progresso à frente, uma vez que a van de Harley saiu das dependências do JSC e juntou-se a um fluxo de veículos, educado e constante, porém lento, ao norte da Alameda Saturno. Blaine indagou:

– Onde todos estão indo?

– A área de preparação para evacuação é o Tribunal do Condado de Harris. Fica a poucos quilômetros a oeste daqui.

– Eles ainda estão evacuando? – Rachel perguntou.

– Inércia, talvez – Harley arriscou. – Pode também ser sábio, senhoritas, uma vez que estamos em um território totalmente desconhecido aqui. Não temos ideia de qual seja o objetivo deste Objeto ou o que ele pode fazer.

– Tenho uma ideia – Blaine exclamou. – Ele está girando e revolvendo o solo, certo?

– Solo, ar, pavimento e partes de construções, sim.

– Quero dizer, pensem sobre o que Keanu realmente é. – Ela esperou. Rachel certamente não tinha ideias. – Uma sonda espacial, certo? Assim como a *Mariner* ou a *Viking*. Esses Arquitetos enviaram o Objeto para cá para pegar imagens e fazer leituras da Terra e de todo o sistema solar. Bem, agora que sabem que há vida aqui, eles estão fazendo uma análise.

– Então essas bolas de plasma são uma espécie de pá para escavação. Mas eles não têm terra e água em Keanu?

– Talvez não o suficiente, ou não o tipo certo. – Harley fez uma curva à direita na Galveston Bay Area, uma rua principal paralela ao limite norte do JSC e, depois, cruzou o Space Center Boulelard. Aquela via serpenteava em volta para o sul e para leste... diretamente em direção ao local do impacto. O tráfego ali estava todo de uma única mão, a contrária.

– Talvez seja melhor fazer uma manobra de flanco aqui – Harley comentou, sorrindo. Dirigiu direto pelo cruzamento do Space Center Boulelard e da Bay Area, o que provou ser uma escolha inteligente. Rachel pôde ver que havia uma barreira a cem metros a sul. Nenhum carro passava.

À medida que Harley continuava a leste na Bay Area, pelas planícies arborizadas que cercavam o Armand Bayou, lançava olhares para Sasha Blaine.

– Decifre um enigma para mim: se essa civilização avançada realmente apenas queria fazer uma pesquisa do sistema solar, ou de uma centena de sistemas solares, por que enviaria algo tão grande quanto Keanu?

– Talvez seja necessário ser grande daquele jeito para sobreviver a uma viagem de 10 mil anos.

– Ou talvez não seja uma sonda espacial, e aqueles Objetos não sejam sondas de retorno de amostras.

Sasha Blaine desistiu de argumentar.

Logo depois de cruzar a Armand Bayou, como o tráfego simplesmente desaparecera, Harley fez uma curva acentuada na Red Bluff e, logo em seguida, virou à direita no Taylor Lake Village, um empreendimento dos anos de 1960 agora em ruínas.

– Você tem certeza de que sabe aonde está indo? – Rachel comentou.

– Tive uma namorada que morava aqui. Ela era casada. Tive que realizar umas fugas de emergência.

Rachel tinha sofrido vinte minutos sendo jogada de um lado para outro no banco de trás. Nunca uma passageira de sorte, estava ficando enjoada. E impaciente.

– Deus, dá pra ir mais rápido?

– Qual é a pressa, Rach? – Harley perguntou. – Não acho que o Objeto vá a algum lugar.

– Eu só quero vê-lo!

Sasha Blaine virou-se para trás.

– Você teve que nos ouvir aqui jogando conversa fora. O que você acha que é aquilo?

Não era uma questão de tentar manter seus sentimentos em segredo... tinha mais a ver com o fato de Rachel não entender sua própria compulsão até que Sasha perguntasse a ela.

– Eu não sei o que é aquilo – ela respondeu. – Tudo o que sei é que minha mãe me disse para não ter medo.

*Rapazes, vocês são fantásticos. Ninguém no mundo poderia ter realizado isso em tão pouco tempo... ninguém no mundo teria nem mesmo tentado.*

*DECLARAÇÃO DE SHANE WELDON*
*PARA A EQUIPE DO CONTROLE DE MISSÃO DA* DESTINY

*Ei, adivinhem? Weldon deu a todos um "bom trabalho"!*

*POSTADO POR JSCGUY NO NEOMISSION.COM*

A *Destiny* tinha chegado em segurança, mas com um problema imediato.

– Sem vazamentos ou buracos aparentes, Houston, mas a porra da escotilha está virada para baixo. – Tea Nowinski sempre tivera a boca suja, o legado de linguajar de moleque, mas ela tinha desenvolvido uma disciplina rigorosa quando usava a conexão ar-Terra em seus voos anteriores. No entanto, a visão da *Destiny*, relativamente ilesa com exceção da perda de um dos painéis solares, com uma borda da escotilha visível a cerca de um metro do chão, dominou por completo seu já comprometido regulador verbal.

– Alguma ideia?

O atraso na comunicação parecia estender-se, mas Taj estava pronto para preenchê-lo.

– Lembre-se de onde estamos, Tea.

Ele deslizou por ela, pulando próximo à *Destiny*, que mesmo de lado era duas vezes a altura dele. Tea achou o tom de Taj irritantemente alegre.

– Não me esqueci... – ela respondeu, prestes a acrescentar "seu idiota de merda", quando percebeu o que o vyomanauta quis dizer. – Ah. Claro.

A *Destiny* tinha apenas uma fração de suas dez toneladas aqui.

– Tea, Houston. Estamos vendo sua situação com, ah, o acesso à escotilha. E recomendamos...

– ... que simplesmente a rolemos, entendido, Houston. – Tea, *você* é uma idiota de merda. – Assistam à mágica.

– Antes de fazer isso – Houston interrompeu –, espere um pouco. Queremos despressurizar a *Destiny*.

É claro: para operações orbitais não tripuladas, a *Destiny* era pressurizada a dez libras por polegada quadrada, um pouco menos do que seria com uma tripulação a bordo. Com toda aquela pressão em um dos lados, uma escotilha poderia literalmente explodir, com a possibilidade de danificar suas dobradiças.

Tea e Taj recuaram 50 metros, para onde estavam Natalia e Lucas.

– E lá se vai o ar – Tea disse, quando de repente um fio de vapor saiu da base da *Destiny*. Dentro de poucos minutos, o vapor tinha sumido. A pressão interior da *Destiny* agora estava quase equivalente ao vácuo.

Foi necessário que os quatro entrassem em ação, dois posicionados ao lado da *Destiny*, que tem formato cônico, e dois no módulo de serviço. O desafio não era deslocar a massa – que balançou um pouco ao toque –, e sim a tração.

– Temos que cavar – Taj instruiu.

– Ah! Se eu tivesse com minhas chuteiras de futebol – Lucas disse. Tea estava feliz em ouvir o Maior Astronauta do Mundo falando; ele tinha ficado completamente em silêncio durante a última hora, um sinal evidente de exaustão e depressão.

Natalia, que também tinha estado mal-humorada e quieta, saiu pulando para trabalhar, e cavou pontos de apoio para todos. (Ela tinha sido esperta em trazer ferramentas do rover *Buzz*.)

– *Um, dois, três* – Lucas contou em português... e o veículo gigante, do tamanho de um ônibus, rolou vinte graus, o suficiente para revelar a escotilha.

– Caramba, funcionou! – Natalia exclamou. – Grande ideia, Taj!

– Agradeça ao Zack – Taj murmurou.

Tea ajoelhou-se, procurando pelo dispositivo de abertura enquanto tentava se orientar. Quando a *Destiny* ficava na vertical, a principal escotilha abria para a esquerda... com a nave espacial de lado, a escotilha abriria na direção dela, como uma rampa. O que seria bom.

O acesso ao interior era uma mera questão de encontrar o dispositivo de abertura – que ficava no topo da escotilha, a partir da perspectiva de Tea, e quase fora de seu alcance.

– Houston, Tea, estou pronta para abri-la.

Tea esperou. Então Jasmine Trieu informou:

– A pressão é efetivamente zero. Pode abrir.

A escotilha retangular, tão larga que Tea não poderia tocar as extremidades esticando os braços, abriu facilmente. Tea escalou-a e, em seguida, entrou em seu interior.

E quase desmaiou.

Deus, haviam se passado apenas quarenta horas desde a separação? Ela teve a impressão de que a estava visitando pela primeira vez! Houve a inversão confusa entre a posição vertical e a horizontal... Tea entrou na espaçonave ao longo de uma de suas paredes inclinadas. O painel de controle principal e dois assentos descompactados estavam diretamente acima de sua cabeça. Ela deveria estar acostumada a isso, naturalmente; sua última examinada no interior aconteceu ao mergulhar de cabeça através da escotilha no nariz pontudo da nave.

Naquele exato instante, ela estava em pé sobre a porta de um armário que não tinha sido projetada – assim como o foram as partes do "chão" da *Destiny* – para ser pisada. Felizmente, com a gravidade de Keanu, o temor de Tea era menos quebrar ou caminhar sobre o armário do que deixar vestígios de gelo ou barro alienígena dentro de "casa".

Respirando lentamente, concentrou-se nas luzes da cabine e nas características da chave: os assentos embutidos, o equipamento pessoal suspenso por uma rede ao longo de uma outra parte da parede.

Melhor. Retornou para a escotilha, onde Taj esperava. Natalia e Lucas estavam logo atrás dele.

– Muito bem, pessoal. Última chance. Comida quente, chuveiros, massagem. Bem, na verdade, não há nada disso. Mas acho que vocês vão gostar das acomodações.

– *Destiny*, Houston para Tea. Precisamos que você dê uma olhada no Painel Delta.

Tea reagiu sem pensar, fechou o arquivo de dados de voo e deixou-o no assento ao lado. O Painel Delta era onde os dados dos sistemas ambientais da *Destiny* eram exibidos.

Fazia apenas uma hora que ela e seus colegas – sobreviventes da missão de Primeiro Contato da raça humana – tinham se fechado e selado dentro da *Destiny*. Taj e Natalia estavam agora acampados de modo desajeitado no "chão" inclinado, perto dos quatro trajes rígidos e sem pressão; Lucas estava firmemente instalado logo acima dos dois assentos embutidos.

E Tea estava de camiseta e shorts, empoleirada acima deles na posição de operadora de comando.

Quando conseguiu fechar a porta e restaurar a pressão, Tea não apenas removeu seu traje de AEV desgastado pelo uso como também tirou a roupa de baixo, que se encontrava simplesmente nojenta. Em seguida, limpou-se com um chumaço de lenços úmidos e se enfiou dentro de um traje de voo, dizendo aos outros:

– Sintam-se em casa.

– E se houver uma perda de pressão? – Taj objetou.

– Então morrerei confortavelmente – ela respondeu. – Além disso... os trajes de vocês têm encaixes de mangueiras diferentes. Vocês não podem recarregá-los a partir destes tanques. Vocês também deveriam se limpar e mudar de roupa.

Para poupar os outros do constrangimento de colocar macacões usados por último por companheiros mortos, Tea abriu uma cabine e tirou vestimentas de reserva que deveriam ser usadas no último dia da missão. Ela tinha esperanças de que aquele seria o último dia da missão.

O tamanho XG de Pogo ficou folgado em Lucas, e a roupa reserva de Tea não servira muito melhor em Natalia, que era pequena. A roupa de Zack caíra feito luva em Taj, como se feita sob medida... o que fez com que Tea pensasse sobre seu amigo e comandante ausente. Enquanto os outros consumiam comida e bebida estocada, Tea perguntou com calma a Houston se tinham falado com Zack, que lhe responderam:

– O último contato foi há duas horas. Nada desde então. Nenhuma expectativa.

Mas agora Houston queria que ela verificasse os sistemas ambientais. Ela entendeu rapidamente por quê.

– Houston, estou vendo uma queda de pressão... pouco acima de 700 millibares, e acho que caiu um ponto desde a última vez que chequei. – Estava muito cansada para raciocinar matematicamente, ou para esperar Trieu confirmar aqueles valores. – Quanto tempo temos antes de estarmos no vácuo?

– Ainda está na ordem de horas, possivelmente um dia ou dois – Trieu lhe informou. – Mas isso significa que temos de tirar você da superfície o mais rápido possível.

Taj ouvira isso e, da mesma forma, Lucas e Natalia. O vyomanauta já estava escalando para o assento do lado de Tea.

– Quanto tempo?

Houston respondeu a Tea.

– Vocês estarão em PDS nos próximos 90 minutos. Queremos vocês fora do chão antes disso.

– Não mais do que nós – ela retrucou a eles.

Exatamente então, estranhamente, a espaçonave rolou. Foi pior do que um simples deslocamento... pareceu realmente guinar um pouco também, fazendo com que o estômago já sensível de Tea protestasse.

– Ok, alguém pode me dizer o que diabos foi isso?

– Achei que o chão fosse sólido! – Natalia comentou.

A janela mais próxima de Tea não mostrava nada além de céu negro acima.

– Taj, dá uma olhada...

O vyomanauta já estava com o nariz para cima em direção à janela quadrada na escotilha.

– Há bastante vapor do lado de fora!

Lucas esgueirou-se para o assento do lado de Tea.

– Estamos vazando?

Tea achava que não – pelo menos, não mais do que antes do deslocamento – e um rápido passar de olhos em todos os painéis confirmou isso.

– Nenhum indicador. Nada foi ouvido.

Taj estava ficando agitado.

– Acho que o Vesuvius está ativo novamente...

Era tudo que Tea precisava ouvir. Ligou seu rádio.

– Houston, *Destiny*... Vamos dar início àquele *checklist* de partida!

*Grande Alienígena Inteligente.*

*TERMO CUNHADO PELO ASTRONAUTA DA NASA ZACHARY STEWART, agosto de 2019*

Para Zack, era como se o Arquiteto considerasse sua solicitação para libertar Megan.

Então, a criatura se deslocou mais uma vez, seus braços sobressalentes rapidamente chicoteando, tocando as paredes do interior à direita de Zack. A um terço da altura da parede, exatamente acima da cabeça de Zack, abriu-se um painel...

E um corpo deslizou para fora.

Zack deslocou-se por reflexo... e uma boa coisa também: era um ser humano do sexo feminino, contorcendo-se, unhando e protestando em voz alta.

Megan.

Ambos desabaram. Felizmente, a gravidade de Keanu era uma garantia de que eles não se machucariam.

Levou um instante para que Megan percebesse quem a tinha agarrado.

– Oh, meu Deus! – foi tudo o que ela falou.

Zack nunca tinha ouvido alguém tão aliviado.

– Você está ferida?

– Acho que não.

Eles se observaram um ao outro.

– Continuo com esperança de que, em algum momento, vou entender tudo isso – Zack disse.

– Eu também.

Zack virou-se para o Arquiteto que, após libertar Megan de um buraco na parede, tinha retomado a exploração de outros armários mais altos na câmara, usando dois ou três de seus braços sobressalentes ao mesmo tempo.

– Alguma ideia? – Zack gritou.

– Acho que ele pode ouvir você.

– E você saberia.

– Sim. – Ela pareceu estar recuperando as forças. – Ambos sabemos.

– Ouça, querida... Estou praticamente sem tempo e sem energia. Não durmo há três dias, mal tive chances de me alimentar... Tenho visto coisas que não achava que fossem possíveis. E abri mão da minha carona para casa. Minha hora está chegando. Não sei se serão dias ou horas, mas se você e o Arquiteto têm alguma coisa para compartilhar, por favor, façam isso agora.

Megan ajoelhou-se e deslizou seus braços em volta dele, embalando sua cabeça da maneira como segurava Rachel quando criança.

– Ssshh – ela disse, quase ninando. – Eu sei. Eu realmente sei. Você foi... incrivelmente corajoso em vir até aqui.

– Você é que é a corajosa...

– Dificilmente. Estive em um acidente e, depois, esses caras me trouxeram de volta. Não escolhi nada disso. Mas eu teria, para ver tudo isso.

– Sim. Gostaria de me sentir mais sortudo.

Ela o silenciou, exatamente como a Megan de outros tempos.

– Quantas pessoas já tiveram a chance de... mudar a história do mundo? Ou de duzentos mundos?

– É, bem, minha equipe não fez um trabalho muito bom até agora. – Ele lançou um olhar para o Arquiteto que se encontrava ocupado. – Gostaria de dizer ao nosso... anfitrião aqui que aquela bomba foi um grande erro.

Megan encostou a cabeça na dele novamente.

– Acho que você acabou de dizer.

– Você acha, ou você sabe?

Megan olhou para o Arquiteto. O gigante olhou de volta.

– Eu sei. Quero dizer, calculei que meu novo corpo sofreu algumas melhorias.

– Você sabe de coisas que não deveria saber.

– Mais ainda à medida que o tempo passa. É como se eu fosse induzida. Não consigo apenas oferecer coisas. Mas ouço a pergunta certa... bam! Eis a resposta.

Zack virou o rosto dela em direção ao seu. Ele colocou a mão em sua bochecha... o primeiro toque verdadeiramente íntimo deles, tão familiar.

– Quem são eles? O que eles querem? Apenas para construir ou equipar uma nave como essa seriam necessários recursos de uma civilização inteira!

Ela respirou fundo e, em seguida, fechou os olhos e respondeu:

– Ok, tentarei o meu melhor: é difícil encontrar vida no universo. A vida inteligente é... incrivelmente rara. Nós encontramos mais civilizações mortas do que civilizações vivas, e não encontramos muitas dessas últimas.

– Você disse *nós*.

– Sim, *nós*. Eu sou Megan. Mas estou começando a compartilhar parte da consciência deles também. Essa nave... é realmente velha, da ordem de 10 mil anos. E o nosso sistema solar não é a primeira parada dela. Houve uma dezena de outras.

– A nave tem realmente a habilidade para fazer a reengenharia de seu meio ambiente para se adaptar a quaisquer criaturas que venha a encontrar?

Uma pausa.

– Sim.

– Para algumas dessas outras raças, como as Sentinelas?

– Outros candidatos, como nós os chamamos. – Ela piscou, como se estivesse ouvindo.

Zack estava prestes a aproveitar o termo *candidatos* – para quê? –, mas ele tinha uma pergunta mais vital.

– E esta nave pode acessar, num passe de mágica, "almas" específicas dos mortos de... qualquer raça?

– Sim. Não pense nisso como mágica. É uma tecnologia que os seres humanos não possuem. Sabemos como consciência e personalidade se conectam aos corpos.

– Mas vocês encontraram um punhado de almas em milhões!

– Foi acessando dados armazenados em... o mais perto que eu posso chegar é: *campos morfogenéticos*. O universo é preenchido com isso... com dados bioelétricos, todos os tipos de dados. Informações.

– Como os registros akáshicos dos Vedas, a "biblioteca" de todas as experiências e recordações das mentes humanas através de suas vidas físicas.

– Eles não estão usando esses termos.

– Nem eu, realmente. Eles eram de Taj.

– E eu continuo pensando em Jung. Suponho que tentemos alcançar as palavras e conceitos que já conhecemos. – Ela sorriu. – É como tentar explicar a internet para Benjamin Franklin. Você conhece eletricidade, mas ainda assim está bem longe de computadores e redes.

Zack olhou para cima em direção ao Arquiteto, que parecia indiferente à sua presença.

– Sinto-me como se eu estivesse do lado de fora da maior biblioteca no mundo, só que ela está fechada.

– Estou fazendo o meu melhor.

– Oh, Deus, querida, não tem nada a ver com você. É só... olhe para isso! – Ele gesticulou para o interior do Templo. – Ok, por que os seus amigos enviaram essa nave?

– Encontramos uma... presença, um desafio, uma outra entidade, e que tem sido uma ameaça para nós. Viemos para cá em busca de ajuda. Achamos que você poderia desempenhar essa função.

– Contra uma outra raça?

– Um outro tipo de ser, os *Reivers*.

– O... o quê? Parece irlandês.

– Tenho certeza de que é irlandês, escocês, gaélico, ou algo assim. É a palavra que está na minha cabeça, e significa *vilões*. O problema não é apenas o fato de eles serem inimigos. Eles são inimigos inclinados a nos exterminar, e a toda a nossa memória. Não podemos coexistir.

Zack pegou-a pelos ombros.

– Mas, por outro lado, são milhares de anos no passado, centenas de anos-luz daqui, certo? Essa ameaça ainda existe?

– Sim. Os *Reivers* não vivem no mesmo período de tempo que os seres humanos vivem. Eles serão uma ameaça por um milhão de anos.

– Nesse caso, não sei o quanto de ajuda podemos oferecer. Nós mal fomos capazes de fazer uma viagem da Terra até aqui! Quando fizemos, levamos um dia e meio para tentar chegar até você. Somos rudes, brutos e estúpidos pra caramba!

– Nós nos tornamos insensíveis demais, funcionamos como máquinas. Podemos não ser rudes ou brutos, mas ainda podemos ser estúpidos. Mas você está vivo, e nós não.

Zack apontou para o Arquiteto ocupado.

– Ele me dá a impressão de estar vivo.

– Ele está vivo da mesma maneira que eu estou. – Ela fez uma pausa. – Mas ele não é um Arquiteto propriamente... Sinto muito, isso está tudo misturado no meu cérebro.

Megan começou a caminhar. Este foi outro hábito que Zack achou doloroso em função de sua familiaridade... ele sempre fazia piada de que sua esposa era o Sundance Kid, o legendário pistoleiro que podia acertar em qualquer coisa desde que ele próprio estivesse em movimento. Megan pensava melhor enquanto se mexia.

– A raça dos Arquitetos era antiga. Se você pensa nos humanos como pertencentes aos últimos milhões de anos, tente uma centena de vezes mais. Não temos mais corpos. A mesma tecnologia que nos permite identificar e copiar almas nessas circunstâncias faz com possamos deslocar uma consciência de uma máquina para outra ou, quando necessário, para uma... uma reconstrução como essa. – E aqui ela fez uma reverência tipicamente feminina. – Nos dá a imortalidade. Porém, isso nos custa nossa capacidade de lutar e pensar criativamente. De nos preocuparmos com o fracasso. De sofrermos.

– Então ele é um *Revenant* também. – Zack recuou e olhou para cima para o Arquiteto ocupado. – O que ele está fazendo?

– Ajustando interruptores.

– O que diabos significa isso?

– Não sei. Esta é uma de suas frases, não é? "Ajustando interruptores"?

– Agora você está me canalizando?

– Vivi com você por dezoito anos... Não preciso canalizar você.

– Isso é como configurar um *cockpit*. É o que fizemos na *Destiny*.

– Eu sei.

– Então essa construção é um *cockpit*?

– Acho que ambos sabemos que isso não é um Templo de fato. – Ela pensou por um momento. – Que tal: um módulo de comando?

– Comandando... o quê? Oh... – Zack murmurou, visualizando a resposta de sua própria pergunta. – Keanu.

– Sim. Há uma série de sistemas aqui. Eu disse a você que havia outras câmaras. Algumas delas são maiores.

– O que há dentro delas? Ah, amostras dessas outras raças?

– Ninguém diz. – Ela apontou para o Arquiteto. – Mas o que quer que ele esteja fazendo, está relacionado a isso.

Zack estendeu a mão e pegou a de Megan. Ele não estava bem certo de quando tinha pulado do ceticismo moderado para a aceitação incondicional de que esta era Megan... mas ele tinha.

– Sabe o que é engraçado de tudo isso?

– Não consigo imaginar nada de engraçado, querido.

– Megan, em sua vida inteira, era você quem fazia todas as perguntas difíceis para todo mundo. Se você tivesse entrevistado esse cara, teríamos aprendido todas essas coisas há horas.

Naquele momento, o alienígena gigante parou o que estava fazendo. Pôs-se de pé com uma graça que surpreendeu Zack. Na altura máxima, ele se erguia acima dos seres humanos, mas apenas por um momento.

– Agora ele está fazendo outra coisa – Zack concluiu, segurando Megan pelo braço e puxando-a para trás em direção à abertura. – Ele está partindo?

O Arquiteto já tinha atravessado metade da câmara, em direção ao que Zack chamaria de parede de trás.

– Sim – respondeu Megan. – Nós não somos a coisa mais importante com a qual ele tem de lidar.

– O que poderia ser mais importante do que lidar com dois membros dessa raça humana vital? Não somos nós a chave para a sobrevivência futura dele?

– A raça é importante. Nós dois, nem tanto.

– E, afinal de contas, nós desistimos. Ele sabe que não podemos voltar para casa?

– Ah, ele sabe.

A parede de trás se abriu, revelando o caos inalterado do lado externo do Templo.

– Devemos segui-lo – Megan comentou.

– Voltar lá para fora? Parece perigoso.

– Sim.

Entretanto, ela não estava esperando por ele. Desvencilhou-se de suas mãos e começou a seguir o Arquiteto. Zack a alcançou em poucos passos, quando se encontraram mais uma vez do lado externo na quase escuridão com ventos muito fortes.

Para horror de Zack, o Arquiteto deu a impressão de estar cambaleando. Os passos cambaleantes da criatura eram exatamente iguais aos da Sentinela, antes que ela desabasse.

– Ele está bem?

– Não. Vamos. Estamos correndo contra o tempo.

*Meus amigos, tudo o que posso lhes dizer é isto: os rumores espantosos que circulam sobre os acontecimentos na nova Lua da Terra são um presságio de Feitos Grandiosos. Os sinais estão sendo cumpridos mesmo enquanto nos reunimos aqui esta noite. O tão esperado Arrebatamento pode estar próximo. Oremos.*

*O REVERENDO DICKIE BOTTOMLEY, IGREJA SUPERIOR ALL-SOULS DE KANSAS CITY, 24 de agosto de 2019*

– Isso é o mais longe que podemos ir em modo automático – Harley anunciou.

– Antes tarde do que nunca – Sasha Blaine murmurou. Rachel concordou. Eles tinham deixado a estrada de terra e atravessaram aos solavancos a grama enlameada nos últimos minutos. A única coisa que evitara que Rachel vomitasse fora a velocidade baixa.

Harley parara a van à beira do Clear Lake Park, que avançava para dentro do Lago Pasadena, a piscina de água salgada ao sul do Armand Bayou. Meia dúzia de carros de bombeiro e salvamento piscava luzes respingadas de chuva na NASA Road One, a 100 metros ao sul, e para a esquerda deles.

– Acho que estamos dentro da zona – Sasha comentou.

A vista deles em direção ao Centro Espacial Johnson estava bloqueada pelo domo de plasma brilhante do Objeto, em processo lento de rotação, a poucas centenas de metros de distância, do outro lado do lago. Harley lembrou-se do Estádio New Orleans Superdome, apenas iluminado a partir de dentro – e preenchido com formas estranhas angulares e onduladas que pareciam rastejar pela superfície.

Ou em seu interior, tentando sair?

– Você conseguiu – Rachel disse. – Você nos trouxe aqui.

– Não me agradeça ainda.

Rachel e Sasha ajudaram Harley a sair da van, um processo complicado pela insistência do astronauta em dizer que não precisava de ajuda.

– Talvez não para sair – Sasha resmungou –, mas você não vai longe na chuva e na lama sem nós, portanto, faça o favor de ficar quieto.

No instante em que as rodas da cadeira de Harley começaram a afundar na grama encharcada, as queixas cessaram. Felizmente, a chuva de hoje não tinha transformado completamente o solo em lama, apesar de que, nesta parte de Houston, não chegava a ser uma transformação. Uma vez desligado o motor da cadeira de rodas, para permitir que ela rodasse livremente, Sasha e Rachel foram capazes de empurrar Harley para frente, em direção à estrada.

Mantiveram-se no caminho das árvores, em parte para evitar que fossem vistos da estrada e, em parte, para que se abrigassem dos respingos constantes da chuva que tamborilava ao redor.

Os flashes lentos de luz do Objeto fizeram Rachel se lembrar do tempo em que ela, Amy e vários outros amigos tinham entrado sorrateiramente no parque de diversões do condado de Harris. As luzes à meia distância e os brinquedos que giravam, rodopiavam e mergulhavam os tinham deixado em êxtase... não viram o guarda de segurança e foram pegos, e só escaparam da punição porque começaram a ter ataques de risos e a flertar, de modo nada usual.

– Será que ninguém reparou – Harley comentou – que o Objeto parece ter alguma espécie de farol?

Sasha parou para pensar.

– Mas não é bem um farol, é?

É verdade; à medida que Rachel e Harley observavam com Sasha, a luz parecida com farol pareceu pulsar com um padrão irregular... flash, escuro, flash-flash, escuro.

– Espero que não seja um holofote – murmurou Harley.

– Com um raio de calor na sequência – Sasha complementou.

– Pare com isso! – Rachel reclamou.

– Desculpe – Harley falou. – Às vezes esquecemos... Enfim, estamos aqui, o mais perto que podemos chegar. E agora?

A chuva tinha cessado, embora houvesse uma brisa forte soprando do canal de navios.

– Quero chegar mais perto – Rachel disse. Ela já tinha decidido que o Objeto não era uma arma... senão ele já teria sido usado. O Objeto estava acomodado ali como se à espera...

– Supondo que seja uma boa ideia – Sasha Blaine começou –, e eu não acho que seja... como? É do outro lado desse lago!

– Podemos atravessar a ponte. – Rachel apontou. – Todos os policiais e todo mundo estão na estrada.

– Certo – Harley concedeu. – Mas e depois? Estamos aqui... estivemos tão perto quanto qualquer um poderia. Você não vai tocá-lo.

– Não sei o que eu vou fazer, ok? Mas acho que devíamos nos aproximar. Eu acho que ele vai nos dar alguma coisa ou nos dizer algo.

– Trata-se de uma peça sofisticada de hardware alienígena! Por que ele simplesmente não nos envia um sinal?

– Eu estou indo descobrir – Rachel afirmou categoricamente. – Você pode vir junto ou esperar aqui.

Rachel separou-se bruscamente deles e disparou em direção à calçada. Porém, no escuro, a lama e o cascalho a derrotaram. Perdeu o equilíbrio tentando subir até a estrada, escorregou, deslizou para trás e caiu no chão.

Quando estava conseguindo ficar de pé – e Harley e Sasha se aproximaram, furiosos com ela – uma nova luz recaiu sobre o trio.

– Ei, vocês, não se mexam!

Rachel pensou que fosse desmaiar. Então, cinco homens caminharam para frente e um deles revelou ser Shane Weldon.

– Seguimos vocês – Bynum explicou a Harley. Weldon, Bynum e seus passageiros todos ajudaram a suspender Harley até a calçada.

– Não muito de perto.

– Tivemos que parar para pegar alguns instrumentos – Weldon esclareceu. Ele apontou para um membro da sua equipe, um jovem com algo parecido com uma caixa pendurada no ombro.

– Isso é mesmo um contador Geiger? – Sasha Blaine perguntou.

– Sim. O melhor que pudemos conseguir no curto prazo – Weldon disse. – Temos o contador, uma câmera – ele ergueu uma máquina fotográfica Nikon como aquelas que os astronautas usavam em missões – e um espectrômetro. – Outro membro do grupo estava lutando com uma caixa duas vezes o tamanho do contador Geiger. – Aquele instrumentozinho foi construído para operações de superfície lunar há cerca de dez anos. Não estou certo de que ainda funcione.

– É para amar o planejamento da NASA, não é?

– Não se preocupe – Weldon retrucou. – Tenho uma equipe de verdade reunindo um conjunto de instrumentos que poderão dizer o que esta coisa comeu no café da manhã hoje. – Balançou a cabeça na direção do Objeto, que agora pairava sobre eles como uma construção abobadada.

– Por falar em café da manhã... – Sasha Blaine interrompeu. – Qual foi o material mais recente que essa coisa parece ter ingerido? Parece estar sugando água, lama e até um pouco de vegetação.

– Parece ter havido uma absorção bem pequena, certo, Brent? – Weldon disse, olhando para o homem encharcado e mal-humorado da Casa Branca. – Mas nada grave. Não achamos que a Terra esteja prestes a ser sugada por algum tipo de miniburaco negro...

– Pelo menos, não neste exato momento – Bynum acrescentou.

– Podemos ir? – Rachel perguntou. O grupo todo agora encontrava-se na calçada, mas não tinha avançado. Rachel estava feliz por não ter sido detida, e grata pelas mãos que a ajudaram... mas sentia que tinha que chegar até o Objeto o mais rápido possível. Ou ela iria perder a coragem.

Harley pegou a mão de Rachel.

– Ok, vamos...

– Não. – Brent Bynum entrou na frente deles, com uma pistola na mão. – Esta é uma entidade hostil. Nenhum de nós deve ficar tão próximo. Dei autorização para que pudéssemos reunir dados.

– Brent... – Weldon deu um passo à frente.

– Pare aí mesmo! – Bynum gritou. Para Harley, o homem da Casa Branca parecia desequilibrado. Ele dificilmente poderia culpá-lo. – Eu sou... o responsável!

– Não – Harley falou. – Eu sou o responsável. Você e Shane me disseram. Vocês me fizeram assinar os documentos. Sou o oficial encarregado dos encontros com os alienígenas. E eu digo que nós vamos. – Bynum estava hesitante, inseguro.

– Olha – Harley insistiu –, tanto quanto é do conhecimento da Casa Branca, eu ainda estou no comando e serei responsabilizado. – Ele estendeu a mão. – E dê um passo para trás, Brent. Estamos reagindo, não agindo. – Harley apontou para o Objeto agigantando-se a uma curta distância. – Esta coisa estaria aqui se não tivéssemos detonado uma maldita bomba em Keanu? Dê-me a arma. Não quero que ninguém se machuque.

Bynum pareceu feliz em se ver livre dela.

Quando Harley deixou a pistola cair em seu colo e colocou as mãos nas rodas da cadeira de rodas, não pôde deixar de perceber que estava tremendo.

E que todo mundo estava tentando, de imediato, esquecer o que tinha acabado de acontecer.

Em pouco tempo, o grupo tinha avançado cuidadosamente pela ponte, com Sasha Blaine olhando por cima do parapeito para identificar o que o Objeto estaria sugando.

– Até aqui, tudo bem.

– Olha. – Harley apontou. Distante à direita deles, do outro lado da lagoa, ainda bem ao norte do Objeto, meia dúzia de luzes balançavam na escuridão. – Espero que eles estejam do nosso lado.

– Essa pode simplesmente ser a merda mais perigosa que eu já fiz na vida – Weldon resmungou.

– Eu realmente espero que sim – Harley comentou, para risada geral.

*Vamos rever os lances. Pode haver vida inteligente em Keanu, que não é mais um NEO, mas provavelmente uma nave estelar... pelo menos um astronauta está morto, dois outros estão perdidos... e tanto o JSC como Bangalore perderam contato com o módulo de pouso. E agora dois "objetos" se chocaram contra a superfície da Terra.*

*Deixei de mencionar alguma coisa? Será que o universo como um todo está ficando louco?*

*POSTADO POR JERMAINE NO NEOMISSION.COM*

*Você está deixando de mencionar um monte de coisas. Aguardem.*

*POSTADO PELO CARA DO JSC, NO MESMO SITE*

– Dois minutos, prontos para cair fora. Ativando RCS dois e quatro. Ir para o principal em mais dois dez.

Tea Nowinski estava amarrada no assento do lado esquerdo da *Destiny*, com Taj à sua direita. Atrás deles – ou seja, uma vez que a *Destiny* havia mudado para uma orientação em que a cauda estava para baixo e o nariz para cima, abaixo deles –, Natalia e Lucas estavam simplesmente esticados sobre uma "cama" de redes, usada para acondicionar os trajes de AEV descartados. Não era a situação mais confortável, mas as forças G, associadas a um lançamento a partir do campo de gravidade de Keanu, seriam mínimas.

– Como se fosse um elevador rápido – Jasmine Trieu dissera a ela. Tea nem mesmo precisava das cintas para prendê-la no assento, mas quis colocá-las, pois eram um lembrete físico de que o veículo estava prestes a mudar de lugar.

– Temos seis-oitenta na pressão da cabine – Tea relatou, sabendo que Houston podia ver o mesmo valor, mas apenas para lembrar à equipe do problema imediato. Ela não conseguira lidar com o vazamento. A pressão não estava caindo de maneira constante e linear, o que sugeria um bloqueio em algum lugar. O sistema ambiental da *Destiny* estava bombeando ar na cabine para compensar. Aquilo não poderia continuar para sempre, naturalmente. Eles tinham que sair de Keanu e voltar para a Terra.

– RCS está pronto, motor principal está pronto – Houston informou pelo rádio, após o atraso de recepção, que Tea agora julgava ser a coisa mais irritante que já havia experimentado em sua vida. O sistema de controle de reação era uma série de quatro pequenos quadrantes de foguetes posicionados de forma equidistante em volta do módulo de serviço da *Destiny*. Eles normalmente eram disparados quando a *Destiny* precisava se reorientar.

Hoje, nessa operação extremamente incomum, eles de fato decolariam a espaçonave a partir de uma superfície cada vez mais instável de Keanu.

– Preferimos estar longe do solo antes de ligar o principal – Josh Kennedy tinha dito a ela.

– Se você prefere, nós preferimos – Tea respondera. Ela compreendera a lógica; mesmo que o impulso do motor principal da *Destiny* decolasse rapidamente o veículo da superfície, não havia uma maneira de prever de modo preciso em quanto tempo isso aconteceria... a nave poderia raspar o chão por 50 ou 200 metros antes de ficar no ar, causando mais danos.

– Um minuto.

– Espero que não tenhamos mais deslocamentos – Taj murmurou.

– Sem pensamentos negativos, ok? – Tea pediu a ele.

Houve preocupação sobre se os quadrantes de RCS tinham chegado intactos após a manobra *snowplow*, ou após o movimento de choque provocado tanto pelo processo de derretimento da neve como por algum outro fator externo. O quadrante número um estava voltado para baixo no momento, enterrado na neve de Keanu. Os dados do JSC mostravam que ele ainda estava intacto – pelo menos não aparentava haver nenhum vazamento de combustível –, mas ninguém poderia saber se os pequenos injetores tinham sido entortados e, se esse fosse o caso, como iriam desempenhar sua função.

Felizmente, a propulsão para emergir não precisava do quadrante número um, mas, sim, dos quadrantes dois e quatro.

– Vai ser bom voltar para casa novamente – Natalia comentou, tentando compensar o pessimismo de Taj.

– Para alguns de nós – Lucas completou.

– Trinta segundos – Tea relatou, percebendo que havia dado vazão à sua irritabilidade, sem mencionar dois segundos à frente da contagem real. Ela não podia evitar. Desde que fechara a escotilha da *Destiny*, a única coisa em que pensava era no terrível fato de que estava abandonando Zack. Um colega. Um bom homem. Um homem que ela amava.

Não importava que ele tivesse dado ordens para que ela fizesse isso. Quem se importava que ela realmente não tivesse escolha? Ele iria morrer e saberia, para o resto da vida, que havia sido sua culpa.

– Quinze. – Ela enxugou as lágrimas dos olhos e, em seguida, colocou as mãos sobre o controlador.

Não pareceu demorar muito, de jeito nenhum. Dois baques soaram na cabine e Tea sentiu-se sendo levantada e, o mais irritante, arremessada para frente.

– Estamos de pé, Houston! – Ela apertou o botão no controlador, ativando--o e disparando uma explosão de um pequeno foguete de reação no nariz da *Destiny*... Houston tinha avisado Tea que a *Destiny* poderia ficar com o nariz alguns graus para baixo quando o RCS – na popa, em relação ao centro de gravidade combinado do veículo – inflamasse.

Isso havia ocorrido, e a ação imediata de Tea pareceu ter corrigido.

O motor principal da *Destiny* acendeu naquele momento, distribuindo uma sacudida e um estrondo considerável. O RCS desligou naquele momento. E eles estavam fora do chão.

Tea tinha uma janela, mas o que aparecia era o negro do céu de Keanu. Ela, em vez de olhar para fora, olhou para os instrumentos, especialmente para o altímetro, que mostrou que eles já estavam a 50 metros... 75...

– Qual era a altura daquelas montanhas? – ela perguntou.

– Quem é o pessimista agora? – Taj comentou. Ele estava se esticando para ver do lado de fora de outras janelas.

Antes que o lançamento chegasse a um minuto, Tea sabia que eles haviam partido. Não necessariamente a salvo... ainda havia várias manobras complicadas a serem executadas para recolocar a *Destiny* em uma trajetória de retorno à Terra, momento em que a preocupação seria a questão menor de guiar o cônico módulo de comando gigante através do plasma mortal e escaldante de reentrada.

E, ah sim, antes que o ar se esgotasse.

Mas eles estavam fora de Keanu. Distantes do que quer que diabos estivesse acontecendo lá embaixo. Longe dos corpos vaporizados de companheiros perdidos... e de duas espaçonaves.

Longe de Zack e de sua esposa renascida.

Era assim que tinha de ser.

Aos três minutos, o motor principal desligou. Tea relatou a notícia via rádio e, então, esperou que Houston dissesse a eles:

– *Destiny*, confirmado. Estamos felizes em informá-los que, neste exato momento, vocês estão em órbita em torno na Terra. Vocês são livres para manobrar a atitude.

Tea agarrou o controlador novamente e fez um ajuste. Ela queria ver onde Keanu estava...

Não muito longe, como se verificou. O altímetro mostrou que a *Destiny* estava a 15 mil metros e que subia rapidamente. Foi alto o suficiente para mostrar o NEO como um crescente.

– Está com a sua câmera, Taj? – Tea perguntou. Ela apertou o interruptor do rádio. – Houston, vocês estão vendo isso?

Tea não soube como descrever. A superfície de Keanu parecia estar derretendo... ondulações gigantes varriam a superfície, como ondas em um lago... Porções inteiras de gelo estavam se fragmentando, como os blocos da Antártica durante o Grande Degelo. Havia erupções pequenas também, do tipo gêiseres, jorrando vapor para o céu... provavelmente com detritos.

Alguma coisa estava acontecendo lá embaixo, e não era o tipo de coisa para alguém querer chegar perto.

– E, Houston, ficaríamos gratos se vocês nos enviassem, ahm, os dados da separação.

A mensagem de Tea sobrepôs-se à resposta de Jasmine Trieu para a primeira, sobre as imagens.

– O que isso parece para vocês, *Destiny*?

– Acho que o lugar está se despedaçando!

Parte Cinco

# "POIS OS MORTOS ESTÃO LIVRES"

*Somos feitos com a mesma matéria que os sonhos*

*E as nossas pequenas vidas estão rodeadas de sono.*

*WILLIAM SHAKESPEARE,* A TEMPESTADE

Seguir o Arquiteto foi como perseguir o monstro de Frankenstein em meio a uma nevasca... Megan agarrou-se à mão de Zack enquanto ambos se abaixavam para evitar os destroços que estavam sendo arremessados no ar e, ao mesmo tempo, tentavam manter a criatura gigante à vista.

Não estava sendo fácil. Havia pouca luz, o equivalente aos momentos antes do pôr do sol. O vento estava forte e vinha em rajadas e os forçava a proteger os olhos e até mesmo a dispersar nuvens de partículas minúsculas.

– Espero que Camilla esteja a salvo – Zack comentou. – Quando foi a última vez que você a viu?

– Ela foi apanhada ao mesmo tempo em que eu – Megan respondeu. – Suponho que ela tenha sido levada para o Templo, mas eu simplesmente não faço ideia. Ainda tenho a sensação que deveríamos ficar e procurar por ela.

– Eu também – Zack disse –, mas encontrá-la não solucionará o problema imediato. Poderia apenas piorar as coisas para todos nós.

O Arquiteto conduziu Zack e Megan para fora do Templo e através do campo queimado já familiar; em seguida, pegou uma curva acentuada para o que pareceu ser um túnel oval enorme. O Grande Alienígena Inteligente, como Zack o apelidara, não estava mais cambaleando – talvez tivesse redescoberto como usar suas pernas após séculos ou milênios de armazenagem.

– Alguma ideia de onde isso vai dar? – Zack gritou para Megan.

– Outra câmara – Megan falou sem esperar pelo estímulo instantâneo vindo do Arquiteto, embora, ao falar, ela tivesse adquirido a consciência de que a câmara era chamada de Fábrica. Para construir o quê?

Aquela resposta, se é que viera, foi perdida em um tropeção.

Estava difícil para Megan acompanhar Zack. Sim, o terreno era acidentado. Sim, ela estava exausta. Mas o terceiro tropeção acabou por convencê-la...

Suas pernas estavam falhando. Pior do que isso, os olhos também. Era como se (que pensamento horrível!) ela estivesse envelhecendo vários anos em poucos minutos.

Ela estava muito fraca para formular a questão... muito ocupada em se agarrar a Zack enquanto entravam na passagem que levava à câmara da Fábrica.

O fluxo de ar aqui era comprimido; era literalmente um túnel de vento.

– O vento está no nosso rosto – Zack analisou. – O que significa que a pressão atrás de nós é menor do que para onde estamos indo.

– Isso é ruim?

– Não vejo isso com bons olhos.

– Poderíamos parar.

– Por que faríamos isso? Não há comida, não há água e nem respostas lá atrás. Só com o seu amigo Gargântua lá na frente.

Para deixar as coisas um pouco piores, a superfície era acidentada, não apenas sulcada e desnivelada, mas irregular e até pontiaguda em alguns lugares. Megan estava descalça. Zack, apenas de meias. Eles prosseguiam tão devagar agora que foram perdendo terreno. – Não podemos continuar por aqui... é como andar sobre coral – ele se queixou.

Distraída com a luta para simplesmente manter-se de pé, e consciente, Megan não respondeu.

– Você ainda está em contato com ele?

Megan se esforçou para dizer:

– Faça alguma pergunta.

– Bem, não que eu possa fazer algo sobre isso, mas apenas para saber: Como diabos a raça humana poderia ajudar os Arquitetos na guerra deles? Metade daqueles que vieram para cá estão mortos... O resto foi para casa.

– Outros irão se juntar a você.

– Outros? Aqui? Como?

– O, ah, dispositivo de transferência já está ativo – ela respondeu. – Sinto muito, mas essa é a frase que está na minha cabeça. – Ela parou e virou-se para ele. – Ok, humanos serão trazidos para cá. Depois, eles serão levados ao mundo dos Arquitetos.

– Isso não vai levar milhares de anos?

– Sim.

– Nós não vivemos por tanto tempo.

Megan socou Zack no peito. – Não. Serão os seus descendentes.

– Não gosto da ideia de condenar companheiros humanos à prisão perpétua a bordo de Keanu.

– Eles vão ter a oportunidade de afetar o futuro da vida inteligente na galáxia pelos próximos 100 mil anos. Não vale a pena algum sacrifício?

– Estas pessoas são voluntárias ou selecionadas?

– Não sei. Sinto... sinto muito. – A cabeça de Megan pendeu. – Eu realmente não me sinto bem.

Ele deslizou os braços em torno dela e abraçou-a. Ela tremia.

– Olha, talvez eu possa enviar uma mensagem para Houston... – Zack sugeriu.

– Acho que você deixou seu rádio para trás.

– Sou um idiota.

– Não acho que isso seja importante.

Talvez Zack tivesse entendido errado – e como ele poderia compreender algo que a própria Megan não estava pronta para enfrentar? – ou talvez ele estivesse focando nas questões práticas. Ele virou-se para ela de modo que eles pudessem retomar a marcha para frente, porém devagar.

– O que acontece se eu disser não para esse grande recrutamento que os Arquitetos estão fazendo? – ele continuou.

– Você já disse sim.

– Como?

– Através de suas ações. – Megan podia ver as respostas agora, apesar de não ter ficado realmente alegre com a descoberta. – A decisão foi tomada.

– Não é justo.

– O universo não é justo – ela retrucou. – Zack, estou morrendo de novo.

Zack se apavorou.

– Não, não, não! – ele gritava, segurando-a como se o fato de tocá-la pudesse salvá-la. – Você só está exausta. Vamos descansar.

– Eu sei o que está acontecendo comigo! – ela argumentou. – Este corpo não foi concebido para durar! Era apenas temporário, para dar a você alguém com quem... conversar. – Ela já estava de luto por sua própria vida perdida, pelas experiências que nunca mais teria, pelos rostos que não iria mais ver, pelas vozes que não poderia mais ouvir, pelos toques que nunca mais sentiria.

Por não ter mais Zack. Por nunca mais poder ver Rachel novamente.

Agora ela sabia o que era perda.

E a parte dela que estava conectada ao Arquiteto podia apenas gritar: *Por quê? Por que agora*?

Mas não houve resposta.

Momentos mais tarde, eles saíram do túnel para uma câmara que fez com que a anterior parecesse diminuta... Todavia, enquanto o ambiente amigável ao ser humano parecia, em sua forma mais estável, uma selva terrestre, este se assemelhava a uma placa de circuito... ou uma paisagem urbana, com todas as torres e caixas prateadas misturadas com bobinas, dutos, pontes. Havia passagens largas entre algumas das estruturas. Outras eram comprimidas de modo tão apertado quanto os prédios de arenito de Manhattan.

E muito disso ainda estava tomando forma e sendo montado diante dos olhos deles.

– Que lugar é esse?

– A Fábrica – Megan respondeu, mal conseguindo falar.

– O que ela constrói?

– Ambientes. Formas de vida. Suprimentos. Tudo.

– Bem – Zack comentou –, pelo menos vai ser mais fácil para andar. – Ele indicou o chão, que tinha agora se transformado em um solo regular, formas do tipo placas muito semelhantes àquelas no túnel entre o Respiradouro Vesuvius e a membrana.

– E o ambiente ainda é amigável ao ser humano – Zack continuou. Ele estava quase certo de que eles teriam dificuldade para respirar ao passar pelo túnel. – E as tais pessoas de que os Arquitetos precisam?

Megan cambaleou. Zack agarrou-a.

– Desculpe-me, só estou fazendo perguntas que, na verdade, poderiam esperar. Você precisa de comida. Precisamos de abrigo... – Ele parou de falar. – Você ouviu alguma coisa?

Megan levantou-se, alerta.

– Sim.

Era uma voz humana gritando em terror... a voz de uma criança!

– É a voz da Camilla! – Zack exclamou.

O Arquiteto estava ao sul deles (considerando-se a boca do túnel como norte), ocupado com seus próprios afazeres. O som veio do lado direito.

– Fique aqui – ele ordenou, e começou a andar pela borda ao longo da parede rochosa.

– Não, obrigada – Megan contradisse. – Eu também vou.

*Chegando ao Objeto c/ Weldon e outros - grande mas até agora benigno. Enviando imgs.*

*ÚLTIMA MENSAGEM DE TEXTO*
*DO ASSESSOR ADJUNTO DE SEGURANÇA NACIONAL BRENT BYNUM*

– Nenhum sinal de radiação, pelo menos. – Shane Weldon ergueu os olhos do contador Geiger. – Mas eu gostaria que tivéssemos algumas outras maneiras de olhar para esta coisa.

– Nós ao menos sabemos o que estamos olhando? – Harley perguntou.

Quando eles atravessaram o Lago Pasadena, Harley, Rachel, Sasha e o grupo do controle de missão juntaram-se a dezenas de outras pessoas, todas se aproximando do grande domo brilhante do Objeto a partir de todas as direções... incluindo um trio em um barco a remo.

– Eu só queria saber de onde estão vindo todas essas pessoas – Harley comentou.

– Acho que são as mesmas que estavam do lado de fora do centro – Rachel especulou. – Esses que estão nos trailers.

– Acho que tem é um monte de gente da comunidade do JSC aqui – Weldon observou. – Pessoas que moram à beira do lago.

– Eu não tinha percebido que muitos deles eram fanáticos.

– Apenas no bom sentido – Weldon argumentou. – Há vários lugares nos Estados Unidos onde se pode encontrar pessoas fascinadas por voos espaciais... porém aqui temos um grupo não apenas de curiosos, mas que também está envolvido. É completamente natural que eles sintam-se curiosos para dar uma olhada em algo assim.

O que eles estavam vendo agora era uma esfera esbranquiçada, com cerca de 50 metros de diâmetro, fincada no chão e girando lentamente...

Terra, detritos, e mesmo água pareciam borbulhar em torno dela. A visibilidade ainda estava limitada; a única luz no local vinha do próprio Objeto, e das luzes vermelhas que piscavam dos veículos de emergência a 100 metros de distância.

– Bem – Harley disse. – Olhem à vontade. Não vou chegar mais perto.

Não que houvesse uma opção imediata. O Objeto tinha ficado imprensado de norte à oeste da ponte NASA Parkway sobre o Lago Pasadena. A fazenda de antenas do JSC tinha sido efetivamente eliminada, mas o estrago fora menor do que Harley esperava.

– Deveríamos ver uma cratera aqui, vocês não acham? – ele direcionou a pergunta para Sasha Blaine.

– Sim. É quase como se o Objeto tivesse pousado.

– E foi exatamente isso o que ele fez! – uma voz conhecida declarou. Vindo da esquerda, aparentemente andando desde o JSC, surgiu um outro grupo liderado por Wade Williams. – Que diabos... ele veio de uma espaçonave. Pela lógica, trata-se de algum outro tipo de veículo.

Williams estava sem fôlego, aparentemente em função da caminhada. Encostou-se em uma árvore enquanto os outros da Home Team o alcançavam.

– Puxa, Harley – Shane Weldon reclamou. – Se eu soubesse que toda a sua equipe viria para cá, eu teria fretado um ônibus.

– Eles são agentes autônomos, Shane. Eles podem ir aonde eles quiserem.

Williams ouviu a conversa e parou na frente de Weldon.

– Você pediu que lhe déssemos conselhos sobre atividades e objetos alienígenas. Não é aqui onde devemos estar?

Weldon nunca deixava passar um desafio à sua autoridade.

– É onde um de vocês poderia ser útil. Digamos que essa coisa venha a explodir? E, então, o que seria de nós?

– Não sei quanto ao senhor, sr. Weldon, mas suponho que eu seria um cadáver. – O que provocou risos do grupo da Home Team, mesmo daqueles que não eram membros do fã-clube de Williams. – E desconfio que eu poderia fazer esta mesma pergunta para o senhor: Você é o gerente de missão. Aqui se encontra um grupo completo de tipos muito importantes do controle de missão. Se as coisas derem errado por aqui, todo o programa sofrerá, não é?

– Ei, todo mundo – Harley exclamou, aborrecido porque, mais uma vez, ele tinha que realizar o papel de árbitro. – Por que não nos atemos ao que podemos ver... e, depois, voltamos para um local seguro? – Não houve nenhum sinal de que sua sugestão tinha sido aceita, mas também não houve nada em contrário.

Ajudado por Creel e Matulka, Williams começou a descer o declive em direção ao Objeto.

Weldon voltou-se para sua equipe. Brent Bynum estava ocupado com seu blackberry, é óbvio. Harley perguntou-se o que a Casa Branca pensava sobre o Objeto. Ou o que eles estariam dizendo a todos. Não era provável que fosse a verdade.

– Isso é em tempo real, gente. Devemos acompanhá-los? Qual é o nosso plano? Protelar não é uma opção.

– Se o Objeto fosse uma arma, estaríamos mortos a essas alturas – Sasha conjeturou.

– Provavelmente – Weldon concordou. – Mas se não é uma arma, então é o quê?

– Uma sonda espacial não tripulada – Harley especulou. – Ou tripulada.

Isso fez com que Weldon reagisse.

– O que você quer dizer?

– Talvez um deles esteja a bordo – Harley sugeriu. – Ou mais de um deles. – Ele não tinha realmente considerado a possibilidade até aquele momento... mas subitamente pareceu lógico. O Objeto era muito maior do que qualquer sonda espacial de um tamanho razoável. Portanto, talvez fosse um módulo de pouso... um "Módulo de Excursão à Terra" para habitantes de Keanu.

– Talvez esta seja a *mensagem* sobre a qual minha mãe me falou – Rachel arriscou.

– Acho que Rachel está certa – Sasha disse, pegando a mão da menina.

Harley olhou para as duas mulheres, uma de 32 e a outra de 14 anos, e ficou a pensar em como elas tinham se tornado amigas em tão pouco tempo. Ele nunca conseguira isso. Ele tinha tido muitas namoradas, porém nenhuma amiga de verdade do sexo feminino.

Não importa; por mais que essa situação acontecesse, estava claro que ele teria de aprender a arte da amizade – com Sasha Blaine, talvez – e a arte de ser pai, com Rachel. A única coisa que ele sabia sobre crianças era que ele tinha sido uma.

Ele imaginou, por pouco tempo, como seria estar casado com Sasha... mas por que ele estaria pensando sobre questões pessoais quando estava a 200 metros de uma espaçonave alienígena?

Ele estava cansado. E estava superestimulado. E ele estava preso à maldita cadeira de rodas.

– Ei, Shane, espere um momento. – Era Brent Bynum, parecendo mais abalado do que nunca para Harley, emergindo das sombras de seu tablet.

Weldon afastou-se de seus colegas, lançando um olhar diretamente para Harley, como que a dizer: *O que será agora?*

Mas no momento em que olhou de relance para o dispositivo, levou-o diretamente para Harley.

– Isto é um problema – ele comentou. – Bangalore.

Harley viu uma imagem difusa do outro Objeto, em plena luz do dia, expandindo-se repentinamente duas ou três vezes seu tamanho. O texto na imagem dizia: "20 MINUTOS ATRÁS ENTÃO ELE PARTIU".

– Ele partiu? – Harley disse. – Supondo que esteja correto, para onde ele foi?

– Não faço ideia – Weldon disse. – Mas acho que isso significa que deveríamos ir...

E, então, foi como se o mundo inteiro, de repente, suspirasse.

– O que foi isso? – Sasha perguntou.

O som estranho talvez tivesse durado três segundos. Tinha desaparecido agora.

– Veio do Objeto – Harley afirmou.

O Objeto havia parado de girar.

– Por que ele está fazendo isso? – indagou Rachel.

– Fazendo o quê? – Weldon questionou.

Rachel correu para Harley.

– Ele está crescendo.

Harley podia ver por si mesmo. O difuso domo branco e seus estranhos componentes internos tinham perdido a definição, ficando praticamente transparentes... fazendo Harley se lembrar de como eram as nuvens ao perfurá-las a bordo de um F-35...

Então, alguma coisa passou por todos eles, um choque elétrico combinado com um flash de luz. Todos em volta dele gritaram.

E começaram a flutuar.

Harley Drake conhecia a sensação: era exatamente como estar em g-zero. A diferença era que, agora, ele estava dentro de uma esfera enorme junto com várias dezenas, possivelmente duas centenas de seres humanos, árvores, blocos de terra, pássaros e pelo menos um cachorro.

Enquanto se revirava, e separando-se de sua cadeira, de Sasha e de Rachel, ele pôde ver Houston e, logo, todo o Texas, distanciando-se abaixo deles.

*Quebrei normas da agência e arrisquei meu emprego ao postar aqui sob um apelido, mas para o inferno com isso: essa situação está fora do controle de qualquer agência ou nação. Estamos testemunhando grandes eventos, pessoal. E não há razão para ficar no anonimato. Meu nome é Scott Shawler, e eu sou o Cara do JSC.*

*POSTADO NO NEOMISSION.COM, 24 de agosto de 2019*

Havia um perímetro em torno da "Zona da Fábrica" que fez Zack lembrar-se da faixa de terra ao longo da murada em um estádio de beisebol. Era liso o bastante para apresentar pegadas... humanas, descalças, do tamanho de uma criança.

– Acho que a encontramos – disse Megan. Sua voz estava fraca e com chiado, o que não era nada bom.

– Alguém mais a encontrou. – Zack apontou para outro conjunto de rastros, longos talhos alternando com marcas de respingo que corriam em paralelo às pegadas e, por fim, em cima das pegadas de Camilla, apagando-as.

– Deve ser uma Sentinela – Zack supôs. – Você vê ou ouve aquela coisa?

Megan também estava explorando os arredores.

– Não.

– Deus, onde ela está?

– Você não vai chamar por ela, vai?

– Com uma daquelas máquinas assassinas por aqui? Claro que não! – Zack olhou de soslaio para as estruturas. Era difícil enxergar com a pouca luz e as características incomuns. – Só espero que ela esteja escondida...

Além da profusão de rastros, ele notou os indícios de uma outra trilha.

– Lá. – Os rastros de Camilla conduziam diretamente para a Fábrica.

Pegando a mão de Megan, Zack começou a segui-los. Se tivesse alguma energia – e se achasse que Megan conseguiria acompanhá-lo –, ele teria começado a correr.

– Se você puder oferecer alguma sugestão sobre por que esta coisa está à solta, agora seria a hora de compartilhar.

– Eles não são máquinas. Eles são seres inteligentes.

– Então o que é que fizemos para merecer a hostilidade deles?

– Eles não estão mais respondendo a comandos. Isso é tudo o que sei.

Zack escutou mais uma vez. O som dominante era o do vento constante. Ao longe, Zack podia ouvir uma espécie de martelar constante, como de um bate-estaca, e um zumbido baixo e repetitivo.

Mas nenhuma garotinha.

– Acho que devemos seguir em frente – ele sugeriu. Megan não protestou quando ele a arrastou para uma das passagens amplas, porém ainda sombreadas. – Você poderia perguntar ao seu amigo Arquiteto por que ele não está nos ajudando?

– Não pense que ele é benevolente, ou que está do nosso lado. Ou mesmo que se importa.

– Devo dizer que nada disso me encorajaria a solicitar a alguns milhares de humanos que se inscrevessem para uma viagem só de ida.

– Acho que ele tem seus próprios problemas. Lembre-se... o Arquiteto também é um ressuscitado.

– E todos vocês ressuscitados defendem-se uns aos outros. – Espere! Mais para dentro da Fábrica... não apenas um grito, mas palavras reais. Em português?

– Eu também a ouvi – Megan confirmou.

Apesar de cansados e vacilantes, ambos começaram a correr. Logo descobriram que a passagem terminava em uma parede reluzente que parecia ter sido montada pelas onipresentes máquinas moleculares de Keanu. Recuaram na trilha, encontraram uma passagem de conexão e seguiram por ela.

– Então agora somos ratos em um labirinto – Zack resmungou.

Camilla gritou novamente.

– Ela está mais perto...

– Soa como se ela estivesse bem na porta ao lado – Megan comentou.

Ambos ouviram uma outra voz, áspera e gutural.

– É quem estou pensando? – Zack perguntou.

– Sim.

– Fale-me novamente sobre o grau de inteligência dessas coisas.

– Eles foram escolhidos por seu tamanho e mobilidade – Megan explicou. – Mas os que estamos vendo não são necessariamente o padrão da espécie. É como se você contratasse mercenários humanos e, depois, se queixasse pelo fato de não saberem trocar fraldas. – Ela bateu seus dedos na testa, como se tentasse melhorar o fluxo de informações. – O grande problema é que eles não são otimizados para a mesma atmosfera que os seres humanos. Isso os impede de seguir as ordens por mais tempo.

– Você quer dizer que uma civilização que pode construir essa nave, enviá--la através da galáxia para uma expedição de coleta de 10 mil anos... não consegue lidar com um alienígena de aparência desagradável que ela tenha pegado?

– Eles não têm controle total. – Ela estava sacudindo a cabeça. – Pelo menos, é o que eu acho. Não estou recebendo respostas...

– Eu queria ter uma arma neste exato momento. – Ele parou. Eles tinham encontrado um cruzamento onde cinco passagens diferentes se encontravam.

– Alguma ideia de qual caminho seguir? – Megan repentinamente começou a dar risada.

– O que é tão engraçado? – ele perguntou.

– Pense nisso. Em todas as escolhas que fizemos em nossas vidas... todos aqueles outros caminhos. Olhe para onde eles nos levaram! Quantos caminhos restaram?

Naquele momento, Zack Stewart percebeu que eles tinham, de fato, atingido um destino final.

Eles estavam em uma praça. Como tudo que Zack tinha visto na Fábrica, a praça acabara de ser construída... e já estava em ruínas.

Uma estrutura dava para a praça. Seu interior era repleto de painéis e monitores cobertos com símbolos que estavam sempre a mudar. Mas Zack e Megan não tiveram tempo para examiná-los... havia uma imagem mais interessante:

O Arquiteto, todos os seus oito metros, morto na entrada da estrutura... fatiado e picado como Pogo Downey.

Zack virou-se para Megan, que estava desviando o olhar do corpo.

– Não é de admirar que você não obtivesse respostas.

Zack era capaz de ser clínico e objetivo no que dizia respeito sobre o corpo mutilado do Arquiteto – a criatura não era suficientemente humana para despertar empatia. Mas o cheiro fez com que ele se esforçasse para não vomitar... e, da mesma forma, a percepção de que ele e Megan estavam realmente por conta própria. Não que o Arquiteto tivesse sido um guia muito útil... ainda assim, parecia ser o responsável pelas operações ou, pelo menos, o fluxo das informações.

Agora, o que eles teriam pela frente?

Em uma das passagens para a esquerda, ele viu Camilla, aterrorizada, com o nariz escorrendo, uma criança em uma situação em que nenhuma criança deveria sequer imaginar, muito menos enfrentar.

Bem em frente a ela, em uma das passagens à direita de Zack, havia uma Sentinela. Ele apresentava uma secreção azulada assustadora – o sangue do Arquiteto? – nos braços sobressalentes.

– Zack, querido – Megan sussurrou.

Ele não respondeu. Estava fascinado demais pela Sentinela... a criatura estava, na verdade, tremendo, como se estivesse lutando consigo mesma. A Sentinela virava a cabeça para um lado e para o outro, como se a explorar.

– Vou atacar o menino mau – ele finalmente foi capaz de dizer.

– Não, você não vai. Quero que você pegue a Camilla e volte para o túnel, de volta para o Templo, qualquer lugar menos aqui...

Ele olhou para ela e ficou horrorizado com o que viu. Megan estava pálida, encolhida e encurvada, como se estivesse sofrendo de dor abdominal.

– Aguente firme...

– Não diga isso! Acabou para mim! Deixe que eu distraia a Sentinela enquanto você foge...

– Não vou deixar você...

– Você não tem escolha. Eu posso não durar nem mais dez minutos.

Ele quis argumentar, mas a evidência era convincente. Ela mal podia se aguentar de pé. E, além disso, os olhos dela brilhavam, lembrando a ele do olhar mais enfurecido que ela já havia lhe lançado... por alguma ofensa que ele já não conseguia recordar. Ou tinha optado por não lembrar.

– Perdi você uma vez. Não posso fazer isso de novo!

De repente, os olhos dela não estavam mais violentos, mas cheios de lágrimas.

– Você tem de fazer isso. Apenas lembre-se... "os mortos são livres". – Ela atirou-se nos braços dele, para o abraço mais sincero e mais curto dos seus vinte anos de união, acompanhado de um último beijo. – Agora pegue a menina e vá!

Sem esperar para ver o que Zack havia feito, Megan investiu diretamente contra a Sentinela.

A criatura voltou sua atenção para ela como uma besta selvagem. E, então, abriu-se e a engolfou.

Zack se forçou a desviar o olhar e correu em direção à Camilla.

Apanhou-a. Ela parecia não pesar praticamente nada, o que era bom.

Era hora de correr.

*Gostaria de elogiar o comandante Stewart da* Destiny *por seu heroísmo em circunstâncias extraordinárias. Ele provou ser um verdadeiro herói para toda a raça humana.*

*MENSAGEM DO COMANDANTE T. RADHAKRISHNAN DA* BRAHMA *PARA O MUNDO,*
*24 de agosto de 2019*

– Estamos chegando no terminador – Tea informou.

Uma série de queimas dos foguetes auxiliares de atitude impulsionou a *Destiny* para fora das nuvens de detritos mais próximas que rodeavam Keanu, e, finalmente, deixou o veículo cair em uma órbita mais baixa em volta da Terra.

É claro que, quando até mesmo o perigeu de sua órbita está a mais do que 400 mil quilômetros, *perto* é um termo meramente relativo.

Essas manobras acabaram colocando a *Destiny* no lado negro de Keanu. Eles podiam ver o halo irregular da nuvem de detritos brilhando à luz do Sol, é claro... mas a superfície do NEO era negra, oculta, inescrutável.

Por uns poucos momentos, de qualquer forma.

– *Destiny*, Houston. Tudo aparenta estar certo para retrodisparar em trinta minutos.

– Entendido, Houston. Espero que, depois disso, vocês possam tirar uma folga. – Jasmine Trieu ainda estava em serviço como capcom: um turno de quinze horas, pelos cálculos de Tea.

– Fico feliz em permanecer aqui durante todo o tempo que vocês precisarem de mim – Trieu devolveu. – Até o pouso da nave na água, caso necessário.

– Vamos descansar um pouco antes disso – Tea respondeu. O retrodisparo colocaria a *Destiny* em uma órbita com um perigeu muito menor... um que intersectaria a superfície da Terra em cerca de três dias a partir de então. – Você também deveria tirar uma soneca.

A resposta de Trieu atrasou por causa da defasagem na comunicação, naturalmente. Tea olhou em volta da cabine. Presa de leve ao chão por cordas elásticas, Natalia Yorkina dormia profundamente, com os olhos cobertos pela máscara de Tea.

Lucas e Taj estavam bocejando, mas se mantiveram ocupados saltando entre um laptop e uma das janelas enquanto atualizavam o controle de missão russo – o controle de missão reserva para a agora destruída Bangalore – sobre o que tinha acontecido à *Brahma*.

Tea não se importava com o que o resto do mundo sabia, ou não sabia. Ela não tinha ideia se suas conversas com Houston estariam sendo transmitidas ao vivo.

Ela só queria que tudo isso acabasse, para reunir as recordações de Keanu, da Megan Stewart ressuscitada, dos restos vaporizados da *Venture*... do sorriso meigo e triste de Zack Stewart... e escondê-los em algum lugar, como fotos em um álbum de família, a ser aberto em tempos mais felizes.

– Ah, *Destiny*, de Houston. Um pouco de notícias. Nosso monitoramento mostra um acréscimo no delta V do NEO.

– Você quer dizer que ele está se deslocando? – Tea tinha passado toda a sua vida profissional em departamentos de engenharia, grande parte na própria NASA. Ela entendia a necessidade do uso de jargões técnicos... mas havia momentos, como agora, em que ela só queria que alguém empregasse uma linguagem mais simples.

– Tea – Taj interrompeu. – Olhe pela janela.

Enquanto aguardava o esclarecimento de Jasmine Trieu sobre sua última declaração, Tea flutuou até a janela, onde o lado diurno de Keanu estava ficando à vista.

Ela arquejou.

Trechos estreitos da superfície de Keanu tinham desaparecido, expondo uma superfície branca brilhante. O NEO parecia uma maçã que alguém tinha começado a descascar.

– Que diabos está acontecendo?

– Algumas porções de neve e de rególito estão se desprendendo – Taj constatou.

– Acho que muito em breve ele vai ficar parecendo uma pérola grande e gorda – Lucas palpitou.

– Bem – Tea murmurou –, nós já sabíamos que era algum tipo de nave. – Uma nave que parecia se desfazer do acúmulo de detritos reunidos por mais de 10 mil anos. A sair de um casulo para entrar em uma nova fase.

– *Destiny*, Houston, confirmando: Tem ocorrido erupções em Keanu que são compatíveis com, ah, propulsão. Parece que ele está deixando a órbita da Terra.

Era visível que Keanu estava se deslocando para mais longe do que isso.

– Houston, *Destiny*. Acho que nosso NEO está indo de volta para casa.

Sete segundos iriam se passar antes que ela ouvisse uma resposta, mas Tea Nowinski não precisava disso.

Ela também estava voltando para casa.

*Mas da árvore do conhecimento do bem e do mal, não comerás; porque no dia em que dela comeres, certamente morrerás.*

*GÊNESIS 2:17*

Arrastando Camilla a partir do túnel da Fábrica, Zack retornou à câmara do Templo debaixo de um aguaceiro. A chuva caía e se espalhava para todos os lados. Não era nem uma chuva torrencial nem uma tempestade tropical violenta, como aquelas vivenciadas em Houston. Assemelhava-se mais a um dia chuvoso no noroeste do Pacífico... porém mais quente! Era de fato muito bom sentir que um bocado da sujeira acumulada era lavada de seu corpo.

Melhor ainda foi deixar um pouco de água gotejar em sua boca. Zack não conseguiu lembrar a última vez que bebera alguma coisa. Ele, na verdade, pegou um pouco de água de uma poça rasa e ofereceu-a para Camilla.

– Isso pode nos matar – ele comentou. – Mas sem ela, vamos morrer de sede.

Esse pequeno gesto em relação à sobrevivência fez com que Zack esquecesse que a mesma Sentinela que matara sua esposa e o Arquiteto estava no seu encalço.

Nenhum sinal dela até agora. Essa pequena folga deu a ele tempo para considerar seu próximo passo. *Agora que você fez um ótimo trabalho ao solucionar o problema da água.*

Através da névoa, ele podia ver, a um quilômetro de distância, o topo do Templo erguendo-se sobre o que, por falta de um termo apropriado, ele teria chamado de árvores. Ele não tinha um desejo especial de retornar ali, mas era o único abrigo possível que ele conhecia – e a única porta que ele poderia ser capaz de fechar.

– Vamos lá – ele disse à menina, sabendo que suas palavras não eram entendidas, mas com a esperança de que seus gestos transmitissem a mensagem.

Camilla não respondeu. Ela estava olhando para além de Zack, atrás dele – em direção ao túnel.

Zack virou-se... e lá estava a maldita Sentinela. A espuma coloidal que vazava do colete de ferramentas da criatura e de seu torso estava ensanguentada. Isso fez com que Zack quisesse estraçalhar aquela coisa com suas próprias mãos.

Como essa não era uma boa opção, ele apanhou Camilla e, na esperança de que o Sentinela não os tivesse visto ainda, precipitou-se até o conjunto de árvores mais próximo.

Camilla choramingou. Era alto, era compreensível... entretanto, era potencialmente fatal. Quando Zack olhou de relance para trás, viu que a Sentinela tinha ouvido a garota.

E estava em seu percalço.

Sabendo que poderiam ser mais rápidos se ele arrastasse Camilla em vez de carregá-la, Zack largou a menina e conduziu-a através das árvores. Eles tinham alguma vantagem aqui... os troncos eram próximos uns dos outros. Eles podiam deslizar pelas árvores, e a Sentinela teria mais dificuldade...

Até que a criatura começou a golpear e cortar várias árvores, desbastando seu caminho.

Não havia por que olhar para trás. Zack manteve os olhos adiante, sempre em direção ao Templo.

– Fique junto de mim – ele gritou. – Continue. – Ele se dirigia tanto a si próprio quanto à Camilla.

A clareira em torno do Templo agigantou-se. Pelo o estrondo das árvores sendo arrancadas e caindo, Zack deduziu que a Sentinela provavelmente estivesse a 50 metros deles.

*Prepare-se para correr...*

Entraram na clareira, onde Zack deu três passos, tropeçou e estirou-se com o rosto no chão, derrubando Camilla junto.

Acabou. Ele tinha ferrado com tudo e, agora, ele iria morrer, como Pogo, como Megan...

Em um último esforço, ele rolou em direção à Camilla, que estava deitada de costas, com os olhos fechados, como se já tivesse desistido.

– Corra – Zack berrou, fazendo gestos para enxotá-la. Pelo menos ele poderia fazer com que a garota fosse embora em segurança, embora a pobre criança não pudesse sobreviver muito tempo ali sozinha.

Entretanto, Camilla recusou-se a se mover.

Ok, então; hora de enfrentar a verdade. Zack agachou-se e olhou ao redor em busca de talos e cascas de qualquer tipo de vegetação resultante do desmatamento da clareira que fora aberta para dar lugar ao Templo. Ele acreditou ainda que um galho pontudo poderia ser útil...

*Crack*! As metades superiores de várias árvores, a menos de um metro de distância, se desintegraram em uma chuva de galhos e fragmentos afiados, arremessados para longe pelo golpe do Sentinela.

A criatura os pegara.

Ela estava, aparentemente, aumentando em tamanho, com sua espuma protetora se expandindo em torno dos pares de braços intermediários sem obstruí-los. Agora Zack podia ver que o semilíquido saía de seu colete. Isso já não importava mais... a Sentinela estava se preparando para dar um golpe mortal em Camilla, que estava de bruços. Sem pensar, Zack buscou um dos fragmentos aos seus pés e arremessou na criatura.

A lança irregular ricocheteou no maior dos braços sobressalentes do lado direito, mas não sem deixar uma ferida.

A Sentinela precipitou-se com seus braços do lado esquerdo sobre Zack, que caiu de costas no chão para se esquivar do ataque.

Ele se viu olhando diretamente para o rosto da Sentinela. Não era horrível, apenas frio, implacável, como o de um carrasco prestes a acionar a guilhotina...

*É isso,* Zack pensou...

Mas a Sentinela não desferira o golpe mortal. Ela se contorceu repentinamente para um lado.

Camilla tinha se atirado contra a criatura e estava agarrada à sua perna direita.

Quando o Sentinela virou-se para removê-la, Zack teve tempo o bastante para localizar uma lança resistente e afiada.

Com um gemido, Camilla saiu voando.

Quando a Sentinela virou para trás, Zack apunhalou-a no colete, trespassando a espuma coloidal, que se desmanchou em uma cascata de gosma líquida.

Por um longo e angustiante momento, a Sentinela permaneceu no que poderia ser descrito apenas como choque e surpresa, com seus braços sobressalentes balançando em confusão, com uma secreção esverdeada borbulhando de seu torso e, depois, de sua garganta.

Em seguida, a criatura desabou e começou a se contrair, transformando-se em uma bola que começou a guinchar e a evaporar.

– Camilla! – Zack correu para a menina. Ela estava chorando, bastante arranhada, mas não seriamente ferida. Ele a pegou.

Dentro de poucos minutos, eles tinham dado a volta pela parte de trás do Templo, em direção ao lado que havia se aberto para o Arquiteto. Ainda encontrava-se aberto, revelando a câmara vazia onde ele e Megan tinham encontrado a criatura pela primeira vez.

Onde ele deixara o rádio.

Pensou em Megan. Como uma repórter profissional, como uma mãe, ela era famosa por fazer avaliações realistas das situações. A frase que ela usava com mais frequência era: "esperança não faz com que as coisas aconteçam".

Zack estava sem esperança. Ele não tinha expectativa de sair de Keanu. Ele não esperava sobreviver mais do que poucos dias, na melhor das hipóteses.

Entretanto, se ele pudesse entrar em contato com Houston, se pudesse de alguma forma contar a eles o que tinha acontecido.

Se pudesse falar com Rachel...

Deixou Camilla na entrada da câmara, deixando tão claro quanto possível que ele queria que ela ficasse ali. Em seguida, começou a sua busca...

Levou apenas alguns instantes para localizar a Zeiss exatamente onde ele a tinha deixado.

Cinco minutos mais tarde, ele estava disposto a esmagar o equipamento. Ele não conseguia fazê-lo funcionar! Todos os botões estavam funcionando como antes – o indicador de energia acendeu. Mas não havia nenhuma conexão, nenhuma resposta, nada.

Onde estava Camilla?

Deixando o rádio para trás, correu para fora do Templo, chamando por ela:
– Camilla!

Do lado de fora à sua esquerda, a uns poucos passos floresta adentro, apareceu uma mão.

Zack descobriu que a garota tinha arrancado algumas cabaças macias e arroxeadas de uma árvore.

– Ei, não coma isso!

Tarde demais... Camilla já tinha abocanhado um bom naco. Zack estendeu a mão até ela, na esperança de fazer com que ela cuspisse fora, mas a garota saiu em disparada para longe, mastigando feliz.

Ela subiu em uma das árvores, instalando-se em um galho fora de alcance e, como um primata que evita o guarda do parque, terminou de comer a fruta, feliz da vida.

Zack observou Camilla cuidadosamente. Ela não exibiu nenhum sinal de rejeição instantânea...

E ela estava morrendo de fome.

– Que diabos – ele murmurou. – Vamos ter que acabar fazendo isso mais cedo ou mais tarde. – Ele voltou para a árvore e arrancou seu próprio pedaço de fruta de Keanu. A textura era como a de uma pera verde; o sabor o fazia lembrar-se de manga.

Ele devia ter gostado, uma vez que devorou a fruta até o caroço.

Depois de um tempo, ainda sentindo-se saciado – não envenenado –, mas completamente exausto, conduziu Camilla para o Templo, onde eles se aninharam contra a parede mais distante.

Os últimos pensamentos de Zack, enquanto perdia a consciência, eram tristes. Ele nunca mais veria Megan ou Rachel de novo.

*Entramos em uma nova era.*

*OBSERVAÇÕES DO PRESIDENTE, 24 de agosto de 2019*

*... e não gosto muito dela.*

*POSTADO POR JERMAINE NO NEOMISSION.COM*

Lucas Munaretto acordou em grande confusão. Ele flutuava, embora estivesse embrulhado em um saco de dormir leve. A cabine da *Destiny* estava escura, exceto pelo brilho suave de vários LEDs no painel de instrumentos. As janelas tinham sido cobertas. Por alguns bons momentos, ele pensou que ainda estivesse a bordo da *Brahma* em aproximação a Keanu.

Então ele se lembrou, e desejou que não tivesse se lembrado. Podia ver seus companheiros de viagem, todos adormecidos em seus próprios sacos... Tea, com seu cabelo parecendo uma auréola solta, de alguma maneira apropriada para os sacrifícios que ela tinha feito, e a habilidade que ela tinha demonstrado ao levá-los a bordo da *Destiny*, para fora de Keanu e, agora, ao fazer a nave descer em direção à reentrada. Ela seria uma heroína assim que retornasse à Houston... mais triste, sim, porém com um futuro de possibilidades ilimitadas.

Depois, havia Natalia Yorkina, evidentemente fechada em si mesma, como uma mulher em sofrimento. Apesar das falhas irritantes nos equipamentos – Lucas tinha feito uma AEV em um traje russo com superaquecimento, e isso quase o deixou louco – ela realizara a atividade sem problemas. As conversas misteriosas entre Zack e ela e o rápido desaparecimento de seu *Revenant* levaram Lucas a suspeitar de um segredo obscuro que poderia assombrar Natalia. Entretanto, apenas ele e Taj poderiam deixá-la numa situação embaraçosa, e nenhum dos dois iria fazer isso. Natalia retornaria para a Rússia, para algum trabalho burocrático na Roscosmos, e cairia no anonimato.

A figura mais iminente na cabine era a do comandante de Lucas, Taj, que tinha submergido sua intensa aversão à arrogância dos norte-americanos, com o intuito de trazer a maioria de sua tripulação de volta para casa em segurança. Taj seria aclamado publicamente na Índia; Shiva apenas sabia que tipos de crítica ele enfrentaria em particular, tanto pelas perdas extraordinárias da espaçonave e de Chertok quanto por permitir que Zack Stewart tomasse tantas decisões vitais e, possivelmente, falhas. Em última análise, porém, Taj seria promovido... ele voltaria para a Força Aérea Indiana para comandar uma ala de caças, ou poderia permanecer como um dos líderes da ISRO.

Não, todos os outros ficariam felizes em chegar à Terra. Somente Lucas Munaretto ficara com a sensação de ter deixado algo por fazer.

Camilla, naturalmente. Ele nunca fora muito próximo de Isobel e de sua família... Camilla nascera quando Lucas estava fora em treinamento para sua missão na estação espacial.

Na verdade, ele nunca conhecera a garota. Por isso que fora tão inútil para ela em sua segunda vida? Ele a tinha abraçado, sim; confortado-a, ótimo; traduzido para os outros o que ela dizia, formidável; dito a ela que sua mãe a amava, tudo de bom. Mas isso era tudo. Ele não ficou sabendo o que ela vira, o que ela sentira. Ele não tomara nenhuma atitude para trazê-la de volta, e sentiu-se impotente quando ela lhe foi tirada.

E, até agora, ele não sabia se ela ainda estava viva, ou como ela tinha estado antes de ter voltado à vida. O que ele iria dizer para Isobel?

E, então, havia Zack Stewart... abandonado em um mundo alienígena, deixado para morrer.

Não, o único fracassado era o Maior Astronauta do Mundo. Ele deveria ter ficado.

Ele sabia que carregaria essa culpa para o resto de sua vida.

*Não é mais surpreendente nascer duas vezes do que uma; tudo na natureza é ressurreição.*

*VOLTAIRE*

Zack acordou com Camilla deitada ao seu lado, encolhida e de frente para ele. Ele tinha tido sonhos terríveis nos quais era perseguido e, depois, sacudido, como se estivesse dormindo em meio a raios e trovões.

A luz que irradiava na parte de trás do Templo parecia diferente... mais brilhante de alguma forma.

Zack deixou Camilla dormindo e andou para fora do Templo.

Não é de admirar que ele tenha sonhado com uma tempestade. O meio ambiente tinha obviamente passado por uma mudança radical nas últimas poucas horas, de algo que lembrava vagamente a selva amazônica para o que agora poderia se passar por uma floresta norte-americana.

Não havia mais chuva e nenhum vento soprando. Os vaga-lumes estavam de volta ao céu, uma cadeia de luzes branco-amareladas brilhantes.

Mas alguma coisa estava acontecendo na câmara. Zack podia ouvir... vozes?

Ele correu para a frente do Templo. Um fluxo irregular de pessoas veio em direção a ele! Ele nunca tinha sido bom com multidões e números, mas havia centenas deles. Muitos pareciam ser originários da Índia; os homens estavam todos usando aquele uniforme do subcontinente formado por camisa branca e calça, enquanto as mulheres e crianças usavam vestimentas coloridas.

Havia também várias dezenas de pessoas que só poderiam ser oriundas dos Estados Unidos. Todas pareciam atordoadas e desorientadas...

– Ei! – ele gritou, sem dúvida assustando aqueles no topo da coluna.

Ele piorou a situação ao correr em direção a eles. Aqueles que estavam na frente saíram para deixá-lo passar.

– Olá! Sou Zack Stewart! Alguém de vocês fala inglês? De onde vocês são? Digam alguma coisa!

Houve um momento de silêncio confuso. Depois, um indiano, na casa dos sessenta anos de idade, deu um passo à frente, reacomodando os óculos no nariz.

– Sim, olá, Comandante Stewart. Sou Vikram Nayar, e trabalhei no controle de missão em Bangalore. Devo entender que estamos agora dentro de Keanu?

– Sim! Vocês estão! Mas como vocês chegaram aqui? Como tantos de vocês chegaram aqui...? – Ele lembrou-se das histórias de Megan sobre os Arquitetos e um "recrutamento", mas não tinha esperado que isso realmente acontecesse, e muito menos que acontecesse tão cedo.

Qualquer resposta possível foi perdida no clamor crescente, à medida que aqueles que estavam um pouco mais longe começaram a repetir as palavras de Zack, em várias línguas, e outros gritavam mais perguntas.

– Ei, todo mundo, tô passando!

Um belo homem, apesar de desgrenhado, em uma cadeira de rodas torta, estava sendo empurrado através da multidão por um homem usando emblemas da NASA.

– Harley Drake – Zack exclamou.

– Zachary Stewart, eu presumo. – Ele olhou para Zack e, com algum esforço, estendeu a mão. – Lugar agradável este que você tem aqui.

– É pouco mobiliado. – Foi um alívio poder jogar conversa fora com Harley, mas apenas por um momento. – Ok, o que diabos aconteceu?

– A versão resumida é: Keanu decidiu recrutar alguns talentos humanos. Éramos como peixes em um aquário pelas últimas vinte horas...

– Apenas flutuando...?

Então, Zack viu um outro rosto conhecido.... Rachel.

– Papai?

Sua filha saltou da multidão para seus braços.

– Oh, meu Deus – ela exclamou. – Eu sabia, eu sabia que você estaria aqui! Foi por isso que eu fui ao local do impacto! Ninguém acreditava em mim, mas...

Zack tentou fazê-la se calar, sem sucesso... e sem a sensação de fracasso. Ele estava feliz simplesmente por abraçá-la.

Mas então Rachel perguntou:

– Onde está a mamãe?

Tudo o que Zack pôde fazer foi sacudir a cabeça.

– Ela se foi, não é?

Zack não conseguia ainda encontrar as palavras.

Rachel respirou fundo, o que normalmente era um prenúncio de um colapso. Mas essa era agora uma garota mais forte e mais velha.

– Eu sabia. Eu sabia que ela não duraria... – Em seguida, sua determinação enfraqueceu-se e ela se transformou em uma criança a chorar de novo.

Quem poderia culpá-la?

Harley separou-se deles de modo delicado.

– Temos muito do que nos pôr a par, mas acredito que comida, água e abrigo são prioridade.

– Isso para não mencionar que temos de descobrir exatamente por que diabos fomos trazidos para cá. – A voz pertencia a Shane Weldon, que levantara a mão. – Ei, Zack.

Bem, se Harley havia acabado aqui junto com outros controladores de voo de Bangalore, por que não Weldon?

– Sejam todos bem-vindos! – Zack bradou. Ele os direcionou para o Templo, e para o "pomar" mais além. Houve bastante tempo de discussão sobre grupos de exploração, racionamento, água.

Enquanto parte de sua mente trabalhava com relativa eficiência nesses assuntos, Zack tentava processar sua nova realidade. Nunca mais veria a Terra novamente. Ele tinha encontrado e perdido Megan, provavelmente para sempre. Dedicaria os dias, meses, anos que lhe restavam, empenhado em uma busca brutal pela simples sobrevivência. Nada de televisão, comida boa, esportes, carros, ciência, medicina.

Apenas o que Keanu tinha para oferecer e o que os Arquitetos providenciavam.

Era como estar morto sem morrer realmente.

Finalmente conseguiu voltar-se para Harley e disse:

– Só espero que alguém aqui fale português.

– Não tenho ideia do que isso signifique, mas estou certo de que você vai dar uma explicação. – Harley virou-se para uma mulher jovem, alta e de cabelos vermelhos, enquanto Zack pegou a mão de Rachel, todos eles observando a marcha da multidão em direção ao Templo.

*Eles são como novas almas entrando no paraíso*, Zack pensou. Ou, talvez, em sua sombra.

*Achamos que estamos além da orbita de Júpiter, mas ninguém sabe ao certo. Não houve nenhum tipo de comunicação com Houston ou com a Terra nos últimos seis meses.*

*Estamos apenas começando a explorar Keanu. Este lugar é grande e estranho.*

*Tenho saudades dos meus amigos.*

*TEXTO DE RACHEL STEWART, DIGITADO EM UM TABLET QUE UMA DAS CRIANÇAS DE BANGALORE TRANSPORTOU CONSIGO*

*MENSAGEM RECUPERADA A PARTIR DOS DADOS DA SONDA ESPACIAL CASSINI*

# Agradecimentos

Agradeço a Marina Black, Dan Aloni, Matthew Snyder, Simon Lipskar, Glynis Lynn, Izzy Hyams e Nellie Stevens.
D.S.G.

Obrigado também a Cynthia Cassutt, Andre Bormanis, Greg Bear e Ginjer Buchanan.
M.C.

# GLOSSÁRIO

AEB: sigla da Agência Espacial Brasileira.

AEV: do inglês, *Extra-vehicular Activity* (EVA), ou atividade extraveicular. Denominação de operações desenvolvidas no espaço pelos astronautas em espaço aberto.

apogeu: ponto da órbita do sol, da Lua ou de um planeta, mais afastado da Terra.

ASCAN: do inglês *astronaut candidate*, ou candidato a astronauta, faz menção a pessoas selecionadas pela NASA e que estão em treinamento no JSC.

banda ku: espectro de frequência utilizado para comunicação com satélites artificiais.

BDO: do inglês *Big Dumb Object*, é usado para descrever enormes planetoides, naves ou estruturas extraterrestres.

CACO: do inglês *Crew Assist and Casualty Officer*, ou Oficial de Sinistro e Assistência à Tripulação.

capcom: do inglês *Capsule communicator*, é o responsável, no controle de missão da NASA, pela comunicação com os astronautas a bordo de uma nave no espaço.

clique: jargão empregado por militares dos Estados Unidos para abreviar "quilômetro".

Comando e Controle: também conhecido como $C^2$; terminologia militar para uma relação de autoridade entre um oficial de comando e as forças envolvidas no cumprimento de uma missão específica.

*downlink*: transmissão de comunicação de sinais provenientes de satélite para a Terra.

DSN: do inglês, *Deep Space Network*, ou Rede de Espaço Profundo. Conjunto de antenas dispostas em vários centros de comunicação com sondas e naves espaciais ao redor planeta, mais especificamente em Goldstone (Califórnia, EUA), Robledo de Chavela (Espanha) e Camberra (Austrália).

Goddard: como é comumente conhecido o *Goddard Space Flight Center* (GSFC), ou Centro de Voo Espacial Goddard, laboratório de pesquisas espaciais da NASA, situado em Greenbelt, Maryland.

Hynek, J. Allen: ufólogo que inventou a terminologia e sistema de classificação de "encontro ou contato imediato", categorizando os diferentes níveis de interação entre humanos e os extraterrestres.

Home Team: equipe de apoio a uma determinada missão espacial, situada em Houston. O termo é utilizado em esportes, referindo-se à "equipe da casa", ou "time da casa", o clube proprietário do estádio no qual determinada partida ocorre.

HUD: do inglês, *Head-up Display*; dispositivo que mostra informações de navegação diretamente à frente dos pilotos, evitando que eles tenham de desviar a atenção de sua trajetória.

ISRO: do inglês, *Indian Space Research Organisation*, ou Organização Indiana de Pesquisas Espaciais.

janelas de lançamento: na linguagem astronáutica, termo usado para descrever um período de tempo em que todas as condições estejam favoráveis.

JSC: do inglês, *Johnson Space Center*, ou Centro Espacial Johnson. Localizado em Houston, Texas, ele é a base do centro de operações de voos espaciais tripulados da NASA.

KSC: do inglês, *Kennedy Space Center*, ou Centro Espacial Kennedy.

linha de visada: para transmissão e recepção dos sinais de rádio, típica das radiofrequências empregadas nas telecomunicações aeronáuticas e nos radares de vigilância de tráfego aéreo.

MCC: do inglês, *Mission Control Center*, ou Centro de Controle de Missão.

MET: do inglês, *Mission Elapsed Time*, ou Tempo Decorrido da Missão.

NORTHCOM: também conhecido como USNORTHCOM (http://www.northcom.mil/).

órbita terrestre baixa: faixa do espaço entre 350 e 1.400 quilômetros acima da superfície da Terra. Embora esteja bem abaixo da conhecida órbita geoestacionária (a 35.786 quilômetros acima do nível do mar), ainda não sofre os efeitos do atrito na reentrada atmosférica.

PAO: do inglês, *Public Affairs Officer*, ou Representante para Assuntos Públicos.

PDI: do inglês, *Powered-descent Initiation*, ou Iniciação de Aterrissagem Propulsada.

PDS: Perda de Sinal; em inglês, *Loss of Signal.*

perigeu: ponto da órbita do sol, da Lua ou de um planeta, mais próximo da Terra.

*pitchover*: giro programado para fazer com que uma espaçonave saia da posição vertical em relação ao solo, posicionando-se para uma reentrada.

RCS: do inglês, *Reaction Control System*, ou Sistema de Controle de Reação.

Rede de Espaço Profundo: do inglês, *Deep Space Network*. Um conjunto de antenas espalhadas por todo o globo que serve de apoio à comunicação com equipamentos de exploração espacial.

rególito: camada de sedimentos resultantes da fragmentação de rochas subjacentes.

*rendezvous*: processo de acoplamento de duas espaçonaves em órbita.

retrofoguete: também conhecido como "foguete de desaceleração"; propicia a desaceleração de um veículo espacial.

Roscosmos: nome pelo qual é conhecida a Agência Espacial Federal Russa.

rover: veículo robótico de controle remoto capaz de movimentar-se na superfície de outro planeta.

SIM: do inglês, *Scientific Instrument Module*, ou Módulo de Instrumentos Científicos.

*Snoopy cap*: touca com sistema de comunicação embutido, um dos componentes para atividades extraveiculares.

*snowplow*: Manobra usada para esquiar na neve, em que um ou ambos os esquis são apontados para dentro ao mesmo tempo para diminuir a velocidade ou para manter a velocidade.

SpaceX: empresa de transporte espacial, cujo objetivo é melhorar os custos e a viabilidade de viagens na órbita do planeta.

Soyuz: espaçonave desenvolvida pela extinta União Soviética. Nos dias atuais a Rússia ainda utiliza esse modelo em missões espaciais.

T-menos: jargão astronáutico que representa o tempo restante para a realização de alguma operação.

telemetria: sistema de monitoramento e comunicação entre equipamentos com transmissão sem fio.

terminador: linha variável, traçada a qualquer momento entre a parte iluminada e a parte na sombra, da Lua ou de um planeta.

velocidade de escape: velocidade mínima necessária para que um engenho espacial possa escapar da influência do campo gravitacional da Terra ou de outro planeta.

USAF: do inglês, *United States Air Force*, ou Força Aérea dos Estados Unidos.

TIPOLOGIA: Candida [texto]
New Goth Cn BT – [entretítulos]
PAPEL: Pólen Soft 70 g/m² [miolo]
Supremo Duo Design 250 g/m² [capa]
IMPRESSÃO: Intergraf [março de 2015]